傅羽

不劍

壹

少年鄭和

目次

第一回　屠村

血紅殘陽，像隻蹲踞在西山頂上的巨大火龍，灼灼目光，緊箍著沿滇池西岸南奔的一飆鐵騎，彷彿要伺機予以吞沒，好融入它亙古長照的烈焰之中。

這飆鐵騎約莫五、六十乘，個個盔甲齊整，刀槍森森，胯下所騎，皆為適於平原馳騁的高頭大馬，與矮小但具長力的滇馬顯然不同。每一騎的馬鞍上，都繫有十來綹或墨黑或花白的長髮，長髮盡處，赫然是撒上石灰的人頭，顆顆隨著鐵蹄的翻騰起落，不住地滾動蹦躍，但見石灰與塵土齊飛，鮮血共殘陽一色，端的是驚悚萬狀，駭人無比。

為首騎者，是個從五品的武略將軍，生得虎背熊腰，豹眼獅鼻，肌肉墳起，膚色黑亮，渾似鐵鑄銅澆出來的一般。他一手執韁策馬，另一手擎著巨大鮮麗的錦旗，旗面正中，恭恭整整繡著個斗大的「傅」字。這黑將軍嘴裡不斷爆出架架的嘶吼聲，混雜著大旗獵獵的凌風聲，攪和進鐵蹄隆隆的踏地聲，結合成一根無堅不摧的大鐵鎚，狠狠敲碎了雲南大地素有的美麗與靜謐。

滇池的西南角，一個依山傍水的村落裡，稀稀疏疏散布著十來戶人家。雖已是臘月時節，但雲南因西、北、東面皆有高山屏障，是以冰雪罕見，風霜少至，可說是四季和穆，景致宜人，人間若有仙鄉，這兒或許要算上一處，而中原漢人自古因雲南地處偏遠，竟視之為瘴癘蠻荒之境哩！直至明朝初年，有個官員吳履所作的〈送雲南教授劉復耕〉詩仍云：

見說思陵過五溪，熱雲蒸火瘴天低；星聯南極窮朱鳥，山抱中流界碧雞。
苜蓿照盤官況冷，芭蕉夾道驛程迷；巍巍堯德元無外，未必文風阻遠黎。

倒是清朝乾隆間名士孫髯翁既寫景亦敘史的〈大觀樓長聯〉，形容得較為真切：

五百里滇池奔來眼底，披襟岸幘，喜茫茫空闊無邊。看東驤神駿，西翥靈儀，北走蜿蜒，南翔縞素，高人韻士何妨選勝登臨。趁蟹嶼螺洲，梳裹就風鬟霧鬢；更蘋天葦地，點綴些翠羽丹霞。莫孤負四圍香稻，萬頃晴沙，九夏芙蓉，三春楊柳。
數千年往事注到心頭，把酒凌虛，嘆滾滾英雄誰在。想漢習樓船，唐標鐵柱，宋揮玉斧，元跨革囊，偉烈豐功費盡移山心力。儘珠簾畫棟，卷不及暮雨朝雲；便斷碣殘碑，都付與蒼煙落照。只贏得幾杵疏鐘，半江漁火，兩行秋雁，一枕清霜。

孫髯翁作此膾炙人口的長聯，已是三百多年後的俊賞雅事了，且按下不表。此時，大明洪武十四年的臘月間，在滇池西南這座小小村落裡，既無熱雲蒸火，亦乏香稻芙蓉，唯見炊煙嬝嬝，上融於雲霞，但聞雞犬聲聲，遠傳入湖山，男人漁牧農獵歸來，婦女倚在柴扉上，高喚玩耍中的孩童返家。一個少年於斜陽晚照裡，望見其父頎長威猛的身影，連忙撇下玩伴，快步奔去，邊跑邊喊：「爹爹，爹爹，您回來了！」語音爽脆，仍顯稚嫩。

其父年歲在四旬上下，劍眉星目，鼻梁高聳，滿臉虬髯，顯非漢家兒郎，而他身穿白色長衫，外罩坎肩，頭戴白色無簷圓帽，一望可知他是個穆斯林。那穆斯林大漢停步待少年奔至，伸出蒲扇似的大手，握住少年的小手，含笑道：「是呀，三保，爹爹回來了。告訴爹爹，你今日乖嗎？有沒有再把姊姊妹妹們逗哭？」「沒呢，三保今日很乖，沒逗哭姊姊妹妹們。爹爹，您再跟三保講述您去天方（即今阿拉伯）朝聖的故事好不好，好不好啦？」他滿臉求懇神色，邊說邊用小手搖晃父親的大手。

「你已聽過幾十遍了，怎還不膩？」「不膩，不膩，爹爹再跟三保講嘛，尤其是您在大海遇上颶風的那段。」「呵呵，若不跟你講，依你的性子，定要緊纏不休。等吃過晚膳，咱爺倆邊喝奶茶，邊望星空，邊說故事，如此可好？」三保得到父親應允，雀躍不已，連連道好。父子倆嘻嘻哈哈進門，才入內，察覺有異，立時止住腳步。那大漢閉目深吸口氣，張眼緩緩吐出，旋即露出驚喜神色。這時，一絕色女子趨來，為那大漢奉上一方手巾與一杯咖啡。

咖啡在當時的伊斯蘭國度裡相當普及，算是日常之飲，甚至在鄂圖曼帝國轄下，倘若丈夫未能持續供應咖啡給妻子喝，妻子可因此休夫，但在中土，此物極其稀有難得。那大漢出身不凡，年少時常有咖啡可喝，原不甚珍視，如今景況大不相同了，除了去到天方的那段時日外，已多年未享其味，日前不惜以祖傳寶物，輾轉從一支西域商隊換得些許豆子，瞑目嗅聞再三，年少回憶與朝聖榮光油然而生，然後珍而重之地收藏起來。他妻子溫氏倒看得開，也知此物不宜久存，問明用法，今日心血來潮，烹煮了給夫婿飲用，平時為避人耳目，家居十分簡樸，為了此飲，刻意翻箱倒篋，找出封存已久的玉壺瓷杯來盛裝。

那大漢先用方巾抹臉淨手，再接過鑲金瓷杯，嗅了嗅黑黝黝的杯中物，輕啜一口，發出「啊」的一長聲，心曠神怡地朝妻子咧咧嘴，露出滿口齊整的白牙。溫氏用明眸回睇他，嫣然一笑，狀極嫵媚。二人結褵近二十載，恩愛彌篤。三個女娃兒湊過來向父親請安，年紀居中的妹妹朝三保扮了個鬼臉，三保為了晚上能聽故事，佯作未見。他們不似中原漢人拘謹而緊守禮法，父女又抱又親，甚是熱絡，一家人沉浸於親情與咖啡的甜香之中。

那大漢單手抱起年僅兩歲的幼女，對溫氏說道：「孩子的娘啊，我今兒忽然想到，年關將近，不如過完年，咱們去把大兒子文銘給接回來，好一家團聚，妳看如何？」溫氏回道：「說來也巧，我原也是這般打算，正想跟你商量，你倒先提出來了。」那大漢笑道：「妳我這叫心有靈犀一點通嘛！」溫氏白了他一眼，正容道：「咱們讓文銘到晉寧縣城裡幫傭，立了五年合同，你去天方，一別兩年，回來後又匆匆過了三個寒暑，算來五年期約將滿，等開春後你去將他帶回。過完年文銘便是十八了，咱們可琢磨著幫他討房媳婦兒，你看鄰村穆家的大女兒如何，他們也是回族。」

「哥要回來了，哥要回來了。」三保跟長兄最親愛，對他思念甚殷切，沒等父親回答，已高興得手舞足蹈，大呼小叫，幾個女孩子自也歡喜。他們這些年未見長兄，但畢竟手足情深，難得將要一家團聚，是以全都喜不自勝，才兩歲的小女娃兒也跟著興奮莫名，直喊著「哥哥，哥哥」。

「三保，別胡鬧了。孩子的爹，飯菜已然備好，你跟三保先去禮拜。」溫氏悠緩說道，滿腔柔情中隱含三分威嚴。那大漢生得膀闊胸厚，軒昂魁偉，卻對嬌弱的溫氏千依百順，平常雖會跟她調笑，一旦愛妻下達指示，從不敢不遵。他此刻急急仰頭，一口喝完杯中萬分難得的咖啡，連原本要說的「選媳婦兒的話，哪一族都無所謂，人品最重要」，也隨汁液吞落肚，將杯子遞給長女，放下懷中幼女，帶著兒子三保先行小淨[1]，整肅衣衫，進入齋堂，面對聖城默加（即麥

1 「小淨」是洗臉、手、足，「大淨」則是洗全身。《可蘭經》規範：「信道的人們啊！當你們起身去禮拜的時候，你們當洗臉和手，洗至於手肘，當摩頭，當洗腳，洗至兩踝。如果你們是不潔的，你們就當洗周身。如果你們害病或旅行，或從廁所來，或與婦女交接，而得不到水，你們就當趨向清潔的地面，而用一部分土摩臉和手。真主不欲使你們煩難，但他欲使你們清潔，並完成他所賜你們的恩典，以便你們感謝。」

加）的方向恭敬而立，沉靜心思，然後舉手、誦經、鞠躬、叩首、跪坐在地，如此數次。他妻子溫氏乃是漢人，並非穆斯林，反倒自幼吃齋禮佛，不過他甚知變通，未曾強逼妻子皈依伊斯蘭教。溫氏也頗能體恤夫婿，像他前往默加朝聖之事，便得到她全力支持，雖然丈夫離去九個月後所產之女夭折，卻毫無怨言，苦苦獨力養兒育女，等待夫婿歸來，更加贏得他的敬重。

那大漢伏地禮拜時，隱隱感受到風雷湧滾，飛快逼近，仍沉住氣，不動聲色，虔誠完成儀式，方才起身與三保走出齋堂。溫氏這時也已察覺有異，與那大漢同往窗外窺探，望見蒼茫暮色裡煙塵滾滾，一條灰紅毒龍直往這村落襲來。那大漢急道：「孩子的娘，快帶孩子們躲起來，無論發生何事，切勿出屋。」溫氏尚未應允，三保已發問：「爹爹，怎麼了？」那大漢回道：「爹爹也不知道。」他將雙手按在三保肩頭上，肅然道：「兒子啊，爹爹問你，你可還記得爹爹為何將你的小名取為三保？」「孩兒排行第三，上有一兄一姊，而且爹爹要孩兒自保、保家與保衛聖教，是以叫孩兒三保。」那大漢愛妻及女，女兒們也計入排行，未單重兒子。

「甚好，爹爹的話你都一直牢記在心。此時此刻爹爹要你善為自保，並須保護好娘跟姊姊妹妹們，不管爹爹發生甚麼事，你都千萬不可強出頭，留得有用之身，以便長大後保衛聖教，知道嗎？」三保點頭道：「爹爹放心，三保知道了。」那大漢有不祥之感，輕「嗯」了聲，抱抱三個女兒，深情款款望了妻子一眼，隨即開門而出，關上荊扉，走出十餘丈外挺立不動，身形如淵停嶽峙，氣勢直衝牛斗，真個是不怒自威。鄰人全都躲在屋內，猶自瑟縮不安，連家犬也牢牢約束住，不使吠叫奔竄，唯恐招惹喪星上門。

那飆鐵騎旋風般掃到，為首的黑將軍看見前頭一條回族大漢垂手而立，三分從容中透著十分威風，其形容樣貌與自己前來捉拿的匪酋一般無二，不禁心下一凜，連忙止住馬隊，馬嘶聲中，原本迎風招展的傅字旗面垂了下來。黑將軍喝道：「兀那漢子，可是回回馬哈只？」回民中凡是去過聖城默加朝聖者，一向被尊稱為「哈只」，意思是「巡禮人」，因在當時極難能可貴，屬無上榮耀，本人多會隱去原名，從此以「哈只」為號。這回族大漢本名米里金，漢文名懷聖，與其父米的納都去過默加朝聖，故皆稱馬哈只，只是馬懷聖在父親去世數年後才動身，通常不致搞混，而他尊重先人，無意把眼前事端推卸給亡父，因此昂然回道：「草民正是馬哈只，不知將爺找草民何事？」

黑將軍揮了揮傅字錦旗，道：「我等奉大明征南大將軍傅友德之命，前來抓拿元梁王巴匝拉瓦爾密餘黨馬哈只，你既已自承為正犯，那就快快束手納命，若牙迸個不字，我等定殺得你全家雞犬不留，燒得舉村草木無存。」馬懷聖道：「草民世居此地，務農放牧為生，未曾入軍旅，亦從無一官半職，怎會是元梁王的餘黨呢？將爺定是弄錯了。」「哈哈，對也好，錯也罷，你到了陰曹地府，再跟閻王爺爭辯去吧，休誤我事，我等還有好些人頭要砍，許多功勞須掙。」黑將軍一說完，將傅字錦旗插於鞍旁，抽出長刀，便要拍馬上前。

「且慢！」馬懷聖瞥見混在馬隊中的一個黑衣人，朗聲道：「將爺，切莫受奸人挑撥。納西族與我回族原本井水不犯河水，各拜各的神，各吃各的糧，然而納西族的阿甲阿得跟草民年輕時，都中意漢族溫家大小姐，二人相爭不下，溫家老爺要草民與阿甲阿得以辨識蟲魚鳥獸之名決勝負，草民託天之幸勝出，娶得溫家大小姐。這件事到現在已近二十年，不意阿甲阿得仍然懷恨在心，趁機構陷草民，草民絕非元梁王餘黨，懇請將爺明察。」

黑衣人阿甲阿得從馬隊中竄出，厲聲罵道：「馬懷聖，你滿口胡言，甚麼『世居此地，務農放牧為生』，又說甚麼『從無一官半職』，其實全是放屁！我問你，賽典赤瞻思丁是你的甚麼人？『賽典赤』的封號何來？他是否當過元狗的高官，還受忽必烈謚封為咸陽王？你爺爺拜顏的官做得可也不小，還晉封為淮王，而你爹跟你本人也分別襲封為鎮陽侯與滇陽侯，這些難道都是我栽贓揑造的嗎？說穿了，勢利極了的溫老頭，看重的其實是你的家世，哪裡是你的學識！」

馬懷聖聞言大驚，阿甲阿得所說的賽典赤瞻思丁，正是自己的五代先祖，「賽典赤」是成吉思汗賜封，天方語「聖裔」之意，元初從西域來到雲南，曾任平章政事，子孫承其庇陰，任高官，享厚祿，世襲王侯。迨元朝氣數將盡，天下英雄競起逐鹿，馬懷聖的父親米的納便隨妻子之姓而改姓馬[2]，捨了侯府不住，舉家遷來滇池西南畔匿居。此事殊為隱密，馬懷聖對外人絕口不提，不意阿甲阿得竟然知曉，馬懷聖更沒料到，正是他以祖傳寶物交換咖啡豆之舉，讓其身分之

2 或說鄭和的曾祖父拜顏或甚至更早的祖先即用馬姓，而「馬」乃脫胎自「穆罕默德」的「穆」。

祕洩漏了出去。

馬懷聖心念電轉，又早已見到眾馬鞍上繫著的數百顆人頭，心知肚明今日無論如何絕無法善了，於是一大步踏上前去，脫下坎肩，扯開衣襟，露出毛絨絨、鼓凸凸的胸膛，朗聲道：「聖教先知穆罕默德的三十六世孫，賽典赤瞻思丁的五世孫，馬米里金在此，大丈夫一人做事一人當，我渾家溫氏絲毫不知我的底細，兒女俱都年幼，請將爺高抬貴手，莫與他們計較，我束手就戮便是了。」他有意捨己一身，以迴護妻小周全，豈知溫氏此時開門奔來，跪在夫婿身前，對黑將軍泣道：「將爺饒命，將爺饒命，我夫婿馬懷聖安分守己，向來與世無爭，實在是個良民。」

黑將軍看她生得柳眉秀目，端鼻櫻口，晶瑩淚珠淌落白皙柔細的芙蓉美顏，雖然有些年紀了，卻絲毫不減天香國色，反因歲月流逝，增添幾分丰韻，身子還散發清香，中人欲醉。他仔細打量，嗅了幾嗅，頓覺心癢難搔，不禁興起淫邪念頭，賊笑道：「瞧妳這可人模樣，又香得緊，難怪阿甲阿得娶妳不得，要銜恨二十年。乾脆我殺妳丈夫，妳從此跟我，當個將軍夫人，我保管妳吃香喝辣，穿金戴銀，日日風光，夜夜春宵，比窩在這窮鄉僻壤強甚。」

馬懷聖極敬愛妻子，哪容得任何人對她出言不遜，邊扶起溫氏，邊厲聲罵道：「狗賊，休得無禮！」黑將軍怒道：「混帳東西，難不成嫌自己死得不夠快嗎？老子只消一刀，即讓你的美豔嬌婆娘成為風流俏寡婦。」才說完，高舉長刀，雙腿一夾，策馬往馬懷聖衝去，咻一聲，掄刀照他頸項猛劈一記。馬懷聖看他來勢凶猛，抱著溫氏滾了開去。黑將軍一擊不中，迴馬舞刀再次殺將過來。馬懷聖放開妻子，輕輕撥掉沾附在她雲鬢上的雜草，這才站起，雙膝略屈，兩手往前半伸。他估量得十分精準，而且眼明身快，先是身軀一偏，閃過刀鋒，緊接著跨出大步，趁黑將軍停馬迴轉的瞬間，飛身躍上馬背，跨坐在黑將軍身後。

黑將軍渾沒料到鄉野村夫竟有這等本事，暗吃一驚，但他總算多歷戰陣，臨危不亂，急扯韁繩，胯下馬兒長嘶一聲，人立了起來，他繼以持刀的手肘猛力後撞，想將身後之人撞下馬去。馬懷聖少年時跟父親學習過肘擊之技，這些年武藝未曾荒疏，早料到黑將軍會來這麼一著，一手緊抓住他的甲冑上緣，往後斜躺，讓過倒撞來的手肘，在馬兒的前腳著地之際直起身子，伸出另隻手握住他持刀的手腕，使勁往外牽引，刀刃順勢在他粗壯的脖子上一抹，頓時血濺七步，了結了黑將軍的性命，奪過兵刃，把癱軟如泥的龐大屍身推下馬去，唰一聲砍斷傅字錦旗，錦旗宛若敗絮般飄落地面。馬懷聖手舞長刀，縱馬踏過旗幟，疾衝向馬隊。馬隊猝不及防，被他左衝右突，立時有五、六人落馬，倒臥血泊中，其餘急急散開，反身來戰。好個馬懷聖，橫刀立馬，不慌不忙，來一個便砍一個，轉眼間又有六、七名大明騎兵魂斷滇池南畔。

馬懷聖的祖上皆弓馬嫻熟，其父米的納更是位出了名的回族勇士，曾精研八卦刀、六合拳、湯瓶拳、回回十八肘等漢回武功。虎父無犬子，馬懷聖這二十多年來以農牧漁獵為生，鮮少與人比武爭勝，武藝不及其父，卻也十分英武了得，刀刀見血，力無虛發。大明官兵們見他如此悍勇，不敢再冒進，只團團圍住他，不斷兒著圈子大聲吆喝。

一名百戶[3]瞥見草叢中馬懷聖的老婆，心生一計，撥馬過去，甩出鞭子，套住她的玉頸，催馬疾馳。馬懷聖見狀，心急如焚，不顧一切，於狂呼怒吼聲中，奮勇殺開一條血路，突出重圍，雖又砍翻數兵，卻也露出好大破綻，身披數創，鮮血泉湧。他驅馬奔近溫氏身旁，翻身滾落馬背，跪倒在地，膝行數步，扶起她的嬌軀，赫然看到她妙目鼓凸，粉舌外吐，玉顏紫脹，慌忙探觸她的鼻息，發現她已氣絕身亡，頓感萬念俱灰，顧不得後頭馬蹄聲迫近，又有道淩厲勁風直往自己的頸項而來，唯將一雙虎目緊緊盯住愛妻面龐，不願稍瞬。

那名百戶策馬揮刀，砍下馬懷聖的腦袋，掉轉過馬頭，馳得幾步，縱躍下馬，身子仍往前衝，順勢抬腳，踢倒馬懷聖猶然懷抱著妻子的昂藏身軀，停步俯身拎起鮮血淋漓的頭顱，高舉向天，另一手揮舞長刀，張口縱情呼嘯，煞是得意，然後收起刀子，從皮囊中取出石灰，撒滿馬懷聖的頭顱，把頭顱掛上馬鞍。其餘軍士見他奪占首功，爭先恐後地解下死去同袍座騎上的頭顱，繫在自己的馬鞍上，如此猶不知足，便去尋其他村民的晦氣。其中二兵持刀撞破馬家柴門，闖入後發現餐桌上滿是飯菜，一隻精美絕倫的玉壺裡散發出撲鼻奇香，乃生平未曾聞，以為是珍稀美酒，忙不迭地舉壺就口而飲，入口滋味卻是又苦又酸，還喝進不少渣滓，趕緊吐出，邊吐唾沫邊

---

3 明朝採衛所兵制，每衛人數不等，大致為五千六百人，長官稱為指揮或指揮使（正三品），其下有指揮同知（從三品）、指揮僉事（正四品）、千戶（正五品）、副千戶（從五品）、百戶（正六品）、所鎮撫（從六品）、總旗（統五十人；正七品）、小旗（統十人；從七品）。

咒罵不休。他們可萬萬沒想到，自己何其有幸，居然是整個大明朝開國迄今，極少數喝到咖啡的人，連貴為天子的朱元璋也無福享用。

他倆放下玉壺，抹了抹嘴，逐室搜尋，從木床底下拖出馬懷聖的長女，見她年方二八，已出落得亭亭玉立，姿容甚美，仿若春花初綻。他們原本不管老少妍醜，只要逮著女的，便要一逞獸慾，這會兒撞上貌美如花的妙齡少女，如獲至寶，嘻嘻發笑，把刀子丟在一旁，以餓虎撲羊之勢將她撲倒在地，合力扯破她的衣裳。正當緊要關頭之際，趴伏在馬大小姐身上的軍士突然定住不動，臉上露出詭異神情。緊挨在他身畔等著大飽豔福的同伴察覺有異，回頭一瞧，忽見一道銀光劈頭而來，趕緊伏身就地一滾，逃出生天，定睛一看，眼前是個持刀少年，刀刃上不住淌下鮮血，而那少年表情凶惡異常。那少年趁二兵無備，撿起刀先殺了一人，卻被第二人躲過，見他坐在地上傻愣愣地盯著自己瞧，跳過去便是一陣亂砍亂剁，刀刀入骨。這兵接戰過許多次，因貪生惜命，不曾立下甚麼汗馬勛勞，卻也完好無損地存活至今，此刻竟在窮鄉僻壤死在一個毛頭小子手裡。

砍死這二兵的少年正是馬三保，他知道別的明兵遲早會進來找尋同伴，使勁推開姊姊身上的死屍，帶著她和兩個妹妹從後門逃出屋外。殺死他們父母的那名百戶見到，抽出長刀趕來攔截。三保揮刀砍去，那百戶架開其刀，起腳將他踢翻在地，踩住他的胸口，高高舉起長刀，作勢正要落下，馬大小姐放下懷中幼妹，撲過來扯住那百戶握刀的手腕狠咬。那百戶吃疼，怒氣勃發，哪在乎馬大小姐美貌婀娜，人間罕有，另隻手照她的額頭猛擊一拳，打得她金星亂冒，不由得鬆口後退。那百戶反手一刀，劃開馬大小姐的咽喉，而他殺紅了眼，先狠踹三保的肚子一腳，再將他身旁的兩個妹妹一刀一個，都送去與她們的父母相會。

那百戶獰笑著，故意將刀刃砍在三保臉旁地上，只差半寸，便削中他稚氣未脫的臉蛋，本以為這少年會嚇得尿褲子，豈知他了無懼色，反而怨毒至極地狠盯著自己，心裡不免有些發毛，不甘示弱道：「瞧不出來你這個愣小子還真有幾分骨氣，大爺今天便大發慈悲，不再折磨你，馬上讓你全家團圓，黃泉路上好做伴。」手中長刀隨即砍落。三保仍不閉眼，瞬也不瞬地直盯著刀刃，刀鋒卻在距離他鼻尖寸許處硬生生打住。三保移目望去，見那百戶面孔扭曲變形，其身後不知何時站了個赤髮青面、身形高瘦的黑衣老者。那老者濃眉壓目，鼻如鷹勾，嘴角下撇，一整副苦大仇深的醜惡模樣，尤其是一雙眼眸泛著幽幽綠意，看起來鬼氣森森。

老者右手手指插在那百戶的後腦勺，張嘴露出一口尖利白牙，猛然咬向那百戶的頸項，咕嚕嚕大口喝起血來。兩個軍士見狀，驚呼：「打哪兒冒出來的妖怪，快納命來。」並轡縱馬奔至。大明官兵凡遇著軟弱可欺者，彼此即成為爭功奪利的競爭對手，一旦遭逢強敵，就瞬間轉變為患難與共的同袍兄弟。老者不管不顧，兀自再吸了幾口血，皺起濃眉，嫌惡道：「臭的，難喝極了。」將滿肚囊的人血噴出成一道血箭，激射在二兵的顏面上。二兵止住奔馬，還來不及抹臉，老者已飛身竄起，雙手手指穿透他們的頭盔，直插入頭殼裡，在淒厲至極的叫聲中，伸嘴先後咬住二人咽喉，狂飲其血，吞得嗚咽有聲，肚皮漸漸鼓脹，二兵身子慢慢乾癟。

屋內明兵聽見同袍的慘呼聲，紛紛提著人頭衝出，另有幾個赤裸下身，其中一個的手裡反抓著一頭烏黑長髮，長髮的主人衣衫稀爛，豎於裸露二乳間的一把鋼刀，隨身體被拖曳滑行而不住顫動，映著斜陽晚照，發出刺眼光芒。眾明兵看到兩名同袍端坐在馬背上，頭臉淌滿鮮血，一個赤髮青面的黑衣老妖兩腳懸空，雙手平伸在二兵頭頂上，身子成十字形，景像甚為詭異駭人。他們縱使平素殺人不眨眼，見此情狀，也不免膽顫心驚，不及上馬，紛紛拋下手中的人頭與長髮，齊齊舉刀擎槍，徒步奔往老者。

老者道：「怪事了，血怎麼還是臭的？當真難喝透頂。」他嘴裡再度激射出一道血箭，掃向奔來的明兵，雙掌勁力一吐，手指從二兵腦殼與頭盔中拔出，瘦長身子如箭矢離弦般迅疾無倫地飛出，在眾官兵身前東奔西竄，雙手成鷹爪連抓，然後倒縱回三保身前，負手而立，斜睨向天。所有明兵起初都挺立不動，然後一個接著一個癱倒，三保這才看清楚，地上散落著一顆顆活跳跳的人心，一整隊凶殘強悍的大明騎兵，頃刻間全都了帳，只剩下黑衣人阿甲阿得目瞪口呆獨自站立著。老者指穿甲冑，殺人掏心於瞬間，身法固然快極，指力更是驚世駭俗。

阿甲阿得半晌才回過神來，嚇得撲跪在地上大磕其頭，顫聲道：「米麻沈登鬼王饒命，米麻沈登鬼王饒命，小的實在是受明軍威逼，出於無奈……」米麻沈登是納西族極敬畏的中央鬼王，也是眾鬼之首。老者道：「少廢話！我認得你這傢伙，你家累世為雲南土司，這變節求榮的無恥勾當，本是你祖傳的拿手絕活，別再說是受人威逼。今日老夫已殺得過癮，看你也身穿黑衣，權且饒你一條狗命。你滾去昆明，叫傅友德、藍玉、沐英這幾個老兔崽子，好好管束手下的小兔崽子，別再濫殺無辜，往後只管衝著我明教來便是，我明教上下隨時恭候大駕。」

阿甲阿得聽他如此說，已知他並非鬼怪，而是明教的絕頂高手，心裡的驚恐反而更形加劇，因為鬼王好見，魔教難纏，神態恭謹萬分回道：「務請大俠放心，小的一定把話帶到。」說完起身去牽馬。老者道：「你聾了嗎？我叫你用滾的滾到昆明去，你牽馬做啥？」阿甲阿得無奈，只得伏在地上，開始打滾，滾到十數丈外的一個斜坡下，估計老者已看不見自己，便改為爬行，豈知才爬出不到一丈，一把鋼刀凌空飛來，削去他一片頭髮，斜斜插在他腦袋瓜前寸許處。阿甲阿得吃了好大一驚，登時屁滾尿流，緊咬著牙，哭喪著臉，繞過頭前鋼刀，又滾了起來。

老者戲弄他夠，不再理會他，回頭看著滿地死屍，嘆道：「世人都說蒙古韃子殘暴，賊朱明的狗官兵又何嘗仁慈了呢？唉，『峰巒如聚，波濤如怒，山河表裡潼關路。望西都，意踟躕，傷心秦漢經行處，宮闕萬間都做了土。興，百姓苦；亡，百姓苦。』不管誰稱孤道寡，受苦受難的都是平民百姓啊！」

他自顧吟詩興嘆，全沒瞧三保一眼。三保繞到老者面前，跪倒在地，猛磕其頭，求懇道：「爺爺，求求您，求求您收三保為徒，三保想學武功殺壞人，為父母家人報仇。」老者一怔，怪道：「爺爺，你這傻小子居然叫我爺爺！哈哈哈……」他成名多年，殺人無數，手段極其凶殘狠辣，尤嗜生飲活人之血，此刻乍聽少年喚自己為「爺爺」，不禁大笑了起來。

三保見他光發笑，並未答應，再次央求道：「爺爺，求求您，收三保為徒。」他對於村中長者全都尊稱為爺爺，此時不顧老者反對，仍是如此稱呼他。老者故意露出滿是鮮血的獠牙，尖聲道：「老夫愛吸人血，難道你不怕老夫？」三保回道：「不怕，不怕，爺爺義薄雲天，只吸壞人的血。」其父馬懷聖對他講述故事時提過「義薄雲天」這個詞，他這會兒用上了，還頗為貼切。

「誰說的，壞人的血臭，我不愛吸，剛吸了賊朱明狗官兵的髒血，直教我作嘔。嘿嘿，我最愛吸的是像你這樣少年郎的鮮血，那才真正美味滋補哩！」他閃到三保身後，拉起他，抓著他的肩膀，牙齒在他脖子上反覆摩擦。三保肩膀疼痛，脖子刺癢，硬著頭皮道：「三保相信爺爺吸血一定是有理由的，不會隨隨便便吸人血。」老者啞然失笑道：「哈哈，老夫吸人血哪還需要甚麼理由！你這傻小子當真有點兒意思，跟著老夫也好，卻再也別提拜師之事。」三保轉過身去面對他，又撲倒磕頭，懇求道：「爺爺，求求您收三保當徒弟，求求您，求求您啦！」

老者被這執拗少年搞得心煩意亂，出手點了他上身的穴道和啞穴，道：「你這硬脾氣倒跟我挺像，也實在是練武的良材美質，然而拜我為師，於你有弊無利。老夫曾立下毒誓不再收徒，況且我在道上聲名狼藉，仇家極多，更是明教四大法王之一的光明金剛，名列朱明賊朝廷首要欽犯之一，恐怕你功夫還沒跟我練到家，便先給人剁成鮮嫩肉醬了。你站起身來，轉個圈子給老夫瞧瞧。」

三保下身沒被點穴，依言站起，轉了一圈。光明金剛頷首道：「老夫看得沒錯，以你的體態氣質，練劍最佳，拳掌次之，而我擅長指爪功夫，路子全然不合，你該另投明師。」他看三保露出焦急神色，續道：「你看看我的手。」一邊說邊伸出血淋淋的雙手。三保垂目瞧去，不禁大為驚駭，這倒不是因為光明金剛的雙手沾滿鮮血，而是他的十根手指都呈尖勾狀，如同鷹爪，且似為精鋼打造。

光明金剛道：「當年老夫為了儘快練成『透骨鬼爪功』，甘願斫去十根手指，再裝上鋼爪。有道是十指連心，你可知那有多痛，又是多麼不便！剛裝上鋼爪後，解手時還經常抓傷自己的那話兒哩。哈哈哈……」他笑了幾聲，問道：「現在你還想當老夫的徒兒嗎？」等了一會兒，看少年一直沒回答，這才想起方才點了他的啞穴跟上身穴道，暗怪自己老糊塗，同時出手解了。

三保喉頭一鬆，脫口說出：「我想，我想，只要能夠修習最厲害的武功，別說手指了，縱使要我砍去身上的任何部位，我也心甘情願。」光明金剛搖搖頭，緩緩說道：「少年人血氣未定，容易一時意氣用事，大話滿滿，真到那時候，定然反悔。」三保再度撲通跪下，指天為誓道：「我馬和以至仁至慈的真主之名起誓，為學習高深武藝，縱使粉身碎骨，亦在所不惜，真主為鑒。」

光明金剛道：「好，起來吧，老夫相信你便是。你是回族嗎？你剛才說自己叫啥名字來著？」三保道：「我姓馬名和，和氣的和，回族名馬哈茂德（即穆罕默德的音轉），小名三保，三生有幸的三，保家衛國的保。家父的確是回族，母親……母親則為漢……」他遭逢滅門劇變，方才強抑悲傷，這會兒說及家世，心裡大慟，登時淚如泉湧，泣不成聲，後頭的話再也說不出口。

光明金剛嫌惡道：「老夫最見不得男人哭，婆婆媽媽地成甚麼樣，又有啥屁用！人家捅你一刀，你就回敬他千刀萬剮；人家殺你爹娘，你就把他家的祖墳給刨了，祖宗八代一個個拖出來痛快鞭屍，骨頭熬湯喝，再一根根仔細嚼爛，如此方屬男兒本色。老夫剛剛看你全家橫死，刀刃加身，你連眼皮子也沒眨一下，還以為你絕情冷血，正是我輩中人，是以出手相救，誰知道你其實跟娘們一樣，真是白費我的力氣，氣煞我也，氣煞我也！」說完轉身要走。

三保趕緊抹去淚水，急道：「好，我不哭，我不哭。」光明金剛回過身來，皺起眉頭道：「你這小子很會做偽，現在不哭，誰知道哪天又會淚眼汪汪，一副膿包樣，儘惹我煩厭。」三保道：「我今後絕不在爺爺面前哭就是了。」光明金剛道：「在我背後哭也不成。哼哼，別說老夫不近人情，這樣子好了，你去把父母姊妹給埋了，這當兒索性一次哭個夠，往後莫再掉淚，老夫倘若看見你掉一滴淚，輕則賞你一巴掌，重則痛打你一頓，是輕是重，得看老夫當時心情而定。還有，普天之下誰不知道老夫這些年一向獨來獨往，了無牽掛，若給道上兄弟聽見你這小蘿蔔頭喚我爺爺，那我還要不要做人？況且老夫仇家太多，可無法時時刻刻護得了你的周全，你功夫沒練到家之前，少跟我沾親帶故為妙。」

「那麼我要如何稱呼您老人家呢？」三保非江湖中人，一時沒想到「前輩」這個稱謂。光明金剛「嘿嘿」兩聲，碧眼一溜，答道：「不如你叫我『死老鬼』吧！」三保連忙擺手，急道：「萬萬不可，萬萬不可，如此稱呼，委實太過不敬。」光明金剛板起面孔，他原就生得醜怪，如此更加駭人，道：「你不這麼叫，就別跟著我！快，快叫一聲啊。」「死……死……老鬼。」三保囁嚅叫喚。光明金剛笑逐顏開，撫掌道：「妙呀！妙呀！」他甚為得意，隨即正色道：「唔，日將西沉，咱們還得趕路，你快快埋葬家人吧！」

三保進屋取出白布，找來把鏟子掘了個大坑，以清水洗淨父母姊妹的頭臉手足，小心翼翼地將他們一一抱入坑內，讓他們頭北腳南並排，口裡喃喃唸誦著「克里麥團依拜」（意為「願真主與你同在」），心裡悲憤交集，默想《天經》（即《可蘭經》或《古蘭經》）所載：「誰故意殺害一個信士，誰要受火獄的報酬，而永居其中，且受真主的譴怒和棄絕，真主已為他預備重大的刑罰。」三保捧起父親頭顱、為他戴上小白帽時，再也忍耐不住，放聲大哭，以手為他闔上兀自圓睜著的虎目，再將頭顱安放其身軀上，使之面朝默加方向，然後以白布覆於父母姊妹身上，出到坑外，鏟土入坑，戀戀不捨地望著他們，歷歷往事，隨著家人的身軀漸漸隱沒而益發清晰，如在目前，恍似昨日，暗悔自己過於調皮，未能恪遵父母訓誨，總愛戲弄姊妹。

光明金剛在他身後冷冷說道：「喂，傻小子，哭夠了嗎？哪來那麼多的淚水，竟比老夫撒的尿還多！你現在去每家每戶放走牲口，牽狗過來，然後把村子裡所有的房子都燒了，算是祭奠過他們，從今以後，再無罣礙。」三保不解其意，揩揩淚眼，滿臉疑惑地看著他。光明金剛甚覺不耐煩，厲聲道：「還不快做，在這窮磨菇做啥？」

三保依其言，放走各家各戶的牲口，牽來幾條遭拴著而逃過明兵砍殺的狗兒，卻見所有明兵的屍體都已被剝得精赤條條，並排在一起，撕裂的鎧甲衣物則聚成一堆，料是光明金剛所為。光明金剛指著死屍對群狗道：「狗兒啊狗兒，這些王八羔子殺了你們主人全家老小，使你們成為喪家之犬，你們就吃了這些王八羔子，既為主人全家報仇，順便飽餐一頓，今後則要自生自滅了。」這些狗兒彷彿聽懂他的言語，目露凶光，鼻兒皺起，尖牙暴出，一待三保解開其綁縛，便踴躍向前，爭相啃食明兵的屍體，將腸胃內臟咬出，拖得四處皆是，弄得滿嘴滿臉盡是鮮血。三保見狀，不禁作嘔連連。

光明金剛罵道：「沒出息的東西，就這麼丁點兒氣概，還妄想報仇雪恨，老夫勸你早死了這條心吧！」三保趕緊用衣袖抹嘴，挺起腰桿，直盯著死屍瞧，強抑胃裡的翻江倒海。光明金剛又罵：「傻小子，你不去放火燒屋，光杵在那兒做啥，比狗兒還沒用。」

三保心不甘情不願，入屋整理行囊，恨不得把家中物事悉數帶走，但哪裡帶得了那麼許多，驀然記起父親曾言：「回族家中三件寶，湯瓶蓋碗白帽帽。」尤其蓋碗流行於回族，似乎正是始自先祖賽典赤贍思丁，打算攜走這三樣，然而轉念一想，父母姊妹俱已身亡，還要這些東西做啥？睹物思人，徒惹傷悲，更要受那老者嗔怪，索性只帶幾件衣物，用方巾紮成一個包袱，負於身後，再引燃火把，將十幾戶鄰居的房舍都點了火，他視這些鄰人如同親人一般，點火時心中如遭刀剜，十分難受。他繼依光明金剛之命，將明兵的盔甲、衣物、鞍轡、兵器及砍下的人頭，全投入烈焰之中，並驅走他們的座騎。

三保拾起傅字錦旗，仔細折疊好，揣入懷裡，暗下決心，有朝一日，非殺了這個姓傅的不可，終究站在自家門前，忍著淚，咬著牙，將火把擲入，心中萬分悲痛難捨，毅然轉身，大踏步隨光明金剛而去。須臾，二人的身影便隱沒在漆黑墨濃的密林中，一任身後火光燭天，將半邊星空染得血紅。

第二回 林戰

光明金剛藉著稀微星光，在闃寂幽黯的樹林裡穿行，迅疾飄忽，踏葉無聲，直如山精鬼魅一般。三保死命追趕才勉強跟上，不消多時，瘦小身軀已被荊棘割刺得遍體鱗傷，他更無暗裡辨物的好本事，不時被藤蔓枯枝絆倒，隨即掙扎爬起，咬牙硬撐，不敢也不願喊痛，況且身體再痛，也遠遠不及內心裡的痛甚。光明金剛起初看他摔倒，屢屢出言譏嘲，後來不再說話，只靜待他站起後，才恢復前行，腳步仍不放慢。三保曾跟父親習得觀星辨向之法，察覺這一路是往西北而去。二人一前一後，奔行了個把時辰，光明金剛倏地止步，三保無法如他那般要停便停，收腳不及，又不敢衝撞在他的身上，猛然一個踉蹌，這回摔得十分狼狽，加上疲累不堪，久久才爬起身來。

光明金剛道：「老夫已儘量緩步慢行了，不過你這隻小烏龜爬得委實太慢，還不時要趴在地上吃狗屎當消夜，依此速度，咱倆再大半個月也到不了地頭。這樣子好了，咱們今夜暫歇此處，老夫傳你一套入門的行功運氣法，你好生習練，天亮了再走，你要是依然跟不上，老夫可沒閒情逸致觀賞小烏龜慢慢爬，便不再等待，任你自生自滅。」三保求之不得，喜出望外，連忙跪下，滿口稱謝。光明金剛不耐煩道：「這套內功不用跪著練，還不快快站起，別瞎耗時間。」

他不待三保起立站定，便道：「有道是『內練一口氣，外練筋骨皮』，又所謂『練武不練功，到老一場空；練功不練武，一生白辛苦』，要達到相當的武學境界，內外須得兼修，不可偏廢。你的體質得天獨厚，練外家功夫可說是占盡便宜，至於內家功夫嘛，得要看本身的悟性與造化了。你此時丹田空空，內勁全無，咱們今夜就來個『無中生有』吧！」

他捏捏三保的腰眼，續道：「唔，你身子骨天生既柔且韌，迥異於常人，然而初學乍練，不如先採行金剛坐，以通通命門。」所謂金剛坐，即是坐著時右腿盤於左腿之上。三保依言坐下，再按照光明金剛的指示，右手掌心朝天疊於左手掌心之上，再平置於小腿上，雙手拇指相互輕抵，下頷微縮，舌尖似頂非頂著上顎，頓時滿口生津，徐徐嚥下腹去，是為聚津成精，日後再練精化氣、練氣化神、練神還虛，這說起來輕鬆順溜，練起來談何容易！

光明金剛搖頭晃腦道：「《易經》云：『天地絪縕，萬物化醇，男女構精，萬物化生。』男女間那檔子事，原本再自然不過，正也是萬物化生的動力，卻對練功大大不利，須有對治之法，否則精都丟洩光了，還化個屁！一般練內功的，都是從下丹田練起，次練中丹田，再練上丹田，如此循序漸進，較不易出大亂子，但要練到像個樣，得等到牛年馬月，誰有那鳥工夫？況且下丹田一旦練到相當程度，氣滿則易生精，世上真能做到精滿而不思慾的，到底極其有限，因此學武之人，多半陰虛陽亢，外強中乾，中看不中用，是以本門功法先練中、上丹田。」

他見三保對此懵然無知，不再談論，轉而闡釋了虛靈頂勁、涵胸拔背之意，繼而說明中、上丹田位置，並從三保頭頂心捏起一根髮絲，扯得筆直，纏於一根樹枝上，道：「你要是偷懶萎靡，一打瞌睡，這根烏龜毛便會斷了，那麼你就有享用不盡的苦頭。」接著傳授三保一套極粗淺的行功法門。三保記心甚佳，領悟力亦高，經武學泰斗光明金剛傳授點撥，片刻之後已可自行練功。光明金剛稱許道：「看起來你還不算太笨嘛！好咧，老夫睡上一覺，你可別吵鬧，否則老夫定會踹得你龜屁股開花。」說完，頭上腳下地倒掛在一根粗大的樹枝上，不一會兒便鼾聲大作，敢情他不但如此能夠入眠，而且還已經睡熟。

三保初學乍練調息吐納，起先還算圓轉如意，到了心思欲靜不靜之際，家人慘死的情景驀然湧現眼簾，清晰在目，整夜勉力喬裝出來的鐵石心腸幾欲碎裂，恨不得即刻追隨他們而去才好，卻不甘心就此死去，總得先手刃傅友德、阿甲阿得等大仇才行。他的心恰若廣大無垠的爭戰之場，無數雜念大軍相互攻伐，相持不下，鏖鬥不休。就在此時，一股熱力從他背心靈臺穴流注進他的體內，不絕如縷，瀰漫胸腹，和暢如春風，溫煦似冬陽。三保知是光明金剛相助，感激不勝，也就逐漸收攝起心神，將外來的內力化歸為己有，滿腔悲切之情，稍稍暫得紓解。

待天色微明，三保又將一口氣運行了幾周天，覺得渾身暖烘烘地，神清氣爽，通體舒暢，這才睜開眼來，赫然見到一張眼在下、嘴在上的鬼臉，飄浮在面前三寸之處，而一雙綠油油的眼珠子，正一瞬也不瞬地死瞪著自己，那張鬼臉貼得如此之近，卻全然無聲無息，似為木雕石刻。三保出其不意，身子急往後仰，這才看清楚那張鬼臉是屬於光明金剛的，而他仍是頭上腳下地倒掛著，只不知打從何時起已貼近面前。三保身子後仰時，感覺到頭頂心微微刺痛，知道那根纏於樹枝上的頭髮整夜未斷，心下稍寬，但還是免不了惴慄難安。

光明金剛翻身下樹，惡狠狠指著三保的鼻子罵道：「你這個臭小子，爛小子，聽不懂人話的笨小子。老夫昨夜入睡前，不是叫你別吵鬧嗎？豈知你的呼吸聲響得跟打雷一般，害得老夫徹夜難眠，只好盯著你瞧。這次老夫權且饒你，下回你再這麼吵鬧不休，就自個兒去睡豬圈吧！」他罵得酣暢痛快，也不管荒郊野林裡找不找得著豬圈，更不在意自己發出震耳鼾聲。三保連番道歉，然後虛心請教調息運氣之法。光明金剛也不藏私，知無不言，言無不盡，直至天色大亮，咂咂舌頭，拍拍肚皮，道：「傻小子，老夫昨兒忙了一整夜，今晨又教了你好一陣子，當下又飢又渴，現在給你兩個選擇，一是你乖乖伸出脖子讓我吸幾口血，另一則是你去打些山珍野味來。」

三保自是選擇後者，不過他才十一歲，雖然有時會跟隨父親打獵，卻僅是在旁協助，從未親自動手捕捉獵物，況且父親用的是弓箭、陷阱，而他此時赤手空拳，因此茫然無措，忽然看見一隻野兔，硬著頭皮去抓，兔子奔跑甚速，蹦了幾蹦，便隱沒在草木之中，不知去向。

「你還是認命吧，讓老夫痛痛快快喝幾口血得了。你已學了調息運氣之法，並且得到老夫的內力，怎還不會使力用勁呢？一點兒也不懂得舉一反三，當真笨死了！」一個冰冷冷的聲音在三保的背後響起。三保思索光明金剛所傳授的法門要訣，突然靈光乍現，先氣沉丹田，自覺蓄勢已極，如箭滿弓弦，繼而念存玉枕穴間，勁透湧泉穴底，奮力向前縱躍，只聽得喀嚓一聲，腦門竟撞斷數步外七、八尺高的一根樹枝，好生疼痛，兩眼直冒金星，心下卻甚歡喜，知道運勁得法，而且頗受用於光明金剛昨夜所灌注的渾厚內力，此刻才會跳得如此高遠。

「喂，傻小子，老夫叫你去打些山珍野味，你是啄木鳥嗎？用腦袋撞樹幹啥？難道你真以為能撞出甚麼東西來嗎？現為隆冬，樹上連半顆果子也沒有，老夫也不想吃蟲子。」三保不理會光明金剛的冷嘲熱諷，心裡一片空明，將氣息運了幾轉，又瞥見一隻野兔，縱身奔去。那隻野兔吃了一驚，沒命價發足狂奔，三保離牠愈來愈近，幾乎觸手可及，不意那隻野兔突然轉向，三保應變不及，讓牠逃脫。

「老夫已懶得說你了，不如先睡個回籠覺再說。要是老夫睡醒而你還沒抓到甚麼好東西的話，你便乖乖認命，把自個兒的脖子洗刷乾淨，老夫可不情願再喝臭血了。」光明金剛霎時沒了聲息，想是已然遠離。三保毫不氣餒，反覆習練在疾奔之際驟然轉向，幾回之後，自覺已得要領，便去搜尋獵物，失手幾次，終於抓著一隻兔子，不免感到欣慰，提著兔耳去尋光明金剛，走著走著，聽到前頭隱隱傳來人聲，快步趕去，卻見光明金剛的周遭圍立著四名漢子，一時之間，弄不清楚他們究竟是敵是友，走到光明金剛身側站定。

一個身著白衣、僵屍也似的男子陰惻惻說道：「明教四大法王之一的光明金剛不是曾經立下毒誓，今生不再收徒弟了嗎？現在是怎麼啦，竟然破誓收了個小跟班，是擔心你的『搔癢雞爪功』失傳，還是怕沒人替你收屍哭喪？」三保昨日曾聽光明金剛提及「明教」，不知那究竟是甚麼教派，而自己既心傷家人慘死，又一意要學武報仇，也就沒想到詢問他，其實就算想到，也根本不敢發問。

光明金剛道：「自從我那個悉心調教的愛徒害我一家慘死，還打得我經脈盡斷之後，我便不再相信任何人了，更何況這傻小子乳臭未乾，衣衫破爛，灰頭土臉，粗手笨腳，他怎會是我的徒兒呢，沒的失了我的身分。喂，傻小子，你剛剛是怎麼稱呼我來著？」「死……死老鬼。」三保兀自不知，這幾個字已然救了自己一命。其時武林中人甚講究尊師重道，至少表面上必得如此，即使再如何喪心病狂，不惜做出欺師滅祖之事，也絕不至於當著外人的面辱罵師尊。那四人這才相信，眼前這個手提兔子的少年，果真不是光明金剛的徒弟，否則必會先行擊殺他，免得稍待動起手來，恐將是個禍害，縱使他年紀尚輕，畢竟光明金剛武功高強，出手極其狠辣，絕不容許有任何閃失。但他們另一方面自負為名門正派，自重身分，不願在其他人面前濫殺無辜，這倒不是義氣使然或憐惜生命，而是擔心日後落人口實，難以再立足江湖。

光明金剛攫住三保的後衣領，將他摔出包圍圈外，罵道：「你這個混帳透頂的臭小子，膽敢叫我死老鬼，難道真以為老夫會買你的兔子嗎？你還不趕快滾得遠遠地，留著手中兔子讓自己看著樣，學當兔兒相公，這才是你的正經出路。這幾位爺渾身上下的賤骨頭著實癢得難受，正苦苦哀求老夫發功替他們搔搔哩，老夫可沒閒工夫理你。」言下之意，乃是要三保自個兒逃命。三保省得，但不忍離去，而且他舉目無親，無所依止，雖尚有一兄，卻沒臉去見他，也不知從哪裡找起，於是翻身坐起，佯裝耍賴道：「我不依，我不依，你這個死老鬼，剛剛說要買我的兔子的，要是沒成交，我回去一定會受爹娘責罰。」他昨夜先是一路狂奔，緊接著習練吐納調息之法，方才又去追捕野兔，將家人慘死之事暫拋一旁，此時提起爹娘，不由得心如刀割，顧不得光明金剛先前的威脅，索性嚎啕大哭起來。

那四人看他哭得一把眼淚一把鼻涕，手裡還抓著兔子，衣衫襤褸，頭臉身上髒汙不堪，更加相信他只是個尋常的獵戶之子。一個高大體壯的禿子側身說道：「娃兒，你先別著慌，等我們收拾這個死老鬼後，再跟你買兔子吃。你乖乖坐在那兒別動，仔細看我們把這個死老鬼的骨頭拆下來當柴燒，好烤你的兔子肉。」他「肉」字才出口，以身體當掩護，遮蔽光明金剛的視線，從袍子裡激射出一條流星鏈子刀，彗星襲月般飛刺向光明金剛。此舉十分陰狠歹毒，與偷襲無異，以他的身分地位，原自不屑於這種下三濫手段，但今日的對手乃是武功高極的魔教長老，只得權且放下尊嚴。其餘同伴見他發難，也趕緊出手，以免讓他奪占首功。

白衣男子使的是七節風雷棍，赭衣男子耍的是鞭身滿布倒刺的九節花蟒鞭，另一名青袍男子則是拋擲五刃奪命輪。他們深知光明金剛爪功之勁，天下無有抗手，上上克敵之策，便是使用長兵刃，讓他根本近不了身，他也就無從施展其無堅不摧的透骨鬼爪功了，此正符合「一寸長，一寸強」的武學之道。四人由是捨棄原本擅長的刀劍拳掌，改練新武器，並一同苦練多時，操演攻守陣法，培養臨敵默契，自覺已能擊斃大敵，追尋半年有餘，從江南千里迢迢來到雲南，昨夜受三保村落的火光吸引，從餘燼中翻找出有五個指孔的頭蓋骨，天亮後展開追蹤，終於與對頭照上面、動上手了。光明金剛功力深厚，耳音極佳，方才察覺到大老遠外有人馬逼近，來者多半不善，自己本不畏懼，但昨晚耗損真元助三保練功，擔心動起手來三保在旁礙手礙腳，遂自行離去，好將敵人引開，不意三保才一會兒功夫便抓到兔子尋來，可見其天資確實不凡。然而光明金剛縱使再如何惜才，此刻也全然顧不得三保了，因為有四樣厲害極了的兵器，正往他身上招呼過來，而他前後上下左右都籠罩在一擊必殺的範圍之內。

好個光明金剛，瞧出四樣兵器雖都來得飛快，但還是分了先後，而且四人的功力深淺略有差別，遂於電光石火之際，從幾乎絕無可能的縫細中鑽出，一躍而至白衣男子面前。四人一擊失手，急急收回兵器，分打光明金剛的頭、背、腰、腿四個部位。所謂「忙家不會，會家不忙」，光明金剛不管不顧周遭兵刃破空之聲，右手屈指成爪，抓向白衣男子的頭顱，白衣男子竟不閃不避，似乎要拚個同歸於盡。光明金剛「嘿嘿」冷笑，心想哪能讓你輕易得逞，總要抓穿你的腦袋瓜兒，自己還能全身而退，才算真本事，手指蓄滿的勁道正要發出，突然感到右手掌心一縷刺痛，料想白衣男子的髮髻中藏有暗器，自己一時疏忽，著了他的道兒。

光明金剛變招奇速，左手飛快點了白衣男子的穴道，身子如同水蛇般扭動，避開從後襲擊而來的兵刃，眼明手快，左手回轉一揮，鋼爪截斷繫著流星鏈子刀的長索。四人收勢不及，七節風雷棍的最末一節把主人打得腦漿迸出，五刃奪命輪把他攔腰切成上下兩段，九節花蟒鞭將他的下身團團裹住，斷了線的流星鏈子刀射進其胸膛，將上身帶離下身，釘在三丈外的一棵柳樹上，而白衣男子的手裡還緊緊握著七節風雷棍，到死都未曾鬆手。

餘下三人大駭，驚慌失措，光明金剛趁隙飄身過去，用左手將青袍男子的心臟掏出，擲向禿頂男子。禿頂男子以為是暗器，接在手裡，瞥了一眼，嚇了好大一跳，忙不迭地拋在地上，渾身汗毛直豎。光明金剛人隨心至，感到右手掌麻痺，情知白衣男子頭上之針淵有劇毒，不敢再發猛勁，右手虛晃一招，左手食、中二指插入禿頂男子的雙目，只聽得噗噗兩聲輕響，勾出兩顆圓滾滾、血淋淋的眼球來，又當成暗器甩向赭衣男子，阻住其攻勢，左手掌吐出柔勁，震碎禿頂男子臉孔皮肉間的筋膜，硬生生將他的臉皮給撕了下來。禿頂男子摀著面孔，慘呼連連，往前撲倒，再無聲息。光明金剛以掌力把禿頂男子的臉皮推向赭衣男子，旋即縱身而起，往赭衣男子躍去。赭衣男子早已被凌空飛來的眼球、臉皮給嚇得魂飛魄散，手足發軟，戰也不是，逃也不成，傻愣愣僵著，只道自己必然無幸，卻見光明金剛的身子筆直墜落，俯臥在地，抽搐了幾下，然後一動也不動，而他的右手掌發黑腫脹，顯然已毒發身亡。三保驚呼：「死老鬼，死老鬼，您怎麼了？您可不能就這樣死了，莫忘了咱們之間的約定。」光明金剛悶不吭聲。

赭衣男子不敢大意，解開纏繞在白衣男子下身的九節花蟒鞭，猛力一抽，將光明金剛大腿的皮肉連同衣衫撕下一片，還不放心，連抽幾鞭，看他已是體無完膚，血肉模糊，仍一無動靜，這才走近，要以手刀劈斷他的頸項。光明金剛突然翻身，左手射出五枚飛鏢，都嵌在赭衣男子的胸腹上。赭衣男子這下子比見到僵屍從棺材裡竄出還要驚駭百倍，往後一屁股坐倒，餘勢不衰，直摔得四腳八叉。光明金剛原就為了三保耗損真元，身中劇毒後更加乏力，飛鏢射入不深，不足以立斃敵人，也失去準頭，全未打中穴道。赭衣男子驚魂稍定後，雙手在身上摸了幾摸，察覺自己傷不甚重，行動無礙，即將可以手刃名震江湖、世人聞之色變的明教大魔頭，站起身來，拍拍屁股，揚起塵土，昂首挺胸，仰天大笑道：「天下英雄忒也多了，沒想到竟是我鐵掌門的史滿剛搶建頭功。」

光明金剛側臥在地，道：「老夫殺的人多如過江之鯽，卻跟鐵掌門素無恩怨，與你這位甚麼『狗屎滿缸』的更無任何過節，你為何要如此大費周章，千里迢迢地前來殺我？」史滿剛道：「虧你還是魔教的金剛法王，竟然這麼沒見識！誰說打打殺殺一定要有甚麼恩怨過節？你看元、明二軍的軍士死傷以百萬計，流血之多，足可漂櫓，陳屍之眾，得以成山，到底哪個元兵跟哪個明兵結過甚麼冤仇了？」光明金剛道：「那是他們的主子為了爭奪江山使然，他們才化作枯骨亡魂的。事出必有因，你要殺我，不會純屬吃飽了撐著，總該有個理由，倘不明言，老夫可死不瞑目，將化為厲鬼，日日夜夜纏著你，不斷問說為甚麼，為甚麼，為甚麼，為甚……」

「好吧！我便說給你明白，省得閻王殿裡收了個糊塗鬼。」史滿剛頓了頓，續道：「我大明朝初建之時，即已對魔教妖孽下達必殺令，先前吸納了為數眾多的武林高手，這兩年又籌設一個專責機構，那便是錦衣衛。聖上傳有明令，武林中人凡擊殺魔教小頭目一名，可出任錦衣衛校尉，而你光明金剛貴為魔教四大金剛法王之一，項上人頭可有價值了，即便尚不足以保我直升錦衣衛指揮使，再不濟，總能助我弄個千戶當當，那可是正五品的官兒吶，比起操地方生殺大權的縣老爺，還尊榮顯貴得多，說不定有朝一日，我史滿剛率領武林群豪剿滅魔教，還能因此封萬戶侯，享千鍾粟，居黃金屋，妻顏如玉哩！哈哈哈……」他說到加官晉爵，嬌妻美眷，不由得再次縱聲大笑。

光明金剛嘆道：「唉，朱元璋當真是狼子野心，忘恩負義，利用我明教勢力奪得天下，屁股剛沾上龍椅，便馬上反過頭來，要將昔日同生共死的教友兄弟們趕盡殺絕。當初先教主小明王沉江而亡時，我便猜想必定是朱元璋這賊殺才下的毒手，可惜我教諸位長老亟言須以天下蒼生為重，民族大義為先，才任由他猖狂，卻是姑息養奸，終究釀成無邊大害。其後中土的蒙古殘部尚未剿滅，朱元璋竟已搶先反噬，以重利官職誘使天下武人為其所用，以對付明教。『兔死狗烹，鳥盡弓藏』乃千古不易之理，去年的胡惟庸案，不正也是如此嗎？」史滿剛道：「胡惟庸高居相位，權傾天下，卻辜負聖上寵信，竟然勾結倭寇，密謀反叛，可說是死有餘辜。」光明金剛冷笑道：「這種鬼話，居然你也相信，你方才笑我沒見識，自己到底長腦子了沒有？」史滿剛反問道：「要不然呢？」

光明金剛道：「朱元璋本就有意廢黜丞相之位，好一人獨攬大權，並藉事端屠戮功臣，以根除心腹之患，故意無視徐達、劉基等人的諍諫，先是提攜器量褊狹、庸碌無能的汪廣洋為相，因無建樹，再代之以識淺才薄、專擅張狂的胡惟庸，然後栽贓胡惟庸這傻子意圖通倭反叛，並透過親軍都尉府的鷹爪孫來誣陷殺害功臣，如今把親軍都尉府擴編為錦衣衛，好進一步滿足其狼心狗肺。這錦衣衛乃朱元璋親軍十二衛之首，最最要緊不過，朱元璋猜忌心之重，可謂前無古人，後無來者，他怎會容許江湖武人充任錦衣衛呢？所以我才說，明教徒眾滅絕之日，便是天下武人喪命之時，你竟然還在痴心妄想，甘為其鷹犬，其實是自尋死路，當真可嘆！你不如……」

史滿剛斥道：「住口！你這大膽妖孽，竟敢詆毀當今聖上！光是你方才一番不軌妖言，便足以讓你滿門抄斬，挨千刀萬剮了。」光明金剛苦笑道：「拜朱元璋那賊殺才之賜，老夫全家早已死得只餘下我孤身一人了，哪還能遭受啥勞什子的滿門抄斬哩！至於千刀萬剮嘛，那可是甘之如飴，求之不得。」史滿剛哈哈笑道：「原來大名頂頂的魔教法王光明金剛，面子上不可一世，殺人如麻，其實孤苦伶仃，可憐兮兮，才會如此憤世嫉俗，手段凶殘，搞得天理難容。你為何不早說呢？我家裡養的那口母豬才死了配偶，你不如跟那口母豬結為連理，生一窩的小豬崽子，好重享天倫之樂。」光明金剛道：「閣下所說的母豬，應該就是你的親娘吧！她來者不拒，面首如此之多，車載不盡，斗量不完，老夫即便再等上八輩子，恐怕還輪不到我跟她配對哩！」他牙尖嘴利，較諸雙手之爪，或許還略勝半籌，這些年闖蕩江湖，每當遭遇凶險，便使出嘴功來擾亂對手，往往收到奇效。

史滿剛果然怒不可遏，喝道：「廢話少說，老子既已告知殺你情由，你便納命來吧。」大踏步上前，力貫右臂，直達掌緣，正要使出鐵掌絕技，以劈斷光明金剛的脖子。三保大喊：「別殺死老鬼！」急忙拋下手中兔子，快步衝來，小小拳頭直直打出，正中史滿剛的後心。史滿剛口噴烏血，撲倒在光明金剛的身上，連番抽搐，隨即靜止不動。三保不敢置信自己的內力居然如此強猛，又懷疑史滿剛也學光明金剛裝死，轉念一想，他實在沒有裝死的必要啊，因而傻愣愣地看看自己的拳頭，再看看史滿剛的屍體。

光明金剛道：「喂，傻小子，別光杵在那兒，快幫我移開這滿缸狗屎，非但臭不可聞，還他奶奶怪重的。」三保問道：「他死了嗎？」「死得可透咧！」「是我打死的嗎？」三保這話問得有些心虛。「呸！就憑你。他是毒發身亡的，因此你沒打死了人，而是打了死人，呵呵。小心，他身有劇毒，你可別沾上了。」光明金剛料想光憑那五鏢，恐怕射史滿剛不死，遂將鏢頭沾染自己的毒血，再故意拖延時間，自己中毒雖然較早，但因傷在手掌上，尚可勉力運功壓制住，而史滿剛乃是胸腹中毒，毒質不需多時便深入五臟六腑之中，一旦在暴怒之下運功，即刻斷送性命，到陰曹地府繼續做他的封侯大夢，三保發拳打他，實屬多餘，反倒將屍體推向光明金剛。

三保慶幸自己沒再殺人，卻也暗覺失望，奮力推開壓伏在光明金剛身上的死屍，滿懷關切問道：「死……死老鬼，您如何了？您剛剛一動也不動，我還以為……我還以為……」他昨夕才經歷滅門慘禍，不由得把光明金剛當成唯一的依靠，此刻情緒激動，泫然欲泣。光明金剛飛起一腳，踹在三保的臉頰上，罵道：「臭小子，老夫昨兒不是說過，只要再見你哭一回，就揍你一回嗎？你先前哭得忒傷心了，現在竟又兩眼含淚，倘若老是要擺出這副膿包樣給老夫瞧，還不如殺了我吧！」三保搗著臉頰，眼眶中的淚水忍不住流淌下來。

光明金剛怒道：「還哭！真沒出息，就跟娘們一樣，連這麼點兒疼痛都忍受不住。」三保搖頭道：「不，我哭是因為一點兒也不疼，您一定傷得不輕吧？您的手怎麼了？」光明金剛見他情意真摯，不免感動，心想自己若非全家慘遭叛徒毒手，或許也會有個像三保一樣乖巧聰明的孫子。他凝視自己腫脹發黑的右掌，長吁口氣道：「唉，沒甚麼，只不過中了奸人的暗算。老夫正以全身內力抗毒，一時三刻還死不了，久了可就不一定囉！」三保卻道：「不，我問的是另一隻手。」

光明金剛抬起已無尖爪、滲著鮮血的左手，道：「哦，你問的是這隻啊！老夫過於自負，平素不屑攜帶暗器，方才情急之下，用內力震斷連結鋼指的筋肉，把鋼指當飛鏢使，都打了出去，是以當下老夫空有一身武功，卻完全使不出來了，形同廢人，原以為『練功不練武，一生白辛苦』，可萬萬沒料到，『練功又練武，依舊白辛苦』。」他說得輕鬆自在，三保可焦急萬分，問道：「那要如何是好呢？」「你昨兒的爺爺叫得可親熱哩，如今老夫身受重傷，你不妨把我當成你的親爺爺，好生伺候著吧。哈哈哈……」光明金剛命懸一線，仍不忘說笑。其實他形單影隻，舉目無親，近來年歲漸長，內心深處益發憧憬天倫之樂，方才與史滿剛鬥嘴，觸動心弦，當下笑得未免淒涼。他向來疏狂不羈，此時頓覺強樂還無味，止住了笑，但笑聲依舊迴盪在林間，不禁心中一凜。

「哈哈哈，你這個毫無人性的飲血惡魔，居然也會有這麼一天，落在我『斷魂刀』吳明的手裡，當真始料未及。」光明金剛與三保急向發聲處瞧去，赫然看到一張恐怖至極的臉孔，或者該說那是一張肉笑卻無皮可笑的臉孔，正是那禿頂男子。他眼球遭挖出，臉皮也給撕去，一片血肉模糊，但四肢完好，方才伏在地上裝死，聽光明金剛自言武功使不出來，便起身要取他性命。光明金剛暗罵自己當真愈老愈糊塗，昨日忘記已經點了三保的穴道，那倒不打緊，今兒竟忘了還有一個尚未斷氣的強敵，這可大大不得了，但仍沉住氣，道：「你老兄要是當真『屎尿未急』，就別儘占著茅坑。」吳明一愣，道：「你說啥？」他沒聽明白光明金剛運用諧音的俏皮話。

光明金剛旨在拖延，以思索解危之計，也不解釋，道：「斷魂刀武功不差，為人還算仗義，在江南享有薄名，老夫也曾聽說過，而你千里迢迢前來取我性命，難道也是轉了性子想當錦衣衛？你今後還有那個臉充任千戶大人嗎？你的老子還真有先見之明，把你取名為『無明』，如今果然失明了，倘若你再自取字號為『無顏』，那就再貼切不過了。」吳明咬牙切齒道：「不，我是遺腹子，名字是爺爺取的，另外，我與你不共戴天，誓不兩立，殺你完全不用任何報償。」光明金剛道：「嘿嘿，若非至親故舊，難成生死寇讎，然而抱歉之至，請恕老夫眼拙，你老兄即便臉皮尚在，可還面生得緊，老夫全然記不得你是哪位，咱們非親非故，究竟是甚麼時候結下這麼大冤仇的？我是殺了你爹，還是姦了你娘，抑或既殺你爹，又姦你娘？哎喲，難不成你是我的親生骨肉，這才如此恨我？」

「哼，別胡說八道！二十年前你打傷了我，害得我無法參加本派掌門人獨生千金的比武招親大會，非但娶不成如花美眷，連掌門人的大位也失之交臂，此事乃我生平至憾，不殺你，難消我心頭之恨。」「你的記性可真好，這些陳年舊事竟然還能記得一清二楚，沒讀書以求仕進，當真可惜之至，老夫倒是壓根兒想不起來。話說回來，那時候我還沒練透骨鬼爪功，你尚且不是我的對手，本事如此不濟，縱使我沒打傷你，你便能在比武招親大會中勝出嗎？後來就能擔任掌門人嗎？你童山濯濯，令掌門人的千金會願意委身於你嗎？」「我年輕時算得上英俊瀟灑，更是與師妹情投意合，我倆早已私……唉，算了，說這些已無濟於事，反正你的項上人頭已寄放了二十年，我吳明今日要定了。」他雖失去流星鏈子刀，但身後背負著一把更為趁手的寶刀，反手抽出，揮了兩揮，刀光閃爍，厲聲道：「我今日就用這把劈神斬鬼刀，斬殺你這隻早已該死的死老鬼。」一邊說邊向光明金剛倒臥處步步進逼。

三保擋在光明金剛身前，喊道：「別殺死老鬼，假若你非殺人不可的話，那就殺我好了！」他心悲父母姊妹慘死，不忍心再見光明金剛遭到殺害，是以挺身而出。光明金剛道：「你這小子倒講義氣，勝過朱元璋那廝多矣，卻也傻得可以。他殺了你之後，難道會放過我嗎？你快走吧，別枉送小命。」吳明道：「小兄弟，你喚這魔頭『死老鬼』，想是與他非親非故，不必為他送死。我現在雙目已盲，手中寶刀更沒長眼，無論正神邪神，遇神劈神，不管老鬼小鬼，逢鬼斬鬼，你快快讓到一旁去吧！」三保急道：「不，我馬和絕不退讓。」

吳明道：「那就休怪我刀下無情了。」一刀劈下，光明金剛推開三保，伸出右手去格，遭齊腕斬斷，然而如此一來，便無須再拚盡全力遏止毒質，隨即起腳踢斷吳明一條腿。吳明跌倒時，順勢揮刀往對頭的身上砍去。光明金剛伸出左手要夾奪刀刃，驀然想起鋼指盡脫，哪裡還夾得住，此時再要閃避，已然不及，咬緊牙關讓胸腹挨了這一刀，左手變爪為掌，將吳明的身子震出三丈外，然而傷重乏力，這掌震他不死。

吳明斷了幾根肋骨，拄著刀掙扎站起，瘸著腿再次逼近，立在光明金剛面前，將劈神斬鬼刀高高舉起，心想大仇就要得報，心裡感慨萬千，發勁砍下，臂膀卻是一輕，緊接著感到一陣陣錐心刺骨的劇痛，急用另隻手去摸，發現持刀的手掌竟遭削斷。他摔倒在地，四處摸索自己的斷掌，終於摸著，以單手掰開緊握刀把的斷掌，將之塞進袍內，然後握著劈神斬鬼刀，爬往光明金剛，看這樣子，當真非置光明金剛於死地不可。

削去吳明手腕的是三保。他情急之下，拾起地上的五刃奪命輪擲去，這奇門兵器甚不易使，他有樣學樣，居然一舉得手，此時目睹吳明滿身是血，竟還鍥而不捨，不由得驚得呆了。光明金剛見狀，急道：「好孩子，快殺了他。你還在等啥呢？你不殺他，他一定會殺了我倆，你大仇便報不了了。」三保喃喃道：「我不敢，我不敢，我不敢……」光明金剛道：「有甚麼不敢的？你昨天不也砍殺了兩個明兵嗎？殺人其實比吃飯還容易。」

三保看吳明已爬到光明金剛身前，迫於無奈，拾起五刃奪命輪，削斷他的另一隻手。吳明雙手皆斷，痛徹心肺，更覺報仇無望，不禁發出悲切厲吼，轉念一想，自己還有滿口牙齒，只要一息尚存，也要將光明金剛給活活咬死，於是強忍劇痛，拚命掙扎著往前爬行，碰著一個身軀，張口往咽喉用力咬下，還生吞其肉，狂飲其血。不意那是毒發身亡的史滿剛的屍體，吳明咕嚕嚕吞嚥了好幾口血，霍地一躍而起，喉間荷荷作響，身軀亂顫，傷口鮮血四濺，臉上更是血肉模糊，其形容直如鬼怪。他斷了一腿，東搖西擺地瘋狂起舞，突然抽搐幾下，嘴裡狂噴黑血，往前趴伏在三保身上，再無動靜。三保給嚇呆了，待回過神來，使勁推開吳明的屍身，往後倒退幾步，給另一具屍體絆倒在地，他想尖叫，卻叫喊不出。

光明金剛失血極多，幾欲暈厥，強自忍耐，對三保道：「好孩子，難為你了。吳明的血有劇毒，你身上沾染了些，先去溪旁把自己清洗乾淨，裡外衣服悉數換過，可千萬小心，別讓毒血沾到口鼻雙眼或任何傷口。等打理妥當後，我身上有金創藥，你拿出來幫我敷上。」所幸三保昨夜遭荊棘劃開的傷口都在四肢與身側，並未沾染到吳明的毒血，他依言行事，還將光明金剛全身的傷口包紮得穩穩當當。光明金剛讚道：「包紮得很像個樣，好小子，哪裡學的？」三保回道：「我常跟著家母為家裡受傷的牲口療傷。」

光明金剛先是一怔，隨即啞然失笑道：「你把我當牲口了？哈哈……」他笑了兩聲，牽動胸腹的傷口，委實痛得厲害，雖強忍著不吭出聲，但再也笑不出來，指使三保道：「你去他們身上搜搜，看看有無令牌之類的物事，順便跟他們借些盤纏花用，銀子最好，鈔票與銅錢就免了。朱明賊朝廷印鑄的寶鈔跟錢幣，雲南目前還不通用，用了反而會招惹麻煩。『狗屎滿缸』和吳明的身體都含有劇毒，務須小心。」三保以布裹手，在地上三具屍體的身上掏摸，銀子搜出好一些，都老實不客氣地放進包袱裡，但沒找著甚麼令牌。光明金剛轉頭瞥向釘在樹上的白衣男子屍身，朝那方向努了努嘴，道：「哪，那裡還有一個，可別漏了。」

三保瞧見那具只有上半身的屍體雙目圓睜，頭臉紅紅白白，又是鮮血，又是腦漿，臉孔已然腫脹變形，內臟脫出軀幹之外，垂落到地上，其死狀著實淒慘可怖，心裡駭怕至極，不過還是硬著頭皮走過去，緩緩探出手到他的袍子裡。這時白衣男子原本仰著的頭顱突然垂下，似乎在瞪視三保伸進他懷裡的手。三保大吃一驚，往後急退，跌坐在地。白衣男子的身上掉出一個物事來，三保驚魂甫定，拾起拿去給光明金剛。

光明金剛瞥了一眼，道：「這是朱明賊朝廷賜給走狗的令牌，或許能夠保命，你好生收著。」三保將令牌揣進衣裡，問道：「死老鬼，咱們現在要如何是好？」他一回生，二回熟，此時已將「死老鬼」喊得頗為順溜。光明金剛道：「老夫雙手皆殘，只好上大研城（即今雲南麗江）去找那個人，世上只有他才有本事幫我接回鋼指，至於斷掌，恐怕已回天乏術了。」光明金剛沒說明「那個人」究竟是誰，三保沒敢問，反正自己肯定不認識，漫應了聲：「好的。」

光明金剛道：「你將我的鋼指從『狗屎滿缸』的身上挖出，洗淨後用不透水的油布包好，千萬小心劇毒。我傷重，輕功使不出來，須以馬代步，你去樹林裡揀選兩匹良駒來，放走其餘。」他向來颯爽利落，但不知為何，對這個初識的少年甚為關切，再三叮囑他小心，未免顯得有些囉唆。

三保小心翼翼地從史滿剛胸腹挖出光明金剛的五根鋼指，連同他的一隻斷掌，都仔細清洗一淨，用油布包妥，放入包袱裡，鄭而重之地背負在身後，再去林內牽來兩匹駿馬，扶光明金剛上馬坐定其中一匹，自己跨上另外一匹。他是伊斯蘭先知穆罕默德的嫡裔，歷代祖先大多是馬背上的英雄，身上流淌著大漠民族的血液，而且他這些年常隨父親策馬馳騁，放牧遊獵，是以年紀雖輕，人小體弱，騎術已甚精湛。

光明金剛雙手皆殘，無法自持馬韁，三保將兩匹馬的韁繩都握在手中，一老一少並轡緩行，辨明方向，投往大研城而去。

第三回 烽火

四郊未寧靜，垂老不得安。子孫陣亡盡，焉用身獨完！
投杖出門去，同行為辛酸。幸有牙齒存，所悲骨髓乾。
男兒既介胄，長揖別上官。老妻臥路啼，歲暮衣裳單。
孰知是死別，且復傷其寒。此去必不歸，還聞勸加餐。
土門壁甚堅，杏園度亦難。勢異鄴城下，縱死時猶寬。
人生有離合，豈擇衰盛端！憶昔少壯日，遲回竟長嘆。
萬國盡征戍，烽火被岡巒。積屍草木腥，流血川原丹。
何鄉為樂土？安敢尚盤桓！棄絕蓬室居，塌然摧肺肝。

杜甫這首〈垂老別〉，作於唐朝安史之亂年間，極言烽火連天下，尋常百姓的悲哀與無奈，而此情此景，數百年後又在雲南大地上重現，只是三保為了躲避元、明軍隊，騎著馬儘在樹林間穿行，尚未親眼目睹「積屍草木腥，流血川原丹」的慘狀，但已深深體會到「棄絕蓬室居，塌然摧肺肝」了。

平林漠漠，寒山幽幽，老少無語，馬亦不嘶，唯蹄聲達達悶響。麗陽西斜，轉眼又已將暮，天地不仁，上蒼無情，儘管人世間哀鴻遍野，晚霞依然燦燦，涼風仍舊習習，鳥獸返回巢穴，餵養引頸爭食的雛兒，好一幅天倫樂圖，三保卻已家破親亡，不知此去何方，而霜露既降，木葉盡脫，樹林間鋪滿衰草枯葉，如此淒清景象，更平添惆悵。他聽著鳥啼獸鳴，回想著一日之內所遭逢的劇變，不由得悲從中來，礙著光明金剛在旁，只得強抑淚水，側頭見他雙目緊閉，臉色慘白，胸口因馬行顛簸而滲出血水，天色也已向晚，於是策馬出林，打算找個地方讓他安歇。

三保左右眺望，看到左前方似有炊煙飄昇，撥轉馬頭前往，靠近一瞧，不禁暗叫聲慘，放眼望去，斜陽裡隱約孤村，哪有甚麼嬝嬝炊煙，唯見屠村火焚後遺下的灰燼，以及禽獸飽餐過四散的人屍。寒鴉飛掠，嘎嘎悲啼，幾隻瘦弱老殘的野犬大嚼難得入口的鮮肉，直至肚腹鼓脹猶不知足，各自伏在地上啃囓人骨為樂，忽見人馬接近，紛紛站起，高豎耳朵，卻又不願意張口大吠，以免骨頭落地，給來者可乘之機，只色厲內荏地從喉間發出低吼，但碩大無朋的來者根本不懼威脅，仍步步逼近。狗兒們無可奈何，全都轉過身子，夾著尾巴，遁入林內，遠遠窺視著，一任饞涎滴落荒煙蔓草間，浸濕了狗腿下的塵土。

「他奶奶的，這肯定又是賊朱明狗官兵幹的好事！」光明金剛憤恨不平道。三保回轉過頭，側著臉道：「您醒了？我方才看您睡著，沒敢驚動您，自做主張出了樹林，想找個地方歇歇。」「我沒睡著，只是閉目養神而已。」光明金剛的臀部與大腿後側受的雖是皮肉傷，但一直在馬鞍上磨蹭，疼痛非常，一直咬牙苦撐，哪能睡得著！他續道：「你看，這村子裡成年男子的頭顱都被明兵割去充作元兵，以冒領軍功。另外，朱明賊朝新創未久，皇宮與各親王府裡甚缺宦侍宮女，因此明軍在屠村之際，會擄走少男少女，好送去服侍姓朱的一家老小，元軍只會強擄年輕女子，供做逃命之餘的淫樂之用，糧食不夠時還可拿她們充飢，沒那個閒工夫割人首級。」

三保打量滿地橫七豎八的屍身，果真如光明金剛所言，看不到幾個少男少女，沒有頭顱的都是體型較大且身著男裝，不過他不明白何謂「宦侍宮女」或「淫樂之用」，不敢多問，只感戚然，忽又覺得，原來人世間本多悲慘情事，遭逢不幸的，絕非自己一人一家一村而已，心裡既生出莫名悲憤，卻也隱隱有些寬懷。

「如今兵荒馬亂，時局不靖，估計其他村落的下場也都是如此，咱們隨遇而安，便在此處暫歇吧！」光明金剛沉聲說道。他身中劇毒，且受重傷，虛弱得緊，這會兒毫無心情吟詩詠嘆，唯默誦著杜甫的〈垂老別〉。三保恭謹地應聲「是」，找了間沒全然焚毀的屋舍，先略為清理後，再扶光明金剛下馬入內，幫他換過金創藥，重新包紮好傷口。三保換藥時，發覺光明金剛右腕傷口隱隱發黑，到底毒質還是上侵了，不禁臉現憂色。光明金剛瞥見他的愁容，哂道：「老夫命硬得很，沒那麼容易就死，你可別窮緊張。」三保惶惶難安，卻也無計可施。

光明金剛續道：「想當年神醫華佗為關雲長刮骨療毒，關雲長飲酒食肉，談笑自若，傳為千古佳話。這會兒沒酒，倒也罷了，老夫打了一架，又騎了大半天馬，肚子快餓扁了。傻小子，今晨你捉的兔子呢？」「哎呀，早放走了，您要吃兔子肉的話，我再去捉隻來。」三保連忙起身，心裡嘀咕著：「該不會要我幫您刮骨療毒吧？真要如此，也只得幹了。」光明金剛卻道：「天色已黑，兔子早歸窩了，犯不著這麼麻煩。『狗屎滿缸』他們的馬背上載負有乾糧肉脯，可我現在力乏嚼不動，你自個兒好生享用吧，不過你倒是可以去廚房找找，看有無白米，若有，幫我熬碗粥得了。」

三保奔進廚房，翻開米缸蓋，見到一些白米，另發現一缸清水，喜孜孜地熬了一鍋粥，覺得自己總算稍有用處。他餵過光明金剛後，先禮拜真主，再把殘粥喝了，只吃得半飽不餓，因心懷憂戚，食不甘味，原想如此便罷，光明金剛強逼他再多吃些乾糧肉脯，不明就裡的人見此情狀，恐怕會真以為他倆是祖孫哩！

飯後，光明金剛沒要三保為他刮骨療毒，三保放下了心，卻也有些悵然，長夜漫漫，他是個活潑好事的少年，按捺不住，囁嚅道：「我有個疑問，不知問了您會不會生氣。」「問吧，你又不是小姑娘家，有甚麼不敢問的，難道你是要問我的生辰八字，好幫老夫作媒？話說回來，你要是招惹老夫生氣，頂多讓我喝幾口血便是了。」三保情知他在說笑，但還是心懷忐忑，嚥了口唾沫，問道：「您是哪裡人？眼珠子怎會是綠色的呢？」

光明金剛沒料到竟是這樣的問題，哈哈一笑，因傷口疼痛，隨即止住，正顏道：「你別看我長這副模樣，老夫可是如假包換的漢家兒郎，然而蒙古人入主中土後，視我漢人比豬狗還不如，卻對色目人善待有加，對你們回族其實也算不差，除了當年在攻城掠地時砍殺不少回族之外，後來念在同是馬背上的兒女，也就寬大為懷了。」

他說到這兒，抿起了嘴，碧綠眼眸直盯著桌上那盞搖曳不定的菜油燈，凝神思索塵封已久的陳年舊事，思緒深陷其中，難以脫出，久久不語，一隻孤雁飛掠過屋頂，悲鳴數聲，他這才驚醒過來，道：「唔，我先祖父年輕時患有肺癆，藥石罔效，聽信偏方，常飲人血，肺癆沒治好，眼珠子卻意外變得碧綠，復因機緣巧合，學會胡語，從此冒充胡人，隻身遁走西域，西域天乾物燥，他的癆病竟然不藥而好了一大半。我先祖父天資甚高，文武雙全兼膽大包天，先在西域幹些殺人掠貨的勾當，積攢了一點兒資本後便金盆洗手，其後一意經商，雖未成為鉅富，但生活優渥，日子很過得去，娶了當地的漢人女子，生兒育女，只是為了保有碧綠眼眸，一家老小須常飲人血。我生下來後，喝的人血恐怕遠遠多過於奶水哩！」

「哪來那麼多的人血可喝？」三保奇道。光明金剛回道：「事情壞就壞在這裡。我先祖父為了確保人血供應無虞，買了幾十個健壯的奴隸，男女都有，號為『血牛』，都囚禁在密室裡，餵以養血滋補的食材，再輪流放血，並聽任『血牛』生出『血犢子』，等這些『血犢子』養得大些，也取他們的血飲用。放血之事原本都是我先祖父親力親為，一日他舊疾復發，不得已才差遣先父去做，先父不慎讓一名『血牛』逃脫，竟鬧得滿城風雨，官府、仇家與所謂俠義道人士大舉來攻，我全家悉遭殺死，唯有我被一名路過的明教高手救走，當時我的年紀比你現在還小上幾歲哩。唉，我無意為先祖父的作為開脫，但在暴政之下，人們為求活命，總會做出一些令人匪夷所思的荒唐行徑來。」

三保心想：「原來死老鬼的身世也這麼可憐。」油然生出同病相憐之感，問道：「後來怎麼了？」光明金剛道：「那名救我的明教高手收我為徒，傳授我武藝，卻不禁止我飲人血，反而以此做為獎賞。我若博得他的歡心，他便抓來一個健壯的活人，讓我暢飲其血。等我開始闖蕩江湖後赫然發現，飲人血一事讓我占了莫大便宜，一來名氣很快便傳遍大江南北，再者可讓敵人聞風喪膽，十成功夫發揮不到一半，正應了『不戰而屈人之兵』的道理，所謂『兵者詭道也』，武學何嘗不是呢！」

這番言論直讓三保聽得驚心動魄，與其父母的諄諄教誨大相逕庭，他一方面認為大謬不然，卻又隱隱覺得其情可憫，內心交戰甚烈，一時無言以對。光明金剛一瞧他的神情，即理會得出其心態，淡然道：「傻小子，別想那麼多了，早些歇息吧，明天還有長路要趕，可別忘了習練吐納行氣。」

三保依光明金剛所授法門調息吐納，忽感體內有兩股勢力左衝右突，相持不下，四肢百骸、五臟六腑如受針刺，似有蟻爬，又彷彿遭到火炙，當真難過異常，不由得呻吟了聲，隨即張開眼來，發現光明金剛的碧綠怪目瞬也不瞬地緊盯著自己，原以為他要暴怒，沒想到他嘖嘖稱奇道：「奇也，怪哉！你不過才習練兩個晚上，縱使有老夫挹注的內力，居然已達到如此境界，真是萬萬料想不到。可惜啊可惜，老夫發過毒誓不再收徒，否則以你這百年難遇的練武奇才，任誰都要搶著當你的師父。」

三保不知他這話究竟是認真，或僅在說笑，沒挨打挨罵已屬萬幸，瞥見窗外天色已然大亮，而自己似乎才剛開始調息吐納而已，連忙翻身下床，誠惶誠恐道：「哎呀，我不知已這麼晚了！死老鬼，您餓了吧？我趕緊去弄些吃的。」趁他幡然變臉前，匆匆服侍他飲食，為他換藥，然後才禮拜真主，在他的虎視眈眈下飽餐一頓，再到鄰舍找件合身的長衫幫他換上，兩人隨即踏上旅途。

行過一段路後，光明金剛忽道：「喂，傻小子，一路走來，老夫坐在馬背上閒著沒事窮思索，覺得以你如此良材美質，老夫雖然當不成你的師父，總要跟你攀些親、帶點故才好。前天你不是稱呼我為爺爺嗎？這樣子好了，乾脆你認我當乾爺爺，那不就成了！老夫傳授武功給自己的乾孫子，乃天經地義之事，不算違背誓言。」「好是好，但是……但是……」三保支支吾吾。

光明金剛赤髮戟張，濃眉倒豎，綠眸凶光暴射，臉上青氣更甚，道：「甚麼『但是但是』的，『蛋』就是『蛋』，你含在嘴裡吞吞吐吐，難道打算孵出雞來嗎？你有話快說，有屁快放，可別憋著了。哼，莫非你看老夫此刻虎落平陽，不願意認我當乾爺爺？」他極是心高氣傲，忍受不了遭到後生晚輩拒絕。「不不不，不是的，我只是……只是不想喝人血嘛！」三保鼓起勇氣，說出真實顧慮。光明金剛胸口疼痛，還是忍不住哈哈大笑，摀著胸道：「你吞吞吐吐，推推拖拖，竟是為了這檔子事啊！如今坐在龍椅上稱孤道寡的，乃是朱元璋那賊殺才，他雖然混帳透頂，但是天下百姓再也犯不著把眼珠子弄得綠油油的，更不必喝人血了。」三保放下心，道：「這樣子再好不過了。」

「你要是再沒別的顧慮，那麼快叫老夫一聲爺爺吧！」光明金剛竟然露出期盼的神色來。「爺爺。」三保輕喚了聲。光明金剛眯起眼睛，道：「嗯，不知怎的，前天聽你叫我爺爺，覺得怪刺耳的，現在卻感到相當舒坦，五臟六腑都暖洋洋地，好似肚腸裡教人塞了個注滿溫水的湯婆子，你不妨多叫幾聲給爺爺聽聽。」「好的。爺爺，爺爺，爺爺，爺爺，爺爺，爺爺，爺爺……」三保連珠炮般喊道。「夠了，夠了，真是乖呀，我的好孫子喲！」光明金剛老懷彌暢，眉宇舒展開來，與三保相視而笑。三保自家破人亡迄今，終於笑開了懷，心裡也暗自許諾，要把對待父母的一番孝心，悉數拿來對待眼前這個老人，縱使捨己性命，也非迴護他周全不可。

光明金剛道：「你說你姓馬名和，又名馬哈茂德，小字三保，是個回民，對吧？」三保點頭道：「正是。」「那麼爺爺還是喚你三保好了。此外，當四下無人時，你要怎麼禮拜貴教的真主，悉聽尊便，但只要有旁人在，就不宜暴露你回民的身分，否則咱爺孫倆屬不同族，信不同教，天底下哪有這個道理？」他見三保面露難色，又道：「要成就大事，須從權達變，不可拘泥於形式，雖然身體無法行禮，心裡可沒人管得著，明白嗎？」

《天經》云：「當你們在大地上旅行的時候，減短拜功，對於你們是無罪的，如果你們恐怕不信道者迫害你們。」三保只得以這條來安慰自己，道：「三保明白了。」光明金剛道：「好，這才是我的乖孫子。唔，前方來了大隊人馬，咱們快躲進樹林裡，別讓馬兒出聲。」

三保把馬勒了口，他們才躲好，前頭即出現一個五十人隊的大明步兵，隨後是數十輛由健騾拖拉的囚車，每輛的木籠中都擠滿衣衫襤褸、啼哭不已的少年，男女分別囚禁於不同的車裡，瞧他們的服飾，都屬於雲南當地各族，應是明軍隨處抓來的。最後是另一個五十人隊的步兵，另有數名騎著馬的官兵前後往來馳騁，不時口發喝斥，揮鞭抽打在囚車上，好生威風。三保目睹此情此景，才知昨夕進村時光明金剛所言非虛，只是自己的姊妹與同村玩伴悉遭殺害，連充當宦侍宮女的機會也無，不免憮然，但轉念一想，眼前這些少年男女飽受驚嚇，前途堪慮，或許得到痛快一死，比遭受無窮無盡的折磨要來得好些。

他思索未已，一個騎在高頭大馬上的軍官霍地揚起手來，傳令兵見狀，趕忙扯緊喉嚨大聲喊停，整個隊伍於行進間急停下來，木籠中的少年男女們跌跌撞撞，驚呼連連。那軍官惡狠狠道：「一路上叫你們安靜，你們老是聽不懂，總愛哼哼唧唧，現在我要殺雞儆猴，看你們以後還敢不敢不聽話。」他指向一輛囚車裡的一名少女，喝道：「把她給我拖出來！」兩名士兵不懷好意，打開那囚車上的木籠門，屈身進去，籠內少女們慌慌張張閃躲到兩旁，讓出一條走道，那被指定的少女尖聲大喊：「求求你們放過我，不要，不要……」雙手死命攀在木柱上，卻哪裡禁受得住兩條彪形大漢的橫拖猛曳，須臾便被架入樹林內，按倒在地，說巧不巧，正好就在三保與光明金剛藏身之處前。

那軍官下馬，面無表情地拎了個酒罈子走來，將酒罈子放在地上，卸下甲冑，褪去下身衣物，捧起酒罈子飲了一大口，二兵撕破少女的裙襬，趁機各摸了她大腿內側一把。三保窺見此一惡行，記起長姊受辱情景，忍耐不住，便要發作，給光明金剛按住，但已發出聲響。二兵踩住少女，直起身來，拔出長刀，大喊：「誰？快滾出來！」那軍官正在飲酒助興，冷不防吃了一驚，酒罈子脫手落地，迸裂開來，灑濺出氣味衝鼻的藥酒，還滾出許多物事，赫然是男童被閹割下的陽物及卵蛋。那軍官因這種藥酒源源不絕，打破一罈並不覺得可惜，看都不看一眼，也綽刀在手，遊目四顧。

光明金剛嘴附三保耳邊，低聲道：「你裝成啞吧，跟在爺爺身後，千萬別說話。」接著把斷手攏在袖裡，負於身後，大搖大擺現身，「嘿嘿」兩聲，罵道：「你這沒廉恥的混帳東西，叫甚麼名字？是傅友德還是藍玉、沐英底下的走狗？」那軍官給他這麼先聲奪人，有些心虛，雙手抱刀，刀尖朝下，畢恭畢敬回道：「在下雲騎尉張遠，是在傅大將軍底下當差辦事，奉命押解人犯回京，敢問您老是……」他下身赤裸，卻行禮如儀，模樣十分突兀，而且方才灌了幾大口藥酒，下腹部一團滾滾火氣，推得那話兒蠢蠢欲動，只得強行按捺，既尷尬萬狀，又難過萬分。

光明金剛撇過臉去，沉著聲道：「你先穿上褲子後再回話吧，如此模樣，成何體統！」張遠滿面通紅，急急拉上褲子，那話兒差點兒被手上的軍刀劃到，鬧了個手忙腳亂，口裡連道：「慚愧！慚愧！教您老笑話了。」光明金剛斜眼瞄向張遠的下體，輕蔑道：「就這麼一丁點兒的物事，光天化日之下也敢晾出來獻醜，是該慚愧。」張遠不知眼前之人是啥來頭，強抑怒氣，追問：「敢問您老尊姓大名，如何稱呼？到雲南有何要務？若有在下效勞之處，務請不吝吩咐。」

光明金剛故作趾高氣昂貌，洪聲道：「老夫是錦衣衛副千戶史滿剛，奉旨來滇掃除明教餘孽。啞兒，你把皇上欽賜的令牌拿出來，給這位軍爺核驗核驗。」他知雲騎尉是正六品的武官，便以從五品的副千戶自居，剛好壓過對方一級。三保從懷裡取出令牌遞給張遠，張遠躬身用雙手捧過，仔細看了看，咕咚跪在地上，低下頭去，誠惶誠恐地將令牌高舉過頭，顫聲道：「卑職該死，不知欽差大人在此，有失遠迎，懇請恕罪。」張遠之所以如此惶恐莫名，迥非衝著副千戶的職銜，而是完全因為錦衣衛的身分。

朱元璋的禁衛親軍計有十二衛，錦衣衛居首，地位可想而知，其前身為朱元璋任吳國公時期的拱衛司，洪武二年改制為親軍都尉府，在洪武十三年的胡惟庸一案裡揣摩上意，株連屠戮多達三萬餘人，鏟除了不少朱元璋的心腹之患，朱元璋龍心大悅，由是擴編親軍都尉府，並改稱為錦衣衛，一來用以繼續偵刺臣下，二來做為對付明教的專責機構。此外，錦衣衛還納入了儀鑾司，所以守衛皇宮及天子出巡時的隨駕護衛、儀仗之責，也有一部分著落在錦衣衛頭上。他們時常仗勢欺人，並幫朱元璋廷杖大臣，下手只嫌不夠凶狠，絕不至於手軟。這錦衣衛雖剛剛正式成立，其殘忍惡名早已不脛而走，當官聽差的無論官職高低，俱都聞風喪膽，寧可舉家自戕，也絕不願意犯在錦衣衛的手裡，張遠自然也不例外，因此對假冒錦衣衛副千戶的光明金剛十分謙恭。

光明金剛陰森森道：「豈敢勞煩，以免敗了張將軍強姦民女的雅興。不過這些女娃兒們不是要送進宮裡去服侍皇親國戚的嗎？張將軍於戎馬倥傯之際，天寒地凍之時，還不忘撥冗先行檢驗她們是否為處子之身，如此公忠體國，不辭辛勞，老夫當真感佩得五體投地啊！」張遠自知闖下殺身大禍，不如將眼前的一老一小給殺了，再往樹林裡一埋，在這荒郊野外，絕計無人找得到他們的屍首。他心裡這麼想，眼裡不禁露出凶光。光明金剛久歷江湖，何等乖覺，怎會不知道對方的盤算，也清楚三保有意救助那少女，遂道：「這樣子吧，老夫這啞僕粗手笨腳，老是惹我生氣，老夫瞧這個小姑娘模樣伶俐，心裡十分喜歡，不如讓她服侍我吧，勞煩張大人在路上隨便抓一個充數，只不知張大人捨不捨得割愛呀？」

張遠心想：「原來這怪模怪樣的糟老頭是個假正經的老不修，但如此一來，可謂皆大歡喜，何樂不為呢？」連聲道：「捨得，捨得，卑職當然捨得，只是恐怕史大人看不中意這粗鄙丫頭。」光明金剛邊打量那少女，邊道：「中意，中意，老夫當然中意。啞兒，去把令牌收回吧！」三保趨前收回令牌，揣入懷中。

張遠站起，心裡有些犯疑：「這令牌是由皇上欽賜，號令天下軍馬，莫敢不從，是何等寶貝之物，怎會讓一個毛頭小子收藏著呢？而且他是單手來取，絲毫不顯崇敬之意。」光明金剛一瞧張遠的神色，便猜到他的心思，道：「老夫領受皇上密令，前來雲南查緝明教餘孽，此事十分隱密，為了掩人耳目，故意找個當地啞吧少年喬裝成祖孫，任誰也猜想不出，這貌不驚人的傻小子竟會身懷欽賜令牌。好，你們先走吧，老夫還有些要務須辦。」邊說邊瞟向委頓在地的少女。

大明朝廷把剿滅明教看得比驅逐蒙古還重要許多，這是大家心照不宣的事，張遠聽他這麼說，當下釋了疑心，拱手道：「遵命，那麼卑職先行告辭，請大人好生享用，只是當下天寒地凍，還請大人善自保重玉體。」「多謝關照，快快請吧。」光明金剛故意露出一副急色模樣。張遠恭謹道：「卑職告退。」轉過身去，滿臉盡是鄙夷神色，心裡暗罵了聲「無恥」，卻也不想想自己的行徑。

光明金剛待車隊走遠，吩咐三保道：「給那小姑娘一套衣衫、些許乾糧和碎銀子，打發她上路。」三保依言做了，然後與光明金剛上馬前行。那少女約莫十四、五歲，膚色白皙，眉目如畫，姿容著實秀麗，娉娉嫋嫋的嬌軀裹著一襲白衣，身披紅坎肩，足踏繡花鞋，下身裙子雖已被撕得破爛，但看得出繡滿禽鳥、蜂蝶、花卉、草葉圖案，尤其頭飾鮮麗，垂下的穗子、豔麗的花飾、白白的帽頂、彎彎的形狀，分別象徵下關風、上關花、蒼山雪、洱海月等大理四景，也透露出她是個雲南大理的白族姑娘。

這白族少女始終不發一語，渾渾噩噩地收下東西，捧在手上，並不離去，反倒跟隨在他們身後蹣跚而行。三保騎在馬上回頭瞧見，心下不忍，正要說話，光明金剛不由分說，兩腿用力一夾，胯下駿馬立刻往前疾奔。三保握著兩匹馬的轠繩，不得不緊隨其側，猶屢屢回望那楚楚可憐的少女，但只眨了幾下眼皮子，便再也看不見她那清瘦纖細的身影了。

自從遺棄林間白族少女後，三保一直怏怏不樂，鮮少說話，光明金剛中毒漸深，須以內力壓制住，不使急速惡化，因此也儘可能不發一語。兩人走走停停數日，三保忽見前頭出現一座覆滿冰雪的巍峨高山，直如一條橫亙於天地間的碩大玉龍，翼護著其下烏壓壓的一大片屋宇。他初出舊居的小小村落，從未見過如此景觀，畢竟是少年心性，興奮莫名喊道：「爺爺，爺爺，您看，那是哪裡？有好多好多的屋子喔！」

光明金剛哂道：「傻孩子，那便是大研城呀！」他見三保興味盎然，又道：「此城之建，始於忽必烈南攻大理國時屯兵於此，迄今不過百餘年，居然已有如此光景，也算很不容易了。」他忽然驚覺，在蒙古人的統治下，非但此地堪稱興榮富庶，於明教舉事前，四海更可謂物阜民豐，還有百夷來朝，正是「九天閶闔開宮殿，萬國衣冠拜冕旒」的最佳寫照，足見治理有方，國力強盛，恐怕不好再一味蔑視蒙古人為粗魯無文的胡虜韃子了，然而此念僅一閃即逝，畢竟蓄積已久的國仇家恨，豈是如此容易化解得了的！

二人進城，只見裡頭家家斜楊，戶戶垂柳，小橋彎彎，流水淙淙，馬蹄踏的是刻有紋飾的石板路，耳朵聽的是抑揚頓挫的絲竹聲，商店櫛比鱗次，人群摩肩接踵，直教三保驚詫得目瞪口呆。這一路行來，沿途多是荒煙白骨，斷垣殘壁，真可用「千村血洗，萬灶煙寒」來形容，不意此處絲毫未受兵燹之災，反倒益形繁華熱鬧。原來大明軍隊一到，當地土司阿甲阿得望風歸順，還供出包括馬懷聖在內的多名「匪酋」，以換取大研城秋毫無犯，鄰近富戶早先得到消息，紛紛遷移來此，繼續安居綺閣金門，樂享錦衣玉食，留在原鄉遭逢大難、生死流離的，全是平頭百姓。

老少雙騎在有如八卦迷魂陣般的房舍間穿行，與策馬林中自有不同況味，三保覺得事事新鮮，處處有趣，東繞西轉，來到一處空地，有四條街道從這空地的四個角落沿伸出，各自曲曲折折地隱入千屋萬瓦之中。空地北首矗立著一棟門面開闊的兩層樓房，兩人來到其前，三保扶光明金剛下馬，拴好馬匹，仰頭看著門上牌匾，唸道：「四方客棧。」

光明金剛問道：「你識得字？」當時鄉民多半目不識丁，而且元朝是馬背上出政權，並不鼓勵讀書仕進，儒生的地位只略高於乞丐，這裡的文風又不頂興盛，他是以有此一問。三保回道：「先母出身書香門第，知書達禮，操持家務之餘，還會抽出空閒，教我們幾個孩子讀書識字，先父也……也……」他提到家人，不由得心如刀割，熱淚盈眶，怕惹光明金剛生氣，趕緊別轉臉龐，假裝東張西望，再用袖子抹拭淚水。光明金剛看在眼裡，伸出只剩餘指根的左手，本想撫摸三保的頭頂，略為遲疑，終究縮了回去，攏在袖裡，大踏步走進客棧，三保跟了進去。

光明金剛赤髮碧眼，身材高大，在蒙古人統治下很占便宜，不過如今元軍落荒而逃，甚至連元梁王也於日前兵敗自殺，他這副模樣反倒不再吃香，況且店小二看這一老一少來自外地，風塵僕僕，衣衫破舊，恐怕是逃難途中上門討飯吃的，臉皮一沉，正要出聲打發，光明金剛已然開口：「小二，上好的酒菜儘管端上來，再安排一間安靜寬敞的上房，我爺孫倆要住上一宿。」

店小二怪眼一翻，陰陽怪氣問道：「二位客倌應該不是本地人，是吧？」光明金剛反問道：「是又怎樣？不是又怎樣？」店小二回道：「小店立下的規矩，外地人住宿吃飯得先預付銀兩，小店方才招待。」光明金剛一愣，怒道：「老夫年已六旬，走遍大江南北，闖過三山五嶽，住過的客棧比你看過的客人還多，從未遇上甚麼客棧有他奶奶的這麼一條混帳規矩。」店小二道：「我說這位爺啊，你須知道現今兵荒馬亂，時局與平常大不相同，大研城裡的其他客棧也都立有相同規矩，不是小店專有，你要是不信的話，那就勞煩上別家店去吧！」

光明金剛哼了聲，半側過臉去，吩咐道：「三保，掏出一錠銀子給這位小二哥。」三保解下包袱，因不知行情，取出一錠不大不小的銀子遞給店小二。店小二眼尖，瞥見包袱裡頭還有不少白花花的物事，不由得乾嚥了口饞涎，眼睛發直。光明金剛冷言道：「三保，你可得仔細點兒，財不露白，須知現今兵荒馬亂，世道人心可不比從前啊。……我說小二哥，這錠銀子少說也有五兩，不知夠是不夠？」五兩銀子在那時候說多不多，說少不少，足以讓一般四口之家勤勤儉儉過上半年，店小二不由得眉開眼笑，嘻皮涎臉，連聲道：「夠夠夠，儘夠了！嗯，老爺、少爺，二位要用晚膳，請隨小的來，小的再幫二位爺打掃一間上等客房，好讓二位爺一用完晚膳，便能立即歇下。」他隨即哈著腰引領二人上樓。

此時天色尚早，別無其他客人，一老一少落座於靠窗的一張桌子旁。店小二道：「二位爺要是不嫌天寒風大的話，打開窗戶，便可見到烏魯神山[4]，那可是本地的聖山，乃納西族保護神三多的化身，端的雄偉無比，而又美麗非凡。小店占盡地利，可說是瞻仰烏魯神山的絕佳之處，那座恰似一把展開折扇的扇子陡峰，彷彿就要鑽進眼皮子裡來，下回二位爺前來大研城，千萬記得再度光臨小店，小的必定讓二位爺任何時刻都過得舒舒坦坦，每分銀子全花得實實在在。」

光明金剛皮笑肉不笑，沉聲道：「那得看我們的銀子帶得夠不夠，要是我們阮囊羞澀的話，貴寶店恐怕只會招待我們吃閉門羹吧！」小二陪笑道：「這怎麼會呢？我瞧二位爺相貌堂堂，非大富即大貴，應該是二者兼具，肯定少不了銀子花用，小的閱人無數，是絕計不會看走眼的。」光明金剛臉現不耐煩，道：「好了，我爺孫倆又飢又渴，光聽你的連篇廢話，可止不了飢，解不了渴，這破店要是真有甚麼端得上檯面的酒菜，就快快送上來吧！」店小二連連稱是賠笑，哈著腰快步離去。

三保輕輕打開一條窗縫，一眼貼著縫隙往外瞧去。光明金剛道：「你若要看山的話，儘管

4 「烏魯」在納西話裡意為「銀色的石頭」，以形容該山白雪靄靄，閃亮如銀。

把窗子打開吧！」三保道：「這裡頭暖和，外面風大，爺爺身上帶著傷，我恐怕您受到風寒，我從縫隙觀看烏魯神山就心滿意足了。」光明金剛溫言道：「你年紀輕輕，倒是很會關照人，老夫收不成你當徒弟，但認你為義孫，也是挺好的。」爺孫二人相視而笑，一切盡在不言中。

光明金剛武功高強，殺人不眨眼，卻自命風雅，也想欣賞壯麗的烏魯神山姿容，以往途經大研，總是來去匆匆，從未如今日般得以在客棧樓上悠閒觀峰，因此還是讓三保敞開窗戶。他望了望，嘆道：「有山景若此，怎可無詩，爭奈腹笥甚窘，才情有限，毋如暫借李青蓮詩句，聊為一讚。」他頓了頓，閉目低吟道：「江城如畫裡，山晚望晴空。誰在高樓上，臨風仰玉龍？」店小二正好端來茶、酒與幾碟小菜，聽到光明金剛吟詩，湊趣道：「好詩！好詩！尤其『臨風仰玉龍』這句，當真是描摹得太傳神了。我們納西族人瞻仰烏魯神山不知幾千年了，怎麼就沒有一個能想到這神來一句呢？」這馬屁直拍進光明金剛的心坎裡，他不禁大為得意，命三保賞給店小二一錠銀子。後來烏魯雪山被普遍稱為玉龍雪山，是否源自光明金剛隨興而發的這首詩，已無從查考了。

店小二獲得重賞，滿心歡喜，諸如汽鍋雞、酸辣米線、豬肉大薄片、破酥包、雞樅菌炒三絲、宮爆青頭菇等等雲南道地名點川流而上，擺了滿滿一桌，又將清茶換成普洱，連酒也改為以烏魯雪山泉水釀製而成的窖藏老酒。三保的母親聰明賢慧，廚藝精絕，卻不曾整治過這般花裡胡哨的菜色，三保別說吃了，連夢都沒夢到過，加上連日奔波，餐風宿露，這會兒品嚐起來，覺得真是人間美味，只不過他是穆斯林，不能吃豬肉、喝酒，但光是觀其色、聞其香，便已心曠神怡了。他趁四下無人，先餵過光明金剛，自己才開始大快朵頤，驀然想到，這餐飯若能與家人同享，才算得上是人間至樂哩！一念及此，頓覺索然無味，彷若嚼蠟，勉強再吃幾口，便食不下嚥。光明金剛瞧他神色，心知肚明，只不忍說破。

這時幾條漢子大剌剌走上樓來，圍坐在一張桌子旁，三保朝他們打量，先是一怔，緊接著目眥大裂，眼珠子彷彿就要迸出，光明金剛循著他的視線轉頭望去，見其中一位正是阿甲阿得。阿甲阿得正好也望向這桌，與光明金剛四目相接，頓時嚇得魂飛魄散，不由自主地往後退縮，跌坐在地板上，嘴裡「大……大……大……」個沒完，底下那個「俠」字怎麼也出不了口。

光明金剛哂道：「阿甲阿得，咱們又見面了，可說是有緣得緊，你且坐起來說話吧！天冷，地板涼，貴寶臀可別凍出瘡來。」阿甲阿得語音發顫道：「是……是……是，大……大……大俠。」他總算說出那個「俠」字，然後費盡力氣，才站起身來，兩腳直打著擺子，不敢還座，準備隨時滾蛋。光明金剛問道：「我交代你傳達給傅友德、藍玉、沐英那幾個兔崽子的話，不知帶到了沒有？」

「大膽！你是何人，竟敢出言不遜，汙辱我大明將軍們，難道活得不耐煩了嗎？」阿甲阿得身旁一條粗壯漢子拍桌而起，敢情他是個大明軍官。阿甲阿得趕緊扯扯那壯漢的衣袖，道：「好兄弟，別生氣，有話慢慢說，這完全是誤會一場。」那壯漢氣呼呼道：「甚麼誤會一場？難道我聽錯他說的話嗎？他明明蔑稱幾位將軍們為兔崽子。」

阿甲阿得急道：「這位大俠說的是雲南土話，聽起來像是兔崽子，其實不然，而是……而是老人家的尊稱，所以我才說，這完全是誤會一場。」那壯漢一拍自己腦門，赧然道：「哦，原來是這麼回事，我初來乍到貴寶地，再次鬧笑話了。我說阿甲阿得兄啊，你降順大明，換得大研全城秋毫無犯，是為大仁大義，今天又讓兄弟我長了見識，稱得上大智大慧，我交到你這位大仁大義、大智大慧的好兄弟，當真三生有幸。」阿甲阿得兀自冷汗直冒，道：「好說，好說。」

那壯漢轉向光明金剛，洪聲道：「這位老兄，算我劉雄魯莽，誤會你的意思，當真失禮之至，待會兒我這桌的酒送上來，劉某先敬你這位兔崽子三杯，聊表歉意。」邊說邊向光明金剛抱拳行禮。光明金剛知道他是個渾人，有意捉弄他，回道：「著實不敢當，兔崽子是本地專門尊稱有官銜的長者，傅、藍、沐等將軍，以及像你這樣的軍爺，才是名符其實的兔崽子，我一介布衣，萬萬不可僭用。是這樣子吧，阿甲阿得？」阿甲阿得為了圓謊，連聲說道：「沒錯，沒錯，沒錯，正是如此。」他的隨從和幾名陪客也都紛紛附和。

劉雄對光明金剛道：「阿甲阿得兄尊稱你為大俠，想必你武藝超群，趁我們的酒菜還未上桌，咱們先來比劃比劃，你年紀大，別擔心，我會手下留情的。」他身強體壯，很有些蠻力，又練過幾年拳腳，不曾遇見真正高手，打架無往不利，老愛找人比劃，加上自以為方才失言，有意藉武力來挽回些許顏面。阿甲阿得急道：「這可千萬使不得。」劉雄道：「只是比劃比劃，又非性命相搏，有啥使不得的？」說完離開座位，腿扎馬步，拳擂胸膛，對光明金剛喝道：「來吧！」阿甲阿得上前勸止，被他一把推開，看來這場架是非打不可了。

這時忽從街上傳來隆隆馬蹄聲響，店內的桌椅碗盤都被震得晃動不已，茶酒溢出杯外。三保看光明金剛不動聲色，嘴角兀自掛著促狹笑意，忍不住在他耳邊低問：「爺爺，莫非明軍發現咱們的底細，追蹤來了？咱們要避避不？」光明金剛緩緩搖搖頭，道：「聽這陣仗，應是馬幫中的一支，他們雖然強悍，卻不蠻橫，只要別犯著他們，便不打緊。」「馬幫？甚麼是馬幫？」三保又問。

光明金剛尚未回答，底下傳來一個洪亮聲音：「小二，先來一百罈白酒，牛、羊、豬肉各一百斤，粑粑、饃饃儘管上，要快，我馬幫兄弟都餓得緊了。」其口音甚是濁重，聽來既不屬於納西族，更非漢人。店小二回道：「各位爺們請稍待，小店沒這麼多物事，小的趕緊去四處張羅張羅。」隨即登登登跑上樓，衝著阿甲阿得打恭做揖道：「大人，您活我大研城數萬民眾的性命，當真是位活菩薩，這回您再行行好，救救小的一條狗命，跟另一桌的老爺、少爺併桌，反正您們都是舊識。馬幫的好漢們適巧進城，要在小店裡用餐，小店的座位著實有限，他們要是發起狠來，當真驚天動地，連元軍也要遠遠避讓哩！」

阿甲阿得還沒回應，光明金剛已道：「不好！」他看店小二面露難色，續道：「我爺孫倆已經酒足飯飽，正要進房歇息，用不著跟這幾位兔崽子併桌。」他不想露出弄殘了的雙手，未拱手為禮，只衝著阿甲阿得等人頷首道：「各位兔崽子請慢用，我爺孫倆先行告退，日後有緣的話，再向這位軍爺討教。」說完便轉身離去。劉雄喊道：「喂，老頭子大俠，咱們尚未比劃，你怎麼就走了呢？」待要上前，給阿甲阿得與其隨從拚死命拉扯住。光明金剛與三保下樓時，跟一群粗豪漢子擦身而過，聽得為首之人發出「咦」的一聲，光明金剛不想多事，並未停步，在店小二的引導下逕入客房。

夜裡三保幫光明金剛換藥時，一個打水來的小廝冒冒失失闖進，猛一瞧見光明金剛的累累傷處，嚇得丟下水盆，奪門而出。光明金剛低聲急命三保道：「快去殺了他。」三保奇道：「這位小哥跟咱們無怨無仇，為何無緣無故要殺他呢？」光明金剛見那小廝已經跑遠，並且想到三保是個不會武功的少年，手邊也無任何武器，只得悵然道：「不殺他，爺爺傷殘之事若傳揚出去，勢必後患無窮，爺爺自身難保，更加保不了你的小命。」他知道店小二是個碎嘴子，而且目睹阿甲阿得畏懼自己至極，一旦獲悉自己傷重肢殘之事，肯定會通風報信給阿甲阿得，以討好這個土霸王，不過事已至此，只能嘆道：「唉，算了，反正今夜有馬幫在此，諒店內夥計無暇四處宣揚，咱們先歇下再說，等明兒天一亮就上路。」

當晚馬幫幫眾恣意喧譁，聲震屋瓦。三保原本甚感煩躁，調息吐納後，囂鬧聲漸隱，如在天邊，後來進入希夷之境，竟聽而不聞。不知過了多久，他因日有所思，而且情緒起伏甚大，加上晚膳吃得油膩酸辣，便夜有所夢，驀然浮現全家和樂融融的情景，一下子又看到家人倒臥於血泊中的模樣，阿甲阿得、張遠、林間少女等人的身影交錯出現，路上見到的無數死屍突然爬了起來，齊齊伸出手蜂擁而至，異口同聲道：「救救我，救救我……」三保驚駭極了，大叫一聲，張開眼來，看到光明金剛正緊盯著自己。

「又做惡夢了？」光明金剛問道。三保點點頭，輕「嗯」了聲，舉起手以袖子擦拭額頭上的涔涔冷汗。光明金剛告誡道：「你得設法收攝心神，否則凶險非常，尤其你天賦異稟，練功進境甚速，反噬自然也就愈烈，極易走火入魔，若非落了個終身癱瘓的下場，便是心智喪失，成為痴呆，如此一來，便永世報不了仇。」三保慌道：「三保個人生死事小，要是報不了仇，那得如何是好？爺爺，您教教三保怎麼做，好不好？只要有助於報仇，三保甚麼事都願意做。」

光明金剛哼了一聲，冷冷說道：「別說得這麼煞有介事，昨晚要你殺那小廝，你便推三阻四，抗不從命。」三保低下頭去，慚惶道：「三保知錯了，從今以後一定會聽從爺爺的吩咐。」內心卻想，自己真要為了報仇雪恨而濫殺無辜嗎？若是，那麼對方的親人不是也要報仇雪恨，如此往復循環，如何是個了局？

光明金剛臉罩寒霜，語氣冰冷道：「咱們就等著看你會不會食言而肥。好，收拾一下，趁天色尚未大亮，趕緊上路。」二人出房，走到前店，光明金剛瞧店小二的神色，知道那小廝已告知他昨夜在自己房內所見情景，趨向前去，惡狠狠道：「我乃殺人不眨眼的江洋大盜，你若膽敢跟任何人洩漏關於我爺孫倆的任何事，我定會回來燒此客棧，殺你全家。」店小二嚇得屁滾尿流，連半個字也迸不出口來，眼睜睜看著這一老一少揚長而去。

二人騎馬北行，遇上一條河流[5]，跨河有座石橋，橋名為雙石（今名玉龍），光明金剛躊躇著是否要過橋去，適巧有個中年漢子從另一頭徒步走過橋來，邊走邊嘟囔：「說是甚麼神醫，我看其實是啥都不會的庸醫，竟然嫌我的病不夠古怪，一時死不了，硬把我轟回家去，也不體諒我遠道而來，翻山越嶺，連騎的毛驢也累死了，而且不斷苦苦哀求，當真豈有此理，亂七八糟。」

光明金剛先斜瞥三保一眼，再低聲下氣對來人說道：「這位爺，我爺孫來自外地，想要求醫，方才聽到你的自言自語，並非有意偷聽。敢問這位爺，你方才所說的庸醫，可是人稱的神醫死不了？」那漢子兀自氣鼓鼓，回道：「沒錯，正是死不了，不過我沒病死，也會給他活活氣死，至於他是不是神醫，那可說不準。他連我的病都沒法子醫，還在那裡胡吹大氣，說甚麼我的病不夠古怪，死不了人，他不屑出手，以免浪費了寶貴的藥材與時間，硬是把我轟走。請二位幫我評評理，天底下怎麼會有這種醫生！」

光明金剛道：「他的確萬萬不該，莫怪你生這麼大的氣。再請問這位爺，要怎麼才能找到死不了，我們既已來到此處，好歹總要試上一試。」那漢子道：「我看你去也是白去，勸你早早

5 麗江城內現有三條河，分別是東河、中河、西河，其中的中河是天然河，自古即有，東、西二河則為人工開鑿而成，明朝初年尚不存在。

死了這條心，趁還有一口氣在，趕快另投明醫吧！」光明金剛忽然變臉斥道：「少囉唆，你再不說，老子就把你剁成肉醬，看死不了有無本事把你拼湊回原形！」他原就生得一副凶神惡煞模樣，此時橫眉豎目，喑嗚叱吒，更加駭人。

那漢子嚇得臉色發白，冒了身冷汗，加上方才徒步走了好一段山路，脾胃不開、精神不振的陳年宿疾居然好了一大半，結結巴巴地把路徑仔細說了。光明金剛目送他離去，冷笑了聲，對三保道：「你可要切記在心，有些人好言相勸是說不動的，非得脅迫威嚇不可，爺爺故意拿方才遇上的這位仁兄示現給你瞧瞧。還有些人要示以小惠，然後他就會像條哈巴狗般繞著你團團轉，即便要他舔你的腳趾頭，他也會心甘情願照辦，四方客棧裡的店小二便是個現成例子。」三保道：「爺爺的話，三保會牢記在心。」他與光明金剛相處愈久，就愈感到迷惘，因其教導與父母平素的諄諄訓飭恰恰相反，不過他隱隱覺得光明金剛的法子似乎較為管用。

光明金剛道：「還有，人心奸狠，江湖險惡，你可千萬別相信世上存有公理正義這一類的鬼話，成王敗寇、弱肉強食才是硬道理。」三保漫應了聲，心裡卻思索：「我一心一意想學高強武功，除了要報仇雪恨外，不也是為了如同爹爹所講的故事裡的英雄好漢一般，能夠懲奸罰惡、昭明公理、伸張正義嗎？爺爺怎會如此說呢？不是的，不是的，爺爺一定是受盡苦楚，才會如此偏激。我學好武功、殺死仇人後，便要闖蕩江湖，從此行俠仗義，濟弱扶傾。」

第四回　神醫

雙騎過了雙石橋，溯河而上，路徑迂曲狹窄，卻不甚難走，不久後，出現一座墨綠色的深潭，水面上霧氣翻騰繚繞，仿如蟒游龍舞，想必這便是那位仁兄所稱的黑龍潭。繞過此潭，往一山行去，漸行漸高，山徑益發險陡，差幸二人所乘，皆為千中挑一的駿馬，是以履險如夷。神醫死不了的居處果真隱密非常，若非那位仁兄指點得十分詳細，兩人恐怕花上十天半個月也難以尋得，饒是如此，仍在林間尋尋覓覓了大半天，才看見一片陡坡邊，露出一塊丈許高、兩丈多寬的巨石，巨石露在坡外約莫三尺半深，被其上一株參天古樹的二十來條粗逾兒臂的樹根包覆住，石面滿是青苔，倘不細看，勢必失之交臂。兩人互望一眼，都想這裡應該就是了，只是不得其門而入。

二人下馬，三保依照那位仁兄的指點，上前扯動七下石上古樹右首算來第七條樹根，過了半晌，沒有動靜，三保又連拉數回，這才聽得轟隆聲響，巨石正中約兩尺寬的石面往裡退卻，現出一洞。一個生得玉面朱脣、頭綰兩枚丫髻的俊美少年，從樹根之間側身走出，不正眼看來人，面無表情道：「來客請回吧，我師父這幾日受夠閒氣，不想再看診。」他說話的語氣極為平緩，幾無抑揚頓挫，才說完，便要往裡走。光明金剛喊道：「且慢！三保，你把我的斷掌與鋼指拿給這位小哥，請他呈給其師。」三保把內含光明金剛斷掌與鋼指的油布包遞給那少年，叮嚀道：「包內物事有劇毒，務請小心。」

那少年死樣活氣接過，不發一語，逕往裡走，把石門關上。過了好一會兒，石門才又轟隆開啟，這次現身的是位年過半百、面容清臞的老者。他一出洞，便將光明金剛的斷掌往地上用力一摜，怒道：「你怎還有臉來見我？十多年前你見死不救，害得我家破人亡，如今你又糟蹋了我的心血。我武功遠不及你，奈何你不得，但最起碼我可以學你見死不救，你可也奈何我不得！」敢情那老者正是死不了，而他與光明金剛竟是舊識，且懷有宿怨。

光明金剛滿臉疑惑，問道：「張兄怪我見死不救，害張兄家破人亡，不知此話從何說起？」原來死不了姓張。死不了恨道：「十多年前，我費了好大心力，幫你接續上遭震斷的經脈，又為了助你練那歹毒無比的透骨鬼爪功，斷你手指，接上精心磨製的鋼爪，而你練成透骨鬼爪功後，橫行江湖，手段凶殘，殺戮極慘，樹敵甚多。你的仇家殺你不得，反倒遷怒於我，尋上我家門來，我被迫舉家亡命天涯，其間屢屢發書予你，求你相救，你卻全然置之不理。可憐我的家人終究落入敵手，被殺得一個不剩，我僅以身免，從此隱姓埋名，四處躲藏，最終落腳於此，還大費周章地搞成穴居，仿如自囚，這一切都是拜你之賜。」

光明金剛道：「當時正值討元大業方興未艾之際，而朱元璋那廝野心畢露，先是派遣部將廖永忠害死了先教主小明王，繼而唆使我徒兒反叛，害死我一家人，並將我打成重傷。我練成透骨鬼爪功後，亟欲行刺朱元璋，屢屢功敗垂成，倒是殘殺了不少他的爪牙。他們找上張兄，卻非單單因我之故，想必是朱元璋已開始獵殺明教教眾，張兄是明教神醫，不時救助明教中人，正是與朱元璋為敵，他自然放你不過。唉，無論如何，我收到張兄來書後，憂心如焚，急急前去營救張兄一家，卻遍訪不著，只得做罷，不意府上竟遭受如此大難，我深感歉疚，萬死莫贖。我不久前得悉大研城郊有一醫生，醫術通神，脾氣古……嗯，有些特別，料想是張兄，一直未便前來負荊請罪，直至今日才抱傷求助。」

死不了咬牙切齒道：「你別說得這麼好聽，還把所有過錯都推給朱元璋。天底下誰不知道你戴天仇為達目的，往往不擇手段，行俠仗義原就不是你會放在心上的事，我不奢求你萬死，只盼你早點兒死，死得愈淒慘、愈痛苦愈好。」三保這時才從死不了口中得知光明金剛的姓名。戴天仇朗聲道：「戴某的確一向鄙夷假仁假義的俠義道中人，卻是個說一不二的鐵錚錚漢子，更不至於為了苟延性命而求懇任何人，這是張兄深知的，也是戴某自豪的。然而戴某死不足惜，惟願張兄助我暫復幾成功力，得以護送這位小兄弟至明教總壇，然後我將返回此處，任憑張兄處置。」「嘿，你是甚麼時候轉了性的，竟會搞這捨己救人的把戲？少在那裡裝腔作勢，須瞞我不過。」死不了憤然轉過身去。

戴天仇遲疑道：「唔……我這個義孫的安危，關係到明教的存亡絕續，著實非同小可，不可等閒視之。」死不了回轉過身來，手捋三綹長髯，一雙丹鳳眼上下來回打量三保，容長臉兒露出十分不屑的神色，道：「我明教流傳中土已歷數百年之久，基業廣布，能人輩出，高手如雲，謀士如雨，其存亡絕續竟要靠這傻不愣登的小毛頭？戴天仇，莫非你中毒過深，迷失心智了！哈哈哈……」戴天仇耐住性子，待死不了笑罷，道：「請張兄借一步說話，聽我言明。」兩人走到遠處，戴天仇低聲說了一陣子話，死不了不時望向三保，臉色愈來愈凝重。

他倆返回洞口，死不了手負身後，沉吟半晌，緩緩說道：「你所言委實太過於離奇，但局勢既然如此，我姑且信之，只不過不能白白便宜你。」戴天仇哈哈大笑道：「我十指早斷，難不成張兄要我砍去那話兒，進宮去當閹宦？」他的大笑牽動胸口創傷，由是笑得有些勉強，聲音十分粗啞難聽。死不了冷笑道：「就閣下這副尊容，當鬼都嫌太醜，還想進宮去服侍朱元璋，豈不嚇得六宮粉黛盡失顏色！」戴天仇道：「只要張兄遂了我眼前這個心願，戴天仇任憑張兄處置，絕不反悔。」

死不了道：「你自名為戴天仇，跟兩個人有不共戴天之仇，縱使除去其中之一，那麼另外一個呢？」戴天仇悠悠嘆了口長氣，道：「報仇之念雖在我喪親之初稍稍抑制了悲情，卻也讓我五內直如烈火中燒，食不知味，睡不安枕，竟日價怒氣勃發，四顧茫然，全然失去理智，弄得三分不像人，七分倒像鬼，當真生不如死，虧得我教月使的諄諄開導，使我轉而以興復明教為職志，才得以勉強撐持到今日。因此明教的興復事大，我個人的恩怨事小，只要殺得了朱元璋，明教便有望重光，余願即足矣，然後只求你送我到九泉之下與父母妻女重逢，我便在第十八層地獄裡靜待叛徒蔣瓛到來。」死不了道：「你說得倒容易，可沒那麼便宜。唔，隨我來吧！」

三保小心翼翼地拾起戴天仇的斷掌，隨二老進洞。死不了在隱密處扳動機括，石門轟隆隆關上，他揚揚得意道：「我這洞窟雖非銅牆鐵壁，然而倘非從裡頭開啟，外人無論如何是進不來的。」三保一直沒說話，這時發問道：「死不了爺爺，您這洞窟好神奇喲，是怎麼建造成的呀？」死不了道：「當年我救了有賽魯班之稱的一個傢伙的性命，他以建造此石洞做為酬謝，我擔心機密洩漏出去，於是把他跟一干工匠統統毒殺了。你要是敢再多問，休怪我也毒死你。」三保看他不像是在說笑，硬生生把滿腹疑問給按捺了下去，更覺得他得到別人的好處後，為了自身安危，竟然殺掉對方，當真是不仁不義，也不想再跟他多言。

死不了引領二人至一間石室，指示戴天仇坐在一張石椅上，幫他把了把脈，嗅了嗅傷口，看了看他的眼睛與舌頭，始終面無表情。戴天仇赤髮青面，碧眼勾鼻，吐出長舌時，活像妖魔鬼怪，但他破天荒地乖乖聽命行事，倒也透著幾分滑稽。三保站在一旁伸著脖子觀瞧，忍不住問道：「死不了爺爺，我爺爺到底要不要緊啊？」死不了冷冷回道：「有我在，死不了，但也活不成。」三保奇道：「怎會死不了又活不成呢？」

死不了道：「戴老鬼中的是五毒散，毒性雖劇，卻不難醫治，看來製毒之人不是大行家，只須辨明用的是哪些毒，即有對治之法。治好之後，我會設法弄死戴老鬼，天可憐見，讓他終究要死在我的手裡。」一邊說邊起身從石櫃中取下幾個瓶罐及小碗，放在石桌上，打開瓶罐，各舀一小勺粉末進不同碗裡，再用尖刀在戴天仇已呈烏黑的斷腕上劃出一道口子，讓烏血流進那幾個碗裡，須臾，烏血變淡，隱現紅色。死不了道：「我料想得沒錯，果真是那幾種毒，須用這幾味藥。」三保知道戴天仇性命暫時無礙，放下懸在心上的一塊大石頭，但另一塊更大、更重的石頭隨即壓了上來，他不敢細想那究竟是甚麼，卻不是死不了所說的會設法弄死戴天仇，因為他壓根兒不相信天底下有醫生會如此做。

死不了調製粉末，敷在戴天仇的傷口上，戴天仇悶哼一聲，臉孔扭曲，牙關緊咬，顯然是在強忍痛楚，他被斬斷手腕時，可全沒吭聲。三保急問：「爺爺，您怎麼了？是不是痛得厲害？」戴天仇說不出話來，額頭汗水涔涔而下，算是回答。死不了道：「沒甚麼，我只不過在藥粉裡加了鹽粒、薑末、芥末與腐蝕藥劑，好折磨折磨戴老鬼一番，讓他在下十八層地獄前，先熟悉熟悉將遭受的痛楚，免得措手不及，也算我的一片仁心。」

三保惱怒非常，卻不敢發作，只對死不了怒目而視。死不了怡然自得，喚進那俊美藥童，寫下一副方劑遞給他，附在他耳邊低聲囑咐了幾句。那藥童看了方劑，臉色倏變，一雙秀目瞪得老大，瞥了戴天仇一眼，捧著方劑出去，神態不似初見時那般傲慢，反倒顯現幾分憐憫。

死不了道：「中毒好治，斷掌難醫，但我可以幫你接上以精鋼打造的金勾，倘若使用得法，不失為一項殺人利器，至於斷指嘛，那我可就愛莫能助了，你的透骨鬼爪功算是廢了。嘿嘿，白練了這麼些年，可惜啊可惜！」他口說可惜，卻滿是幸災樂禍的模樣。戴天仇傷口痛楚稍減，苦笑道：「我一手金勾，另一手不妨接上銀劍，如此一來，就算用不上教人聞風喪膽的透骨鬼爪功，儘夠護送這娃兒上明教總壇了，只不知今後要如何解手。哈哈哈……」死不了答道：「這倒不成問題，我自有辦法，只不過你又是勾又是劍的，難不成你自以為是越王句踐再世麼？你不擇手段與狼心狗肺，跟越王倒是如出一轍。」戴天仇尷尬笑笑，兩人接著商討金勾銀劍如何打造，要怎麼使用。談論未已，藥童小心翼翼捧進一碗湯藥，放在石桌上，向死不了打個揖，又看了戴天仇一眼後退出。

死不了陰惻惻道：「戴老鬼，我也不瞞你，這碗名為腐肉蝕骨湯，乃是我精心調配，雖可解五毒散侵入臟腑之毒，讓你能夠行氣運功，卻遠更歹毒。此藥誠如其名，會慢慢腐蝕你的肌肉與骨頭，半年之後你將逐漸成為廢人，最終癱瘓在床，連要起身自戕也無能為力，當真是求生不得，求死不能，如此既遂了你的心願，也可消我心頭之恨，而且我不必再見到你這張噁心至極的鬼臉。」

戴天仇淡然道：「若有半年時間，也儘夠了。」說完捧起了碗，三保高聲喊道：「爺爺，喝不得。」戴天仇不理會三保的叫喊，仰起脖子把湯藥喝得涓滴不剩，咂了咂舌頭，讚道：「嗯，滋味還真不錯，喝完後口齒留香，舌底生津，可否再來一碗？」死不了冷哼一聲，道：「這腐肉蝕骨湯所用藥材可珍稀得很，哪由得你說要就有！事不宜遲，我趕緊打造金勾銀劍去，好盡早打發你這老鬼上路，免得在此惹我生氣。你倆待在這石室裡，沒得到我的允許，哪兒都不准去。」

待死不了一出石室，三保才喚了聲「爺爺」，戴天仇便止住他，沉聲道：「甚麼都別再說了。」隨即閉目養神，不再言語。三保無奈，也端坐在石椅上吐納練功。不知過了多久，藥童端飲食進來，不外乎野蔬粗栗、清湯淡飯之類。三保央求他照料繫在洞外的馬匹，藥童原不情願，待三保遞給他一塊碎銀子後，喜形於色，飛奔出去照辦。戴天仇看在眼裡，衝三保頷首微笑，意示嘉許。

兩人食罷，三保覺得氣悶，起身觀看書架上陳列的書籍，見是《傷寒論》與《金匱要略方論》的各種印行版本，以及各家註解，不由得心生出一個疑問來，正要開口詢問，戴天仇已道：「《傷寒雜病論》是有醫聖之稱的東漢張仲景所著，原書早已散佚，晉武帝時的太醫令王叔和偶得《傷寒雜病論》殘稿，將外感傷寒部分輯成《傷寒論》，北宋英宗時，名醫林億等人又將內傷雜病方面輯成《金匱要略方論》。此二書流傳甚廣，註解甚多，這個死不了是張仲景的後代，為此頗引以為傲，把他祖宗著作的各個版本及註解蒐羅一盡，若要拍他馬屁，向他請教這些書的內容，肯定錯不了，不過爺爺對於醫道僅略知皮毛而已，也根本不想拍死不了臭哄哄的馬屁。」

三保翻閱了一陣子，覺得內容深奧難懂，渾不知所云，但還是硬著頭皮研讀下去，看看能否找到可解腐肉蝕骨湯的方劑，卻一無所獲，畢竟腐肉蝕骨湯是死不了的獨門祕毒，迥非外感之疾或內傷之病，不免愁容滿面。戴天仇道：「我明教源自波斯，波斯也是個文明古國，醫術甚發達，卻與中土殊異，各有獨到之處。波斯醫術隨明教傳入，但只流傳於教內，我教習醫者兼採中土與波斯之長，非教外醫家所能比並，死不了是我教中佼佼者，更有不少自己的創見，你要解他那腐肉蝕骨湯之毒，只是痴心妄想，還不如好好練功，莫辜負爺爺的期盼。」接著傳授三保更為精深的內功心法，三保日夜緊練不輟。

如此過了數日，二人除解手出恭外，皆未踏出此石室一步，飲食皆由那藥童送來。攀談之下，得悉那藥童是死不了逃難時在路上撿到的孤兒，跟著死不了姓張，名去病。一日張去病趁戴天仇不在石室內，得到三保的首肯，騎了他乘來的駿馬，懷著他給的銀子，去大研城遛達一番，回來後對三保更顯熱絡。

這一日死不了將剛打造完成的金勾銀劍攜進石室，擺在石桌上，道：「戴老鬼，套起來試試。」他兩眼惺忪，雙頰凹陷，臉色蒼白，顯然連日未曾闔眼，卻難掩興奮神色。戴天仇先把金勾的套環套進失去手掌的右前臂，以牙齒扯緊繫帶，輕輕揮舞幾下，登時金光閃閃，而金勾周身鋒利，實是一項殺人利器。他再將銀劍的皮套套進左前臂，也將繫帶扯緊，左手腕一抖，銀劍劍刃鏘一聲突刺出來，滿室寒光耀眼，再一抖，劍刃收了回去，攏在袖裡，全然不露痕跡，其設計果是精巧無比。三保心想，死不了不但醫術通神，其手藝之巧，恐怕也是天下無雙，說不定這石洞是他親自設計，而賽魯班其人其事則是他編造出來嚇唬人的。

死不了又取出五個寸許來長、指頭粗細的圓套，道：「你當年切斷手指，接上鋼爪，待傷口癒合，新生皮肉便包覆住鋼爪，輕易不可脫卻，與本身手指幾無差異，然而此法傷筋斷骨，可一而不可再。如今你左手每根手指還剩下寸許長的指根，套上鋼套後，縱然再也無法使出狠毒無比的爪功，卻頗有利於點穴，也可用於解手，不怕抓傷自己乾癟細小的那話兒。」戴天仇不敢反駁，苦笑以對。

三保喜出望外，連忙接過，為戴天仇逐一套在左手斷指上，居然密合無間，彷彿天然生成。戴天仇感激道：「再過數月我即逐漸成為廢人，張兄何必如此煞費苦心呢？」死不了一臉寒霜，道：「你還有約莫半年時間可以大顯身手，我的名頭可不能栽在你的手裡。再者，到時候你雖有利器在手，要用以自戕卻全然力有未逮，我每一念及，便興奮莫名。」戴天仇道：「難道你不怕又有人遷怒於你、尋你晦氣嗎？」死不了道：「我全家上下皆已死得乾乾淨淨，連雞犬也無一倖免，僅殘留我這條爛命，而大仇將報，宿願得償，我還有甚麼好怕的呢？唔，你到外頭試試身手，給我瞧瞧。」

三保暗忖：「死不了爺爺乃一代神醫，聰明才智遠超常人，不過非但不明事理，還一味固執己見，殺害他全家的其實另有其人，多半是朱元璋派來的，戴爺爺已跟他分說明白了，他仍將這筆帳全數算在戴爺爺頭上，當真不可理喻至極。」然而他敢怒不敢言，緊跟在兩老身後出到洞外，因接連幾日未見天光，一時間滿眼生花。戴天仇先鬆弛了下筋骨，也沒看他舉手抬足，身形一晃，一個縱躍來去，回到原處站立，狀甚悠閒。三保只覺黑影一閃，定睛一瞧，發現戴天仇左手虎口夾著一截成人前臂粗細的樹枝，五指嵌入其中。原來在這電光石火的瞬間，他往前欺近一株大樹，用左手手指插入一根樹枝，同時以右手金勾將之劈斷，隨即後躍回來。

死不了嘆道：「你以爪功揚命立萬，橫行江湖十餘載，終究捨棄不了，今有利劍而不用，反而仍然憑恃指力，當真是暴殄珍物，枉費我的苦心。」戴天仇笑而不答，將左手的樹枝甩出，打在一株碗口粗細的樹幹上，那株樹竟嘩啦啦傾倒。他方才已用利劍將之切斷，因動作委實太快，死不了武功平平，看不出來，妄自譏嘲了他一頓，這時見他功夫如此之高，舌撟不下，半晌才道：「戴天仇能名列明教四大金剛法王之一，顯非浪得虛名，確有真材實料。」戴天仇黯然道：「武功再高，也比不上臉厚心黑來得管用，現在端坐在龍椅上作威作福的，可是武功低微、厚顏無恥、心腸歹毒的朱元璋。」

「大膽！」樹林裡竄出幾個身著金黃錦衣、繡有飛魚圖案的精壯漢子，以及百多名盔甲齊整、手握強弓硬弩的明兵，亮晃晃的箭頭全都對準戴天仇，只消帶頭者一聲令下，便會激射而出。顯然他們早已潛伏林間，屏住氣息，否則以戴天仇耳朵之利，定能聽得到他們的走動聲。

一個粗壯軍官罵道：「你這個混帳東西，竟敢戲耍你老子，騙你老子說兔崽子是對有官銜的老人家的尊稱，害你老子稱呼藍玉將軍為兔崽子，被他狠狠抽了好幾鞭子，幸虧老子皮粗肉硬，才無大礙。」說話的正是那天在四方客棧裡遇見的渾人劉雄。戴天仇莞爾一笑道：「騙你的是阿甲阿得那個臭小子，怎麼天下人都要把帳硬栽在老夫頭上呢？」說時斜瞥死不了一眼，死不了冷哼一聲。劉雄道：「我跟阿甲阿得理論過，他說你功夫厲害得緊，那天他騙我是出於好意，以免遭你毒手，我本不信，現在……現在……」他方才親眼目睹戴天仇的手段，嚇了口唾沫，再也說不下去，也暗自慶幸那天因馬幫突然闖入，才沒跟這個大魔頭比劃上，卻不知戴天仇當時武功根本使不出來。

一名中年錦衣漢子道：「劉將軍，休長他人志氣，滅自己威風，錦衣衛今日給你撐腰，你還有甚麼好怕的呢？」當時金黃為皇室專用服色，朱元璋三令五申，嚴禁一般人使用，這幾個居然大剌剌穿著極為扎眼的金黃錦衣，而其胸前繡著的頭生二角、形似於蟒的飛魚，可是二品大員方得使用的圖騰，足見他們定是備受朱元璋寵信的錦衣衛無誤，其偵刺、栽贓、凌虐、逼供的手段早已名聞遐邇，超乎常人想像，只不知武藝如何。

戴天仇體內五毒散的毒質清除一淨，傷口也已癒合，功力全復，自是無懼於眼前陣仗，但殺人容易救人難，自忖在強弓硬弩之下，絕計無法護得三保與死不了二人周全，心念電轉，先向死不了遞了個眼色，再朗聲對劉雄道：「你那日不是要跟老夫比劃比劃嗎？不如咱們此刻便在錦衣衛的見證下過過招吧！」說完，朝劉雄跨出一大步。劉雄嚇得連退三步，其身後的明兵緊張起來，個個都把弓弩往前伸了伸，以為如此便可震懾住眼前的這位混世大魔頭。

戴天仇追問劉雄：「怎麼，怕了嗎？」劉雄顫聲道：「怕怕怕……」他原想說「怕的是小狗」，但結結巴巴，後面幾個字無論如何說不出口，等於自承怕極了戴天仇。戴天仇哈哈笑道：「小心駛得萬年船，懂得怕就好，算你識相。」轉對錦衣衛道：「錦衣衛號稱為賊皇帝親軍十二衛之首，你們這幾個鷹爪孫，也不知究竟是真有本事呢，還是只會倚仗大隊官兵的勢頭。」

原先發話的那名中年錦衣衛明知這是激將法，但已見到戴天仇雙手殘廢，無法再使出歹毒無比的透骨鬼爪功，其手中金勾雖利，畢竟是新裝上的，用起來應該還十分生疏，因此想要奪占打敗魔教大法王的榮光，呵呵笑道：「錦衣衛裡就屬我邵遇春的本事最為低微，便由我先打個頭陣，領教領教明教大法王光明金剛的高招，請劉將軍幫在下掠陣，擒殺此魔頭的功勞由雙方平分。」

戴天仇裝模作樣問道：「啥？你說自己叫啥春？貓叫春是嗎？」邵遇春是個孤兒，最景仰開國大將開平王常遇春，於是自名遇春，好激勵自己，縱使無法像常遇春般封王，另外還有個榮陽侯鄭遇春可作為榜樣，此刻聽戴天仇拿自己的姓名戲謔，怒不可遏，拔出長刀，虎吼一聲，撲了過去，朝戴天仇攔腰一刀。戴天仇見他雖怒不亂，身捷而穩，招狠且準，力猛還斂，是個不折不扣的使刀能手，心裡不敢怠慢，舉止卻故顯輕浮，逕以金勾去鎖拿刀頭，嘴裡不饒人，叫道：「哎呀，貓兒才叫過春，竟然要出爪傷人囉！」

邵遇春招不用老，手腕一轉，刀刃脫出金勾鎖拿的範圍，斜撩對手的頭臉。戴天仇身子稍側，駢起左手食、中二指，勁透指尖，鋼套在刀身上一戳，發出一聲清脆噹響，將之盪了開去，右手金勾反手疾劃向邵遇春的咽喉。邵遇春頭朝後仰，避開這一擊，舞動長刀，橫斬戴天仇的門面。戴天仇身子一矮，讓刀鋒從頭頂上方不到一寸處掠過，委實險到毫顛，同時金勾由下往上勾往邵遇春的胯下。邵遇春悚然一驚，急退一大步，迴刀斬向金勾。戴天仇收回右臂，身子驟長，左手二指戳向邵遇春雙眼。邵遇春來不及迴刀抵擋，又退後一步，待要反擊，赫然發現沒了敵蹤，連忙舞刀護住周身，同時睃目巡視，卻見戴天仇向其他幾個錦衣衛分別遞招，才要提氣縱躍而前，戴天仇已閃到一個年輕錦衣衛身後，金勾刺入其背，牢牢勾住脊梁骨，在那錦衣衛的慘呼聲中大叫：「快關門！」

死不了原已趁亂攜著三保走到洞口，一聽見戴天仇的呼喊，立即入內扳動機括。戴天仇拖著那年輕錦衣衛躍至洞前，眾明兵投鼠忌器，光只把弓拉得飽滿而不敢發射。邵遇春哪管同袍死活，厲聲高喊：「放箭。」頓時羽箭紛紛勁射向戴天仇。戴天仇不慌不忙，左掌輕推，一股柔和的掌風將三保推送至死不了的身後，右手飛快輪轉起那年輕錦衣衛的身軀，擋住颼颼箭雨。那可憐的錦衣衛早已痛得暈死過去，這會兒周身布滿羽箭，成了一隻錦衣蝟，他的脊梁骨禁受不住如此大力，啪一聲從中斷折。

戴天仇哈哈笑道：「錦衣衛好大的威名，武功不過爾爾。」在洞口僅剩尺許寬之際，奮力將那年輕錦衣衛的屍體甩進人叢裡，撞翻幾個明兵，引起好一陣騷動，同時扭身入內，確認石門關得嚴絲合縫、密不透風後，偕死不了、三保進到石室。死不了怒氣沖沖道：「你這老鬼惡性不改，過河拆橋，竟然讓我充當你義孫的肉盾，當真豈有此理！」戴天仇正色道：「張兄莫怪，這娃兒的命可比你我的要寶貴許多。」死不了默然，三保一時不解此話的深意，在這節骨眼兒上，也根本不敢詢問。

戴天仇問道：「張兄，咱們行蹤已露，此處可有別的出口？」死不了氣定神閒道：「老鬼莫慌，我早已料到終究會有這麼一天，洞內常備有清水糧食，足夠咱們撐上個把月不成問題，而且這石洞堅固異常，設計精巧，只能從內開啟，現為隆冬，料想他們守不了多久，咱們就在這裡頭等他們自行退去吧！」戴天仇又問：「他們若不盡退，輪流把守，甚至招來更多兵馬，那麼待要如何？」死不了道：「山人自有妙計。」他話剛說完，忽聽得一連串轟隆巨響，石室劇烈搖晃，石塊灰塵紛紛落下，燭火霎時熄滅。原來張去病乘馬前去大研時，因座騎之故給錦衣衛綴上，兀自渾然未覺，他們躡於其後追蹤而至，再返回大研，夥同駐守的明兵來此，在石門下挖洞填入火藥，只待確認戴天仇在內，隨即引爆。

此時燭火雖滅，但石壁發出淡綠螢光，可供隱約辨識人、物與家具的輪廓。戴天仇一回過神來，哂道：「張兄，你不是料事如神嗎？怎麼算計不到賊兵會使用火藥來炸開石洞呢？」死不了道：「你這老鬼還真是我的喪門星，才來不過幾日，我經營十多年的老巢便毀於瞬間。」其實他倆被巨大爆炸聲震得暫時失聰，此刻相互聽不到對方的言語，直如雞同鴨講，過了好一會兒，才逐漸恢復聽力。

死不了燃亮油燈，匆匆拾掇幾冊醫聖張仲景的著作古善本，引領二人出得石室，往深處走去，忽然驚呼：「你怎麼了？你怎會如此？」將原本視若性命的祖先典籍拋在地上，忙不迭地提燈奔進另一間石室內。三保湊到石室口，看見死不了跪在一張石床前，床上躺著一個妙齡女子，面容慘白，從嘴裡不住滲出鮮血來，眉目與藥童張去病一模一樣，只是身著女裝，臉上敷粉塗脂點唇，顯得千嬌百媚，估量應是他的孿生姊妹。

床上之人氣息微弱，顫聲道：「人家等了你半天，你老不來，人家等得好生心焦，正要起身去尋你，突然好大一陣聲響，然後人家就暈了過去，一醒來，就看見你了。人家怎麼了？怎麼動不了了呢？人家好怕，怎麼有一塊大石頭壓在咱們的床上？是你跟人家鬧著玩的，是吧？」三保聽聲辨音，那人分明就是張去病，只不知他為何會打扮成女子，而這間石室被震坍，一塊巨石不偏不倚，正好砸在他的腰腹以下，估計是沒救了。

死不了憾恨自己枉稱神醫，挽回過成百上千條性命，卻從來救不了任何一個自己心愛之人，含淚道：「去病，你別怕，師父在這裡陪你，哪裡都不去。」張去病道：「人家前幾日去到大研城，買了胭脂水粉，今兒刻意打扮一番，你說人家美不美啊？」死不了連聲道：「美美美，美極了，普天之下，再無人比你更美的了。」張去病露出滿意的甜笑。

這時隱隱傳來呼叱聲，顯然是邵遇春、劉雄正指揮下屬搬移擋道的落石，好攻進裡頭。戴天仇道：「張兄，賊兵就要進洞來了，可有別的出路？」死不了並不答話，連頭也沒回，從懷裡掏出一張紙，扔在身後地上，隨即伏在張去病的枕邊，不住柔聲安慰他。三保入內拾起地上之紙，取出火摺，拔下套子，晃亮了照看，戴天仇湊過頭來，見是一張地道圖，喜道：「既然有出路，張兄，咱們趕緊一塊兒走吧，賊兵隨時會攻進來。」死不了萬念俱灰，置若罔聞。

戴天仇心想：「這老小子對石洞瞭若指掌，當真要離去，何需地圖，這張圖應是要留給藥童的，如今藥童活不成了，這張圖對他們師徒已派不上用場，再看這光景，死不了決心相伴藥童，無意出洞。」一念至此，明知說的全屬廢話，還是朗聲道：「戴某屢受張兄盛德大恩，今生無以回報，來世必當結環銜草，還望張兄善自保重。」接著低聲對三保道：「咱們走吧！」三保驚道：「死不了爺爺呢？他不跟咱們一道走嗎？您所服的腐肉蝕骨湯有得解嗎？」戴天仇黯然搖頭。三保似懂非懂，突然一股熱血上湧，喊道：「死不了爺爺，不管如何，馬和謝謝您。」趴伏在地，咚咚咚磕了三個響頭，不再多言，起身隨戴天仇出到石室外。

火摺將滅，三保尋著一根蠟燭點亮，兩人按圖摸索，裡頭甚深長曲折，果然是機關重重，若非有地圖指點，恐怕非但找不著出處，還要橫禍加身。到了盡頭，三保按照圖上指示摸著機括，扳動開來，石壁轟隆隆開啟，入眼卻是漆黑一片，哪有甚麼出口，以為被死不了誆了，突然一陣寒風襲來，吹滅了燭火，這才明白此時已經入夜，而外頭烏雲密布，星月無光。兩人剛走出石洞，忽起一陣巨震，頓時飛沙走石，洞穴整個崩塌，將裡頭眾人悉數困死其中，尖叫聲、哀嚎聲、呼救聲劃過夜空傳遞過來，三保備感哀淒，不敢掉淚，緊隨著戴天仇步入幽暗的密林中。

二人心事重重，一路無語，在黑暗中摸索著前進，直走到天色微明。三保回首來時路，只見林深幽黯，脫盡殘葉的枯枝，在寒風中微微顫晃著，卻哪裡還有石洞的半點蹤跡，死不了更沒有脫困跟來，現身眼前。再往前行，是片茂密的雲杉林，棵棵枝幹粗廣，蒼勁挺拔，葉呈針狀，凌霜不凋，直壓迫得人透不過氣來。他倆一前一後，在不計其數的雲杉間穿行，戴天仇步伐快勝二人初逢當晚，三保勉能跟上，未再被絆倒。一陣子後，眼前赫然出現一大片草地，視野豁然開朗。戴天仇悶了一整夜，忽然止步，三保腳步斜踏，走到他身邊停住。

戴天仇望向空處，道：「此處納西話原本稱為『達饒郭』，意思是『地神下降的草甸』。相傳有對戀人，男的名為朱古羽勒排，女的叫作開美久咪金，兩人無法結為連理，相約私奔，朱古羽勒排遭父母阻撓，未能順利成行，開美久咪金在此處久等情郎不至，以為對方負心，便在一棵樹上上吊了，朱古羽勒排終於排除萬難趕到時，見愛人已死，也就自殺身亡。後來又有許多對苦命鴛鴦步上他們的後塵，來此尋短，共赴黃泉，這兒也就被改稱作『游舞丹』，意思是『殉情之地』。唉，情之累人，一至於斯，仔細想想啊，自古多情，徒惹傷悲，空留餘恨，做人還是冷酷絕情些的好。」

三保記起《天經》明言：「信道的人們啊！……你們不要自殺，真主確是憐恤你們的。誰為過分和不義而犯此嚴禁，我要把誰投入火獄，這對於真主是容易的。」他若非信守此一嚴禁，而且欲報滅門深仇，否則早已不想苟活於世，小小心靈覺得，為了至親都不許自殺了，更何況是為了莫名其妙的男女情愛！他忽然起了個疑惑，問道：「爺爺，三保有一事不明，不知道該不該問。」「傻孩子，你不說出來，爺爺怎會知曉呢？」戴天仇溫言回道，語氣渾不像初遇時那般不耐煩。

三保略微遲疑，終究發問：「爺爺，去病哥哥怎麼會扮成女子呢？」戴天仇先是一怔，隨即悠悠嘆了口長氣，答道：「死不了長年與去病相依為命，空谷寂寞，寒潭淒清，有些事不足為外人道，現在你不明白，爺爺也希望你今生今世永無機會弄明白，如此對你比較好。」三保「嗯」了聲，聊為答應。其實他內心深處有個遠更重大的疑問，只是當下舉目無親，不知何去何從，戴天仇是他唯一的依靠，更是報仇雪恨的最大憑藉，他擔心這疑問一出口，這個依靠與憑藉將會反過來將他吞噬，因此強自按捺，隱忍不發。

愈往上行，山勢益形陡峻，林木漸稀，地上出現東一塊、西一攤的冰雪。又走了約莫一個時辰，原本籠罩在山頂的黑壓壓一大片雲層，快速沉掩至山腹，登時大雪翻飛，寒風澈骨。二人匆忙離開石洞，沒帶上包袱，此時身上衣衫單薄，而且肚子空空如也，戴天仇內功深湛，自是無妨，三保卻已抵擋不住，冷得直打哆嗦，耳鼻顴眉劇痛不已，如挨刀割，又似遭受火焚。

戴天仇原想找個山洞避避，忽見前頭一個碩大斑斕的身影飛快奔近，內心喜道：『充飢飯菜與保暖大衣自個兒送到眼前來了。』對三保道：「乖孫，你暫且忍耐點兒，運運功，擋擋寒，爺爺去去便回。」才說完，身子倏然飄出，雪上僅留下淺淺足印，稍瞬即被掩沒，在大雪之中，宛若足不點地的山精鬼魅。

奔馳而至的不是別的，而是隻成年公虎。牠已餓了多日，顧不得風狂雪驟，出來覓食，遠遠見著兩條人影，以為是尋常樵夫，其滋味雖遠不及鹿羊豚羌，但殺之既費不了多大力氣，還可飽餐一頓，豈知其中一個獵物不避不逃，反倒迎向前來。那山君弄不清楚來者底細，放慢腳步，一待靠近，邊繞著對方打量，邊發出低吼聲，接著伸出右前掌，試探獵物的虛實強弱。

戴天仇故意示弱，左手有氣無力地在老虎右掌上一拍，老虎以為他力弱可欺，雷吼一聲，暴躍而起，撲向對方。戴天仇左手一抖，利刃突出，整把劍刃直沒入這隻猛虎的咽喉中。這條大蟲受到重創，拚命想要掙脫，戴天仇右手金勾隨即勾住牠的頭蓋骨，使勁將牠牢牢壓制住，高聲喊道：「三保快來。」等三保奔至，那隻倒透大楣的老虎已經斷氣，戴天仇運起神力，把四百來斤重的偌大虎身翻轉過來，使其肚腹朝天，拔出右勾，收回左劍，道：「乖孫，快喝點兒虎血，暖暖身子。」

三保看著泉湧而出的虎血，蹙眉道：「根據清真戒律，不得飲血……」戴天仇哼了聲，道：「你要活命不要？」三保無奈，憶起《天經》所載：「他只禁戒你們吃自死物、血液、豬肉以及誦非真主之名而宰的動物；凡為勢所迫，非出自願，且不過分的人，毫無罪過。因為真主確是至赦的，確是至慈的。」躊躇了會兒，終究蹲伏下去，心裡祈求真主寬恕，忍著腥羶至極的味道，勉強喝了幾口虎血，才下嚥，身子便暖和起來，不由得咕嚕嚕又吞了幾大口。

三保喝得饜足，剛站起身子，戴天仇趕緊將頭埋入虎頸中，半晌才抬起來，眯著眼，咂咂舌頭，忽然雙眼圓睜，眸子裡綠意陡盛，精光暴射，加上滿臉鮮血，模樣甚是駭人。他俯身用左手在地上抓起一掌雪，抹了抹嘴臉，再用袖子擦去血跡。三保依樣畫葫蘆，瞥見戴天仇下頷仍有血漬，便伸出衣袖，予以揩淨。

戴天仇道：「世人誤以為老虎身強體壯，因此喝虎骨酒可治風濕，卻不知許多老虎一身病痛，甚至其中一些還患有風濕症哩！」三保甚感驚訝，問道：「爺爺怎知道的呢？」戴天仇道：「爺爺這些年獨來獨往，時常穿行於荒山野嶺，比起跟人，還更常和禽獸打交道哩！」他接著說了一些關於禽獸的奇聞異事，三保聽得津津有味。談話間，戴天仇將老虎開膛剖肚，抽筋剝皮。他武功本就極高，又得勾劍之助，因此吹灰不費力，遊刃尚有餘，須臾便大功告成，將虎皮迎風一展，吩咐三保披上。三保原還謙讓，戴天仇袒露出胸膛，仰天笑道：「就這麼點兒風雪，還不夠替老夫消暑退火哩！」三保這才接過虎皮，裹住瘦小的身子，心裡默許，一定要像戴天仇一樣，練成蓋世神功，但是絕不用以濫殺為惡。

戴天仇揮劍斬下老虎的四條腿，兩兩用虎筋綁著，自己肩負其中一對，垂掛胸前，另一雙要三保扛著，道：「餓了就生吃，方顯壯士本色。」說完即舉起一條腿大咬一口，然後邊咀嚼著韌臊至極的虎腿肉，邊在崇山峻嶺上冒雪大步而行。三保年幼力弱，戴天仇有意磨練他，從不出手扶持提攜，兩人足足費了三晝夜，才翻越這參天入雲的烏魯雪山，途中戴天仇又幫三保製作了虎皮靴子與手套，以免他手腳凍傷。三保感激萬分，覺得天下之大，除了自己的父母外，便屬眼前這個老人對自己最盡心呵護，卻不知戴天仇故意撿了較艱險遙遠的路徑走。

下到山谷中，比山頂和暖許多，三保畢竟是少年心性，捨不得脫掉虎皮裝束，眼前卻有個天大的阻礙。數里外，滔滔南奔的金沙江急轉向北，被稱為「長江第一灣」，那兒的江面闊達百餘丈，澄江似練，翠巒如簇，端的是一片盪人心胸的美麗景致，但到了此處，江水遭兩岸險峰夾逼，驟然縮束至二、三十丈，最窄處還不及十丈，有人形容為「看天一條縫，看江一條龍」，素有「萬里長江第一峽」的稱譽，加上地勢斜降，因此水流湍急無比，直如千百萬頭發足狂奔的凶惡猛獸，要把落入其中的人畜給吞噬一盡，光聽那震耳欲聾的水聲，就教人雙腳發軟，心膽俱寒，任何人武功再高，水性再好，也絕計無法涉水強渡，更不能直接一躍而過。江中一處有塊巨石，把江水一劈為二，所謂中流砥柱，大概就是這副光景。

三保被洶湧怒流給嚇傻了，戴天仇拍拍他的肩頭，指著江中那塊巨石，道：「乖孫，爺爺待會兒要將你拋到那塊大石頭上，你可千萬注意，落腳時得收住身形，別掉到水裡去，否則縱使神仙降臨，也救不了你的小命。」他接著把更為精深的輕功要領，跟三保說明白了。三保悟性本高，再經戴天仇這位絕頂高手的點撥，在岸邊試了幾試，覺得妥當無虞。

戴天仇又鄭重叮嚀了幾句，左手穿過三保的左脅下，側過身子去，大喝一聲，把三保拋往江心巨石。三保騰空而起，勁風撲面，千軍萬馬般的江水從腳下疾奔而過，腳底剛觸著石面，按照戴天仇所授輕功心法穩住身形，回過身去，卻見戴天仇大鳥似地凌空撲至，於是往後退了幾步，好讓戴天仇多些空間著陸，不意踩著滑不溜丟的青苔，腳底一滑，整個人滾落石下。就在千鈞一髮之際，戴天仇已落在石上，縱躍而前，突出利劍，刺進石縫中，支撐住身子，同時俯身伸出金勾，勾住三保的虎皮大衣，將他撈起。

三保身上只濺著些許水花，未成為落水虎，深深吸氣，壓壓驚魂，緩緩吐出，收收散魄，朗聲道：「爺爺，再來！」戴天仇豎起左手的大拇指，道：「好，有膽識，不愧是我光明金剛戴天仇的義孫。」他的大拇指雖只剩下半截指根，但這讚許絲毫不減真誠與力道。戴天仇故技重施，先把三保拋上岸，自己再施展絕頂輕功越過江面。不久之後，這裡開始流傳著一個故事，說是有隻受傷的老虎遭到獵戶窮追猛趕，情急之下，借助江中巨石躍過急流，這段峽谷從此有了一個響亮的名稱：虎跳峽。

比起對岸的烏魯雪山，金沙江這岸的哈巴（意為「金子的花朵」）雪山，高聳險峻未遑多讓，三保正好練練更為上乘的輕身功夫，在嶙峋怪石間與尖銳荊棘中縱躍騰挪，一個晝夜下來，自覺有了更深一層的體悟，竟比猛虎還要迅疾輕捷。戴天仇一直眼蘊笑意看著三保，隱隱覺得有孫若此，夫復何求，只可惜這孩子並非真是自己的骨肉血脈。

次日午後，裹著虎皮衣的三保去捉兔子，不消多時，兩手各提了隻野兔回來。戴天仇道：「你看起來愈來愈像頭老虎了，不過要成為真正的百獸之王，得要有尖牙利齒才成，不然充其量只是一隻紙老虎罷了。」他卸下手上的金勾銀劍遞給三保，道：「脫掉虎皮，套上去，爺爺教你幾招。」三保喜出望外，連忙脫掉虎皮裝束，接過勾劍套上繫緊，比劃了幾下，覺得十分牢靠。戴天仇傳了三保三個極粗淺的招式，要他好生練習，接著自個兒慢條斯理地升起小火，慢烤起野兔來。三保足足練了兩個時辰，那兩隻兔子早已烤得通體焦黑，戴天仇卻不吃食，似乎在等待甚麼。到了日暮時分，三保雖已又累又餓，但剛學習到對敵接戰的武功，不敢鬆懈一分半毫，兀自拚命練習。

戴天仇突然低喝：「等等，有個牙尖爪利的來了。」三保聞言，心下一驚，以為上回林中惡戰的場景又要重現，趕緊走到戴天仇身旁，要把勾劍脫還給他。戴天仇搖搖頭，神色詭異地微笑道：「這次讓你試試身手。」三保一怔，急道：「三保還不行呢，爺爺。」戴天仇臉現不悅，道：「有爺爺在這兒，你怕甚麼？」三保無奈，四顧蒼茫，不知從何處會衝出甚麼樣的可怕敵人來，忽覺後頭風響，急忙回身，只見一團白糊糊的影子迅捷無倫地撲到面前來，不假思索，就地一滾，避了開去，順勢站起身子，定睛一瞧，眼前是頭毛色灰白、雜有黑斑、尾巴粗長的豹子，正是有「雪山之王」稱譽的雪豹。那頭雪豹偷襲不中，隨即發動第二波攻勢，三保大駭，原本要拔腿逃跑，想起自己雙手有尖勾利刃，而且才練熟三個招式，更何況有戴天仇這個絕頂高手在旁，料想自己生命無虞，何不拿這頭猛獸餵餵招呢？

雪豹來勢甚猛，不由得他細想，他急使出「黑虎偷心」，利刃中宮直進，刺往雪豹的胸腹，其勁勢遠遠不如戴天仇刺虎那般剛猛迅速，雪豹頭一側，身一縱，避了開去，落在他的身旁。三保手中金勾橫劈，使了招「橫掃千軍」，雪豹躍起，竄到他的身後，這一招也落了空。三保想都不想，身子急速後轉，帶動勾劍迴旋，正符合「神龍擺尾」的要義。這下子雪豹尖嚎一聲，在地上打了個滾，四足立起，夾著尾巴逃進樹林裡。三保看見地上血跡斑斑，知道雪豹已然受傷，於是施展輕功，隨後追趕，戴天仇並未阻攔，任由他去。三保追出數里，發現雪豹倒臥在地，不停喘息，眼睜睜看著從獵物轉變而成的獵人步步逼近，毫無抵抗的力氣。

三保狠下心，一劍刺進雪豹的咽喉，卻無意暢飲其血，只打算剝其皮，割其肉。他正要動手，忽聽得不遠處傳來輕輕的喵嗚聲，大起膽子，循聲找去，在一個洞穴裡發現一頭幼豹。那幼豹不似一般雪豹，竟是通體雪白，灰色斑點甚淡，幾不可辨，眼珠子也未轉為黃褐，仍然維持初生時的深藍，一如三保父親描繪過的大海的顏色。那幼豹先是探頭探腦，一望見三保，隨即慌慌張張地覓處躲藏，模樣甚是俏皮可愛。三保此時大為懊悔，方才不該殺了母豹，讓這頭幼豹落得跟自己一樣，成為孤雛。自己年紀雖幼，尚有武功高強的戴爺爺照料，而這隻幼豹落了單，肯定是死路一條。

他起了同病相憐之心，更覺得自己殺死其母，須擔負起撫育牠的責任，俯下身子，要將牠抱起。幼豹退無可退，齜牙咧嘴地發出嘶吼聲，伸出爪子在三保手上抓出幾道傷痕，終究落入三保的懷抱裡。牠拚命掙扎了一陣子，但氣力不繼，而且感受到三保並無惡意，同時隱隱在他身上嗅到母豹的味道，也就逐漸安靜下來。三保出洞後，把幼豹的頭臉按在自己的胸膛上，不讓牠看見母豹的死狀，還刻意遠遠繞了過去，再順著血跡，回到原處。戴天仇一看這副情景，心下雪亮，故意說道：「爺爺還等著吃豹子膽哩，你去了那麼久，竟然只帶了隻豹崽子回來。也罷，豹崽子的肉更加細嫩，又沒那麼腥羶，燒烤美味，生吃可口。」

三保急道：「吃不得，千萬吃不得。」戴天仇故作疑惑狀，問道：「爺爺早已餓得老眼昏花了，為何吃牠不得？」三保囁嚅道：「我想……我想收養牠。」「牠畢竟是頭猛獸，你又殺了牠的母親，難道不怕養虎貽患……不，應該說是養豹貽患。」三保咬咬牙，答道：「即便如此，三保終無怨悔。」戴天仇道：「好個『終無怨悔』，只不過你讓我成了一頭畜牲的乾曾祖父，當真教我哭笑不得。」「爺爺，三保跟雪兒今後一定都會孝順您的。」戴天仇奇道：「雪兒？誰是雪兒？」三保道：「這是我幫牠取的名字，因為牠是隻雪豹，全身皮毛又是一片雪白。」他懷中幼豹適時低吼一聲，好像在答應，兩人都笑了出來。

戴天仇道：「牠約莫有三個月大了，或許已經斷奶，可以試著餵牠吃兔子肉。」三保放下雪兒，割了塊兔子肉，除去焦黑表皮，遞到雪兒面前。牠嗅了嗅，隨即狼吞虎嚥起來，把一整隻去皮兔子吃得乾乾淨淨。戴天仇含笑看著雪兒進食的可愛模樣，心裡卻百感交集，怎麼也料想不到，自己重享天倫之樂，竟會是如此光景，三保也有著同樣心思。

兩人分食另一隻烤得乾柴的兔子，聊充一餐。食罷，戴天仇道：「此時此刻反正左右無事，爺爺說個雪山的故事給你聽，好嗎？」三保雀躍道：「好極了，爺爺，三保最喜歡聽故事了。」雪兒看他高興，也受到感染，蹦跳了起來。

戴天仇道：「唔，烏魯雪山和哈巴雪山原本是一對兄弟，金沙江則是他們的妹子。不知怎的，金沙江居然愛上了東海之子，他們的父母不願意讓心愛的女兒遠嫁東海，於是命令烏魯與哈巴輪流看守金沙江，誰要是讓她跑了，另一個就砍下他的腦袋。一個夜裡，輪到哈巴當值，金沙江幽幽唱起小曲兒來，一連唱了十八首。哈巴聽著聽著，忍不住哈欠連連，終究沉沉睡著。金沙江趁機溜走，這一溜就是萬里，直去到了東海，再不回頭。次晨烏魯前來接班，叫醒還在睡夢中的哈巴。哈巴見走失了妹子，只得遵照父母之命，引頸就戮，烏魯無奈，揮淚砍掉弟弟的腦袋。哈巴死後，化身為咱們身處的這座無頭雪山。烏魯則化身為另一座雪山，他流淌的淚水變成了黑水、白水這兩條河，他身上背負的十三把寶劍成為十三座雪峰。至於他們的妹妹，自然就化身為滔滔東奔的江流，她所唱的十八支曲子，則變現為這段金沙江中的十八處險灘。這故事的主旨是說，女人要是發了情，想方設法都要奔往情郎身邊去，怎麼也攔阻不住，正如同滔滔東流水。哈哈哈……」

三保因這故事裡提到砍頭與父子兄妹，不禁想起身首分離的父親與生離死別的手足來，雖不敢明白表現出悲傷的情緒，卻也心下黯然，無言以對，低垂著頭，不住撫摸啃著兔子骨頭的雪兒頭頸。戴天仇討了個沒趣，揣摩到三保的心思，止住笑，沉聲道：「早些休息吧，咱爺孫三個，明兒還有險路要趕。」

第五回 明教

三保一路上對於明教總壇的滿懷遐想，在看到第一眼時，就全然幻滅了。他原以為會見到五步一樓，十步一閣，宮苑寺觀，彌山跨谷，其莊嚴肅穆，雄偉壯麗，應當僅次於父親所形容的聖城默加，哪裡曉得，觸目所及，僅是崇山峻嶺間的幾撮雜亂聚落罷了，各聚落多半是由因陋就簡的茅舍土屋所構成，固然遠遠不及大研城千屋萬瓦的繁華，甚至比不上死不了石洞的精巧，他內心失望之情不免流露於外。

戴天仇一窺其神色，即明白他的心思，解釋道：「我教原本的總壇，興築自蒙古南侵宋土之初，歷經多次擴建翻修，雖稱不上富麗堂皇，但算得上規制宏大，主殿達十三開七進，世間罕有，而且高塔為林，宮觀成百，房舍上千，洞穴累萬，卻於約莫三十年前慘遭破壞殆盡，百餘年基業毀於一旦，教眾流離失所，十年前才在此處落腳，工匠、器具、建材都甚缺乏，且須竭盡人力物資跟朱明賊朝廷周旋，還要躲避所謂名門正派的追殺，再無多餘心力建造甚麼華廈堂屋，但求有遮風蔽雨之處，即已心滿意足了。」三保道：「原來如此。」暗怪自己不知體恤明教教眾之艱辛。

戴天仇又道：「『安得廣廈千萬間，大庇天下寒士俱歡顏』，這才是我輩義所當為。嘿嘿，『地獄不空，誓不成佛；眾生渡盡，方證菩提』，佛教僧人老愛發這類虛無縹緲、不著邊際的勞什子宏願，結果如何呢？哼哼，有些賊禿吃得一個比一個腦滿腸肥，許多寺院蓋得一間比一間雄偉富麗，釋迦牟尼拔苦救難的方便法門，竟成為不肖徒子徒孫騙財騙色的取巧門道。假使賊禿們當真有心，何不發『饑荒不除，誓不吃飯；貧寒滅盡，方住房舍』的誓願呢？」元朝歷代君主與王公大臣泰半篤信佛教，三保自幼常聽說佛教僧人仗勢聚斂錢財、魚肉鄉里之傳聞，更何況他是個穆斯林，對於戴天仇肆意詆毀佛僧的言論，大感於我心有戚戚焉，回道：「他們之所以不發後面這種誓願，是因為現世即辦得到。」戴天仇一怔，隨即哈哈笑道：「說得好，有見識，你小小年紀，居然也看透賊禿之虛矯，我真沒收錯你當義孫。只可惜我明教爭勝天下後，出了該殺千刀的叛徒，否則一旦得勢，定要殺盡一向欺凌我教的賊禿驢跟牛鼻子，方消數百年來之積恨。」

他把三保跟雪兒留在自己的住處，自個兒匆匆前去議事。這位威震武林、讓人聞風喪膽的明教大法王，住的地方竟是如此窄小簡樸，真可說是家徒四壁，裡頭只有一床、一櫃、一桌、一椅、一架，架上擺了個水盆，此外別無家具，不過三保並未因此而看輕明教與戴天仇，總覺得有很多事，戴天仇尚未向他言明，他也不敢詢問，深怕得罪這個喜怒無常、乖戾狠辣的老人。過了不久，一條虬髯大漢送進來一把凳子及一張床，原已窄小的室內更顯得局促，他旋又拿來衣物、寢具、茶水，把水盆裝了清水。三保沒口子稱謝，那大漢始終不發一語，躬身向三保行了個禮，倒退出去，狀甚恭謹。幾個年輕教眾對於三保這位虎皮加身、雪豹相隨的少年感到興味盎然，一直在窗邊打量著他，不時交頭接耳，偶爾爆出笑聲，雪兒害怕陌生人，瑟縮在三保懷裡。

「看甚麼看，難道不怕我吸乾你們這些小鬼頭的血嗎？」不消說，發話的自然是戴天仇。門外那幾個年輕人嘻嘻哈哈，一哄而散，似乎不甚畏懼他。戴天仇帶著微微笑意進屋來，道：「三保，咱爺孫倆終於可以自自在在、舒舒坦坦地吃頓飯、睡大覺了。你先洗把臉，待會兒有人送飯菜過來。」三保本以為戴天仇劫後餘生，會有許多邀約，但他只跟三保、雪兒在自己的陋室裡用餐，侍候他們飲食的，依舊是下午送物事過來的那條虬髯大漢。晚膳雖非精美豐盛，但簡單清爽，香甜可口，連雪兒也有半隻現宰母雞下肚，三保竟有重回家園之感。

用晚膳時，戴天仇道：「三保，你才來沒幾個時辰，已是這裡的名人了。你可知有人稱呼你甚麼嗎？」「稱呼我甚麼？」「他們說你是個頂神氣的『虎豹小霸王』，又是甚麼『森林之子』。」三保覺得新鮮，嘻嘻一笑，轉念一想，自己衷心嚮往的，其實是成為「海洋之子」，最好也能像父祖一樣，乘浩浩長風，破萬里巨浪，去到聖城默加朝聖。他一想到家人，不由得心撕肺裂，肝碎腸斷，然而這些日子下來，已練到悲傷不形於色，反正自有記憶以來，父母也都不時諄諄告誡他，男孩子要勇敢、不能哭，因此早已習於噙淚裝歡，戴天仇此時也沒注意到他神情的細微變化。

三保思親情切，為轉移情緒，便道：「我爹爹在家時，每於晚膳後述說關於回教以及他去默加朝聖的故事。爺爺，您可否也說說明教的故事呢？」戴天仇道：「我教年輕一輩，多不明白我教歷史，難得你有心想知道，等咱爺倆吃飽了，爺爺再跟你細說分明，只怕你沒耐心聽。」三保道：「不會的，不會的，三保最喜歡聽故事了，一定會仔細聽的。」旋即把碗中飯菜飛快吃得精光，放下碗筷，雙手支頤，期待神情，溢於言表。戴天仇呵呵笑道：「別急，別急，等我這個老頭子吃飽了再說。」他堅持不給三保餵食，以左手指根持筷，還不十分順手，吃得相當緩慢，堪堪食罷，喚那大漢進來將桌面清理乾淨，並沏來一壺雲南在地所產香茗，呷了幾口，沉吟片刻，理理思緒，這才打開話匣子。

「我教創建迄今已逾千年，始自約當中土的三國時期，創教祖師乃是波斯聖哲摩尼，是以我教初傳入中土時名為摩尼教，卻常遭奸人取其諧音而誣蔑為魔教，亦飽受歷代朝廷打殺欺壓，於是在唐末、五代之間改稱明教，如此正與我教崇尚光明的教義相符，也算挺好的，另外還有明尊教、金剛禪教、揭諦齋教等等名頭，就不一一細表了。」戴天仇娓娓道出明教創教歷史與名稱由來。

三保奇道：「歷代朝廷為何要打殺欺壓明教呢？爹爹與鄰家的爺爺伯叔都說，蒙古官民上上下下都對出家人很是敬重，有些僧侶便仗勢欺人，蠻橫得緊哩！」戴天仇嘆道：「說穿了，可歸因於三事：一是佛、道不容，二是兔死狗烹，第三也是最根本的，即是我教教眾堅守教義，崇尚光明，對抗黑暗，仗義疏財，絕不阿附權貴，故深得民心，卻因此而遭當權無道者所忌，為富不仁者所恨，極欲拔除之而後快。」

戴天仇看三保一臉疑惑，解釋道：「我教究竟於何時傳入中土，其實已漫不可考，一說是隋文帝開皇四年，另一說是唐高宗一代，宋朝《佛祖統紀》一書則記載：『延載元年，波斯國人拂多誕持《二宗經》偽教來華。』延載是唐朝女皇帝武則天的年號，拂多誕則是安息語[6]『持法者』之意。我教祖師見識廣博，心胸開闊，兼容並蓄了數種宗教的教義，其中自然也包括早已流傳至西域的佛教。不料中土佛教僧侶不思在教義上與我教一爭長短，進而相互印證發皇，反倒心生忌憚，爭相非難，誹我教為偽教，謗我教經典為偽經，斥我教教義為邪見，誣我教教眾為邪魔歪道，處處與我教為敵，因此我教起初在中土的弘法著實困難重重。佛教本屬良善，且義理精深，我教祖師才會採納其部分教義，然而佛教僧侶畢竟是人，只要是人，便有私心，有了私心，即會幹出狗屁倒灶的混帳事來。其時佛教賊禿驢費盡千辛萬苦，才從道教牛鼻子手上搶占到一些地盤，豈容同屬外來宗教的摩尼教橫插進來分一杯羹。篤信道教的唐玄宗更是聽信讒言，詔告天下：『末摩尼本是邪見，妄稱佛教，誑惑黎元，宜嚴加禁斷。』於開元二十年下旨嚴禁我教，卻

6 即帕提亞語（Parthian）。大部分的摩尼教經典是摩尼以古敘利亞文（亞拉姆文的一支）撰寫，少量以中古波斯文著作，但傳入中土的摩尼教經典則有部分是安息文版本。

對胡人法外開恩，信摩尼教者不予科罪，如此竟使我教在中土留下一線生機，進而發揚光大，昌盛廣傳。」

三保原本愈聽心情愈沉重，忍不住為古人耽憂起來，一聽到事情有了轉機，不禁轉憂為喜，興奮道：「太好了！太好了！後來發生甚麼事？」戴天仇啜飲一口茶，續道：「唐玄宗李隆基貴為大唐天子，卻糊塗透頂，不但查禁我教，還出奇地昏庸好色，一味耽於享樂，居然惹出安史之亂這個天大禍事，戰火綿延七年，軍民死傷千萬，國力自此一蹶不振，玄宗被迫遜位給其子肅宗，殘局則仰賴兵強馬壯的回紇[7]來收拾。回紇鐵騎收復唐都長安並攻破賊都洛陽後，帶回國的四名摩尼師，在宮廷中與文臣激辯，再力戰大內高手，歷經三晝夜，回紇諸多文武一一敗下陣來，回紇王牟羽可汗大為嘆服，便立摩尼教為國教，從此戮力宣揚。嘿嘿，華夏之人向來視外族為智識低落的夷狄，由此事可知，饒是外族胡人，也不乏具大智慧者，回紇王並不偏聽輕信，可比大唐天子高明多多了。

「再說唐肅宗在位僅六年即一命嗚呼，繼位的代宗為了拍回紇王的馬屁，於大曆三年頒布敕令，允許回紇摩尼師在長安設置寺院，並欽賜『大雲光明寺』之匾，大曆六年又應回紇之請，在荊、揚、洪、越等州設大雲光明寺，其後全國各地也紛紛興建，我教因此極盛一時，位列所謂

7 回紇後來自請更改漢名為「回鶻」，意為「回旋輕捷如鶻」，在元朝時被稱為「畏兀兒」，即今維吾爾族宗源之一。

三夷教之首，比祆教與景教[8]可要風光多多了。我教源出祆教，居然在中土青出於藍，在世時飽受祆教排擠欺壓的創教祖師倘若有知，應會大感欣慰。」三保身為穆斯林，卻是聽得悠然神往，為摩尼教昌盛於中土而流露出欣慰笑容，至於摩尼教也曾仗勢廣建寺院，聚斂財貨，那就不予深究了。

戴天仇話鋒一轉，語調由慷慨驟變為悲涼，道：「可惜啊可惜，我教的榮景，充其量只不過維持了約莫七十個年頭而已。回紇後來連年遭逢天災，加上內鬨傾軋，國勢因而大衰，被新興的草原民族黠戛斯趁機消滅，回紇王正當敗逃之際，仍不忘冀求唐室安存摩尼，然而大唐君臣不念舊恩，立即翻臉不認人。會昌三年，唐武宗不僅下旨嚴禁摩尼教，還大殺摩尼師，光長安一城，即有七十二名女摩尼遇害。我教遭此法難，從此隱密行事，不得已依附於佛、道二教，一方面汲取其教義儀軌，另一方面暗中弘傳，如此一來，更受在上位者與佛、道所忌，視我教為黃巾賊、五斗米教之流，我教亦不願屈從，每每聚眾起義抗暴，更加坐實了此一疑懼，我教跟歷代朝廷以及仰朝廷鼻息的所謂名門正派，終究落了個勢不兩立的局面。後梁貞明六年，我教教主毋乙、教眾董乙起義，以對抗官府的橫徵暴斂；北宋宣和二年，方臘教主為抗『花石岡』而揭竿；南宋建炎年間，王宗石教主起義，教眾王念經響應；紹興年間，有余五婆、繆羅、谷上元、楊

8 景教為基督教的一支，在耶穌會來華前，華人多以景教指稱基督教。

么、俞一、黃曾等教眾先後發難；紹定年間，則有陳三槍教主舉事。這些都是驚天地、泣鬼神的光榮事蹟。

「元朝對各教各派寬容，甚至敬奉有加，我教也獲准弘揚，這原是千載難逢的良機，然而韃子殘暴不仁，致令民不聊生，我教實不忍棄黎民於不顧，而跟一些不肖賊禿驢、牛鼻子沆瀣一氣，作威作福，殘民以逞，反倒義無反顧，與民眾凝聚一起，結合了彌勒宗，屢屢率眾起義抗暴，因此到了元武宗至大元年，我教復遭嚴禁。元順帝至元四年，我教長老彭瑩玉與其徒周子旺聚義反元，雖然事敗，周子旺身死，但已為傾覆元朝暴政，點燃了星星之火，終成燎原之勢。十二年後的至正十年，六大門派受元朝廷威逼利誘，精銳盡出，合攻我教總壇，雙方鬥了個兩敗俱傷，我教總壇受尾隨在後的元軍以重砲轟擊，百年基業盡毀於一旦，教眾自此流離失所，直到十年前，才在這荒僻險峻的山間落腳。六大門派圍攻我教總壇後，自身元氣大傷，元朝廷復又慫恿各幫會門派抗衡六大派，令其生死相搏，藉以鏟除華夏武人，其用心著實歹毒無比。此陰謀詭計連黃口小兒都能輕易識破，各幫會門派卻因貪圖虛名薄利，甘為元朝廷鷹犬，處處與我教為敵，而又彼此攻伐，且為遮掩本身趨炎附勢的醜態，對我教極盡汙蔑醜化之能事，還將他們自己犯下的諸多惡行，統統推諉給我教，倘非如此，我教早已推翻元朝暴政了，哪還能讓朱元璋這奸賊遂其狼子野心呢！

「我教苦心孤詣，忍辱負重，不願向各幫會門派尋仇，反而有意統合中原武人齊心抗元，遂於總壇陷落後的次年，教主韓山童，光明日使杜遵道，光明月使劉福通，智慧金剛盛文郁，大力金剛彭瑩玉，後際師羅文素，五旗使郭子興、徐壽輝、彭大、鄒普勝、倪文俊等大舉起兵。韓教主號為明王，旋即光榮戰死，魂歸光明淨土。其子韓林兒繼任教主，號為小明王，在至正十五年稱帝，立國號為宋，以龍鳳為年號。嘿嘿，東晉有個鮑敬言說得好：君臣之道起自強者凌弱，弱者服之；萬民受制源於智者詐愚，愚者事之。有人憑著強暴狡詐一旦當上皇帝，即便搜刮盡天下財貨，猶嫌不足，縱使掌握住一切權勢，仍怨不夠，想方設法要滿足私慾及鞏固皇權，搞得天下板蕩，民不聊生，皇權因此可說是罪惡之淵藪，朱元璋固然混帳透頂，先教主小明王……，唉，扯遠了，不提也罷。」

小明王韓林兒稱帝後，政教合一，享受至高權力，搜刮天下珍寶，還蒐羅無數美女，說是要為國播下龍種，大大悖違明教戒律，戴天仇頗不以為然，悶了二十多年的滿肚子牢騷，只能向異教的娃兒宣洩，自覺無奈而又可笑，止住不說下去，轉回正題，續道：「朱元璋原本只是個在一間破廟裡化緣撞鐘的癩痢頭和尚，一個偷牛吃的小毛賊，後來歸附於我教淨氣使郭子興旗下，一路扶搖直上，終至手控兵馬大權，獲教主小明王敕封為吳國公，又自立為吳王，對明教和小明王不知感恩載德，反倒是狼子野心，於龍鳳十二年冬，密令部將廖永忠鑿沉小明王的座船，致小明王殉難。朱元璋那廝痴心妄想，以為此事做得神不知、鬼不覺，他便可以順理成章繼任明教教主，但天可憐見，讓廖永忠那狗賊落到我的手裡，其弒上謀篡的滔天罪行給我探知，因此朱元璋極欲除掉我，便唆使我的愛徒蔣瓛反叛，淫我愛女，殺我全家，連雞犬也沒留下半隻活的，我悲憤難當，找上叛徒報仇。

「我教因連年爭戰，長老折損得甚快，我居然得以位居要津，自覺何德何能，著實誠惶誠恐，一心一意栽進軍務裡，武功荒疏已久，不是叛徒對手，被他打成重傷，僥倖逃得一死，其後為了報仇雪恨，改名為天仇，並找上神醫死不了斷指練功，這些年武功小有長進，在江湖上威名更著，內心卻益發痛苦。再說朱元璋當不成明教教主，竊占大位後，竟把國號定為大明[9]，說來說去，他總是不甘心，在他心底最深處，九五天子之尊，終究比不上明教教主之榮。哈哈哈……哈哈哈……」他的笑聲讓三保不寒而慄，汗毛直豎，而這一席話，更令三保聽得瞠目結舌，驚心動魄，原來明教與戴天仇居然跟當今大明天子，有著不共戴天的血海深仇，先前雖曾聽戴天仇向史滿剛提及，但那時戴天仇說得沒頭沒尾，且身受重傷，三保揪著一顆心，聽了沒往心上去。

戴天仇笑聲陡歇，臉上青氣暴盛，目光如電，咬牙切齒，厲聲問道：「這些日子你口口聲聲說要報仇雪恨，我問你，你的仇人究竟是誰？」三保不意他有此一問，囁嚅道：「我的仇人

---

9 學者吳晗稱：「大明這一國號出於明教。明教有明王出世的傳說……朱元璋原來是小明王的部將，害死小明王，繼之而起，國號也稱大明。據說是劉基提出的主意。」早在十六世紀，孫宜即表示：「國號大明，承林兒小明號也。」然而楊納認為大明國號應來自白蓮教徒誦讀的淨土宗經典如《大阿彌陀經》。另有用五德終始說，或援引儒家經典（例如《易經‧乾卦》的「大明終始，六位時成，時乘六龍以御天。」），來解釋大明國號的由來，但都流於穿鑿附會，應是儒生往自己臉上貼金。

是……是告密的納西人阿甲阿得，還有征南大將軍傅友德。」

「錯了，他們只是奉命咬人的惡犬，他們的主子才是你真正的仇人。我再問你一遍，你的仇人究竟是誰？你要是答錯了，我立刻將你斃於劍下，省得我費心調教出一個廢物來。」戴天仇左手伸至三保的咽喉前，只消手腕一抖，利劍便會突出，刺穿三保的頸子。原本趴伏在桌下用雞骨架子磨牙的雪兒跳到桌外來，背部拱起，對戴天仇發出嘶吼聲，深藍色的眼珠子似乎要冒出火來，還露出小小尖牙，做勢撲上前去。戴天仇右手抬起，金勾隨時可要了牠的小命。三保渾沒料到戴天仇此時竟會突然發狂翻臉，而自己與雪兒的性命全繫於接下來的回答，腦中昏亂一片，忽然靈光乍現，緩慢而堅定地吐出三個字：「朱元璋。」

戴天仇一聽到這三個字，凝滯在半空中的雙手緩緩放下，猙獰至極的面孔逐漸冰釋，似笑非笑道：「好，好，說得對極了，我當真沒錯看你。朱元璋是你、我，還有明教百萬教眾的共同仇人。舉家受戮之恨，愛女遭淫之辱，剁指斷腕之痛，腐肉蝕骨之毒，我都可以忍受下來，只要能夠殺掉朱元璋，就算要我跟那個喪盡天良的叛徒蔣瓛把酒言歡，甚至同榻而眠，我也定然義無反顧。切記，你今生今世只有一件事情要辦——殺朱元璋。你白天的心思與夜裡的夢境只能有一個——殺朱元璋。你隨時隨地要對自己耳提面命——殺朱元璋。連禮拜你的回教真主時也要如此默禱——殺朱元璋。唸吧，把殺朱元璋深深唸進你的心坎裡去吧！」三保喃喃唸道：「殺朱元璋，殺朱元璋，殺朱元璋……」戴天仇如同聆聽到美妙至極的仙樂一般，閉起雙眼，嘴角綻放出一抹微笑。

翌晨，三保悠悠醒轉時，窗外天色已然大亮，他翻身而起，沒看到戴天仇，倒是瞧見桌上擺著飯菜，還有一盆清水與一方素色手巾，但覺頭昏腦脹，腹中不感飢餓，雪兒過來，在他腳邊磨蹭撒嬌。他坐在床沿，雙目呆滯，若有所思，過了半晌，才起身盥洗，辨明方位，朝聖城默加行禮拜之儀，原該唸誦：「一切非主，惟有真宰；穆罕默德，為其使者。」卻改唸：「殺朱元璋，殺朱元璋，殺朱元璋……」覺得這與自己往常所受「信真主、信末日、信天神、信《天經》、信先知」的教誨完全相悖，大不以為然，隨即摒除雜思，專心禮拜真主後昂然站起，對雪兒道：「咱們走吧！」大踏步走出房外，雪兒亦步亦趨，緊跟在他身側。

這山谷闢了幾處或大或小的演武場，並設有防禦工事，除此之外，與尋常村落倒沒甚麼重大差別，反正過日子不外乎要照管吃喝拉撒睡，即使一向被稱為魔教的明教，其教眾亦不能免除這些凡塵俗務。三保這時可不想引人側目，沒穿上金黃斑斕的虎皮裝束，但雪豹畢竟極罕見於人居，要不招惹目光，萬不可能，只是沒人前來阻攔盤問，任由他與雪兒依循來路走進深林裡。

三保展露初學不久的輕功，旋即逮著一隻野兔，原本要折斷其足，再丟給雪兒撲殺吃食，這不經意間與兔子四目交接，心下一凜，忽然不知該如何是好。用兔子一命換得豹子飽餐一頓，這究竟是對是錯呢？但若放走兔子，雪兒終究會活活餓死，總不成要牠吃素吧！母親仁愛慈悲，憐憫動物，從不殺生，自己受其薰陶，雖時常跟隨父親打獵，宰殺之事卻率由父親為之，先前砍殺明兵乃出於情勢所迫，殺雪豹則大感懊悔，如今要將無辜柔弱的兔子送進豹口裡，如何狠得下心！

他又想到和樂融融的家居生活背後，竟然隱藏著不計其數的宰殺屠戮，雖然送命的都是禽獸牲畜，但總都是上蒼賜予的寶貴生命啊！那麼朱元璋為了一統江山，成就非凡帝業，直殺得天下血流成河，屍堆成山，似乎也算得上順理成章了。想那朱元璋貴為大明天子，自然不識得雲南滇池南畔的馬哈只一家，自己如何能將他視為頭號寇讎呢？但若不是出於他的號令，明朝大軍怎會攻入雲南，父母姊妹又怎會死於非命呢？戴爺爺救助自己，其實是要把自己訓練成刺朱殺手，雖非出於良善之心，然而到底於己有活命之恩，何況天地如此遼闊，時局不靖，自己年紀尚幼，毫無涉世經歷，倘若離開此間，能夠託身何處呢？只知哥哥文銘在晉寧縣城裡幫傭，到底是哪家哪戶，自己一無所悉，哥哥離家時自己才六歲，數年不見，連當年的模樣都已不大記得，而最為關鍵的是，自己辜負了父親的託付，沒能保護好家人，苟且獨活於世，豈有面目去見長兄？

他畢竟年幼，左思右想，徬徨不定，直到雪兒按捺不住，躍起叼走兔子，這才回過神來，愣愣看著雪兒咬死兔子，予以生吞活噬，直吃得津津有味，而兔子只枉自掙扎了一下子，終究落入牠的五臟廟內，於是尋思：或許真如戴爺爺所說，弱肉強食才是亙古不易的自然鐵律，自己的小名雖是三保，卻連自保、保家都力有未逮，遑論保衛聖教，為今之計，只有跟著戴爺爺學得超凡絕頂的武功，爾後海闊憑魚躍，天高任鳥飛，誰也不懼，誰也不靠，才是硬道理，更何況戴爺爺身中劇毒，命不久長，待他死後，自己也練好了功夫，便可帶著雪兒溜之大吉，至於要不要刺殺朱元璋，到時候再說吧！他打定主意後，領著雪兒回返，戴天仇已在房內等他。

「去哪兒了？怎麼連早飯也沒吃呢？」任誰也感受得出，戴天仇這話問得奇冷無比，他一路上對三保的和煦慈祥，已成為過往雲煙。「我帶雪兒去打野味，抓了隻兔子餵牠，順便練練輕功。」三保倒是回答得從容不迫。「天氣冷，飯菜都涼了，我找人來拿去熱熱。」「不用勞煩了，這樣子就挺好的。」三保坐下，扒了幾口涼颼颼的白米飯。戴天仇熟視三保，冷冷說道：「一「你不是喜歡聽故事嗎？好，我再說個故事給你聽，你吃你的，我說我的。」三保微笑道：「一邊吃早飯，一邊聽故事，這可真好。」他的心智彷彿頓時成長許多，已不學而會言不由衷了。

戴天仇陷入長考，眼望空處，臉龐扭曲變形，似乎在回憶一件極為痛苦的往事，久久才發話：「三十五年了，沒想到已整整過了三十五年了。三十五年前，我不過二十五、六歲，仗著還過得去的武功，以及在江湖上闖蕩出的薄名，居然在人才濟濟、高手如雲的明教裡頭，掙得了淨氣旗副使一職，那時候朱元璋還只是個到處乞食的臭和尚哩！我欽敬彭瑩玉長老為國為民、不畏強暴的義舉，而且為了力求表現，以不負明教的栽培，打算背著我素來瞧不起的淨氣使郭子興，自行聚義反元，不料謀事不周，竟教一個姓蔣的教友給出賣，害得兄弟們死傷無數，我也身受重傷。數月後，我養好了傷，查明風聲走漏的原由，跟一群兄弟到那姓蔣的世居的蔣家村大開殺戒，直殺得雞犬不留，卻在縱火燒村的當兒，忽然聽到嬰兒的啼哭聲。我一時好奇心大起，尋得一個襁褓中的男嬰，本欲一掌了結他的小命，但那男嬰適時止住啼哭，衝我笑了笑，就這麼一笑，把我堅硬凶狠的心給軟化了。我當時育有一女，先前由於練功貪求速成，以致走火入魔，命雖撿回來了，功力也無啥損失，卻從此臉色發青，甚至再也不能人道。唔，你知道甚麼叫做不能人道嗎？」三保搖搖頭。戴天仇道：「就是不能做生娃兒的那檔子事，那可是男人的奇恥大憾。」三保覺得奇怪之至，生娃兒不是女人的事嗎，怎麼男人不能生娃兒反倒是奇恥大憾呢？不過他沒敢發問。

戴天仇道：「我父母兄姊皆死於非命，我僅以身免，枉自練了一身武功，竟然無法傳宗接代，引為奇恥大憾，這時看見男嬰十分健壯可愛，於是把他收留下來，妄想等他長大成人後，可入贅我家，延續戴家香火。這男娃兒生得面如冠玉，我因此將他取名為瓛，那是一種圭玉，後來為了好好栽培他，致力於言授身教，除了悉心傳授他武功外，也跟著他讀書向學，沒想到幾年下來，我居然也能胡謅幾句歪詩了，呵呵。」他說到這兒，眉宇舒展，微微一笑。三保赫然發現他微笑時五官其實相當英挺俊朗，只是赤髮青面，眼眸碧綠，仿如妖怪，而其雙眉之間與嘴角兩旁的皺紋極深，平常又橫眉豎目，嘴角下撇，看起來十分凶惡。他這輩子不知經受了多少風霜苦楚，才變成如今這副醜怪狠戾的模樣，三保內心深處不禁油然生起憐憫之情。

戴天仇續道：「我真沒看走眼，那男娃兒跟你一般，也是個練武奇才，加上自幼練起，又得到明教眾高手傾囊相授，年方二十，武功已躋身一流高手之境，而且風流俊賞，富於文才，詩詞書畫都很在行。我原本就當他是童養婿，獨生愛女夢心算得上美人胚子，那時已老大不小了，蔣瓛卻一再拖延婚事，說是要等功成名就、有番作為後，才匹配得上我的掌上明珠。我誇讚他很有志氣，夢心也十分愛慕這文武全才、偉岸俊俏的兒時玩伴，願意痴心等待。哪裡曉得朱元璋羽翼已成，謀篡教主大位，密派部將廖永忠害死小明王，當我正要揭發此一滔天罪行之際，朱元璋不知從哪兒得知蔣瓛身世，搶在頭裡告知了他。蔣瓛獸性大發，淫辱夢心，將我家殺得雞犬不留，還把我打成重傷，劫走了廖永忠。更可恨的是，當時教中諸位長老眾口一致，表示查無朱元璋害死小明王的實據，並說須以反元大業為先，而且明教倘若當真出了個一統天下的皇帝，便可鹹魚翻身，壓過佛、道諸教，因此姑息了朱元璋，晉升我為光明金剛法王，聊為補償。我憤恨難平，於是改名斷指，這些事你都已知道，我就不再贅述。」

戴天仇抬眼望向三保，道：「你的資質百年不遇，還勝過我的叛徒蔣瓛，即使晚了幾年才開始練功，只要潛心武學，將來的成就必定非同小可。我死後，你可別妄想逃走，在這深山幽谷裡，諒你插翅難飛，等到時機成熟，我教中人自然會放你出去。」三保被他猜中先前的盤算，臉孔一紅，繼而想到那湍急無比的江水，險峻高聳的雪峰，心知肚明以自己目前的功力，想要脫身確實是絕無可能。

戴天仇又道：「我中了腐肉蝕骨奇毒，已命不久長，只盼你幫我完成刺殺朱元璋此一終身宿願，可別像我的徒兒蔣瓛一般反叛於我，否則我在九泉之下做鬼也心有不甘。」三保聽他說得真摯，不禁熱血上湧，眼眶蘊淚，鄭重道：「三保身受爺爺的大恩大德，今生今世無論如何，都會遵照爺爺的教誨，肯定不會反叛，況且朱元璋害得明教、爺爺以及三保如此之慘，三保縱使粉身碎骨，也誓將報此血海深仇。」戴天仇老淚縱橫，道：「爺爺已是花甲之翁，而且身中奇毒，只餘數月之命，倘若真能這樣，便可安心走了。」一老一少相擁而泣，雪兒也湊過來，把頭臉一逕在二人腳上磨蹭。

片刻之後，戴天仇以衣袖拭去二人淚水，破涕為笑道：「爺爺一向不許你哭，自己方才倒跟娘們一樣哭了起來。呵呵。」三保道：「爺爺是男子漢、大丈夫，絕非娘們。」戴天仇道：「唔，咱爺孫倆可趕得真巧，今日正好是除夕，夜裡教內有個盛大聚會，直至天明。你先歇歇，爺爺先去辦些事，晚點兒遣人來領你赴會。」說完便出門去了。

到了掌燈時分，這兩天服侍戴天仇與三保起居的那個虬髯大漢，攜來素菜及餅子給三保，半隻老母雞給雪兒，另有一件白袍。三保道：「這兩天三保一直勞煩大叔，甚覺過意不去，還請問大叔如何稱呼。」那漢子答道：「小的賤名哪裡值得提呢，說了恐怕會弄髒公子的耳朵。小的這條賤命是光明金剛戴法王賞賜的，今生今世甘願做他的奴僕，公子就喚小的金剛奴吧！」

三保急道：「不不不，這委實太過不敬，三保萬萬不能如此稱呼大叔，何況三保與大叔一般，這條小命也是戴爺爺賞賜的，不是甚麼公子。」金剛奴道：「公子是萬金之軀，戴法王的義孫，小的怎敢與公子比並！」三保想了想，又問：「那麼敢問大叔貴姓。」金剛奴回道：「小的姓王。」三保道：「那麼我稱你王叔吧！」金剛奴道：「嘿嘿，小的是命薄之人，這稱謂可折煞小的了。」三保年紀雖稚，然而天資聰穎，這段時日更是一直揣摩戴天仇的心思，關於人情事理漸漸有些開竅，聽出來這個狀似恭謹卻氣概非凡的漢子也不甚堅持，遂道：「王叔，今晚不是除夕夜嗎？三保家裡平常吃得甚簡樸，唯有過年過節才較為豐盛，尤其是年夜飯，明教禮儀卻有所不同。」

金剛奴明白三保的意思，答道：「今日的確是除夕。我教戒律之一是要茹素，藉以增長光明心性，教外別有用心之徒因此誣稱我教喫菜事魔，連嚴禁葷食的佛教賊禿也是如此，真真可笑。這些年來我教教眾不得安生，有得果腹已屬萬幸，哪裡還敢挑三撿四，況且行走江湖時為了避免暴露身分，是以除教團之外，茹素的戒律已不那麼嚴守了，只是每當重大聚會之前，仍是要茹素的，不過我們還算通情達理，豹子可以不遵守此戒，公子卻要委屈了。」三保笑道：「哪兒的話，一點兒也不委屈，先母在世時也長年茹素。」金剛奴既然跟三保聊上了，也就不再那麼拘謹，指著桌上包著菜餡的油炸餅子道：「這物事叫饆饠，源自波斯，隨著我教傳入中土，曾風行一時，卻也因我教屢受嚴禁而逐漸失傳，如今我們明教徒會在除夕夜裡吃它，以表示不忘本。」三保道：「受教了！莫若請王叔坐下跟三保一起吃吧，順便指點。」金剛奴堅持不肯，三保拗他不過，只得自行用餐。

堪堪食罷，金剛奴收拾乾淨，然後要三保套上白袍。三保依言照做，那袍子顯得有些寬大，金剛奴取出針線，改得合他身量，任誰也料想不到，這個五大三粗的漢子居然懂得裁縫活兒哩！金剛奴道：「時候差不多了，公子請隨小的來吧。」三保這幾天跟雪兒未嘗片刻分離，這時要撇下牠，雖僅是一夜，而且去處就在谷中，竟有幾分不捨，雪兒自也依依，若非被金剛奴拴住，牠肯定會追隨三保而去。

三保在金剛奴的引領下，來到一處偌大空地，只見一團熊熊烈焰直衝天際，火舌在風中吞吐不定，映現出周遭圍聚著的密密麻麻的人群。眾人皆身罩白袍，人群似乎綿延不盡，三保極目望去，看不到邊際，不免吃驚。巨大火團的十來丈外，挨著山壁搭了座臺子，臺上插著數十枝明晃晃的火把，把臺面照耀得如同白晝一般。臺上正中的山壁上，浮雕出一尊高約五丈的巨大石佛像，結跏趺坐於蓮座上。該佛像不同於一般，乃是散髮披肩，頷下有兩綹長鬚直垂胸前，袈裟上的皺褶延伸至背後石壁上，化為數十道光芒。佛像右側山壁上陰刻有「光明清淨大力智慧」八字，左側則刻著「無上至真摩尼光佛」。臺面上除了一張木凳外，別無他物。在烈焰與臺子之間立有一白袍烏冠的高瘦男子，戴天仇與另外幾名老者就趺坐在那人身旁。

金剛奴領著三保至那烏冠男子面前，不發一語，先向那男子躬身行禮，再向戴天仇與其身旁之人行禮，隨即退下。烏冠男子年約六旬，一團和氣，溫言問道：「小兄弟，你叫馬和，小名三保，回族人，是嗎？」三保點頭稱是。男子又問：「你多大年紀了？」三保回道：「現在十一，過年就十二歲了。」男子略顯吃驚，側頭看了戴天仇一眼，隨即寧神和顏道：「你長手長腳，身量看起來像是十四、五歲，沒想到竟是如此年少……唔，如此更好。」他沒解釋到底好在哪裡，三保也不敢詢問。烏冠男子溫言續道：「馬和小友，待會兒我喊你的姓名，你即上臺去坐在凳子上，接著我叫你做甚麼，你便照做，如此可好？」

三保問道：「您要我做甚麼呢？」男子微笑道：「你到時候便知，放心，我不會加害於你，否則天仇兄可饒我不得。」戴天仇坐著接腔：「蘇長老貴為明教光明日使，現今暫代教主之位，統率我教百萬教眾，連朱元璋那賊皇帝都還忌憚三分，戴某空負光明金剛法王之虛名，其實閒雲野鶴，勢單力孤，豈敢冒犯！」這話說得有如冰鎮梅子湯，涼颼颼兼酸溜溜。

戴天仇武功極高，又死忠於明教，屢建奇功，但這些年行事邪僻，手段凶殘，喜怒無常，在教內、教外都樹敵不少，光明日使蘇天贊藉故削奪他的實權，戴天仇以為蘇天贊此舉是在排除異己，以謀求教主之位。蘇天贊不便解釋，此刻也只含笑不應，對三保道：「馬和小友，你先坐在天仇兄身旁，待老夫喚你。」說完，也不見他彎腰屈膝，唯兩袖往地上輕拂，身子竟翩然而起，往後飄落在臺上。三保看得舌撟不下，本以為戴天仇的武功應該已是天下無敵，哪裡曉得這個貌不驚人的老頭子，其輕功甚至有過之而絕無不及。戴天仇自也驚疑不定，覺得蘇天贊近來功力大有長進，這時正不露痕跡地向自己下馬威。

蘇天贊氣沉丹田，聲傳方圓數里，道：「各位教友……」場中原本鬧哄哄一片，給他聽似柔和的聲音壓蓋過去，頓時鴉雀無聲。他續道：「在下光明日使蘇天贊，先教主小明王不幸遭奸賊廖永忠謀害，廖永忠後來雖被他的主子朱元璋殺了，但罪魁禍首朱元璋尚未伏誅，大仇仍未得報，教主一位虛懸迄今，蘇某不才，今晚再次厚顏充當主祭，請各位教友起身隨我唸誦。」他雙手握拳，舉至胸前，十指往外奮張，做光芒放射狀，臺下眾人盡皆站起，依樣而行，滿臉肅然，三保也學著做。戴天仇原本心下不悅，看到三保稚氣未脫的認真模樣，不覺莞爾。只聽得蘇天贊朗聲唸道：

普啟一切諸明使，及以神通清淨眾。各乞愍念慈悲力，捨我一切諸愆咎。
清淨光明力智慧，慈父明子淨法風。微妙相心念思意，夷數電明廣大心。
一切善法群中相，一切時日諸福業。普助我等勤加力，功德速成如所願。
能降黑暗諸魔類，能滅一切諸魔法。光明普遍皆清淨，常受快樂光明中。
光明清淨，大力智慧，無上至真，摩尼光佛。

他唸一句，場中上萬人跟著唸一句，聲勢甚是驚人。蘇天贊接著說道：「日前蘇某獲悉一個不幸消息，我教在廣東高舉反朱義旗的妙火旗，正使曹真、副使蘇文卿與數萬教眾，因寡不敵眾而殉教。咱們此刻便為韓教主、曹旗使、蘇副使，以及千千萬萬死難的教眾銜哀默禱，願他們魂歸光明王國，庇祐我教大業早成，掃盡一切邪惡黑暗，解萬民憂患。」場上教眾依舊平舉手指於胸前，閉眼垂首，噤聲無語，四下唯寒風蕭蕭，枯枝窸窣，烈火團中偶爾爆出劈啪聲響。

過了片刻，蘇天贊道：「好，各位教友請坐。」眾人張眼垂手坐下。待眾人坐定，蘇天贊喊道：「仇占兒。」場中一條巨靈神也似的巨漢霍地站起，高喊：「在！」他個頭碩大無朋，聲音卻十分尖細，甚是突兀，場中有人忍不住笑了出來，仇占兒仍巍然挺立，但已是一臉尷尬。蘇天贊又喊：「江志賢。」一個矮胖漢子站起，高喊：「在！」喊聲仿如平地驚雷倏炸，震得眾人耳膜轟隆作響，三保給嚇了一大跳，戴天仇伸掌抵在他的後心，灌注進內力。三保心領神會，明白戴天仇此舉是在教導自己善用內力，即可做到「泰山崩於前而色不變；麋鹿興於左而目不瞬」。

蘇天贊道：「我教雖痛失英才，山川共戚，草木咸悲，但更須銜哀奮勵，妙火旗便由仇占兒與江志賢分別繼任正、副旗使，明日起重振旗務，不得有誤。」仇占兒與江志賢躬身抱拳大喊：「遵命！」三保這次有所防備，沒再給江志賢的大嗓門嚇到。蘇天贊道：「二位請坐。唔，今夜為除夕夜，一年即將告終，明日起又是新的一年，而且凜冬將逝，暖春不遠，光明漸長，黑夜日短，蘇某不才，忝顏為各位講說一道。馬和小友，請上座吧。」三保聽到蘇天贊叫喚自己的名字，不由得望向身旁的戴天仇，戴天仇朝他點了點頭，意示無妨。三保起身走到臺邊，他可沒蘇天贊的好輕功，只得老老實實地拾級而上，落坐木凳，滿腹狐疑。

蘇天贊道：「馬和小友，請除去鞋襪。」三保不知蘇天贊在弄啥玄虛，略為遲疑，再次看了臺下的戴天仇一眼，隨即依言脫去鞋襪。這時金剛奴捧了一盆溫熱清水上臺來，擺在三保腳前，蘇天贊指示三保把腳放進盆裡，自己俯身蹲跪下，親為三保洗腳，侍立在旁的金剛奴遞上原本披掛在肩上的布巾，蘇天贊接過，為三保拭乾腳掌，並為他著上鞋襪。蘇天贊這舉動不但讓三保驚慌失措，臺下上萬教眾也都驚呼連連，議論紛紛，以為蘇天贊得了甚麼失心瘋，行徑竟比戴天仇還要離譜，場中一片嗡嗡鳴響。

蘇天贊從容起身，朗聲道：「各位教友，我明教創立迄今已歷千餘年，無論是在發源地波斯，或是在中土，都受盡欺凌冤屈，創教祖師與多任教主皆無端遇害，教眾死傷枕藉，如今又不幸發生重大死難。這讓蘇某記起，我教乃融合西方之景教、祆教與天竺之佛教、婆羅門教的教義，東傳中土後，又汲取佛、道儀軌，方成今日之規制。景教肇造之初，備受壓迫，一如我教，其創教祖師夷數（即耶穌）為我教尊奉的五佛[10]之一，傳法時甚至遭惡王釘上十字架，其後徒眾殉教者難以計數，而今該教昌盛於泰西，受數國之王敕封為國教。我明教若能萬眾一心，堅忍奮發，應該也會有這麼一天。夷數以景教創教祖師之尊，救世先知之榮，曾親為門徒滌足，以表謙卑；後梁貞明年間，我教毋乙教主亦為外道之人洗腳，意示堅忍。各位都是鼎鑊甘如飴的英雄好

10 摩尼教之五佛為一佛那羅延（即婆羅門教的重要神祇毗濕奴）、二佛蘇路支（即創立祆教的瑣羅亞斯德）、三佛釋迦文（即釋迦牟尼）、四佛夷數，五佛摩尼光，而摩尼光佛總其大成。據說五佛之說，源自《金剛經》的經文。

漢，縱使斧鉞加身，受千刀萬剮，眉頭也不會稍皺一下，然而若要對不如己者或外道之人卑躬屈膝，說甚麼也嚥不下這口氣。諸位，為驅逐黑暗，掃蕩妖氛，光大明教，拯救黎民，除死之外，更須忍辱負重。」臺下之人聽得此論，有些暗自慚愧，有些點頭稱是。

蘇天贊續道：「蘇某忝在人世一個甲子有餘，平生最敬仰之人，唯韓山童教主、彭瑩玉長老，還有受業恩師，再就是光明金剛戴天仇法王，原因無他，實因戴法王殘體忍辱的功夫，遠非蘇某所能企及，他可說是我明教當今第一熱血男兒。蘇某衷心希望諸位能夠捐棄前嫌，並效法毋乙教主與戴法王，時時刻刻以光大明教、拯救黎民為念。」這一席話讓三保聽得熱血沸騰，他雖非明教徒，但已暗自以匡復明教為己任，只恨本事低微。

三保兀自尋思，忽聞蘇天贊呼喚「馬和小友」，於是抬起頭來。蘇天贊道：「你年紀雖少，卻已看得出前途不可限量，吾等終將望塵莫及，他日還望你鼎力襄助，我明教上下，必定同感大恩。」說完向他作揖行禮。三保慌了手腳，趕緊站起身來還禮，不知該說些甚麼，突然心念一閃，跪倒在蘇天贊面前，懇求道：「蘇爺爺，您本事很大，一定得救救戴爺爺，他為了恢復功力，好送我到明教總壇來，竟然喝下死不了爺爺的腐肉蝕骨湯，已然命不久長，還望蘇爺爺費心醫治戴爺爺。」

蘇天贊面色凝重，道：「竟有這等事？唔，馬和小友，你先請起吧！戴法王義薄雲天，蘇某一向欽敬得緊，況且他是我教極重要人物，不管如何，我教上下必定傾盡全力，以求戴法王能夠早日康復。」他邊說邊扶起三保，也不見他如何施力，三保感到兩脅下有團柔和卻無法抵禦的力道托起自己的身子，不敢強抗，也強抗不了，順勢直起身子，視線接觸到蘇天贊溫潤有神、不怒自威的目光，不由得又敬又畏。蘇天贊望向臺邊，輕頷其首，金剛奴趨前來引領三保下臺，另有人取走水盆、布巾與木凳。

緊接著仇占兒牽著一頭黑色大牯牛要走上臺來，他本人即有三百多斤重，那大牯牛恐怕不下千斤，一人一牛把臺階壓得吱呀吱呀響個不停，似要塌陷。大牯牛發蠻，不願再前進，奮力甩動牛頭，被仇占兒單手扯住韁繩，掙脫不得，只能大口喘息，鼻孔在寒風中噴出絲絲白氣。仇占兒一步步將蠻牛拉扯到臺上正中央，蠻牛兀自不安分，教仇占兒缽大的拳頭往頭頂上狠捶了一記，幾欲昏厥，四肢癱軟，這才安靜下來，不敢再妄動。

蘇天贊道：「想當年韓先教主山童公揭竿起義時，曾宰殺黑牛，以誓告天下，蘇某雖不肖，今夜卻也要仿效前賢，以此頭黑牛立誓。戴法王，請助蘇某一臂之力吧！」才說完，眾人眼前突然有團影子一閃，臺上火把乍暗復明，再定睛一看，不約而同發出驚呼，只見蠻牛碩大的腦袋瓜兒已滾落臺下，而戴天仇仍趺坐在原地，正伸舌舔舐左手銀劍上的鮮血，身上白袍連一滴血也未沾染到，其身法之快，手劍之利，可見一斑。蘇天贊喝了聲采，道：「戴法王好俊的功夫，當真神出鬼沒，蘇某自嘆弗如，正好藉此牛立誓。」仇占兒這時奮起驚人神力，將蠻牛屍身拋入十餘丈外的烈焰之中，臺下眾人嘆服不已，方才嘲笑他的則惴慄不安，深怕他哪天發起狠來，也把自己投入火裡。

蘇天贊道：「眾人請起，隨我宣誓。……我蘇天贊，誓言誅殺朱元璋，光大明教，絕無二心，若違此誓，終將身首異處，烈火焚身，一如此牛。」場中之人盡皆肅立，複誦其誓，只不過將姓名改為自己的，三保也是一般無二。蘇天贊繼而引吭唱誦：「光明清淨破黑暗，大力智慧蕩妖氛，無上至真護明教，摩尼光佛祐世人。」眾人相應相和，如此直至破曉，教眾悉向初昇之日叩首三拜，蘇天贊拜完後縱躍下臺，引領眾人緩步繞行火堆一圈後離去，歌聲不輟，唯漸遠漸隱。

三保隨戴天仇回到住處，解開雪兒的束縛，雪兒蹦蹦跳跳竄入他的懷裡，好不親暱。戴天仇把拾回的血淋淋牛頭丟給雪兒啃噬，自己上床倒頭便睡，三保看雪兒啃得津津有味，不愁牠餓著，也就放心安歇了。

第六回 自宮

光陰似箭，轉眼端午將至，雲南山間早晚仍透著幾許清冷。這段時日，戴天仇加緊督促三保習練內功，未再傳授他任何搏擊武術，說是內功一旦打下堅實根基，習武即可收事半功倍之效，與他起初所言的內外必須兼修有所牴觸。三保哪敢跟他爭辯，日夜勤練，功力突飛猛進，除此之外，每日清晨與雪兒至深山林間狩獵，風雨無阻，從未間斷。如今雪兒已可自行捕捉些小獵物了，三保感到欣慰，稍弭殺死其母的悔恨，他自身的喪親之痛，則趁著四下無人，偷偷向雪兒傾訴，雪兒總會依偎在他的懷裡，伸出舌頭輕舐他的臉頰，少年幼豹，情誼日篤。

這一日，三保與雪兒獵了隻野雉，他一時性起，發足疾奔回住處，出了滿身大汗，頗感舒暢快意，覺得輕功似乎又有些長進，自也歡喜，推開門，發現戴天仇還在屋內，背對門坐著，不像以往一般天未亮即出門，午後方歸。三保心懷忐忑，低聲道：「爺爺，我回來了。」戴天仇緩緩回過身來，三保一見到他的面容，頓時失聲驚呼：「爺爺，您的臉……」戴天仇臉上散落著幾塊銅錢大小、血肉模糊的腐瘡，他原就生得醜怪凶惡，如此一來，更顯得猙獰可怖。戴天仇憤恨道：「唔，我想是死不了的腐肉蝕骨湯開始發作了，爺爺死不足惜，只恨不能親見朱元璋那賊殺才遭戮。」三保道：「三保無能，救不了爺爺，更殺不了朱元璋。」

戴天仇臉色轉霽，溫言道：「死不了醫術通神，舉世無匹，他下的毒，這世上絕無他人能解，而衛戍京城的軍隊多達四十八衛，算來總有二十六、七萬之眾，另有錦衣、金吾、羽林、府軍、虎賁、旗手等十二衛親軍，把皇宮圍得鐵桶也似，連隻螻蟻也難以鑽進，此外，大內高手比路上的野狗還多，我教所派刺客個個身手非凡，迄今無一得手，更何況是現在的你呢！但教朱元璋那奸賊有朝一日死於非命，而非安享天年，哪怕得等上三載五載、十年八年，爺爺也能含笑九泉了，只是，只是……」他一向乾脆利落，難得會吞吞吐吐。

三保問道：「只是如何？」戴天仇道：「只是你天資再高，習武再勤，總非數年內即可臻一流高手之境，況且你就算練成絕世神功，能以一當萬，又如何近得了朱元璋那賊殺才的身呢？」三保慌道：「那要如何是好？」戴天仇道：「須用上非常手段，否則刺殺朱元璋，只不過是你我的痴心妄想罷了！」三保道：「有甚麼非常手段呢？若有，三保無論如何一定照辦。」戴天仇沉吟道：「這事頗為棘手，而且關係到我教一個天大的祕密，暫不透露給你知曉，待端午之日，爺爺帶你去懇求我教的龍鳳姑婆，倘若有幸得到她老人家的恩賜，這事才會有個譜兒。」三保道：「三保省得。」心裡默禱龍鳳姑婆大發慈悲，能夠答應戴爺爺的懇求，不管那是甚麼事，或者自己必須付出多麼慘重的代價。

端午前三日，戴天仇天天虔心齋戒沐浴，要三保也照著辦。端午當日辰時，戴天仇與三保吃過早齋，盥洗一淨，穿戴齊整，拴好雪兒，戴天仇臉覆面罩，攜三保往謁龍鳳姑婆，出了門，朝谷中深處的一片竹林走去。這片竹林，戴天仇與金剛奴都鄭重告誡過三保，無論如何不可擅入，否則會惹來殺身之禍，他們也會遭株連而受嚴懲。三保不知竹林中究竟有何凶險，這時懸著一顆心，好容易來到竹林邊緣。戴天仇命三保垂首彎腰，萬萬不可直立起身子，更不許四處張望。三保依言，俯身直盯著戴天仇的腳後跟前行，每步都踏得戰戰兢兢，生怕遭遇妖怪猛獸，或誤觸機關陷阱，七轉八拐，不知走了多遠，終於停步在一間屋舍前，但他仍然不敢抬起頭來觀看，是以渾然不知那屋舍情狀。

戴天仇叩了門環，高聲道：「屬下光明金剛戴天仇，帶領義孫馬和，懇求拜見龍鳳姑婆。」過了片刻，一個侍女打開大門，朗聲道：「戴法王、馬公子請進，隨小女子來吧。」語音清脆悅耳。三保跟在後頭，跨過門檻，步上一條鵝卵石砌成的彎曲小徑，餘光瞥見兩旁花木扶蘇，似乎還有一座水池，不敢多看，眼觀鼻，鼻觀心，進到一間廳堂，聞得淡淡清香，不免怦然心動。那香味並非來自花草果蔬，似乎在哪兒聞過，但一時想不起來，正在胡思亂想之際，聽戴天仇說道：「屬下光明金剛戴天仇，拜見龍鳳姑婆。」

三保收攝心神，跟著一揖至地，道：「馬和拜見龍鳳太姑婆。」他話才出口，便聽到噗哧嬌笑，接著一個銀鈴般的女子聲音傳來：「二位萬福，光明清淨。」語聲蘊含笑意，噗哧而笑與說話者顯然相同，三保料想她應該就是龍鳳姑婆，果然戴天仇回道：「龍鳳姑婆萬福，光明清淨。」龍鳳姑婆道：「馬公子，你可以挺身抬頭了，一直彎著腰、垂著頭，難道不累嗎？」這句話卻是聲音低沉，顯得蒼老許多，但仍聽得出與先前笑語是同一人所發。馬和回道：「是，多謝龍鳳太姑婆。」直身仰頭，卻見前頭掛著一簾純白紗幔，其後隱約有條身影坐著，全然看不出簾後之人的穿著樣貌。龍鳳姑婆沉聲道：「龍鳳姑婆是明教的一個職司稱謂，我並非真是戴法王的姑婆，你且將太字隱去吧！」馬和赧然道：「是，請龍鳳姑婆恕三保無知。」

龍鳳姑婆不再理會他，轉問戴天仇道：「戴法王為何戴著面罩？」戴天仇道：「請龍鳳姑婆恕屬下無禮，此事說來話長，卻得長話短說。」他把吞飲腐肉蝕骨湯的前因後果約略說了。龍鳳姑婆道：「戴法王赤膽忠心，衛護明教，著實可感可佩。死不了此湯竟是如此歹毒，而且當世無藥可解，此事本座原已知道個梗概，今日聽戴法王親口再敘，仍覺驚心動魄，悵恨無限，卻也愛莫能助。戴法王屈駕敝處，不知有何示下？」這段話說得殊為平緩，絲毫不帶情緒，連結不到「驚心動魄」、「悵恨無限」，卻充分表現出「愛莫能助」。

戴天仇道：「豈敢，豈敢！唔，屬下就直接了當稟報吧。天仇一生對明教戮力盡忠，更矢志刺殺朱元璋，以求興復明教，如今雖命在旦夕，但摩尼光佛慈悲憫我，讓我在死前收了個義孫馬和來完成遺願，天仇以此病體殘軀，與數十年來對明教所盡苦勞、所立微功，懇求龍鳳姑婆，恩准回族馬和習練我教護教神功。」龍鳳姑婆驚道：「啊，竟是這事！此功慘絕人寰，凶險無比，況且數百年來從無一人習練過，說是如何威力無窮，純屬傳聞，究竟有誰親見來著？再者，即便本座願授以護教神功祕笈，馬和非我教中人，如何肯涉險習練？」戴天仇道：「馬和全家為朱元璋派兵所殺，只剩一兒倖存，他不計代價，誓報此一血海深仇。」三保也道：「只要殺得了朱元璋那奸賊，馬和就算肝腦塗地，粉身碎骨，也在所不惜。」他這些日子跟戴天仇、金剛奴廝混，說話不免沾染些許江湖味兒。

龍鳳姑婆「嘿嘿」兩聲，道：「對於江湖中人來說，肝腦塗地、粉身碎骨恐怕比練這門功夫還容易些，你年紀尚輕，可知後果？」戴天仇沒等三保回答，插口道：「據屬下所知，我教護教神功宜從童子練起，但修習者又須具備起碼的內功底子，更要有大決心、大毅力，根骨要極佳，悟性得極高，想要習練，著實千難萬難，我教教眾不知凡幾，數百年來竟然找不到一人可練，如今總算教屬下遇上各項條件都極吻合的馬和，只不過他是異教徒，惟求龍鳳姑婆破例恩賜。」三保撲倒在地，磕頭如搗蒜，道：「懇請龍鳳姑婆恩賜貴教神功祕笈，馬和萬死莫辭。」龍鳳姑婆冷冷說道：「你當真要練，且先過了第一關再說吧！」才說完，便起身往後頭走去。

戴天仇與三保枯等許久，不甘願就此離開，直至將交午時，方才迎入他們的妙齡侍女盈盈步出，先向戴天仇福了福身，再遞給三保一顆雞蛋，道：「龍鳳姑婆忽感身子不適，不便親自送客，二位請自回吧，有失禮數之處，還請寬宥。今日恰好是端午佳節，龍鳳姑婆送給小兄弟一顆蛋，好要著玩兒。」龍鳳姑婆既已下達逐客令，戴天仇不能賴著不走，道：「龍鳳姑婆玉體違和，天仇恭請她老人家悉心靜養，我爺孫不敢再叨擾，先行告退。」那侍女趁戴天仇轉身之際，朝三保扮了個鬼臉，然而這鬼臉非但絲毫不醜，反而可愛嬌俏極了。三保愣怔了下，想起老愛跟自己唱反調的妹妹，心裡一酸，並不前行，戴天仇覺得有異，轉過頭來，那侍女已恢復先前一派端莊恭謹模樣。

二人返回住處，三保問道：「爺爺，這顆蛋會不會有甚麼玄機？」戴天仇怏怏不樂，道：「蛋就是蛋，還能有啥玄機！你自個兒豎蛋玩去，別再煩我。」斟茶自飲，澆灑悶氣。三保記起龍鳳姑婆「你當真要練，且先過了第一關再說吧」之言，以及那侍女古靈精怪的表情，覺得此蛋必有蹊蹺，拿到窗邊，對著戶外強光照看，再放在耳邊搖晃，一時弄不清楚其中有啥名堂，靈機一動，把蛋放入注滿水的水盆裡，撈起來擦乾，興沖沖走到桌邊，將其鈍端往桌上一摜。戴天仇嚇了一跳，怒罵：「你搗啥蛋，想找死嗎？」卻見那蛋直挺挺地豎立在桌上，蛋殼雖然破裂，蛋汁並未迸濺，原來是煮熟的。戴天仇用金勾剖開雞蛋，裡頭沒有蛋黃，反倒有張字條，不知是如何辦到的，一時間無暇細想，拿起字條瞄了一眼，面無表情地遞給三保。

三保接過，看到上頭用蠅頭小楷寫著「欲練神功必先自宮」八個字，不解其意，問道：「爺爺，自宮是甚麼意思啊？」戴天仇道：「自宮便是自行閹割成為閹宦。」三保更覺糊塗，又問：「爺爺，您曾說明軍擄了很多少年送進皇宮王府裡充當宦侍，難不成是要這些少年修練甚麼神功，好保衛朱元璋一家子？」戴天仇道：「欲練神功，得先成為閹人，當閹人卻不必然得要練功。簡單說吧，自宮就是男子把自己撒尿的玩意兒割掉。」

三保大吃一驚，心想這勾當果真比肝腦塗地、粉身碎骨更令人難堪，況且還要自己動手，問道：「割了那……那……那玩意兒之後，要如何解手？」戴天仇道：「據爺爺所知，閹宦是跟娘們一樣蹲著撒尿的，雖然缺乏男子氣概，總還不至於給自己的尿憋死。」三保再問：「那麼為何非自宮不可，不得由他人下手呢？」戴天仇道：「這個爺爺也不清楚。唔，想必是習武甚苦，修練絕世神功更是苦上千百倍，須具極大毅力，倘能下定決心自宮，才算通過第一個考驗。再者，既稱神功，進境必速，若習練者無法收攝心神，屏除雜念，極易於搬運水火、龍虎交會的緊要關頭走火入魔，最是凶險不過，你自己已親身遭遇過，只是當時你初學乍練，功力極淺，是以並無大礙，待功力愈深，心魔漸長，則為害益烈，而天底下第一等誘惑、最耗費心神精力者，即男女間事，因此必得事先斬斷是非之根，永絕後患。」

三保年紀尚輕，不解人事，聽得似懂非懂，反正總而言之，言而總之，若要習練明教護教神功，一定得自宮就是了，一時之間拿不定主意，便道：「爺爺，三保知曉了。」垂下頭去，不再言語，戴天仇也不強逼他答應。

過了數日，戴天仇病情急轉直下，全身體無完膚，血肉模糊，牙齒幾已落盡。一天午後，他取出一把短劍交給三保，該劍鋒利異常，劍身呈暗紅色，血槽甚深，作「仇」的篆體字。戴天仇泣道：「這把劍名為血海深仇，是爺爺當年用死去妻女的鮮血淬煉而成的，還誓言要將此劍插進朱元璋的狼心狗肺裡，不過爺爺已經等不到那天了，如今只盼一旦爺爺動彈不得時，你用此劍了結爺爺的性命。爺爺這輩子活得痛苦萬分，但總算是條鐵錚錚的好漢，可別死得拖泥帶水，毫無尊嚴。」三保哭道：「爺爺，爺爺，三保無能，三保不孝，辜負您的期望。」戴天仇搖搖頭道：「不怪你，這件事實在太難為了。唉……」他掩面往屋外奔出，一個踉蹌，險些讓門檻絆倒，著實狼狽，毫無大俠風範，足見其心慌意亂。

三保十分不忍，反覆回想著家人鄰居的慘死模樣，沿途見到的遍地屍身，囚車裡少年男女悲戚驚惶的面容，以及被遺棄於林間的少女身影，尤其是自己曾對戴爺爺許下的承諾，趁獨自一人，把雪兒拴在門外，進房除去下身衣褲，右手持著那把血海深仇劍，左手握著自己撒尿的物事，忽然想起，爹爹曾說自己原本是左撇子，娘費了好大心力才「矯正」過來，不明白自己為何在此時此刻想到此事，反正用左手或右手來自宮，其實全無分別，苦笑一聲，一咬牙，一橫心，右手利刃往左手中的物事根部猛力斬下，只見鮮血四濺，復覺下體劇痛難當，禁受不住，發了聲喊，整個人暈死過去。

不知過了多久，他下體疼痛非常，又感到一陣熱麻癢，依稀聽到有人呼喊：「三保，三保。」三保勉力睜開眼睛，見到父母姊妹都用雙手捧著他們自己的頭顱，愣愣地盯著他看，不發一語。三保又驚又悲，一句話梗在喉間，未及吐露，旋即昏厥，待再次悠悠醒轉，首先撲入眼簾的是金剛奴的面容。

金剛奴滿臉憂色瞬間轉為欣喜，歡道：「謝天謝地，謝天謝地，公子終於醒了，這幾天都快把小的給急死了。」三保想要開口說話，但極其虛弱無力，加上口擻唇焦，一時間辦不到。金剛奴道：「公子失血極多，整整昏迷了三天三夜，看看小命已然不保，幸賴戴法王忍著重傷，去神山上掘得冰蠶神草，小的嚼爛後餵你吞食，這才跟閻王爺那兒把你給搶救回來。現在甚麼都別說，小的先幫公子取下蠟針，看看尿流是否順暢。」金剛奴掀開三保身上的被褥，扶他坐在床沿，捧來一只木盆，塞在他胯下，小心翼翼地從他傷口取下一副剖開的豬膽，再拔出一根蠟針，三保感到下體一陣撕裂的痛楚，旋即聽到水流聲響，脹滿的小腹有了宣洩的快意。

金剛奴道：「好極了，尿流無礙，小的從未想過，撒尿竟是一件這麼了不得的大事。」他取來濕布為三保滋潤口唇，道：「公子的傷口尚未痊癒，不宜飲水，須再等數日，待會兒小的餵公子吃用冰蠶神草熬的粥。」三保雖有千百個疑問，但傷後無力，精神萎靡，根本說不出話來，吃了幾口冰蠶神草粥後，感到渾身溫暖，卻再也吃不下去。金剛奴道：「醫生交代，公子得忍著疼痛，試著儘量伸長雙腿，以免日後得了佝僂之症，連走路都有困難。」三保勉力照辦，每伸一下腿，即牽動創口，痛徹心肺，冷汗涔涔而出，強自忍耐，忙了半晌後，復又歇下。

三保再次醒轉時，屋內並無他人，他望向窗子，想知道此刻是晨是昏，是日是夜，更想看看雪兒，但見窗牖遮得密不透光，而端午已過了十多日，暑熱漸烈，屋內竟燒著一個小火爐，甚覺氣悶，掙扎著起身，勉強移步到窗邊要推開窗子，金剛奴正好開門掀帳進來，急呼：「別開窗，千萬使不得！」連忙過來攙扶三保回床躺下，這才說道：「男子剛割去陽物，身子極虛，受不得絲毫風寒，必須待在稱為『蠶室』的密閉小屋裡，等恢復得差不多了以後，才可以見光吹風。你瞧，小的連房門上都掛起了厚重帳帷，就是為了遮風。」

三保問道：「那還得等多久？我著實悶得慌。」他幾天未說話，此時嗓音嘶啞低沉。金剛奴道：「起碼得在蠶室裡待滿一個月。」三保又問：「雪兒如何了呢？我連著幾天沒帶牠去打獵，可別餓著牠。」他當時自宮乃是仗著滿腔血氣之勇，沒考慮那麼多，以為戴天仇與金剛奴會照料牠。金剛奴道：「牠哪會餓著！只是……只是……」三保急問：「只是怎麼了？」金剛奴道：「只是張大嬸養的一籠子雞，有一半進了牠的肚子啦！」三保不知張大嬸是誰，仍甚感歉疚，道：「這可如何是好？我得向張大嬸賠罪去，並賠償她的損失。」金剛奴笑道：「不打緊，公子是戴法王的義孫，在這裡任誰也不會跟公子計較的。」

三保道：「這如何使得！我還是得設法賠張大嬸的雞。……對了，我爺爺呢？怎麼都沒見到他老人家？」金剛奴臉現遲疑之色，支吾道：「戴法王他……唔，公子先好生靜養，等出了蠶室，小的再跟你說明。」三保聞言，一顆心倏然下沉，急問：「我爺爺到底怎麼了？他還好吧？你跟我說呀！」金剛奴道：「公子別急，戴法王是小的平生所見最具智謀勇氣者，而且吉人自有天相，他縱使碰到再大的難關，也都可以化險為夷，轉危為安。」三保聽金剛奴這麼說，知道戴天仇尚在人世，只不知他挺不挺得住腐肉蝕骨湯的無情摧殘，忽然一陣濃濃倦意襲來，支撐不住，便闔上眼歇息。

又過數日，三保已能起身，並自行換藥。他赫然發現自己非但陽具已經切除，連二卵也不復存在，以為自宮時用力過度所致，畢竟年輕臉皮薄，不好意思挑明了問，拐彎抹角地向金剛奴打聽，才知道在自己昏迷當中，有大夫來除去二卵，說是如此才算真正淨身，好進宮當宦侍，而大夫的手段甚高明，且用了麻藥，三保本就昏迷，因此無啥知覺，金剛奴還把割除的陽具與卵蛋妥善收藏著，將來三保死時才可保有全屍，好去見列祖列宗。

金剛奴又道：「戴法王見公子失血甚多，一直昏迷不醒，於是親上神山採得冰蠶神草。這是西南地區的高山間方有的無上滋補祕藥，尤以神山所產的最具靈效，每年只在端午過後的十幾天內才能採摘，其餘時候，冰蠶若非尚未長出神草，就是埋在雪土裡，即使掘得，亦無藥效，等一過短暫的採摘期，冰蠶變得乾癟，神草囊破枯萎，吃再多也無濟於事。其後，戴法王杳不知去向，也沒留下任何書信字條。」三保誠心道：「惟盼戴爺爺進山時得逢奇遇，或者冰蠶神草亦能化解腐肉蝕骨湯之奇毒。」金剛奴道：「小的也是這麼想的。」

等三保在蠶室待滿三十日，傷口已然癒合，身子也恢復得差不多了，金剛奴這才允許他外出。雪兒守在門外，一見三保現身，不待他呼喚，便蹦跳至他身上，頭臉在他臉頰上不住地來回磨蹭，還伸舌大舔其臉，委實親熱極了。金剛奴看了，虬髯裡的大嘴咧著，直笑個不停。一整個月不見，雪兒又長大了些，三保一時興起，顧不得金剛奴在後頭高聲喝止，領著雪兒發足疾奔，竟覺功力遠勝自宮之前，心想冰蠶神草當真具有奇效，殊不知自己在昏迷之際，戴天仇捨卻不少功力，為他打通了任、督二脈。三保一念及戴天仇命在旦夕，猶上山為己採藥，頓覺憮然，緩下腳步，帶雪兒轉回住處。

他一進門，看見屋內除了站著個魁梧的金剛奴外，還坐了位嬌俏少女，想起來她是龍鳳姑婆的侍女，連忙朝她打了個揖，畢恭畢敬道：「上使親訪，蓬蓽生輝，小子無知，未能恭迎，懇請恕罪。」少女福了福身，咯咯笑道：「我只是龍鳳姑婆身邊的小丫鬟，不是甚麼上使，馬公子不必如此多禮，否則可要笑煞小女子了。」金剛奴插嘴道：「馬公子，這位可是我教中無人不知、無人不曉、無人不敬、無人不愛的潔兒姑娘，見到她，就如同親見龍鳳姑婆本人一般。」三保聞言又是一揖，道：「馬和拜見潔兒姑娘，未知姑娘造訪寒舍，有何見教？」潔兒笑靨如花，道：「龍鳳姑婆請馬公子明日巳時正造訪，有要事相商。」三保恭敬應允，等送走潔兒後，望向金剛奴，見他一臉茫然，也就不發問了。

翌晨，三保帶雪兒打完獵，回來盥洗停當，看看時辰差不多了，拴了雪兒，自往竹林走去，遠遠望見潔兒已在竹林邊等候，趕忙快步走近，正要作揖發話，潔兒滿臉狡黠，搶先道：「好啦，我說馬公子，你不過是個小蘿蔔頭，可別再學那幫老頭子，一見面便文謅謅地盡說些謝罪的話，乖乖跟著本姑娘進去就是了。」三保臉上一紅，道：「有請姑娘帶路。」彎腰低頭，隨她步入竹林，一進屋，再度聞到那股沁人心脾、似曾相識的清香。

「馬公子萬福，光明清淨，請坐吧！」三保知道這話是發自龍鳳姑婆，朝簾後身影將身子彎得更低，恭謹道：「馬和敬謝龍鳳姑婆。」這才直起腰，看見另有四人在座，潔兒為他介紹，他們分別是日使蘇天贊、清淨金剛趙明、智慧金剛彭玉琳，以及大力金剛李普治，在去年的除夕夜裡，三保都已會過，後面這三位當時就趺坐在戴天仇身旁。除了月使與光明金剛失蹤外，當今明教最頂兒尖兒的人物齊聚一堂，等待三保這位異教後生晚輩，可見接下來的事非同小可。三保向四位長老一一行禮，然後忐忑不安地在下首落座，潔兒於奉完茶後退入後堂。

龍鳳姑婆道：「月餘前，戴法王前來懇求本座傳給馬公子我教護教神功，本座以自宮來打消其念，怎知馬公子意志堅決，竟揮劍親為，這麼一來，倒教本座好生為難，故請諸位前來共議此事。」大力金剛李普治統領五旗使，職司衛戍戰鬥，是個陝西大漢，雖化身為和尚，長年守戒茹素，性子卻是最急躁，率先發言：「馬兄弟並非我教中人，豈可習練我教護教神功！這事大大不妥，洒家堅決反對。」清淨金剛趙明統領二宗院，職司戒律賞罰，臥蠶眉，丹鳳眼，白淨面皮，蓄有三綹長鬚，相貌堂堂，一臉嚴肅，頗具威儀，道：「馬兄弟為練我教神功，已然自宮，況且不能讓龍鳳姑婆背負食言而肥的罵名，因此老朽是贊成的。」

李普治道：「一物還一物，我李普治割還給他便是了。」趙明道：「李兄是個和尚，本該六根清淨，且已年近花甲，而馬兄弟正當年少，家逢巨變，有延續香火之責，二者實在無法相提並論。」李普治怒道：「洒家雖然不年輕了，且自出家後多年不近女色，但那話兒還管用得很哩，馬兄弟連毛都還沒長齊，尚未嚐過男女間銷魂滋味，割掉那話兒算不上有……」蘇天贊喝道：「龍鳳姑婆在此，李法王休得出言不遜。」李普治吐吐舌頭，望了望垂簾，一臉尷尬，摸著光頭，不敢再言語。

智慧金剛彭玉琳統領三際師與傳道僧團，職司傳法教化，也化身為佛教僧人，身材矮胖，滿面紅光，蓄有花白短鬚，此時不疾不徐道：「貧僧以為此事固有為難之處，也有易解之道。自宮此一天下最為難之事，馬兄弟都能果敢行之，倘若他能加入我教，問題不就迎刃而解了嗎？」此話一出，眾人目光都投向三保。三保離座站起，朗聲道：「我馬家世代都是最虔誠忠實的穆斯林，先祖與先父更是不畏風波之險，不懼沙漠之惡，前往聖城默加朝聖，並終身以此自豪，馬和再不肖，也不敢違反祖訓，叛離聖教。」蘇天贊道：「這麼一來，馬兄弟豈非白割了嗎？」三保道：「晚輩答應過戴爺爺要進宮刺殺朱元璋，淨身後可充當閹宦，有助於行事，因此倒也不算白割。」他這話分明是自我安慰，雖說得慷慨，其實頗為心虛，不禁愁悶上心。

蘇天贊道：「馬兄弟年紀輕輕，卻是其言必信，其行必果，已諾必誠，不愛其軀，解人厄困，義薄雲天，饒有游俠古風，蘇某感佩無名。蘇某以為，要成就非凡大事，須從權達變，切不可拘泥於形式名分。……」三保心想：「蘇日使後面這段話的口吻，倒是與戴爺爺說過的如出一轍。」又聽得他續道：「想那朱元璋原為明教徒，倚仗明教勢力謀得天下，而殘殺明教徒最凶狠毒辣的，正是朱元璋這奸賊。倘若馬兄弟為修練神功而叛離其本教，改投我教，那麼蘇某還擔心會養出另一個朱元璋來哩。況且戴法王苦心孤詣，身負重傷之際，猶冒死攜馬兄弟投奔我教，並向龍鳳姑婆求賜神功祕笈，此中必有深意，蘇某既不忍亦不敢拂逆。」

彭玉琳道：「蘇日使所言甚是，貧僧也誠心附和，只不過明教護教神功數百年來從無人習練，想必極為博奧精深，馬兄弟固然是天縱奇才，百年難遇，然而若無高手指點，自己一味瞎練，委實凶險無比，況且神功祕笈一向是由歷代聖姑——也就是現今的龍鳳姑婆珍藏，而聖姑本身既不得習練，又等閒不可示予他人，這要如何是好？」

大家正感為難，龍鳳姑婆道：「我教祕笈不得外傳，馬公子要練，須親至此處，嚴禁抄錄，若有任何疑惑不解之處，則糾集四位長老於此同時請教，由四位共同點撥解惑，絕不可單找任何一人私相授受。另外，馬公子自宮求得神功祕笈之事，各位務請保密，絕不可洩漏於外，即便是對家人親信，也不能透露隻言片語，大夫跟金剛奴那邊，本座已命潔兒告誡過他們了。」蘇天贊道：「龍鳳姑婆聖明，如此安排最為妥適，倘若其他三位別無異議，那便如此辦吧。」他見趙明與彭玉琳都點頭，李普治不置可否，續道：「好，事不宜遲，即日起便請馬兄弟開始練功吧！」

龍鳳姑婆問道：「馬兄弟重創初癒，不知身子挺不挺得住？」她也稱他為兄弟了。三保道：「晚輩試過，身子已全然復原，奇的是在養傷的這段期間，功力還大進哩，可能是戴爺爺親赴神山所採的冰蠶神草發揮功效所致。」幾位長老都說神山所產冰蠶神草，是天下極為稀有難得的神物，戴法王身中劇毒，生命垂危，竟還甘冒奇險，親上神山為三保採摘，大家更應效法其精神，助三保早日練成神功，以便入宮刺殺朱元璋，明教才有望興復，你一言我一語，直說個沒完。他們其實也頗想知道明教神功祕笈長甚麼模樣，才賴著不走。龍鳳姑婆聽得甚不耐煩，道：「諸位長老各有職司，日理萬機，責任重大，本座縱然有意多聆教誨，實不便久留。」逐客令既下，幾個老頭子只得訕訕然告辭。龍鳳姑婆站起身，隔簾送客，待四名長老離去後，道：「馬兄弟，請入簾來吧。」

三保走至簾後，但覺芳氣襲人，原本嗅聞過的清香之外，另有一股難以言喻的淡淡幽香，同樣似曾相識，未及細辨，赫然見到兩個妙齡女子俏生生佇立著，其一是先前見過的潔兒，另一位杏眼桃腮，明眸皓齒，秀鼻端口，朱脣玉顏，約莫十六歲上下年紀，敢情就是龍鳳姑婆，不意她竟是如此綺年玉貌，連圖畫裡的月宮嫦娥、瑤臺仙子都沒她好看，而母親曾經教過的手如柔荑、膚如凝脂、領如蝤蠐、齒如瓠犀、螓首蛾眉等詞，全遠遠不足以形容她的美貌，況且又是草、又是油、又是蟲、又是瓜的，未免唐突佳人，卻想不出甚麼適合的詞句來描繪她，總之就是美得出奇。三保的母親、長姐也是國色天香，但終究是從小看慣的，他並不覺得如何，此時乍見陌生年輕的絕色佳人，不由得頭腦發昏，兩眼發直。

龍鳳姑婆被他盯得甚窘，紅暈花容，水橫秋波，更顯得嬌豔無那。潔兒斥道：「馬和不得無禮！」三保一驚，倒退一步，躬身抱拳，顫聲道：「晚……馬和祈請龍鳳姑婆恕罪，在下無意冒犯，只是萬萬沒想到，龍鳳姑婆竟然這麼年輕，如此美麗。」他見龍鳳姑婆其實大不了自己幾歲，覺得不宜自稱晚輩，以免再鬧出「龍鳳太姑婆」之類的笑話。

潔兒板起俏臉，柳眉倒豎，再次斥道：「放肆！大膽狂徒，怎可對龍鳳姑婆說這種風言風語呢？本姑娘得挖了你的眼，割了你的舌。」龍鳳姑婆聖潔尊貴，原本容不得任何男子評論她的外貌，但三保一來年紀尚稚，不解人事，再者是個閹人，此話又說得真誠，她不覺得惱怒，反而心裡甜滋滋地，道：「潔兒，別再責怪馬兄弟了，要真挖了他的眼，他怎麼練功呢？咱們進去吧！」語聲如風響玉珂，說不出地悅耳動聽。潔兒朝三保又扮了個可愛鬼臉，她年輕活潑愛玩鬧，好容易才遇上一個小輩可供捉弄，自然盡情嚇唬，並非當真生氣。

三保低頭跟在二女身後，屏氣凝神，不敢隨意張望，拐彎抹角，穿堂踰室，來到一堵牆前。潔兒道：「你快快轉過身子去，千萬別偷瞧，否則我當真會扯掉你的舌頭，免得你到外頭亂嚼舌根，練我教神功可用不著舌頭吧！」三保依言轉身，潔兒再次叮嚀：「千萬別偷瞧喔！」三保已背過身子去了，此時緊閉起眼睛，還用雙手摀得密不透光，聽見隆隆聲響，知道潔兒正在扳動機括。

潔兒喚道：「喂，傻小子，你難道要在那兒杵上一整天嗎？我教神功可不是這樣子練的，還不趕快跟上！」語氣竟跟戴天仇差相彷彿。三保心受觸動，驀然一酸，放下雙手，張眼轉身，見到牆上出現一條甬道，龍鳳姑婆蓮步輕移，往裡頭行去，而她雲髻峨峨，翠華搖搖，瑰姿翩翩，衣袂飄飄，延頸秀項，削肩束腰，步如微風拂花瓣，行若輕雲掠樹梢，看著看著，不由得痴了，忽聽得兩聲輕咳，回過神來，但見潔兒倚在通道旁，兩道柳眉一高一低，小巧的懸膽鼻微微皺起，一雙妙目正瞅著自己，頗有瞋怪之意。他心裡著慌，三步併兩步入內，被潔兒伸腳絆倒。潔兒得意地吃吃一笑，隨後進來，關閉上暗門，這會兒卻不忌諱三保看見機括所在。

龍鳳姑婆走到一扇雲屏旁，回過螓首，美目流盼，輕啟朱脣，微發皓齒，道：「請馬兄弟稍待片刻再入內。」說時紅暈上臉，秋水雙瞳竟不敢直視三保，也不等他回答，倩影旋即消失在雲屏之後，當真是翩若驚鴻，婉若遊龍，體迅飛鳧，飄忽若神，恰恰體現了曹子健所精心描繪的洛神。

「你把衣服褲子全脫了，連一件也不許留。」三保聞言，大吃一驚，看潔兒說這話的神色透著幾分狡獪，以為她又在尋自己開心，回道：「甚麼？」潔兒道：「別裝蒜，你聽見本姑娘說的話了。」三保道：「這……這不好吧！」潔兒道：「甚麼好不好，這是規矩，不然本姑娘怎知道你有沒有夾帶紙筆進去抄錄。」三保道：「原來如此。」但是要在陌生女子面前寬衣解帶，這還是生平頭一遭，不禁大窘。潔兒看著他的窘態，甚感得意，然而等到三保真要除去下身衣物時，登時忸怩不安了起來，背轉過身子去，故作鎮定道：「你把剩下的衣物丟到本姑娘面前地上，然後自個兒進去。」

三保脫得精赤條條，胯下卻空蕩蕩，不禁既羞且愧，頓覺無地自容，用一隻手掌遮掩空無一物的下體，硬著頭皮走到雲屏之後，跨入一室。裡頭黑漆漆地，才走幾步便伸手不見五指，正不知要往哪兒去，忽聽得龍鳳姑婆喚道：「馬兄弟，我在這裡。」聲音頗沉悶，彷彿發自水中。三保聽聲辨位，摸索過去，觸手冰冷，竟是一道鐵門，稍一用力，鐵門翻轉，現出些許光亮。三保藉微光打量室內，裡頭石桌、石椅、燭臺各一，此外別無他物，也沒見著龍鳳姑婆，卻又聞到沁人心脾的清香及蕩人魂魄的幽香，比先前更為濃郁，走進去，低聲問道：「龍鳳姑婆，您在哪兒？」龍鳳姑婆道：「我在石牆後頭，但你得先立下毒誓，絕不把待會兒所見傳揚出去。」

三保生平首次發誓，想了想，清了清喉嚨，鄭重道：「聖教先知穆罕默德的三十七世孫、賽典赤贍思丁的六世孫馬和，以至仁至慈的真主之名起誓，我若將待會兒所見傳揚出一言半句，立遭五雷轟頂，五馬分屍，靈魂永世上不了天堂，並受歷代祖先唾棄。」「好了，你怎麼發下如此重誓？拿著桌上燭臺進來吧！」龍鳳姑婆語音發顫。三保一方面害羞，再者甚不情願暴露自己殘缺不全的裸體，只把頭探入石牆內，舉起燭臺一照，眼中所見情景，登時讓他腦中轟然作響，一顆心提到了咽喉口，猛烈博動著，若非給喉嚨擋住，恐怕要跳出嘴巴外來，整個人幾乎暈厥，半晌作聲不得，握著燭臺的手顫抖不已，燭光搖曳不定。

龍鳳姑婆嬌怯怯道：「馬兄弟，你靠過來看吧，明教的神功祕笈就刺在我的身上。」原來中土明教一向有位聖姑，其地位極為尊崇，卻鮮少涉入日常教務之中，而且終生必須保持貞潔，明教的護教神功祕笈就刺在歷代聖姑的肌膚上，等聖姑臨死之際，終身相伴的女刺青師會將祕笈依樣刺在繼任聖姑的身上，前一代聖姑死後遺體則遭焚燒，女刺青師也會被賜死並投入烈焰之中。欲練此神功者須先自宮，以免與赤身露體的聖姑同處一室時把持不住，壞了聖姑貞潔，外人不解其中關節，以為自宮是要展現無比決心，並避免因情慾作祟而走火入魔，這些固然也是部分原因，但最主要還是由於前者。

小明王韓林兒繼任明教教主後，託言自己是宋朝宗室遺族，沿用大宋龍鳳年號，聖姑也改稱為龍鳳姑婆，當他被朱元璋部將廖永忠害死時，元配夫人楊氏已懷有身孕，後來產下一女，該女到了荳蔻之齡，原先的龍鳳姑婆行將就木，明教諸長老尊奉韓林兒之女為新一代的龍鳳姑婆，其「冰、清、玉、潔」四位侍女都從小學習刺青及武術，而以潔兒與這一代的龍鳳姑婆最為親近，卻也從未見過她的裸體。此時此刻，明教數百年來受到嚴守的絕大祕密，首度向一個雲南少年展露，而他竟非明教徒。

龍鳳姑婆俯臥在一張石床上，玉體肌理細膩，骨肉勻稱，漫溢出淡淡珠光的雪膚，密密麻麻滿布圖文。三保心頭猛擂戰鼓，腳步蹣跚踱近，香氣益濃，他驀然驚覺，記憶深處中的清香與幽香分別發散自母親與長姐，卻不明就裡。其實他母親自幼茹素，常食松茸菇菌，身體瀰漫清香，其長姐正值青春年華，有股處子獨具的幽香，所謂「入芝蘭之室，久而不聞其香」，三保平常渾然未覺，此時此刻才從龍鳳姑婆身上分辨出這兩種氣味來，備感傷懷，愣怔發呆。

龍鳳姑婆心思細密，雖背對著他，仍感覺有異，問道：「馬兄弟，你怎麼了？你何不坐在床沿，好看清楚些？」聲音細如蚊蠅，幾不可辨。三保回道：「沒……沒甚麼。」依言落坐。他到底只是個未解人事且已淨身的懵懂少年，對龍鳳姑婆純粹是震懾於其驚人的美貌，以及初見異性嬌軀而感到好奇與害羞，又因她的體味而起了迷惘跟悲傷，毫無慾念，這時流轉內息，氣沉丹田，屏除雜思，不端詳她玲瓏有致的胴體，也竭盡所能不注意從她身上散發出來的氣味，只凝神觀瞧圖文。圖是行氣運功圖，三保在戴天仇的精心調教下已看得多了，料無多大參差，暫不細看，但文字殊為怪異，連是何種文字也不知道，遑論讀懂，不禁大感懊惱，心想若是戴天仇或蘇天贊在此，他們見多識廣，疑難應可迎刃而解。

龍鳳姑婆問道：「馬兄弟，你可看仔細了？」三保答道：「回龍鳳姑婆的話，圖應可看得懂，文卻非漢字或在下所知的任何文字，在下全然不解，敢問您可識得？」龍鳳姑婆道：「我照過鏡子，圖文皆不識，還以為練武之人自然懂得，前任的龍鳳姑婆也說她完全不認得，她前任的聖姑也是如此。」三保急道：「那可如何是好？那可如何是好？」他揮劍自宮，卻求得一部有字天書，怎能不心急如焚呢？龍鳳姑婆道：「馬兄弟別慌！要不先琢磨琢磨圖形。」三保道：「圖遍布全身，不知要從哪個先練起？」龍鳳姑婆臉上一紅，回道：「你隨意挑選一個吧！」三保道：「也只好如此了。」

他年輕臉皮薄，更不敢褻瀆天仙一般的龍鳳姑婆，先觀看她臂膀上的圖案，刺的是全身赤裸的非男非女人形，端詳了一會兒，道：「怪了，怎會如此？」龍鳳姑婆道：「怎麼了，有甚麼不對勁？」三保道：「這些圖與在下所學大相逕庭，其姿態多種多樣，就是沒有盤腿趺坐這一式，而且經脈運行路徑，在在違反了戴爺爺諄諄告誡的武學大忌，全然不通。」「這個我不懂，你換個部位瞧瞧。」三保依言，又琢磨了她背上的圖形，結果依舊，悻悻然道：「看來圖文須相互對照印證才行，且容在下回去想想，倘若當真想不通，只好請教日使與三位法王了。」

三保滿懷心事，匆匆離開，愀然不樂地返回住處，胡亂吃過東西，一陣倦意襲來，於是坐在椅子上伏案小憩，夢境連連，先是夢見父親的小舟在怒海狂濤中載沉載浮，而他了無懼色，不慌不忙地禮拜真主，又大聲唸誦《天經》，頃刻間風平浪靜；繼而夢到戴天仇講述明教流傳中土史，一干歷史人物像唱戲般地演出一齣齣歷史劇，煞是鮮活生動。三保一覺醒來，心念忽動，捱到次日一早跟雪兒打完獵，便前去求見龍鳳姑婆。龍鳳姑婆既曾與他裸裎相見，此時自然無須再垂簾會客，冷冷問道：「馬公子昨日匆匆離去，今晨屈駕敝處，不知有何指教？」三保聽她的語氣十分淡漠，且又稱呼自己為馬公子，與昨日的親近大異其趣，他與姊妹、鄰居女童一向直來直往，此刻委實弄不清楚龍鳳姑婆幽微難明的心思，朗聲道：「馬和求見，自是與神功祕笈相關。」龍鳳姑婆道：「隔牆或有耳，馬公子請隨我到裡頭說話吧！」

三保再度脫得精赤條條，隨龍鳳姑婆進到密室裡，因椅子只有一張，他只能站著，刻意藉石桌遮住自己的下體。龍鳳姑婆甫一坐定，道：「馬公子倘有甚麼事，即請見告。」三保道：「在下記得戴爺爺說過，明教最早前來中土的傳法者稱為『拂多誕』，那是安息語『持法者』之意，那麼龍鳳姑婆身上的文字，或許是以安息文寫成的，難怪咱們看不懂。不知此處有無通曉安息文者？」

龍鳳姑婆回道：「智慧金剛彭法王與職司傳法教化的三際師皆通曉安息文，然而此事不宜詢問彭法王，否則按照先前約定，也必須同時讓其他幾位長老知悉，而此事愈少人知道愈好。初際、中際、後際這三際師原本皆率教團在外地傳法，適巧後際師趙亮這幾天返回總壇敘職，他精通明教教義，武功卻甚粗淺，可試著問他，但又不能讓他知道此事與護教神功祕笈有關，以免生出事端。」

三保道：「龍鳳姑婆的顧慮甚是，只不知要如何辦到呢？」龍鳳姑婆回道：「我怎麼知道，要練功的可是你。」三保急道：「在下也不知道應該如何是好，只想趕緊練成貴教神功，好刺殺咱們共同的死仇朱元璋。」龍鳳姑婆自覺失態，溫言道：「那就走一步算一步吧，先找來趙亮長老問問看再說，不過既不便讓他看我身上的刺青，更不可攜帶紙筆進來抄錄，這可要如何是好？」她囿於成規，茫不知所措，把問題丟還給三保。三保心裡有了計較，道：「這不打緊，在下的記性還不惡，出去後，分別撿幾處不同部位的文字各寫下一句，只要不成段落，他縱使疑心那是武功心法，不見得會聯想到貴教的神功，而且咱們只是要確定那是否為安息文，無關乎神功本身，不算違反約定。」龍鳳姑婆紅著臉，膩聲道：「我別無計議，恐怕只能依照馬兄弟所說的了。」

三保覺得她態度轉變之快與不著痕跡，連喜怒無常的戴天仇都要望塵莫及，見她正要寬衣解帶，便道：「不消麻煩，在下還記得昨日所見。」龍鳳姑婆的花容月貌閃過一絲錯愕失望神色，不發一語，逕自起身出了密室，打發潔兒去請後際師趙亮。三保穿好衣服，隨後出來，跟著龍鳳姑婆進到一間十分雅致的書房坐下。他略懂跟安息文有些近似的天方文字，磨了墨汁，握著毛筆，閉上雙眼，龍鳳姑婆身上的刺青如在目前，猛一張眼，蘸了濃墨，筆走龍蛇，由右至左橫寫了幾串怪異符號。龍鳳姑婆看他神情篤定，似乎胸有成竹，但還是擔心他年少氣盛，過於托大，不知寫的是否正是自己身上所刺文字，還僅是憑空胡亂畫畫。

過了約莫一個時辰，潔兒偕趙亮來到，三保隨龍鳳姑婆閃進簾幕之後，發現可看清楚簾外情景。趙亮是清淨金剛趙明的胞弟，二人相貌身材差相彷彿，趙亮卻沒乃兄那麼嚴肅，神態更為瀟灑些。龍鳳姑婆壓低聲音，老氣橫秋地先與他寒暄幾句，慰勉一番，接著要潔兒出示三保手書，問他上頭所寫是何種文字。趙亮琢磨了一會兒，道：「回龍鳳姑婆的話，這些文字看起來是用安息文寫成的，不過……」他停下不語。龍鳳姑婆道：「趙長老但說無妨。」趙亮撚了撚鬍鬚，慢條斯理道：「語文之道，博大精深，乃經數千年淬煉而成，任何人縱窮畢生之力，也無法盡通，然而屬下再如何才疏學淺，斷不至於連隻言片語也看不懂。這幾句可說是用安息文字拼湊而成，每句都無意義，就好像是有人隨意摭拾了幾個漢字放在一起。」他捧著字條朗誦，若有所思，道：「沒錯，的確是不知所云。」

簾後站在龍鳳姑婆身旁的三保一聽，如墮冰窖，原以為這幾行字構成不了一個段落，沒想到竟連一個詞句也不是。龍鳳姑婆不死心，道：「想我明教源自波斯，本座身為明教聖姑，竟然不通波斯安息文，誠屬不該，有負先賢。諸位長老教務繁重，自無暇教導本座，不知趙長老有何書冊，可供本座研讀，以便自學安息文？」

趙亮喜道：「屬下戮力傳法二十餘載，慨嘆當今年輕一輩多急功近利，不肯耗費心思鑽研經典，更不願學習安息文，等我們這幾個老傢伙死盡，恐怕整個中土再也無人能夠讀懂拂多誕攜來的古籍，今日得知龍鳳姑婆有意學習安息文，真讓屬下喜出望外。屬下曾耗費十年之力，編撰一冊《安息文自學要旨》，倘若龍鳳姑婆不嫌棄，屬下立即取來請您斧正。」明教祖師摩尼的母親屬於安息王族，而安息王朝早在摩尼還在世時便已滅亡了，現今普天之下通曉正統安息文者可謂鳳毛鱗角，何況與安息領地相距萬里的中土。龍鳳姑婆道：「趙長老當真是我教的中流砥柱，為我教之延續弘傳，立下不可磨滅之勳績，本座若能拜讀大作，實乃三生之幸。」

趙亮聽龍鳳姑婆這麼說，高興得直合不攏嘴，又不敢放肆發笑，原本俊雅出塵的容貌顯得有些滑稽，三步併兩步去取來得意之作，還花了兩個多時辰仔細解釋一番，連茶都沒喝上一口，若非已近掌燈時分，此處不便留客，他或許還會滔滔不絕地講述下去哩。龍鳳姑婆吩咐趙亮絕不可洩漏今日會見之事，他滿口應允。等他一走，龍鳳姑婆把書遞給三保，三保恭敬收下，揣在懷裡，隨即告辭而出，回到住處，匆匆吃過金剛奴準備的飯菜，於燈下研讀了起來。雪兒靠在他的腳邊相伴，偶爾仰頭盯著他看，等待玩耍，一直未得到回應，終於沉沉睡去。

玉露霑翠葉，金風催青枝，中秋將至，谷中漸漸褪去盎然綠意，卻平添不少繽紛色彩，明教徒眾為迎接此一佳節，忙碌了起來。這段日子，三保除了照常晨起打獵、勤練內功外，還孜孜於鑽研安息文，幸虧趙亮的書寫得條理分明，三保雖是讀書自學，無師指導，居然已經初窺門徑，假若摩尼再世，或許可跟他用安息語對答上幾句哩，卻對解譯龍鳳姑婆身上的文字毫無助益。

這一日清晨，三保剛與雪兒打完獵，正要回轉，給一群少年堵住回頭路。他們個個都年長三保數歲，服飾稱不上華貴，但較谷中一般人來得光鮮不少，自然不是衣衫襤褸的三保可比。其中一個嘴上留著稀疏短髭的矮胖少年道：「俊哥，就是這小子。」被稱為「俊哥」的少年約莫十六、七歲，長身玉立，面目英俊，卻是一臉傲氣，只發了聲「嗯」，並未開口說話。

三保朝他們抱了抱拳，道：「在下馬和，不知諸位有何見教？」矮胖少年道：「你這個外道臭小子，仗著光明金剛戴法王的勢頭，在我明教總壇裡招搖顯擺，根本不把我們幾個放在眼裡，今天我們要教訓教訓你，好教你明白一些規矩。」三保道：「在下素來不與谷中之人交往，實在不知招搖顯擺要從何說起，諸位是否將我跟旁人弄擰了呢？」

矮胖少年道：「甚麼弄擰了，你當我們沒長眼睛嗎？」他一指自己的鼻子，道：「你可知本少爺高姓大名？」三保道：「有欠請教。」矮胖少年道：「本少爺行不更名，坐不改姓，叫趙虎的便是。」三保見他無禮之至，故意尋他開心，道：「原來是叫大哥，貴姓當真稀罕。」趙虎一愣，怒道：「說甚麼呀你，亂七八糟的！本少爺姓趙名虎，並非姓叫，天底下有姓叫的麼？即便是叫花子，也不姓叫。況且本少爺在這群拜把兄弟中排行第二，這位蘇俊哥哥才是老大，彭元超排第三，李不壞、李不空兩孿生兄弟分別排第四、第五，因此你得恭恭敬敬、老老實實稱呼我一聲趙二爺才對。」

三保道：「你姓啥叫啥，排行老幾，跟在下是否招搖顯擺又有何相干呢？」趙虎道：「問得好，好教你知曉，免得你這臭小子以為我趙二爺沒來由地找你麻煩。你初到我明教總壇時，是不是穿著一身的虎皮裝束呀？」三保道：「是又怎樣？」趙虎道：「我單名一個虎字，你偏偏穿著虎皮裝束，正犯了本少爺的忌諱。」

三保知道他是存心起釁，對方雖然人多，而且歲數較大，身強體壯，但不甘示弱，道：「我初來乍到貴寶地，哪知道這裡有人的名字是叫虎、叫狗還是叫貓，況且那隻老虎是戴爺爺殺的，虎皮裝束也是他老人家親手製作的。」趙虎道：「所以本少爺說你是仗著戴法王的勢頭，才如此招搖顯擺，這可不是麼！戴法王失蹤數月，恐怕已不在人世了，本少爺看你還能猖狂到幾時。」三保緊握拳頭道：「你胡說！戴爺爺沒死，分明還活得好好的。」趙虎道：「是嗎？那麼你請他現身呀！」他將雙手置於嘴邊，逼緊喉嚨喊道：「戴爺爺，戴爺爺，您在哪兒呀？我這個回回小野種想您哪！您趕快……」

三保再也忍耐不住，掄起拳頭便要衝過去，但一旁的雪兒動作比他還快，嘶吼了聲，撲向趙虎，卻被李不壞、李不空兩兄弟分別拋出的繩圈套住頸項，拉扯到一旁。牠此時的身型雖大於一般的犬隻，但畢竟還只是隻幼豹，而李氏兄弟原就生具膂力，又練了幾年功夫，雪兒掙脫不了，空自咆哮。三保見狀，記起母親正是遭勒頸而死，雪兒是自己唯一的朋友，僅有的慰藉，頓感悲憤莫名，且又心急如焚，捨了趙虎，轉而要撲向雪兒，好幫牠除去繩索，竟教趙虎趨前使出擒拿手法抓住領子，一拉一甩，顏面朝下，重重摔在地上。

趙虎騎到三保背上，一手將他的腦袋按在土裡，另一隻手握拳往他身上揮落，興奮喊道：「甚麼武松打虎，今日戲碼換成虎打武松。」三保的內力與輕功已小有根基，但他從未真正學過搏擊武藝，此刻只能咬緊牙關，任由趙虎行凶；雪兒拚命騰挪跳躍，想掙脫束縛，撲過來解救三保，卻哪裡能夠；蘇俊冷眼旁觀，英挺的臉龐上露出淺淺微笑；李氏兄弟手上用力，嘴巴咧著，傻笑不已；彭元超內心頗不以為然，但一方面基於兄弟義氣，另方面不敢出言制止，否則恐怕下一個倒楣鬼會是他自己。

「你們幾個羞也不羞，竟然聯手欺侮一個不會武功的小孩子。」一個嬌脆的聲音響自林間，一株大樹後閃出條窈窕身影。趙虎急忙跳離三保背上，退到蘇俊一旁，對李氏兄弟打了個手勢。他們鬆開繩圈，雪兒迫不及待地奔至三保身側，發出喑嗚低鳴。三保掙扎爬起，顧不得自己的傷勢如何，先查看雪兒，見牠僅是擦傷，並無大礙，放下了心，這才拿一隻眼睛望向來人，他另一隻眼睛的眼皮滿是傷痕，滲出血水，和著塵土，障蔽了視線。來人是潔兒，她原本滿懷關注地盯著三保，瞧他似乎傷不甚重，趕緊收斂起關懷神色，轉換成一副事不干己的冷漠表情。

這夥生事的少年雖奉蘇俊為大哥，出鬼主意的多半是趙虎，卻以彭元超最為狡滑圓融，他們每回闖了禍，都會推他出來粉飾推諉一番，往往能夠大事化小，小事化無。其實他們的家長在明教中位高權重，近年來忙於公務，疲於奔命，已無多餘心力管教他們，受害的一方通常不敢跟他們計較，絕少會反映給他們的家長知曉，他們便大起膽子胡作非為了起來。這回蘇俊照例以手背碰碰身邊的彭元超，彭元超向前走了幾步，朝潔兒一揖至地，直起身子，嘻皮笑臉道：「一段時日不見，潔兒姑娘可出落得益發標緻迷人了。」

潔兒一隻手摩梭著衣角，另一隻手舉到臉頰旁，理了理雲鬢，含羞帶笑，嘴角邊梨渦隱現，甚是嬌俏，甜甜說道：「你這話可是當真，還是尋小女子窮開心而已？」彭元超一手搗著胸口，一手指著青天，滿臉鄭重，朗聲道：「肺腑之言，青天可鑒。」潔兒俏臉倏地一沉，喝道：「大膽！竟敢調戲龍鳳姑婆座下侍女，該當何罪？」彭元超諕了一大跳，一屁股坐倒在地，結結巴巴道：「小的……小的不不不不不敢。」

潔兒道：「你們仗勢欺人，以多欺少，以強凌弱，以大壓小，除了敢做不敢當之外，還有甚麼不敢的？」兩隻明眸精光燦燦，如寒星，似紫電，逐一掃射五個少年。李氏兄弟見彭元超跌坐在地，咧嘴發笑，甫一接觸潔兒冷冽銳利的目光，笑容立即僵住，不過嘴巴還是張著。趙虎方才凶惡勝虎，這會兒倒像隻小貓，忙不迭地低著頭鑽到蘇俊的身後。蘇俊身為大哥，可不能龜縮，昂首挺胸道：「馬兄弟本具屠虎伏豹之能，又是光明金剛戴法王的義孫，想必學得有高強武藝，我們幾個特意向他討教來著。」

潔兒肚子裡暗罵不休，倒也不能明著跟他們撕破臉，道：「笑話！這個傻小子能屠甚麼虎、伏甚麼豹？現在你們都已親眼見識到他根本不會武藝，日後莫再跟他瞎耗力氣。」蘇俊道：「潔兒姑娘教訓得是，我等必謹記在心。」潔兒柳眉一挑，冷笑道：「哎呀，蘇大少爺言重了！明教上下，誰不知道您是蘇日使的寶貝金孫，潔兒再怎麼狂妄無知，哪敢教訓您啊！」蘇俊心高氣傲，最恨人家說他倚仗爺爺蘇天贊的勢頭，哼了一聲，對同伴道：「咱們走。」

潔兒道：「不送，慢走，小心別再摔倒了。」待他們走得不見蹤影，急匆匆奔到三保身旁，蹲了下來，掏出手絹兒，拂去他臉上塵土，細心擦拭他的傷口，問道：「傻小子，你傷得嚴不嚴重啊？」三保道：「不礙事。多謝潔兒姑娘相救。」潔兒道：「那你要怎麼答謝本姑娘呀？」三保沒想到她竟然會邀功討賞，自己一窮二白，還欠張大嬸半籠子雞，要怎麼答謝她呢？他正大感為難，潔兒抿著嘴笑道：「從今以後你叫我姊姊便是了，做姊姊的照顧弟弟還來不及，難道當真會要你的東西？」三保靦腆喚了聲：「姊姊。」想起自己的親姊，內心不免難過，旋即聯想到龍鳳姑婆。

潔兒是蘇天贊來雲南路上撿到的孤兒，連父母是誰都不知道，更不曉得自己是否有手足，聽到這一聲姊姊，忍不住心裡一陣淒楚，而她甚好強，不願顯露，隨即道：「『算伊渾似薄情郎，去便不來來便去。』你小小年紀，已像個薄情郎一般，這些時日都沒消沒息的，可知人家掛念你得緊。」三保奇道：「我不是都一直在戴爺爺的住處嗎？姊姊又為何掛念我了？」潔兒紅暈上臉，用力擰他的耳朵，道：「本姑娘哪有掛念你，你少臭美了！我說的人家，是指龍鳳姑婆，她十分掛念你的安息文學得如何了。」三保方才挨趙虎狠揍，吭都沒吭一聲，這會兒倒是哎喲、哎喲地哀嚎起來。雪兒看潔兒弄痛三保，向潔兒低吼一聲。潔兒假裝害怕，放開三保的耳朵，雙手合十，向雪兒道：「拜託，拜託，千萬別把小女子吃了，小女子再也不敢碰你的主人了。」

三保道：「我才不是牠的主人呢！我跟牠是最好最好的朋友。」潔兒瞅著三保，問道：「人跟猛獸真能成為好朋友嗎？」三保道：「應該可以吧！人不要強迫猛獸違反牠們自有的天性，再好好善待牠們，大概就辦得到了。就拿雪兒來說吧，牠的思緒單純，感情率真，其實比大多數人還更容易相處哩！」他說這話時，明著是想到戴天仇，不知怎的，腦中竟浮現出龍鳳姑婆的花容月貌。

潔兒道：「等等，你叫牠甚麼？」三保道：「我叫牠雪兒啊，有何不妥嗎？」潔兒眼中閃過一絲狡黠的光芒，道：「牠是隻雪豹，又難得長得通體雪白，叫雪兒可說是恰如其分，好得很哩！唔，你既然這麼喜愛猛獸，長大後恐怕會娶隻母老虎，或者河東獅。」她此言一出，自知大大失言，趕緊岔開話題，道：「蘇俊這些傢伙委實欺人太甚，你可知道他們的背景？」三保搖搖頭道：「我跟他們素昧平生，只有方才聽姊姊提到那高個子是蘇日使的孫子。」

潔兒道：「蘇日使一家三代單傳，他的獨子又早逝，膝下只有蘇俊這麼一個寶貝孫子。蘇日使對蘇俊表面上不假辭色，管教嚴厲，其實愛逾性命，全天下大概就只有他們自己不知道吧！矮矮胖胖的趙虎是後際師趙亮的獨子。趙亮中年才得子，加上平常在外傳法，鮮少在家，對趙虎不免放縱了些，而趙亮本身一表非凡，生的兒子卻是……哼哼，假使說趙虎像貌平平，還算是仁慈的了。趙虎幼時常遭幾個頑童譏笑為私生子，他年小力弱，打也打不過，要回家哭訴，老子不在家可幫他出頭，是以性格趨於偏激，稍長後勤練武藝，還跟比他低了一輩的蘇俊等人拜了把子，好有個照應，又偏偏不甘心屈居蘇俊之下，老是想些歪主意來惹事生非，原本是報復幼時欺侮他的那些傢伙，後來變本加厲，專挑軟柿子捏，並以此為樂。至於彭元超嘛，他是智慧金剛彭法王的姪孫，本身倒也沒幹過甚麼壞事，多半只是幫襯，不過他生性油滑，骨頭輕賤，龍鳳姑婆跟我都認為，將來最可能叛教求榮的，正是此君。李不壞、李不空是大力金剛李法王的孫子……」

三保插嘴道：「李法王不是和尚嗎，他怎會有孫子？」潔兒道：「別打岔，我正要講。」三保道：「是，姊姊。」潔兒先是嫣然一笑，臉色隨即轉為凝重，續道：「李法王年輕時娶了房媳婦，兩人甚是恩愛，妻子幫他生了個白胖兒子，卻在分娩後不久，死於躲避戰亂的途中。李法王傷心欲絕，本想以身殉妻，但是明教大業未成，而且還有個新生兒子要拉拔長大，於是出家當了和尚，以斷絕續絃之念。他兒子長大後取了妻，先後生下李不成、李不住兩個男娃兒，後來妻子一胎雙胞，又懷上李不壞、李不空，可憐在分娩時難產而死，李不壞、李不空雖然保住了，腦子有些兒不靈光。李法王家禍不單行，兒子也是個多情種，因心傷愛妻而病故，李法王一個光桿和尚獨力撫養四個孫子，好容易才將李不成、李不住拉拔成人，兩兄弟一同加入妙火旗，去年都在廣東起義時戰死殉教。」

三保聽了甚是難過，久久說不出話來，心想一家有一家的不幸，各人有各人的悲哀，趙虎等人雖然凶蠻可惡，但內心滿懷辛酸悲苦，只是用錯方法來紓解，一念至此，也就不那麼惱恨他們了。這時，趴伏在地的雪兒發出了呼嚕聲，十分有趣。潔兒眼睛一亮，問道：「我能摸摸牠嗎？」三保道：「當然可以。」

潔兒武功不弱，但要撫摸如此一隻猛獸，心裡還是擂起了亂鼓，緩緩探出纖手。三保原就生性調皮，以前時常逗弄哭姊妹們，只不過遭逢劇變，復受戴天仇刻意壓抑，因此收斂不少，此時頑心忽起，待潔兒的手掌將觸未觸及雪兒的頭頂之際，雙手屈成虎爪形狀，作勢抓向潔兒的頭臉，同時大叫一聲。潔兒吃了老大一驚，慌忙收手，隨即察覺受到三保戲耍，板起俏臉，掄拳捶他胳膊，三保邊笑邊閃躲。雪兒霍地起身，發現他們其實是在玩鬧，便在他倆身邊奔來跑去，竄高伏低，又在草地上打滾，好生快活。

三保挨揍之事，潔兒還是告訴了龍鳳姑婆。龍鳳姑婆鮮少涉入教務，這回卻召來眾長老，狠狠訓飭一番，要他們好好管教自家子弟，並須親自傳授三保武藝。眾長老因戴天仇的愛徒蔣𧄔逆師叛教的殷鑑不遠，三保還是個異教徒，並以為三保乃天縱奇才，更何況已在習練明教神功，擔心將來恐怕制他不住，是以都不認他為徒，也皆未將壓箱絕活傳授予他，且以要將他訓練成刺客為由，進攻的手段教得多，防禦的招式傳得少。饒是如此，三保依然苦練不輟，武功與時俱進，身子日漸強壯。

第七回　青樓

三保打從自宮以來，已過了整整五個年頭，早就精熟趙亮的著作而通曉安息文，對於解讀明教神功祕笈一事卻仍一籌莫展，他與龍鳳姑婆束手無策，因龍鳳姑婆堅要謹守神功之祕，三保啞巴吃黃連，苦往肚裡吞，不敢告知諸長老。蘇天贊等人見他武功進展神速，誤以為是祕笈發揮功效所致，殊不知他原就稟賦不凡，根骨奇佳，又專心致志，日夜苦練，而戴天仇不但灌注予他內力，還曾大耗真元打通他的任、督二脈，且拖命尋得冰蠶神草餵他，加上幾位傳授他武功的長老愛才惜才，也指望他去刺殺朱元璋，雖都留了幾手絕活，總算教導用心，點撥指導皆能切中要旨，不致差謬，是以三保此時的功力已然遠邁同儕。

三保感念諸位長老的用心傳授，也覺得明教中人除了戴天仇之外，行事為人都與一般人無異，不但所使武功正大恢宏，所用兵器光明磊落，率無陰毒邪僻的路數，而且同樣講究忠孝仁義，真不知為何被指稱為魔教，或許最大的不同是，他們所謂的忠，乃是忠於明教、忠於華夏、忠於人民、忠於任事，卻根本不把皇帝放在眼裡，當然，他們極在意朱元璋——欲誅之而後快，頗具「君之視臣如土芥，則臣視君如寇讎」的意味。三保母親溫氏出身書香門第，篤信「天地君親師」，將君主與天地等量齊觀，地位還高過父母師尊，當年教導兒子孟子此一見解時，支吾其詞，語焉不詳。三保此時隱隱覺得，父母的教導不見得全然正確，否則自己將要行刺皇帝，豈非比弒父殺母更加大逆不道！反正既然已經自宮了，無論是否能夠練成明教神功，刺殺朱元璋已是條不歸路。

某日清晨，三保與雪兒才打到獵物，忽見長長短短五個青年走近。三保除了龍鳳姑婆、潔兒、金剛奴，以及幾位授業長老外，一向與谷中之人互不打交道，此時此處絕無他人，他們顯是衝著自己而來的，於是凝住身形，注視來人，赫然又是蘇俊、趙虎他們，五年不見，他們變得更加壯碩，而蘇俊更為英挺了。已是百餘斤重成年母豹的雪兒，原本趴伏在地，津津有味地啃食著方才捕獲的一隻山羊，見仇人逼近，霍地四足站立起來，背脊拱起，尖牙掀露，喉間發出低吼，作勢迎擊。三保厲聲喝斥：「雪兒，坐下！」雪兒大惑不解似地看看三保，又看看來人，雖然老大不情願，但還是依言坐了下來，銳利豹眼緊盯著蘇俊等人。

趙虎原本對精壯威猛的雪兒甚感忌憚，這時見牠如此聽話，嘻嘻笑道：「小貓兒真乖，坐著別動，待會兒趙二爺捉隻耗子給你耍著玩。」緊接著笑容一僵，滿臉鄙夷地貼近三保，視線上上下下地來回打量著他。這五年來三保長高不少，比趙虎高出半個頭，全然不動聲色。趙虎佯裝不認識三保，明知故問道：「你就是馬和？」三保道：「在下過去是馬和，現在是馬和，將來也還會是馬和，敢問趙二哥有何指教？」他脾氣硬，還是不願意稱趙虎為「趙二爺」。趙虎這回不在稱謂上挑毛病，衝三保哼了聲，轉頭對蘇俊道：「俊哥，這小子還記得人話怎講，咱們用不著說獸語，那麼事情可就容易多了。」他的幾個同伴都笑了起來，蘇俊依舊是淺淺冷笑，李不壞、李不空仍為咧嘴傻笑，彭元超還是皮笑肉不笑。

趙虎回過頭來，道：「姓馬的小子聽好了，我們俊哥人才出眾，武功超群，在當今世上青年一輩中若排第二，肯定沒人敢排第一，然而蘇日使不明就裡，幾天前竟說俊哥比起你還有所不及，我看他大概是年老糊塗了……」「二弟，不得如此編排蘇日使，他再有見事不明之處，畢竟是我教長老，還暫代教主職責，日理萬機，宵旰焦勞，也算情有可原。」蘇俊出言打斷趙虎，但語氣平和，絲毫不帶怒氣，顯然認同趙虎所言，甚至幫了腔。

蘇俊的確是明教年輕一輩中的佼佼者，因此自視甚高，目空一切。蘇天贊因獨子早逝，且教內人才凋零折損得極快，大有青黃不接的態勢，有意好好栽培這個孫子，深明他的毛病所在，數日前刻意藉三保來殺殺他的銳氣，要他知道天外有天，人外有人，必得謙恭自抑，方能有大成就，哪曉得蘇俊從彭元超身上學到陽奉陰違，表面上自承錯誤，卻實在嚥不下這口氣，氣鼓鼓地跟兄弟們提起此事，趙虎趁蘇天贊出谷公幹，煽動兄弟們一同來尋三保的晦氣。

趙虎道：「我們俊哥是何等人物，豈能跟你這低三下四的異教渾小子比劃，沒的失了他的身分。我們這幾個兄弟裡頭，就屬我趙虎最不長進，武功粗淺得很，但要教訓你這個渾小子，倒也綽綽有餘。」其實趙虎雖然身形矮胖，功夫卻不弱，僅略遜蘇俊半籌，而他狠揍過三保，打算舊事重演，藉以發洩內心深處的抑鬱憤懣。三保一心一意要刺殺朱元璋，對於武功誰高誰低，素無爭競之心，自己寄人籬下，更不願招惹事端，於是抱拳朗聲道：「在下區區一介鄉野村夫，只會狩獵砍柴，並不懂得武功，自然萬萬不是趙二哥的對手，更別提人中龍鳳般的蘇大哥了，日後倘若有人問起，便說馬和武功不如各位便是了。」趙虎肥臉一繃，道：「你這小子油嘴滑舌，這時候說得倒好聽，誰知道將來會如何搬弄。今日不管如何，趙二爺一定要給你一個教訓，不只是要為俊哥爭口氣，更是要讓蘇日使明白，他不該長異教小子志氣，滅自家孫兒威風。」

三保估量今日肯定無法善了，而自己習武數年，常蒙幾位授業長老讚不絕口，卻不曾真正與人動過手，不妨趁這個機會拿趙虎驗證看看，自己點到為止，不傷人便是了，倘若落敗，今後更須加倍努力。他心裡打定主意，回道：「如此的話，還懇請趙二哥手下留情。」趙虎嘻嘻笑道：「趙二爺瞧你的模樣出落得還挺標緻的，不會狠心把你打得面目全非，只教你跪地討饒即可。注意，趙二爺要出招了。」他兀自嘻皮笑臉，一拳中宮直進，往三保胸腹打去，因無意當真重傷三保，只使上五成力道。趙虎過於輕敵，這拳其實犯了武學大忌，讓自己破綻百出，三保瞧得明白，但有意引他使出全力，不閃不避，更不回手，等趙虎拳頭堪堪打到，猛吸口氣，胸腹內縮，假意往後踉蹌幾步。旁觀者眼力有限，以為他結結實實挨了趙虎這拳，齊聲叫好起來。

趙虎心知肚明這拳如中敗絮，根本沒打實，三保只是惺惺作態，怒道：「臭小子，竟敢戲耍老子！」手上加了兩成力，狂風驟雨般接連揮出十幾拳，拳拳都是虎虎生風。三保暗道：「來得好！」故技重施，讓趙虎看似拳拳有著落，其實招招都落空。趙虎怒不可遏，一橫心，用足十成力道，縱身起腳飛踢而出。蘇俊見苗頭不對，急呼：「別傷了他！」彭元超趕緊尋思打傷三保後的推託之詞。雪兒方才雖得三保坐下的指令，但見趙虎再度逞凶，說甚麼也按捺不住，張牙舞爪，躍起疾撲向趙虎。李氏兄弟再次拋出繩圈，雪兒的迅猛敏捷早非當年的幼豹可比，兩個繩圈都套了個空。趙虎圓呼呼的身子正在半空中，無可迴避，蘇俊出掌拍向雪兒側腹，以解趙虎之危。

三保眼觀四面，耳聽八方，知道蘇俊這掌甚為凌厲，雪兒要是挨實了，必受重傷，無暇細想，以左掌托住趙虎踢來的腳踝，借力使力，側身順勢一甩，把他的身軀帶離開雪兒的利牙，只聽得喀啦一聲，趙虎的腿骨禁受不住如此大力，硬生生折斷，身子摔落在草地上。三保右掌同時拍出，與蘇俊結結實實對了一掌，回過左手，抓住雪兒的後頸皮毛，不讓牠繼續撲向趙虎。蘇俊承受三保這一掌，退了三步，奮力穩住身形，但覺胸口氣血翻騰，忍不住再退三步，背脊抵在一株數人合抱的樹幹上，這才站定，臉如金紙，右手摀住胸口，半晌說不出話，等回過神來，卻見三保蹲伏著，臉不紅，氣不喘，左手仍然抓著豹子的後頸，右手輕撫其下顎與胸口，臉龐靠在牠耳邊低語，極力安撫其高漲的情緒。

彭元超趨前詢問蘇俊的情況，蘇俊費了好大勁兒才迸出「我沒事」三個字，左手指了指躺在地上呻吟的趙虎，李氏兄弟會意，上前要將他抬起，趙虎殺豬也似地大聲喊痛。三保拔出貼身收藏的血海深仇劍，飄身而起，切下兩根兒臂粗細的樹枝與幾條藤蔓，牢牢固定住趙虎的斷腿，對李氏兄弟道：「勞煩二位哥哥去拆扇門板來抬趙二哥。」李氏兄弟腦子不甚靈光，不過一旦得到指令，辦事倒是十分利落，片刻便取來門板，將趙虎抬走，至於他們拆了誰家的門板，那就不值得細究了，反正尋常教眾也不敢跟這夥人計較。蘇俊在彭元超的攙扶下蹣跚離去，狠盯著三保，眼中滿是憤懣。

三保打傷二人，其中一位還是明教光明日使蘇天贊的寶貝獨孫，自以為闖下大禍，誠惶誠恐，又深覺歉疚，連連向蘇俊與趙虎作揖告罪，待他們走遠後，忐忑不安地帶著雪兒返回住處，接連幾天都擔心蘇天贊會上門興師問罪，甚至將他逐出谷外，如此一來，刺殺朱元璋一事便如幻夢泡影，全落了空，血海深仇非但報不了，有愧戴天仇的殷盼，自己還自宮換得了一部全無用處的有字天書。他思前想後，懊悔不已。如此過了數日，蘇天贊尚未回谷，倒也風平浪靜，三保仍然提心吊膽。

這一日他打完獵返回住處，瞥見屋外有個青年往窗內探頭張望，他認出那青年正是彭元超，這時孤身前來，不知所為何事，安撫了雪兒後上前問道：「敢問彭三哥，找在下何事？不知蘇大哥、趙二哥的傷勢如何了？」彭元超回道：「馬兄，你可回來了。你不念舊惡，惦記著俊哥與趙虎的傷勢，足見你是個氣度恢弘的好男兒，義氣深重的好漢子，教我彭元超好生欽敬。」邊說邊豎起大拇指。千穿萬穿，馬屁不穿，三保涉世未深，得到彭元超如此稱讚，對他頓生好感，覺得他那雙目光游移不定的三白眼，已不那麼令人忌憚了。

彭元超續道：「俊哥功力深湛，當時在樹林間調息片刻，再回家靜養半日，吃了點補藥，又是條勇猛生龍。趙虎幸賴馬兄接回斷腿，休養一段時日，也可痊癒，料無大礙，怕只怕他這段時日躺著不動，雖然依舊是隻活虎，但恐將愈來愈胖，成了大胖虎。哈哈哈……」三保見彭元超大開趙虎的玩笑，不由得又跟他親近幾分。彭元超邊笑邊窺探三保的神情，感覺到他已卸下大半心防，止住笑，正色道：「正所謂不打不相識，我們幾位對於馬兄的身手咸感嘆服，誠心誠意想跟你交個朋友，要是馬兄不嫌棄的話，今日就由小弟作東，招待你出谷遊歷一番。」

三保自來此間，從未踏出谷外，此時聽彭元超要帶他出去，既感躍躍欲試，復覺不妥，回道：「小弟多謝各位哥哥的深情厚意，但如此可好？若給幾位長老知道了，恐要見責。」他跟彭元超稱兄道弟了起來，還暗暗思量，自己要是也跟他們拜上把子，自然是這夥人當中的小弟。彭元超道：「馬兄大可放心，我們剛剛打探到消息，幾位長老都有要務纏身，沒十天半個月，是不會回到總壇來的。到時候你不說，我不說，誰會知道？」

三保還有顧慮，道：「要躍過湍急無比的金沙江可不容易，小弟沒把握輕功是否已經練到家了。」他不知其實明教徒設有吊索流籠可供渡江，否則不會武功的張大嬸是怎麼把雞給帶進來的？當年戴天仇自負輕功絕佳，而且不願給三保知曉另有別的出路，這才躍過江來。彭元超道：「這更不成問題，我們幾個經常溜出谷外，早就熟門熟路了，包管你輕輕鬆鬆，悠悠哉哉，待會兒舒舒服服，爽爽快快。」他別具深意地笑了笑。

三保仍感躊躇，彭元超拉下臉道：「可嘆啊可嘆！我們幾個可真是看走眼了，本以為馬兒武功了得，料想你必定如同光明金剛戴法王一樣，是個果敢勇毅、說一不二的男子漢，是以有意傾心結交，怎知你其實像個娘們般瞻前顧後，畏首畏尾，一點兒也不爽利。」所謂言者無心，聽者有意，三保揮劍自宮一事，深怕別人知曉，彭元超說他像個娘們，正觸到他的痛處，更何況彭元超抬出戴天仇來刺激他，他於是昂首挺胸，粗起嗓子道：「去就去，到底是誰像娘們了？」彭元超得計，喜道：「沒錯，沒錯，不敢去的就是娘們。長路漫漫，事不宜遲，咱們兩個鐵錚錚的漢子就馬上動身吧！」

三保奇道：「咦，怎就只有咱們兩個？難道俊哥跟其他幾個哥哥不去嗎？」彭元超道：「出谷不宜人多，免得行跡走漏，敗了遊興。趙虎傷了肥腿，需要兄弟們輪流照料，我這兩日輪空，也遠比另外幾個知趣，俊哥鄭重交代我，得要好好款待馬兒。」三保聽他如此說，不再起疑，拴了雪兒，留張字條給金剛奴，要他看顧好雪兒，莫再讓牠傷害家禽家畜，自己臨時有事，去去便回，心裡雖萬分捨不下雪兒，但還是與彭元超上了路。

山路崎嶇，然而三保如今身強體壯，加上長年在山間追逐獵物，腿力極健，早非初來時的瘦弱孩童可比，所以一路行來，履險如夷，而彭元超對山徑甚熟稔，往往前頭看似已然山窮水盡，經他帶領，居然柳暗花明，別有蹊徑。二人來到一處懸崖，三保走至邊緣探頭一瞧，底下是條垂瀑，數十條涓涓細流匯聚於此，流水齊齊墜落，激起繚繞煙霧，茫茫緲緲，障蔽視線，別說底部了，連一丈開外便已瞧不清楚，只聽得水聲澎湃，震耳欲聾，懸崖不知到底有多深，而前無去路，難不成彭元超可以飛渡？卻見彭元超站在崖邊水流正中的一塊大石上，他手掌往崖底一攤，笑了笑，朗聲道：「我們幾個戲稱這裡為『捨身崖』，馬兄，請了。」

三保不解其意，道：「彭三哥未免太過抬舉小弟了，底下是萬丈深淵，縱使是絕頂高手，也絕計無法安然躍下，何況是武功低微的小弟呢！」彭元超道：「馬兄不宜過謙，你若武功低微，我要算甚麼呢？……唔，我們幾個兄弟喜好嬉鬧探險，有回在無意間發現了一條祕道，可以下崖渡江，馬兄可要守口如瓶，絕不能洩漏出去。」三保鄭重道：「我馬和可以起個誓，保證嚴守此祕道之祕。」彭元超道：「這倒不用，既然帶你來此，就表示我們信得過你，起誓未免顯得見外。馬兄請隨我來。」說完縱身一躍。三保吃了一驚，待要伸手拉他，已然不及，急忙探頭張望，卻哪裡看得到他的身影，喊道：「彭三哥，彭三哥……」忽聽得轟隆的水聲中夾雜著彭元超的呼喚：「馬兄，我在這裡，你也跳下來吧，可千萬跳準了，別摔到萬丈深淵底下去喲！」

三保根據喊聲，估量彭元超的立足處離崖頂約莫兩丈多些，放眼望去，只見煙霧縹緲，飛珠濺玉，不想給他瞧扁了，大起膽子，也踴身下躍，果然墜落在一塊凸出於山壁的巨岩上，彭元超卻不知去向。三保背對著山壁正要往底下探看，這時一隻手從水簾中伸了出來，探向三保背後。三保嫻熟武藝，感官異常靈敏，不假思索，反手往後一抓，扣住那隻手，轉過身去，將那隻手的主人拖出水簾來一看，正是渾身濕漉漉的彭元超，於是鬆開他的手。彭元超嘻嘻笑道：「馬兄別慌，是我，請隨我進來吧。」才說完，又隱身於水簾之後。

三保穿過水簾，裡頭陰冷昏暗，隱隱看出這洞穴近入口處高一丈半，不知究竟有多深。彭元超道：「春季雪融，夏季多雨，水勢過於盛大，而冬季結冰，都會阻斷洞口，此時雖是盛夏，但碰巧接連幾天沒下雨，倒方便了咱們，因此馬兄可說是福澤不淺。」他邊說邊從懷裡取出個油布包，包內有火摺、火鐮、火石、艾絨、乾糧等物，他晃亮火摺，把油布重新妥善折好，塞回懷裡。三保藉火光一看，不由得暗自驚嘆。洞裡石壁上密布著繪畫，其技法樸拙，而顏色黯沉，有些已呈斑駁，料想或許有上千年歷史，所描繪的事物，多為農稼畜牧，以及慶典儀式，另有幾幅狩獵之圖，讓三保回想起幼時生活，不免觸景傷情，低迴不已。最怪異的是，洞頂竟有幾個白手印，這對於輕功高強之士來說，毫不難為，但尋常人若不架設梯子，肯定無法印得如此之高，不知是何人所為，又為何要把手印印在洞頂。

彭元超道：「馬兄，咱們還要趕路，日後得空，再來仔細端詳不遲。」三保道：「正是，還請彭三哥引路。」彭元超道：「這祕道甚長，裡頭絲毫不透天光，地上濕滑，起起伏伏，務請小心，並得跟緊了。」三保道：「謝謝彭三哥關照，小弟省得。……唔，彭三哥可知此祕道的來歷，又是誰在此洞裡作畫？」彭元超答道：「這可考倒我了，我們幾個全然不知，更因不敢讓他人知曉有此一祕道，這個謎團恐怕永遠無法解開。」三保點點頭，不再多問。

彭元超舉起火摺照路，往洞的深處走去，三保緊跟其後。通道狹窄，曲曲折折，愈往裡行，壁畫愈稀，不久便再無壁畫，洞頂也降至比一個中等身材的漢子略高，且可明顯感覺出是往下走。待火摺將滅時，彭元超從地上撿起一根火把點燃，道：「我們在祕道沿途放置不少火把，以免頓失光亮，困在裡頭。除了我們這幾個之外，當今世上恐怕再無他人知道這條祕道，到時候叫天天不應，叫地地不靈，我彭元超化成了一堆枯骨，也無人會發現，要招魂都不成。」三保道：「各位哥哥忒也細心，考慮十分周詳，令小弟好生欽敬。」三保剛跟彭元超熱絡起來，也學著他恭維人。彭元超是此道高手，不至於輕易買帳，只淡淡回道：「好說，好說。」

祕道裡氣悶得緊，火光逐漸減弱，三保縱有諸多疑問，終究沒問出口，兩人殊少交談，只聽得水滴聲在洞裡迴盪著，氣氛甚是奇詭，且有多處陡降數尺，若不小心跌傷了腿，那可就大事不妙了。兩人一前一後走了一個多時辰，轉而上行，又往前好一會兒，火光復盛，彭元超熄了火把，道：「終於走到祕道盡頭了，快悶殺我也。」前頭隱約有亮光透進洞來，並有涼風流動，略感舒爽。

祕道這頭的入口狹窄低矮，被藤蔓覆蓋住，彭元超蹲伏著，從縫細間朝外頭探了探，確定四下無人，這才與三保撥開藤蔓，出了祕道，再將入口掩蓋好，三保竟生恍若隔世之感。二人掬了些山泉解渴，分吃彭元超攜帶的乾糧，接著在烏魯雪山的山谷中奔行。三保回想起當年戴天仇殺虎飲血、剝皮製衣之事，五年來他音訊全無，恐怕早已毒發身亡，由是心懷悲戚。彭元超抄了人跡罕至的捷徑，山路起伏甚大，二人鮮少言語，只一味趕路。他們兩個年輕力壯，多少具有輕功底子，此時的路徑亦無霜雪覆蓋，是以在掌燈時分即進入大研城。

大明洪武十四年冬，征南大將軍傅友德率領大軍來攻，以清除雲南境內的蒙古勢力，當地頭人阿甲阿得見風轉舵，立即向明軍投降，換得本身祖業及大研城秋毫無犯，事後妄請朱元璋賜他姓朱。朱元璋看完奏章，笑了笑，把「朱」字減了「人」字兩筆，只允賜他姓木。阿甲阿得縱使未能盡如己意，仍感戴浩蕩皇恩，還把大研城牆給拆了，否則木在口裡，豈不成了「困」嗎？他隨即大興土木，新建衙署，門前立了兩隻木雕巨獅，並在富麗堂皇的正門上，恭敬鄭重地高掛起朱元璋御筆親題的「木府」及「誠心報國」二牌匾。當馬、彭二人走過木氏衙署時，彭元超講述此一典故，豔羨之情溢於言表，幻想著自己有朝一日能有這麼一座府邸，在裡頭一呼百應，不必再受蘇俊、趙虎的鳥氣。三保記起家人之所以慘死，皆因阿甲阿得告密，表面不動聲色，心底卻是一團火熱，原本擔心夜裡趕不回明教總壇，這時倒不急著回去，只尋思如何擺脫彭元超，好獨自前來木府打探，伺機刺殺阿甲阿得。

彭元超領著三保，進到一家名為天香樓的妓院，大廳裡紅燭高燒，照耀著花團錦簇的擺設，白沙細樂[11]在空中飄浮迴盪，一待客人走入，即鑽進其耳朵裡，既洗滌塵勞，亦慰解憂傷。

11 此為流傳至今的納西古樂之一，以麗江城北的白沙鎮為名，據說源自忽必烈革囊渡江之時，因無雄壯慷慨的打擊樂器，故稱細樂。下所稱的波伯，是一種類似於笛子的竹製納西樂器，胡撥是一種以手彈奏的弦樂器，又稱蘇古篤，八個樂師分別吹奏拉彈著橫笛、豎笛、波伯、箏、琵琶、胡撥、二簧等樂器，曲韻輕柔，倒也宛轉悠揚，間有糜糜之調，有人聽了心曠神怡，有人聽了臉紅心跳，三保渾然不解風情，只覺樂音怪異。幾張圓桌旁，男男女女交錯而坐，偎紅倚翠，飛觴流箸，你餵我喝杯酒，我餵你吃口菜，一派旖旎風光，無邊溫柔氣象，直教三保看得傻了，兩眼睜著，嘴巴張著。彭元超瞧著他有趣，雙目眯起，嘴角彎起。

鴇兒迎上前來，滿臉堆歡，彷彿每個毛孔都發出吟吟笑意，語聲甜膩，渾似調了油的蜂蜜從口鼻裡汩汩流出，道：「我說彭公子啊，您好一陣子沒來了，我還以為您喜新厭舊，搭上哪家姑娘，竟忘了我們家的翠紅，害得我們家翠紅這些日子成天望眼欲穿，茶飯不思。現在可好，終於盼得您再次大駕光臨了。」彭元超笑道：「這些日子我看不到翠紅，一顆心儘揪著，吃還吃得下，但跟嚼蠟似地，全然無滋無味，睡雖睡不著，卻勉強闔眼，如此才能跟翠紅在夢中歡聚。今兒一逮著機會，便急巴巴趕了過來，不過今晚我可不是主角呦！」他指著三保道：「這位馬公子是俊哥跟我的好兄弟，妳可得好生伺候著，千萬不能怠慢，一定要讓馬公子盡興，否則俊哥跟我絕饒不了妳。」說時向鴇兒遞了個眼色。

那鴇兒原本看三保身子精壯，面目晒得黝黑，衣服上好些個補丁，還以為他是彭元超家裡

至於二簧，則是一種類似於胡琴的納西樂器。

的僕役哩，既聽彭元超如此說，又看他對自己猛使眼色，心裡明白，將略顯豐腴的軟綿綿嬌軀，狗皮膏藥似地從彭元超身上揭起，轉而緊貼在三保身上，一隻手攬住三保粗壯的胳膊，另隻手裡的錦帕往他的口鼻一拂，柔滑如綿的手掌搭在他豐厚結實的胸膛上，不住畫圈兒揉摩著，抬起水汪汪的媚眼，堆上燦爛爛的笑靨，嚥下熱津津的饞涎，擠出嬌滴滴的聲音，道：「哎喲，好一個偉岸挺拔的馬公子，怎生養得如此壯實呢？嗯嗯，您既然是彭、蘇二位公子的好兄弟，便是我天香樓的上賓。馬公子，您在這兒可要玩得盡興，不然別說彭、蘇二位公子饒不了我，連我自己都不依。」

這鴇兒三十開外，風華正盛，一身媚態。她轉頭向一個龜公道：「來，大寶，帶馬公子去小小姑娘的房間轉轉，並且準備上好的酒菜。」她竟有些捨不得放手，一逕想著老娘今晚或許將有極品童子雞可以進補。名為大寶的龜公領命，有氣無力道：「馬公子，請隨小的來唄！」他看得出三保不是個出手闊綽的貴公子，打賞定然不多，是以有些兒意興闌珊。彭元超把大寶喚到跟前，塞了錠碎銀在他手裡，低聲道：「好生伺候馬公子，他若今晚開了竅，長了見識，肯定少不了你的好處。」大寶見錢眼開，精神大振，先對彭元超千恩萬謝，隨即哈著腰、涎著臉、公子長、公子短地引領三保上樓。

三保自遭鴇兒的錦帕拂臉後，口鼻間充塞著一縷甜香，走起路來飄飄然，渾身骨軟筋酥，有那麼一股說不出、摸不著的舒暢快意，心頭麻癢癢地，直欲掏出來搔上一搔才過癮，恍恍惚惚跟著大寶上樓，走到最內裡的一間房前站定，大寶捲起珠簾，現出雅緻得有些出奇的繡房來。

其實這繡房的陳設倒也一般，家具多以紅木或香楠木製成，也不算格外稀有名貴，在尋常青樓裡卻屬罕見。牆上掛著數幅圖，所畫非荷即梅，疏淡幾筆，盡顯孤傲風骨，其中的荷花圖，多出自名家黃公望的弟子張中的手筆，幾幅墨梅則是王冕所繪[12]。綺窗邊的几案上，星散著幾本線裝書籍，一具玉爐飄出裊裊馨香，兩枝紅燭垂下行行蠟淚。几案兩旁，各有一張官帽椅，椅背上以彩石貝殼嵌出喜鵲棲於梅樹梢頭的圖案，寓意「喜上眉梢」，但梅為獨枝，鵲則離群，不見喜意，反添惆悵。繡房正中有張夔龍紋圓桌，桌旁空著一張嵌瓷心繪有梅雪爭春圖的圓凳，一個窈窕女子面窗坐於另一張圓凳上，正垂首撫琴，春蔥般的纖指不住輪動，琴音忽如春鶯出谷，忽如孤鶩在陰，忽如幽谷流泉，忽如風送輕雲，綠綺七弦淙淙琤琤，流瀉著遺世出塵、孤芳自賞之意，與樓下風情駘蕩的絲竹聲相較，別具一番情味。

大寶入內，附在那女子的耳邊說了幾句話，那女子置若罔聞，兀自操琴，唯琴聲轉趨蕭瑟煩亂，忽如蕭蕭風起，忽如肅肅葉落，忽如黯黯雲聚，忽如翩翩雪墮。三保聽著聽著，不覺痴了，多少幽愁暗恨，一件接著一件，全給勾引了出來，正低頭玩味，琴聲卻於不該止處戛然而止，凝絕急凍於梁上壁間，彷彿用上心、睜大眼，就能瞧見一般，此時的無聲，倒還勝似有聲。

12 王冕最擅長畫梅，與《儒林外史》所稱的以畫荷名世有所出入，而他屢試不第後，才絕意仕進，成為一代高士，死時明朝尚未建立，也都有別於《儒林外史》所敘。

三保一愣，警醒過來，心中本有的麻癢騷動，都給這一曲撫平了。那女子緩緩轉過螓首，面向房門，但見她脂粉未施，素著一張臉，卻是眉橫遠山，目鎖寒潭，鼻嵌玉柱，脣綴絳珠，香腮宛似能工巧匠以峰頂冰雪精雕細琢而成，竟無一絲血色，又是那麼地穠纖合度，晶瑩剔透。三保覺得眼前女子冷豔絕美，出塵脫俗，與龍鳳姑婆殊無二致，而各擅勝場，有道是：「梅須遜雪三分白，雪卻輸梅一段香。」

那女子拿兩道微蹙蛾眉下的秋水雙眸乜視來客，眼中原本透著冰霜寒意，突然射出了詫異光芒，隨即斂去，依舊一副可望而不可即、凜然不可侵犯的神態，接著把粉頸輕輕垂下，委婉地表示了接納之意。大寶瞧那女子的神色，大感意外，搔著腦袋對三保說道：「馬公子，小小姑娘可是本樓的頭號紅牌，號為天香絕豔，整個雲南無人不知，無人不曉，豔名還哄傳到外省去，任憑王公貴族、巨商富賈，還是名流仕紳、文人雅士，沒讓她瞧上眼的，等閒不接待，今夜她卻對馬公子青眼有加，只不知馬公子對小小姑娘可還中意？」他所說的確是實情，鴇兒對於新客人，總會以小小為香餌，引誘他們不斷重返天香樓來撒下大把銀子，還不見得能夠一親小小芳澤哩，當真屢試不爽，初來即獲小小接待的，三保可是破天荒頭一個。

小小與龍鳳姑婆年貌相當，三保不知怎的，一見到小小，便聯想起在密室裡會見龍鳳姑婆的情景，不禁耳根發燙，紅暈上臉，杵在房門口，不發一語。大寶賊笑道：「嘻嘻，馬公子一看見小小姑娘的臉蛋兒就滿面通紅，等酒過三巡，小小姑娘寬衣解帶，那麼馬公子豈不是要紅到腳後跟去了！」三保羞道：「在下失禮了。」大寶道：「哎呦，馬公子的在下此刻就已經失禮了，那麼還挺不挺得到待會兒呢？小的這裡有助興的祕藥，便宜些算給馬……」小小收起了七弦琴，啐道：「去去去，快去準備酒菜，別儘在這裡說些風言風語。」其語聲嫣然，十分嬌柔中帶有三分剛強，讓人不忍也不敢拂逆，此亦肖似龍鳳姑婆，也像極三保的母親溫氏。

大寶出房下樓，三保仍立於門邊，小小幽幽說道：「馬公子是否嫌賤妾貌寢，是以不進來坐下？」三保急道：「不不不，在下覺得妳很好看，好像是……好像是……」他原本想說「明教的龍鳳姑婆」，然覺不倫不類，更怕洩漏底細，話到嘴邊，硬生生吞了進去。小小生張熟魏見得多了，早當男人的恭維為馬耳東風，但三保如此簡簡單單的一句話，竟令她心頭起了異樣感覺。

小小問道：「好像是誰？難不成是馬公子的心上人嗎？」三保情急之下扯謊道：「小小姑娘說笑了，在下原想說妳好像是天上的仙女。」小小瞧他的窘態，知道這句話口是心非，佯嗔道：「賤妾本以為馬公子是個至誠君子，豈知竟與尋常客人一般，也愛拿小小窮開心。賤妾乃風塵浮萍，殘花敗柳，人微身賤，福淺命薄，怎敢與天上的仙女相提並論呢！」三保感覺得出，眼前這位姑娘外表看似柔弱，但內心剛強，兼又乍喜乍嗔，難以捉摸，跟龍鳳姑婆如出一轍，不敢怠慢，正色道：「在下所言確實發自肺腑，絕非拿姑娘窮開心。」

小小噗哧一笑，覺得已戲耍他夠，正好大寶端來酒菜，擺放在房中的圓桌上，三保一路奔馳，早已飢腸轆轆，聞到撲鼻香味，忍不住吞了口唾沫。小小道：「馬公子餓了吧？請進來陪賤妾用膳，你一直站在門外，任誰也不相信你是真心覺得賤妾好看。」大寶耳聞目見一向冷若冰霜的小小姑娘，竟然在逗弄眼前這位衣衫襤褸、面目黝黑的少年，著實不敢置信，忍不住挖挖耳朵，揉揉雙眼，直打量著三保，卻遭小小攆走。他走時在門檻絆了老大一跤，伏在地上還是不停地覷瞧三保，直至小小起身拉三保進房，砰地關上房門。

三保隨小小入內，與她對坐於夔龍紋圓桌旁。小小為三保盛了飯菜，三保的肚子當真空空如也，他以狂風掃落葉之勢，頃刻間一掃而盡，小小含笑看著他狼吞虎嚥的模樣。彭元超交代過大寶，三保是個回民，這些菜全避開了他的飲食禁忌。三保平常是由金剛奴張羅飲食，獨自用膳，此時旁若無人地大啖了一陣子後，這才驚覺小小粒米未進，赧然道：「當真抱歉，飯菜差不多都給在下吃光了，小小姑娘卻還沒吃上一口哩。」

小小道：「不打緊，賤妾一點兒也不餓，看馬公子吃得如此舒暢快意，賤妾自也歡喜。你再多吃些吧，賤妾喚夥計添些飯菜來。」她的口氣像是個姊姊在向久別初歸的弟弟表達關懷。三保拍拍肚皮，道：「儘夠了，許多年沒吃過這麼精緻可口的料理。」他食量甚宏，其實只吃得半飽不餓，驀然憶起善於烹飪的母親，以及與戴天仇在四方客棧用餐的情景，心下悽惻，但早已練到悲傷不形於色。小小道：「賤妾看馬公子年紀尚輕，眉宇間發散出一股凜然正氣，行為允稱端方，料非風月場中之客，溫柔鄉裡之徒，興許是誤交損友，今夜才到天香樓來。」言下竟有責備之意，三保報以靦腆一笑，不置可否。

小小估量得八九不離十，彭元超等人果真沒安甚麼好心眼。當日林間一戰，該夥人武功最高的兩個都慘敗於三保手下，趙虎腿斷，固是不忿，蘇俊連一招都抵敵不住，引為奇恥大辱，無奈技不如人，更百思不得其解：這臭小子縱使打從娘胎便開始練起，功力也不可能如此深湛，而且他五年前還不會武藝，卻能夠在短短數年內後來居上，遠邁自己，一定是練了甚麼神妙武功，但傳授他武藝的每一位長輩，自己都甚熟稔，皆無可以速成的獨門祕技，更何況內功一道萬分取巧不得，當日對掌，深感這臭小子掌力雄渾，雖離一流高手之境尚天差地遠，不過自己恐怕還得練上好幾年方能企及。蘇俊這麼一想，不免大感氣餒。

其實明教數十年來多歷兵燹，復遭元、明朝廷與各門派幫會圍剿獵殺，元氣大傷，蘇俊等人初練武功時，明教上下人心惶惶，朝不慮夕，誰有閒工夫好好指導他們呢？加上年輕這一輩並無秀異之材，蘇俊鶴立雞群，便坐井觀天了起來，這些年苟安於山間，未歷凶險，是以武功雖沒荒疏，卻也不曾銳意精進，日前挨蘇天贊責備，不知反躬自省，反倒去尋三保的晦氣，弄得灰頭土臉。彭元超心術不正，出了個歪主意，他推斷三保應是練了所謂的童子功，功力才會進步如此神速，只要破他童身，洩其元陽，他的童子功也就廢了，自然不會再是蘇俊的對手。蘇俊原本將信將疑，但念及自從三年前隨彭元超去天香樓給鴇兒親自破了童身後，武功便進展甚緩，或許童子功一說還真有其事哩，本欲責怪彭元超害自己洩了元陽，才會技不如人，轉念想起軟玉溫香的銷魂滋味，怒氣也就隱忍不發。哥兒們湊了些銀子，要彭元超帶三保去嫖妓，蘇俊心高氣傲，趙虎腿傷未癒，李氏兄弟腦筋不靈光，怕露了餡兒，都不隨同前來，他們可萬萬料想不到三保早已去勢，根本無法享受魚水之歡，這個鬼蜮伎倆勢必落空。

所謂「茶為花博士，酒是色媒人」，會上妓院的回民，對於酒戒也多半不那麼堅守，三保卻仍不願飲酒，小小體恤他，並不勉強，二人只一味喝茶閒聊，小小漸漸套出三保坎坷的身世來，唯三保絕口不提明教與自宮之事。小小問得夠了，心裡已有個底，道：「賤妾斗膽動問馬公子一事，還望馬公子垂憐，幸勿鄙薄賤妾。」三保道：「咱們皆亂世兒女，借命苟活，並無高低貴賤之分，只有幸與不幸之別，在下萬萬不敢鄙薄任何人，小小姑娘有何事，但請見問無妨。」

小小低下頭道：「賤妾本為大理人氏，五年多前因戰亂而與家人離散，遭明軍所擄，於密林之中，險遭一軍官汙辱，幸獲一老一少搭救，那老者自稱是錦衣衛副千戶史滿剛，而那少年是個啞子，其時面貌雖稚，卻跟馬公子極為相像……」三保聽到這兒，已知當年從明軍手中救出的白族少女正端坐眼前，嘆道：「世間竟有如此巧事！爺爺與在下俱是偽裝，他實非錦衣衛，在下也不是個啞子，只是那時爺爺身負重傷，性命垂危，我們好人未能做到底，還是讓小小姑娘淪落風塵，殊感歉仄。」他乍見小小時，覺得依稀見過，滿腦子想的卻是龍鳳姑婆，未能辨認出來。

小小垂泣道：「馬公子切勿自責，賤妾當日得以逃脫，後來尋獲家人屍首，用馬公子所贈銀兩將他們安葬，已深承盛德。天可憐見，今日小小得遇恩公，誠莫大之喜。」說完斂衽要拜，三保急將她扶住，道：「小小姑娘切勿多禮，在下僅是奉爺爺之命贈妳衣物銀兩，純屬舉手之勞，受此大禮，委實愧不敢當。」小小執意拜倒，三保拗她不過，不敢用強，只得放手。小小三拜後直起身子，道：「賤妾還留有恩公當年所贈衣衫。」隨即去從衣櫃裡取來。

三保接過，見漿洗乾淨，折疊嚴整，想起幼時家居情景，不禁百感交集，心念一動，道：「在下有個不情之請，還望小小姑娘成全。」小小以為他要使出甚麼床笫怪招，希望自己迎合，粉臉一紅，道：「恩公但有所命，賤妾勉力為之，唯恩公年輕體壯，賤妾身子柔弱，懇望多加憐惜。」三保不知所云，道：「請小小姑娘切莫再喚我恩公，在下慚愧得緊，著實擔當不起。另外，在下在大研城尚有要事須辦，然而不願驚擾同行而來的朋友，待會兒在下由窗戶出去，辦完事後再從窗戶進來，請小小姑娘為在下遮掩則個，日後倘若有人問起，便說在下今夜一直待在此房中。」

小小一凜，料想他要去做些見不得光的勾當，多半是打家劫舍，自己或將遭受牽連，但他有恩於己，焉能拒絕，念頭轉了幾轉，道：「馬公子，咱倆何不先上床安歇，待賤妾入睡，你再下床出去，日後果真有人問起，賤妾只推說睡熟，甚麼事也不曉得。」三保放下兒時舊衣，沉吟了下，道：「唔，如此也好，就這麼辦吧！」小小背對三保，慢慢褪去衣衫，僅著肚兜，赤著雪白臂膀，回眸一瞥，羞答答地上床鑽入被窩裡，一雙妙目似笑非笑，乜視著三保。三保見到她的神態，不免再次想起龍鳳姑婆來，本想和衣上床，驚覺自己走了一整天山路，滿身塵土，而香衾潔淨，於是脫去外衣鞋襪，置於床邊地上，然後臉朝外，躺臥在床沿，深怕碰觸到小小的身軀，唐突了佳人。

「馬公子怎麼躺在那兒呢？難道不怕摔下床去？」小小輕問。三保回道：「在下身上髒，怕玷汙姑娘。」小小感動，將頭枕在三保的耳邊低語：「馬公子乃鳥中之鳳，魚中之鯤，只不過家逢變故，暫且寄人籬下，日後若逢貴人、得善緣，必能飛黃騰達，翱翔於九天之上，悠遊於滄海之中，立下非凡功業，賤妾早已是殘花敗柳，反倒擔心汙及公子萬金之軀哩！」三保道：「小小姑娘快別如此說，在下敬姑娘如九天仙女，委實不敢有絲毫冒瀆之意。」

小小貼得三保更緊，幾莖髮絲弄得他臉上甚癢，他往床外挪了挪，半個身子已然懸空。小小伸出玉雪藕臂，緊摟住三保結實精壯的身軀，將他的臉孔輕扳朝上，妙目凝視他半晌，兩片櫻紅朱脣微微顫動，霍地貼上三保的雙脣。三保萬萬沒想到她竟會有如此舉動，一顆心撲通撲通狂跳，龍鳳姑婆的音容笑貌驀然滿溢腦海。他縱使無慾，焉能無情，因此既不忍心、更捨不得將小小軟綿綿的火熱嬌軀推開，任由她緊緊纏抱住自己。

小小一方面想要以身相報，另方面有意施展媚功，好讓三保下不了床去幹那見不得光的勾當，以免自己日後遭受株連，後來當真動了情，那是從未有過之事。她壓抑已久的情慾一旦釋放，便有如洪水潰堤，再也無法遏抑，直到她的纖纖玉手觸及三保的空空下體，兩人同時大驚，立即回過神來。三保滾下床去，鐵青著臉，不發一語，低頭穿上鞋襪衣服，推開窗戶，踩著一張喜上眉梢官帽椅躍出。小小過了半晌才失魂落魄地起身，坐在另一張官帽椅上，視而不見地望著窗外斜月，腦中昏亂一片，任由夜風吹動窗扇，擊打著窗框，不住發出砰砰聲響。

木府離天香樓不遠，三保記心極佳，猶記得來時路徑，腳程又快，不一會兒即至木府之外。此處民風淳樸，雖說不上夜不閉戶，總算盜賊罕有，況且阿甲阿得是當地的土霸王，有誰膽敢在太歲爺頭上動土呢？是以木府防衛鬆弛，眾多家丁若非早早就寢，便是尋歡作樂去也。三保側耳傾聽，裡頭無人走動，使出輕功，翻身上了牆頭，放眼望去，不禁暗叫聲苦，整個木府怕不有上百間房舍，卻要到哪裡去尋阿甲阿得的蹤影？他忽見北首有間屋宇的燈火還亮著，且隱有異聲藉助風力傳來，跳下牆，輕手輕腳摸去，不待走近，心頭便已劇震不已，一男一女的呼喊呻吟聲猛然扎入耳中，那男聲不是發自別人，正是阿甲阿得，當真是踏破鐵鞋無覓處，得來全不費工夫。

三保聽他說過兩回話，其語聲深印心底，抹滅不掉，這時馬上辨識出來，心頭雖熱，還是一聲不響地遊走過去，蹲伏於窗畔，手指沾了些唾沫，略略使勁，搓破窗紙，從洞孔窺探，赫然見到一個赤裸的白皙窈窕背影，跨坐在另一副身軀上，不停地上下起伏，並發出低沉的呻吟聲，底下的男人唸唸有詞，說的是納西土話，三保一句也聽不懂，但這麼一瞧，更覺怒火中燒，方才被小小發現自己是閹人的這筆帳，也得算在阿甲阿得頭上。三保不願再看，隱身暗處，靜待下手時機。須臾，女子的呻吟聲由低沉轉趨高亢，益發急促，木床猛烈搖晃，撞在磚牆上，砰然作響。女子突然發出鴟鴞般的淒厲叫聲，男子也大聲嘶吼了起來，緊接著萬籟復歸寂靜，只聞二人濁重的喘息聲。

過了片刻，男子下床解手至一個木桶裡，淅瀝作響，然後躺回床上。女子披上衣衫，出外至茅廁倒馬桶，房門虛掩著。三保趁機推開門入內，掏出貼身所藏的血海深仇劍，站立在床尾，打量躺臥著的男子，果真是阿甲阿得，幾年不見，他由黑瘦變得白胖，定然是日子過得十分舒泰。這時一陣涼風襲來，燭光搖曳不定，阿甲阿得睜開眼睛，赫然見到床尾的身影，嚇了老大一跳，急忙坐起，往床頭縮去，驚呼：「懷聖兄，冤有頭，債有主，殺你的可是明兵，不關我的事，你饒了我吧，我多燒些紙錢給你便是了。」

三保的面貌身型肖似其父，阿甲阿得暗室裡猛然一見，誤以為他是馬懷聖的冤魂來索命。那床甚寬大，三保跳上床持劍要捅，阿甲阿得頓時醒悟，知他是人非鬼——豈有厲鬼索命是用劍的，奮力將身上的被褥丟向三保，起腳蹬去。三保撥開被褥，抓住阿甲阿得的腳踝，短劍剛要刺下，忽有一團物事猛往自己身上招呼過來，便用持劍之手將之劈落在地，定睛一瞧，是個碎裂的木桶。那女子倒完馬桶回來，驚見有人正要刺殺阿甲阿得，情急之下，使出吃奶力氣拿木桶砸他。阿甲阿得趁這當兒，想抽回掌握在殺手手中的腳丫子，三保哪能容他得逞，發勁捏碎阿甲阿得的踝骨，阿甲阿得吃痛，厲聲喊叫，三保緊接著手起劍落，鮮血噴濺在眼皮子上，急用衣袖揩去，發現手中利刃刺進的並非阿甲阿得的肥胸，而是女子的嫩背。

女子轉過頭臉來逼視三保，目光滿是怨毒。三保一見之下，大吃一驚，放開利刃，往後退去，墜落木床下，因看清楚該女的面容竟然酷似母親溫氏，唯端莊嫻雅大有不及，更無母親之體香。溫氏在夫婿馬懷聖遠赴天方朝聖期間母兼父職，加上出身書香門第，謹守禮教，對子女的管教未免嚴厲了些，三保一向對母親敬畏有加，直至她慘死後，方才充分感受到母親的慈愛，以及自己對母親其實依戀甚深，如今血海深仇劍刺中的女子，其像貌宛若母親，教他一時間如何不心驚而自責呢？

再說阿甲阿得年紀輕輕即世襲土司之位，又八面玲瓏，善於逢迎，因此少年得志，凡事順遂，無往不利，且風流自命，一日忽見漢族溫家大小姐，驚為天人，欲得之而後快，豈知她委身給貌似窮酸、實屬權貴的回族青年馬懷聖，最後慘死，自己終究無緣一親芳澤，引為生平最大憾事，不久前由於機緣巧合，花了大筆銀子，買得一名外貌酷似溫氏的女子，對她寵愛有加，非但夜夜春宵，還頗厚待該女一家老小。該女感恩圖報，曲意承歡，這當下代阿甲阿得受一劍之厄，料想自己無論是死是活，他今後應當都會加倍照料自己的親人。

經這麼一鬧，木府數百家丁紛紛執火提刀蜂擁而來，十來個打頭陣進到房內。三保估量此刻要殺阿甲阿得不難，但將會身陷重圍，而朱元璋仍安坐於龍椅上，一切須以大局為重，忍不住又看了那女子一眼，在十數把鋼刀加身前，從她背上拔出血海深仇劍，一腳踏在床沿，身子迅疾上竄，抬手震破屋瓦，躍上房頂，才幾個縱躍，頎長身影便消失在蒼茫夜色中。木府家丁欺善怕惡，無人膽敢去追，老實的逕去報官，機伶的則留下來簇擁著主子，滿是赤膽忠心、捨身護主的模樣。

三保發現後無追兵，心有未甘，踅回木府，放火燒了門前木獅，搞得雞飛狗跳，這才奔回天香樓，躍進小小房內。坐在椅子上兀自發愣的小小驚醒過來，忽感遍體生寒，打起哆嗦，兩手交抱雙臂。三保見她翠眉銷薄，雲鬢散亂，上身僅穿著件嫩綠色肚兜，在明月清輝下，袒露著的臂膀光澤瑩然，真可說得上冰肌玉膚，清涼無汗，殊感歉疚，掩上窗牖，取過她的衣衫要為她披上，小小畏怯退縮，但終究還是讓三保為自己披上衣衫。兩人坐下，對望一眼，低下頭去，各懷心事，不發一語，既盼黎明，又怕天亮。

過了約莫一頓飯光景，樓下鬧哄哄一片，須臾，彭元超拍門低喊：「馬兄，是我，你快開門啊！」三保起身要去開門，卻教小小拉住，指了指他身上的血漬。三保彷徨無計，彭元超喊門益發急切，這時小小扯開三保衣衫，在他前胸及手臂上，用指甲狠狠抓出幾道血痕，淌出鮮血來，三保會意，頷首報以感激眼神，這才讓彭元超進房。彭元超先看看三保，目光著落在衣衫不整的小小身上，頓時流露出讚嘆豔羨的神情，喃喃道：「馬兄，不好了，官府上門查案，你快些穿上衣服，咱們趕緊走吧！」語氣不如方才那般驚慌失措。明教徒乃朝廷要犯，一旦被逮，必先遭受諸般酷刑，再斷送性命，即使送足銀兩，套盡關係，最輕處置起碼也得流放三千里，彭元超明知後果，此刻卻色令智昏。三保開窗待要躍出，回見彭元超紋風不動，一雙三白眼緊盯著小小玲瓏曼妙的胴體，直欲噴出火來，小小嘴角下撇，滿臉鄙夷神色。此時樓梯登登作響，夾雜著粗豪的喝斥聲，三保死拖活拉，彭元超這才勉為其難地將目光從小小身上拔離，隨三保躍窗而出，還依依不捨地朝房裡望了望。

彭元超的輕功遠不及三保，三保提攜著他飛簷走壁，閃躲往來穿梭的官兵，所幸大研並無城牆，二人出城不難。三保內功已自不弱，而且每日天未亮便到密林中狩獵，是以僅藉微弱星月之輝即能夜視，在窄小的山徑上領頭前行。彭元超無此本事，一路磕磕碰碰，跌跌撞撞，一陣子後，著實忍耐不住，晃亮了火摺照路。三保乍見亮光，急忙回身打落火摺，用腳踩熄，低聲道：「彭三哥，萬萬不可舉火，以免洩漏行蹤。」彭元超哈哈笑道：「馬兄忒也多慮，此處離大研城已遠，不致教人發現。這山徑甚暗，我碰得全身是傷，恐怕尚未返抵我教總壇，便已小命不保，馬兄你行行好，讓我有條明路可走。」才說完，不顧一切又打亮了火摺。三保回憶起初逢戴天仇時在黑夜深林中趕路的情狀，心裡暗嘆，不再堅持，任由彭元超恣意而為。

過了未時，二人返抵明教總壇，彭元超撇下三保，去向蘇俊等人回報，極力讚許三保非但武功高強，房中之術更加了得，竟能連續鏖戰一個多時辰，自己在鄰房，親耳聽到砰砰之聲不絕如縷，趁機進入小小繡房後，又見到小小神情萎頓，舉步維艱，而三保的上身被小小抓得傷痕累累，血跡斑斑。彭元超居然把風吹窗牖之聲，錯認為顛鸞倒鳳之響，這誤會可大了。趙虎嘻嘻笑道：「當真便宜了那個回回小野種，如此美事怎著落不到我趙虎頭上？」

蘇俊聽彭元超盛讚三保，臉色愈來愈陰沉，一直悶不吭聲，這時忽然皺緊眉頭道：「我說元超啊，你未免太不懂事了，天香樓姑娘那麼多，這事為何非要讓小小姑娘擔待不可呢？」天香樓的鴇兒貪愛蘇俊年輕俊美，每回他登門造訪，都是鴇兒親自卸甲接待，蘇俊戀慕小小姑娘數年，尚未能成為她的入幕之賓，卻給冤家馬和捷足先登，豈能不怨！彭元超志不在武學，任誰武功再如何出神入化，他也全然不當回事，但自昨夜過後，他暗奉三保為神人，立誓有朝一日要見賢思齊，別再是銀樣蠟槍頭，好讓相好的翠紅及其他姑娘刮目相看。他心裡頭這麼想，對蘇俊便不如以往那般忍氣吞聲，粗聲粗氣回道：「那是鴇兒安排的，我可一點辦法也無，況且小小是個婊子，難道俊哥還指望她三貞九烈嗎？」此話一出，其他三位都倒抽口涼氣，偷眼望向蘇俊。蘇俊臉孔脹得通紅，眼看就要發作，卻只吐了口長氣，道：「元超，你累了，先回去休息吧，等到明日，看我怎麼收拾那個小淫賊。」

翌晨，蘇俊等人再次去林間向三保搦戰，彭元超不願與三保為敵，託病不去。三保一見他們的神情，覺得世事再多變，還遠遠不及他們態度變化之快，趨前抱拳朗聲道：「前日多謝諸位盛情款待，馬和無以回報，唯能打些山珍野味，聊以答贈諸位的美意。」他早已用狩獵所得，託金剛奴還了張大嬸的半籠子雞，如今打算對蘇俊一夥人如法泡製。趙虎冷笑道：「小淫賊，美你的大頭意，如今你童身已破，功力大退，還能狂妄囂張到幾時？」三保道：「這件陳年舊事不是早已揭過了嗎？趙二哥此時怎又怪罪起在下狂妄囂張了呢？」蘇俊臉罩寒霜，卻是躍躍欲試，道：「趙虎，別跟這個小淫賊多費唇舌，你腿上不方便，讓到一旁去，就由我來教訓教訓這個小淫賊。」

三保早已淨身，卻被他們喚作小淫賊，真不知從何說起，況且去天香樓完全是他們的主意，自己卻要承擔罵名，而此行竟遭小小姑娘識破自己是個閹人，又沒殺掉死仇阿甲阿得，反倒誤傷容貌肖似母親的女子，這會兒所有新仇舊恨一股腦兒湧上心頭，索性敞開衣襟，洪聲道：「你們暫且等我把豹子拴好，然後四個一齊上，乾脆你們去把彭元超也找來，幫馬少爺省點事。今日馬少爺若沒把你們全打趴在地，我每回見著各位，便幫各位舔一回腳趾頭，一根不漏。」四人聽他撂狠話，心頭不由得砰通砰通擂起亂鼓來。趙虎瞥見他胸口一條條深紅色的傷痕，料想彭元超所言非虛，但還是不放心，問道：「小淫賊，你胸膛上的抓痕可是拜天香樓的小小姑娘所賜？」三保道：「哼，不只胸膛，連手臂也有。」他捲起袖口，袒露前臂，上頭確有幾道抓痕。趙虎再無懷疑，道：「小淫賊，前晚讓你一夜快活，今朝教你滿地找牙。」

三保找了條藤蔓拴好雪兒，俯身溫言安撫牠幾句，再殺氣騰騰地走回，洪聲道：「好，放馬過來！」四人雖自以為破了三保的童子功，對他依舊不敢小覷，分站四個方位，將他包圍其中，趙虎腿傷尚未痊癒，卻也不願放過報仇雪恥的大好機會，加入戰局。蘇俊發了聲喊，四人齊齊動手，三保不閃不避，以拳對拳，以腿還腿，才幾個回合，四人不約而同倒臥在地，蘇俊與趙虎各自抱著右拳，李不壞、李不空則緊抓住自己的右腳，都是牙關緊咬，冷汗涔涔，原來蘇俊與趙虎的右手中指骨，李不壞及李不空的右腳拇趾骨，皆遭三保以內力震碎。

三保狠狠出了一口怨氣，卻殊無快意，憤懣難消，按捺不住，仰天發出長嘯，雪兒以吼聲相和，頓時山鳴谷應，惹得眾鳥驚飛，群獸奔走，草木震動，塵土高揚，谷中大亂，人人自危。蘇天贊適巧回谷，聞聲見狀，不禁悚然而驚，肅然而恐，以為是敵人攻進谷內，急運起輕功，火速趕至，一見到地上四人，不由得大吃一驚。他關懷寶貝獨孫，憂心忡忡，然礙於身分，不願表露，先查看其他三個後，這才去審視蘇俊的傷勢，知他並無性命之憂，放寬了心，站起身來，臉罩寒霜，沉聲道：「有誰能跟我說明，這究竟是怎麼回事？」

蘇俊擔心受責，忍著痛楚，道：「爺爺……」蘇天贊厲聲道：「我跟你說過多少次了，在家中，我是你爺爺，出了家門，我便是蘇日使，或者你可以稱呼我為蘇長老。」蘇俊負氣，不願再說話。趙虎接口道：「稟報蘇日使，我們幾個方才與馬兄弟切磋武藝，馬兄弟只不過出手稍稍重了些，我們並無大礙，休養幾天即可復原。」蘇天贊道：「你們的手指骨與腳趾骨教人以內力震碎，沒個把月，痊癒不了，癒後武功有無損傷，猶未可知，對方下手如此之重，應該不是切磋武藝如此簡單。」他轉頭面向三保，疾言厲色道：「馬和你說，你跟我老實說，他們到底得罪了你甚麼，你要下此重手？」

三保聽他語氣不善，顯然是要偏袒自己的寶貝孫子，大漠民族頑強桀驁的個性給激發出來，傲然道：「他們幾個不自量力想要教訓我，我便給他們幾分顏色瞧瞧，事情就這麼簡單。」蘇天贊道：「馬和，你仗著龍鳳姑婆所賜神功祕笈，武功只不過稍有長進，便不可一世，還出手傷害自己人，我們幾個老傢伙跟龍鳳姑婆當真看走眼了。」他盛怒之下，居然把這個天大祕密給說了出來。

三保回道：「蘇日使與諸位長老竭盡心力傳授三保武功，三保銘感在心，然而貴教所謂的神功祕笈，卻一點用處也無，不信的話，您老不妨去問問龍鳳姑婆。」蘇天贊聽他編排明教神功祕笈的不是，頓時怒不可遏，鐵青著臉道：「『非我族類，其心必異』，當真是千古不變的至理銘言。馬和，你這個回回小野種，我既能傳你武功，也能把你給廢了，省得養虎貽患，終成禍害。」他曾聽過蘇俊如此指稱三保，這會兒在暴怒之下，也就脫口而出。三保聽他辱罵自己是回回小野種，說甚麼也嚥不下這口氣，怒道：「我們回教徒英雄無敵，鐵騎橫掃天下，哪像你們明教徒，就只能龜縮在雲南的荒山野嶺裡坐以待斃。你要廢我武功，有本事就來啊！」蘇天贊「嘿嘿」兩聲，冷冷說道：「好一個天下無敵的回族馬大英雄，那麼便請馬大英雄賜招，讓我這個坐以待斃的明教老頭子領教領教。」

蘇天贊平素老成持重，然而朱元璋借助錦衣衛，大肆搜捕獵殺明教徒，這五年來教內損兵折將，受創不小，蘇天贊攝理教主之職，統領百萬教眾，卻一籌莫展，憂憤不已，加上年歲漸高，去日苦多，是以性格轉趨暴躁。數月前智慧金剛彭玉琳奉他之命遠赴福建，會同當地明教領袖楊文、曾尚敬等人密謀舉事，結果東窗事發，就在彭元超於天香樓風流快活的當下，其伯公彭玉琳落了個身首異處的下場，頭顱還被高掛在旗竿上示眾，軀體則遭剝了皮。蘇天贊甫獲彭玉琳舉事失敗、遭錦衣衛擒拿的飛鴿傳書，憂急如焚，連夜趕回明教總壇，乍見年輕一輩同室操戈，自己期望甚殷的孫子被異教的小子打傷，那小子的功夫有部分還是自己傳授的，滿腔悲痛頓時化為熊熊怒火爆發出來，況且錦衣衛正式設立與三保入谷的時間不謀而合，有些人認為三保是不祥之人，不但害自己全家全村遭戮，戴天仇為他賠上性命，還替明教引來災殃。蘇天贊原本斥責此見為無稽之談，然而若不將三保當成代罪羔羊，那麼豈非要自承領導無方而讓明教坐以待斃嗎？於是他慢慢地也就這麼想了，只是不曾明白表露。

蘇俊眼見二人劍拔弩張，擔心事態鬧大，自己的所作所為將遭一一揭發，不禁低喊：「爺爺……」三保跟蘇天贊不約而同一齊大吼：「是蘇日使，不是爺爺！」蘇天贊道：「老夫自教訓孫子，與馬大英雄何干？」三保應道：「令孫原就有欠管教，你既然管教無方，天下任誰都管得。」蘇天贊氣得七竅生煙，出言譏嘲道：「你才是沒爹沒娘管教的野小孩。」

這句話直刺進三保的內心深處，他不由分說，大吼一聲，狂撲向蘇天贊，雙手十指箕張，左一招「地崩山摧」直擊，右一記「橫絕峨嵋」橫劈，皆屬大力金剛李普治所傳授的五丁開山掌。這套掌法非但具有開碑裂石的狠勁，還能驟變為爪功、指功或拳招，以收擒拿、點穴或毆擊之效，令人擋則難擋，防不勝防，端的厲害非常，三保居然能夠同使二招，威力更強。不過蘇天贊身子靈蛇般一扭，逕自避了開去，左手呈鶴形撩向三保右臂，右手作蛇形戳往三保脅下。三保十指屈曲，右臂一沉，掌化為鷹爪，使出「夜叉探海」，抓向蘇天贊下檔，左掌變成虎爪，一招

「怒虎穿林」，直擊對方胸口，仍是兩招並出。蘇天贊才剛進招，看雙爪來勢猛惡，自己功力深厚，即便挨實了，未必會受甚麼傷，但面子肯定掛不住，急忙收招後退。三保得理不饒人，連連進逼，勢若瘋虎，全然不顧自身安危，反正防禦招式本就沒學全，乾脆只攻不守，竟把一個成名多年的絕頂高手鬧了個手忙腳亂。

蘇俊此時見識到三保的真正功力，才知他對自己一直手下留情，而爺爺其實是偏袒自己的，事因已發，任誰受傷，自己都不免有愧。他原本秉性良善，皆因眾人對他親近寵愛，唯獨蘇天贊愛深責切，無論人前人後，皆不願表露絲毫關懷之情，近來更變本加厲，讓他動輒得咎，他委實太過於在意蘇天贊對自己的評價，蘇天贊卻老愛拿三保來刺激他，他才把滿腔怨氣盡數發洩在三保身上，其中當然不乏瑜亮情結。

三保出手快極，頃刻間變化了三套掌法，四種爪功，五路拳術，攻出數十招，不過賭氣不使學自蘇天贊的武術。蘇天贊起初因連日疲憊與心神不寧而略顯慌亂，畢竟是個成名多年的武學大宗師，逐漸穩定下來，看三保雖是拚命打法，且變招奇速，但身正、步穩、勢猛、力沉，每招每式都使得十分精實到位，毫不含糊拖沓，只差在火候功力尚嫌不足，以致技法威力未臻佳妙，暗讚他少年了得，自己苦練十餘年後才有這等身手，心裡卻起疑，何以三保會說本教神功祕笈全然無用，他只修練短短五年便有如此功力，若非祕笈之效，那要如何解釋呢？然而仔細觀察，三保實已拚盡全力，其武功路數皆出於幾位長老所傳，並無一招半式自己不識，其內功雖較同儕強上許多，倒也毫無出奇之處，其中確實透著蹊蹺。

三保一輪搶攻後，心下雪亮，自己遠非蘇天贊的對手，對方早可了結自己，卻遲不下手，看來或許既有試探之意，復有示現之圖，於是收斂起拚命相搏之心，重新打起精神，攻守有度，盡展所學，不再忌諱使出蘇天贊所傳武藝。他們一老一少惺惺相惜，把方才的怒氣悉數拋到九霄雲外，全心浸淫於武學之中。蘇天贊到底年事已高，況且長年來心力交瘁，又連日在外奔波，昨夜更是一路疾馳，未曾闔眼，這時漸感體力不濟，既然無意傷人，也無所謂勝負，酣鬥至五百餘招後，和顏悅色道：「三保，咱們可以罷手了嗎？」三保退後一步，屈膝跪下，抱拳俯首道：「多謝蘇日使指點，三保今日蒙蘇日使賜教半日，勝於自行瞎練十年。」蘇天贊道：「誠然後生可畏，再過幾年，老夫恐怕就不是你的對手了。」三保道：「蘇日使功力深湛，招式精妙，三保駑鈍，今生難望項背。」

「你們羞也不羞，一老一少方才還在彼此攻訐，罵得聲色俱厲，打得不可開交，此刻竟然相互吹捧了起來。」林中轉出一個曼妙身影，一張俏臉滿是嘲弄戲謔神色，正是龍鳳姑婆的侍女潔兒。「潔兒，不得對蘇日使無禮。」從林間深處傳來龍鳳姑婆刻意壓低的語聲。潔兒道：「是，潔兒知錯。」她雖如此說，卻沒打算向蘇天贊道歉。蘇天贊不跟她計較，朝林間躬身道：「龍鳳姑婆親至，屬下蘇天贊未能恭迎，還望恕罪。」龍鳳姑婆道：「本座聞得嘯聲，不知是誰所發，因此親來查看，蘇日使外出方歸，無從得知，何罪之有？」她頓了頓，續道：「然而蘇日使為老不尊，譏嘲後生晚輩，馬和忤逆犯上，出言不遜，辱我明教，二人進而出手相鬥，觸犯我教嚴規，敢問蘇日使，這事要如何是好？」蘇天贇一凜，道：「屬下知錯，任憑龍鳳姑婆處置。」

龍鳳姑婆道：「本座一向不涉教務，蘇日使言行失當，將委請主管戒律賞罰的清淨金剛趙法王懲辦。至於馬和，他非我教中人，不宜交付趙法王處置，但又不可不予以管教，否則將如脫韁野馬。唔，這樣子吧，不如罰馬和自明日起，至敝處竹篁庵打掃思過，直至誠心悔改。」蘇天贇道：「龍鳳姑婆聖明，如此甚佳，也堪稱公允。」他不自覺地倚老賣老，評論起龍鳳姑婆的處斷。龍鳳姑婆對此習以為常，不以為忤，問道：「馬和，你可心服？」三保答道：「馬和心服口服。」龍鳳姑婆道：「明日巳時正，請蘇日使偕趙、彭、李三位法王同來，本座有要事相商。」蘇天贇應了聲「是」，此時還不想宣告彭玉琳舉事失敗遭擒的噩耗。

龍鳳姑婆隨即發出號令：「冰兒、清兒、潔兒，起駕回庵。」龍鳳姑婆有冰、清、玉、潔四位侍女，三保出入多次，除潔兒外，從未見過另外三位，敢情今日自己一聲長嘯，引出了冰、清二位，然而她們始終隱身林中，未曾露面，當真神祕至極。三保也是首次得知龍鳳姑婆居處名為竹篁庵，因為他每回前去，入內前都屈身低頭，沒瞧見門上牌匾，也從無人對他提起該名。他原本頗愛打破砂鍋問到底，這些年碰多了或軟或硬的釘子，而且內心深處一直有個巨大陰影，也就收斂許多。

次晨，三保來到竹篁庵，在庵外跟潔兒壓低聲音說了會兒笑，這才獨自入內。龍鳳姑婆起初使小性子，繃著絕美容顏，默默不語，三保見多不怪，挺著偉岸身軀，靜靜站立。半晌過後，龍鳳姑婆幽幽說道：「你這麼久沒來，莫非忘記我跟潔兒了！」話中頗含怨懟之意。三保急道：「三保對姊姊與潔兒姑娘朝也思、暮也想、夜裡夢，不曾一日或忘。」這話的確屬實，不過他沒敢說，也不願說，龍鳳姑婆時常讓他聯想起母親和姊妹，他因此有意無意躲著她，免得徒惹傷悲。

龍鳳姑婆自從得知三保本有一姊後，便也跟潔兒一般，要他私下喚自己姊姊，二姝彼此不知，這是她們各自與三保的小祕密，三保雖覺奇怪，倒也當真守口如瓶。龍鳳姑婆這時看他受逗弄後的著急模樣，心裡一甜，卻還啐道：「好一段時日沒見，你究竟去哪裡學來的油嘴滑舌？」三保驀然想起天香樓的小小姑娘，回道：「沒人教的，我心裡這麼想，嘴裡便這麼說。」他畢竟只是個性、情緒遭到壓抑，絕非老奸巨滑、厚顏無恥之輩，當下心中有愧，不禁臉孔泛紅。

龍鳳姑婆察言觀色，直覺他有事情隱瞞，此刻不好挑明了問，須另覓時機套出他話，遂道：「你內功進步甚速，然而昨日長嘯，我還是一聽即知是你所發，因此……」她忽然省悟到與昨日所言自相矛盾，而且等於自承衝著他前去，如此一來，洩漏了女孩子家的幽微心事，這會兒換她面紅耳赤，下面的話便說不下出口了。三保天資雖高，這方面的心思遠不如龍鳳姑婆細密，況且兀自為上妓院一事惴慄難安，並感到羞憤交加，沒覺察出她的窘態。

龍鳳姑婆把話岔了開去，問道：「你這些年跟蘇俊等人相安無事，為何昨日又動上手了？」三保道：「我也十分莫名其妙，似乎是蘇日使認為蘇俊的武功不如我，蘇俊氣不過，告訴趙虎等人，趙虎趁眾長老不在，要為蘇俊出頭，卻教我不慎打傷了腿，昨日他腿傷才小可，四人找我報仇。我武功未到，不能收發由心，出手過重，再次打傷他們，蘇日使回來看到，責怪於我，我一時氣憤，忤逆了他。我不能忍小忿，傷人在先，犯上於後，確實有不對之處，甘受責罰。」他刻意隱瞞與彭元超私出明教總壇、前去大研城上妓院情節，隱隱覺得有時候說謊乃情非得已，可省卻無窮無盡的麻煩，畢竟不是用來害人。

龍鳳姑婆道：「蘇俊仗勢欺人，忒也可惡，而蘇天贊不秉公處置，反倒偏袒自己的孫子，枉為我教日使，這樣的人竟還代理教主之職多年哩！想當年以我教月使的足智多謀、位高權重，因為受不了蘇天贊等人的傾軋排擠，這才黯然離去，戴法王與月使交好，同樣遭到他們打壓而被削奪職權。你是戴法王的義孫，自然不見容於蘇天贊一夥，何況你年紀輕，且是教外之人，勢單力孤，無論如何是鬥不過他們祖孫及其黨羽的，因此姊姊要你來這裡，明的是懲罰你，其實是要讓蘇天贊明白，你有我護著，動你不得。」三保道：「姊姊對三保的深情厚意，三保明白，也銘感在心。」龍鳳姑婆理理雲鬢，似笑非笑道：「你明白就好。」這時潔兒來報，蘇天贊獨自前來謁見。龍鳳姑婆到前廳垂簾接見，刻意要三保陪同在側。

蘇天贊先向龍鳳姑婆請安問好，緊接著說道：「趙、李二位法王尚有要務纏身，未及趕回，而彭法王在福建遭錦衣衛擒拿，屬下一接獲飛鴿傳書，連夜趕回總壇設法營救，不過方才獲悉彭法王他……他已……」蘇天贊神情痛苦，垂首不語。龍鳳姑婆道：「蘇日使但說無妨。」蘇天贊深嘆口氣，續道：「彭法王已被錦衣衛梟首剝皮示眾，並有當地教眾楊文、曾尚敬等數千人遇害。當年明軍一進雲南剿滅蒙古殘部，奸賊朱元璋便設立錦衣衛，除了偵刺臣子隱私外，另一目的即是要將我教從根本鏟除。這幾年一直有錦衣衛在滇西北出沒，以探尋我教總壇所在，數月前我命彭法王至福建舉事，以轉移其視聽，誰知彭法王出師未捷，竟然……竟然……」說到此處，哽咽難言。

彭玉琳和藹慈祥，學問淵博，武學深湛，精通明教教義與安息文，為遵守茹素戒律並掩飾明教徒身分，少年時即依附佛門，在福建將樂縣陽門庵出家，而他和尚充當得還挺徹底，終身緊守戒律，不近女色，因此並無子息，除傳授三保武功外，還教他待人接物之道，揖讓進退之禮，簡直把三保當親孫子看待，三保頃聞厄耗，心如刀割，表面上仍不動聲色。龍鳳姑婆多歷變故，而且純真天性早就給大人之間的仇恨及詐偽給掩沒，此刻心裡只感到微微刺痛，暗怪發生這麼大的事，蘇天贊昨日竟然還有閒工夫跟三保爭鬥，可謂昏庸之至，但語氣依舊平和，緩緩說道：「彭法王與數千教眾以身殉教，咱們應該為他們辦場隆重法會，助其英魂榮登清淨光明聖地，並須從優撫恤他們的家屬親眷。」蘇天贊道：「屬下省得，將儘速辦理。」

龍鳳姑婆問道：「彭法王是我教智慧金剛，武功甚高，人又機警，怎會遭賊寇擒殺？」蘇天贊道：「據說是錦衣衛指揮同知蔣瓛親自出手，而蔣瓛是……」「光明金剛戴法王反叛的徒兒。」龍鳳姑婆接口道。蘇天贊道：「正是。」他頓了頓，又道：「當年我們愛屋及烏，極鍾愛這廝，幾個兄弟也都毫不藏私，傾囊傳授他武功，是以他對我等的武功路數皆甚熟稔，誰知養虎貽患，他先是反出師門，害戴法王家破親亡，性情大變，斷指截肢，甘服毒湯，迄今生死未卜，他這幾年又率領錦衣衛屢屢迫害明教，如今還擒殺彭法王及數千教眾，其惡行劣跡直追朱元璋，所以啊，自己人還不見得靠得住，更何況是……」他住口不言，其實任誰都聽得出，這話是衝著三保而發。以蘇天贊的功力，早就察覺三保立於簾後，故出此言，而又欲言又止。三保心想，自己並非明教徒，蘇天贊終究對自己深懷戒心，而彭法王的慘死對他打擊太大，昨日他與自己的惺惺相惜，已隨彭法王的死訊，盡化為烏有。

龍鳳姑婆道：「蔣瓛與戴法王之間的恩怨情仇，直如糾纏一起的千絲萬縷，著實難解難分。至於馬和，我教對他可說是仁至義盡，而他一心一意要刺殺朱元璋，以報血海深仇，不可冒然與蔣瓛相提並論。」蘇天贊道：「但願如此。對了，昨日馬和汙衊我教神功祕笈全然無用，當真是忘恩負義之至，然而屬下試了他的武功，似乎並非純屬無的放矢，敢問龍鳳姑婆可知其中緣故？」龍鳳姑婆嘆了口氣，道：「今日勞請蘇日使屈駕敝處，原是要商量此事。」

蘇天贊驚道：「莫非馬和所言屬實？」龍鳳姑婆道：「不瞞你說，祕笈所用文字並非漢文，本座曾抄錄一小段給後際師趙亮趙長老看，他確認那用的是安息文，卻全然不知所云。」蘇天贊道：「趙長老雖然精通我教教義與安息文，武學一道卻非他所擅長。」龍鳳姑婆道：「本座原也如此認為，因此要馬和學習安息文，他倒也勤敏，這幾年已有小成，連趙長老也嘆服不已，然而馬和依舊不解祕笈。」蘇天贊道：「馬和到底年輕，見識有限，彭法王是我教唯一兼通武學與安息文者，可惜已然遇害。」

龍鳳姑婆道：「馬和還說祕笈上的行氣運功圖，與各位長老所授功法大相逕庭，他百思不得其解，為此苦惱不已。」蘇天贊道：「那就奇怪了，我們幾個老頭子還以為祕笈果真妙用無窮，馬和武功是以精進如斯。」龍鳳姑婆道：「那是各位調教得宜與他日夜苦練的結果，卻非祕笈之功。」蘇天贊輕捋花白鬍子，沉吟道：「這就難怪了，馬和武藝雖然大進，仔細分辨起來，卻也全然稱不上神妙。」

龍鳳姑婆聽他一下子奇怪，一下子難怪，覺得又好氣又好笑，隱忍不發，道：「依照當年的約定，須等蘇日使與三位法王到齊，本座方可出示行氣運功圖給各位共同參酌，彭法王已然遇害，智慧金剛一職尚無人瓜代，三人到齊也就可以了。」蘇天贊道：「也只好如此，只不過趙、李二位法王一時回來不得。」龍鳳姑婆道：「他們一到，請三位即刻來此。」蘇天贊道：「遵命。」隨即告辭離去。龍鳳姑婆自與馬和嘆惋彭玉琳的慘死、怨怪蘇天贊的昏庸不提。

第八回　死別

大力金剛李普治終究沒能再回到這山谷裡來。蘇天贊派他偕五旗使中的淨氣使田九成、妙明使高福興，率領部眾前赴陝西舉事，如此忽在東南造反，忽於西北作亂，用意是要使朱元璋弄不清楚明教總壇究竟何在。田、高二人皆陝西人氏，此番還可伺機召募鄉親加入明教哩！不久後，傳來李、田、高悉遭明軍圍困的消息，蘇天贊急命妙火使仇占兒與妙水使何妙順速引旗下教徒前往解圍，如此一來，五旗去了四旗，僅留妙風旗戍守總壇。李普治得到兩支生力軍之助，與明軍鬥了個旗鼓相當，明軍主帥耿炳文乾脆高掛免戰牌，堅守不出，全然不理會李普治的搦戰。李普治幾次偷營失利，而且擔心遭受伏擊，攻既乏力，退亦不敢，雙方演變成對峙態勢，或有零星戰鬥，大體上相安無事。

歲月如梭，彈指即過，又到了中秋佳節。這天對於明教徒而言，可是個大日子，與除夕一般，當夜會舉辦通宵達旦的盛大慶典，且因月滿中天，象徵光明戰勝黑暗，更令明教徒如痴如狂。隸屬於本部的教眾目前多半四散在外，蘇天贊指示留守的妙風使李文多調撥些人力過來支援，免得籌備慶典的人手不足，再者場面要是過於冷清的話，沒了熱鬧氣氛，鼓舞不了士氣，好酒更是不能缺，好菜絕對不可少。這個中秋夜，月色分外明亮，連平素鬱鬱寡合的金剛奴，也喝了個酩酊大醉。

三保除了初來的除夕夜之外，未再參與明教總壇的各項慶典，更何況每逢佳節倍思親，他是夜只想跟雪兒獨處，以免在人群中備感孤寂，也就婉拒了龍鳳姑婆的邀約，一如平常般在住處習武練功。龍鳳姑婆為此發了頓埋怨，潔兒雖能體諒三保，卻不敢幫他解釋，一逕說著打聽來的閒言碎語，給龍鳳姑婆解悶，幾個姊妹說說笑笑，漫漫長夜倒也不難排遣。

次日天未亮，三保與雪兒去到深林裡，正在追蹤獵物的當兒，忽聽得緊密如落雨的雜沓腳步聲，潛行趨近一看，赫然見到大隊明兵，還有不少身著金黃飛魚服的漢子，其裝束與當年在死不了石洞外見到的錦衣衛一般無二，不禁大吃一驚，趕緊悄悄退後一段距離，再提氣發足，疾奔回明教總壇去通風報信，雪兒使盡全力，才勉強跟上。

三保發現明教徒眾不管男女老少，皆爛醉如泥，無論怎麼叫喚，全置之不理，有些人還跟他討酒喝哩！金剛奴敞開前襟，拎著酒罈，四處亂走，一見到三保，單手將他攔腰抱住，酒言酒語道：「馬公子，我跟你說，我王某人，今兒終於想通了，從今以後不再當奴才。明教教主我想我是擔當不起，然而有朝一日，我王某人，可要集四大天王於一身，號為四天王。馬公子，你看著我長大……不對，說反了，是我看著你長大，你是知道我的，你相不相信，我王某人，有沒有這個氣魄？」三保此刻哪顧慮得到將來他要如何，急道：「錦衣衛與明軍已經潛進谷裡來了，王叔，你快醒醒啊！」

金剛奴放開三保，抽出一把鋼刀，往空處猛力揮了幾揮，大著舌頭慨然道：「鷹爪孫來得正好，省得老子費事，找他們不著。」他舉起酒罈，作勢喝了一口，其實罈中已空無滴酒，他醉得分不清了，還用袖子抹了抹嘴，抹去的只是唾沫，而無酒汁。三保瞧見丈許外有個水塘，不由分說，使出柔勁，將金剛奴推送進水塘裡。金剛奴落水，氣得哇哇大叫，手舞足蹈，罵道：「是哪個混帳東西在這裡挖了個水塘？老子又不是李白，只想喝酒，沒打算水中撈月，他奶奶的，害老子整罈美酒都摻水了。」

三保道：「王叔，錦衣衛與大隊明軍當真攻進來了。」金剛奴給冷水一激，酒醒了一小半，聽清楚這一句，頓時醒了一大半，扔掉酒罈，狼狽不堪地爬出水塘，急道：「大夥兒這時全都醉得不省人事，那要如何是好？守衛怎未察覺示警，任由鷹爪孫攻進來呢？」三保道：「這個我也不知。王叔，你快去稟報蘇日使與其他人，我趕緊去知會龍鳳姑婆和潔兒姑娘，若是情況危急，不得已只好帶著她們逃出谷外。」三保一心一意要迴護龍鳳姑婆及潔兒周全，與金剛奴分頭進行，油然生出一股莫名的哀傷，不知此番跟這條粗豪大漢會是暫離，還是永別，嗟嘆未已，來到竹林邊。

他以往進入竹林，總是俯首屈身，這會兒事出緊急，顧不得規矩，逕自疾奔而入。突然，一道銀光電閃至他的腦門前，他連忙伏地一滾，避了開去，頭頂髮髻遭削落，頭髮披散開來，還來不及起身，那道銀光又已迅捷無倫地直刺他的胸口，無暇細想，雙足急蹬，身子往後驟退數尺，銀光如影隨形，逼近過來，估量無論如何閃避不及，就要透胸而過，一旁的雪兒適時躍起前撲，銀光急速迴轉，刺向雪兒，三保摸著地上一塊石頭，激射而出，將銀光打落在地，驚魂甫定，這才看清楚那道銀光是柄長劍，使劍的是個二十來歲的美貌女子。三保勤練武藝，功力進展雖速，出招卻遠遠不及這女子的狠辣利落，招招都要人命，絕無半點兒花架子，暗忖要當刺客，這女子的手段才是好榜樣。

雪兒將那女子撲倒在地，正要咬往她的咽喉，三保出聲喝止。女子使勁推開雪兒，滾了兩圈，跪坐於地，探出手要拾起長劍，三保料敵機先，飛身而至，一腳踩住長劍，同時抽出貼身所藏的血海深仇劍，指著她的咽喉，問道：「妳是誰？妳對龍鳳姑婆怎麼了？」那女子道：「本姑娘是龍鳳姑婆的侍女玉兒，保護她都來不及了，怎會對她如何！」三保奇道：「唔，龍鳳姑婆確實有個名為玉兒的侍女，然而妳若果真是玉兒，為何要殺我？」玉兒道：「蘇日使立下嚴令，眾長老除外，任何人入此竹林而不俯首屈身，非敵即盜，一律格殺勿論。」三保啞然失笑道：「這條規矩未免訂得太過於不近情理了吧，況且在下進出此竹林多次，妳難道不曾見過我？」玉兒道：「正因為見過多次，本姑娘才手下留情，假使真要殺你，你此刻哪裡還有命在！」三保見她墨守成規，不知變通，待受制於人，還嘴硬得很，心中暗怪，口裡卻道：「錦衣衛與明軍已攻進谷裡來了，在下急著去稟報龍鳳姑婆，顧不得禮數，請玉兒姊姊莫怪。」女子問道：「錦衣衛是甚麼東西？本姑娘可從未聽說過。」

三保心急火燎，一時之間不知要如何解釋，遠處忽然傳來砰砰砰連串爆響，彷彿放煙花一般，又夾雜著此起彼落的哀號慘呼聲。原來錦衣衛攜來大大小小諸般火銃[13]，見人就射，遇屋即轟，比任何兵器都來得震撼人心。明教儘管高手如雲，但一方面喝得爛醉，另方面著實招架不住大批火銃的連番密集轟射，頓時死傷枕藉，哀鴻片野。玉兒面容倏變，知道來者不善，還攜有極可怕的武器，不再管錦衣衛是甚麼東西，道：「你進去吧，記得要唸『五雷號令，聖明淨寶』，裡頭的姊姊們聽到，自然會放行。」

三保深入竹林，一路唸著八字口令，果然未再遭逢攔阻，卻見潔兒出庵奔來，問道：「外頭發生何事？你的頭髮怎會披散如此？」三保無暇細講，急拉著她入庵去見龍鳳姑婆，待說得明白，龍鳳姑婆一雙美目直盯著潔兒，眉頭深鎖，幽幽說道：「咱們姊妹還在娘胎裡即顛沛流離，好容易在此安度十幾個年頭。唉，該來的總是會來，只是如今天下已盡歸朱元璋，離開此地，何

13 現代槍砲的鼻祖，應屬南宋理宗開慶元年（西元一二五九年）安徽壽春府軍民所製造的「突火槍」。該槍以竹子為槍筒，內裝火藥與子窠（最早的彈丸），點燃火藥後，利用氣體膨脹所產生的推力射出子窠。元代將這類武器改良為金屬製的火銃，現今已出土的最早火銃，製造於元成宗大德二年（西元一二九八年）。當時槍砲不分，皆稱為銃，手持的小型火銃名為手銃，洪武朝所製手銃的長度在四十至四十四公分之間，製作精美。

處是咱們容身之所呢？」潔兒道：「不管姊姊到哪，潔兒皆誓死相隨。」她們名為主僕，其實情同姊妹。

三保道：「事不宜遲，請二位趕緊收拾行囊，愈簡單愈好。看這情形，咱們得先逃離此處，往後的事再作打算，正如彭法王曾說過的，『留得青山在，不怕沒柴燒』。」龍鳳姑婆道：「可曾知會過蘇日使？」三保道：「已請王叔去稟告他了，不管如何，先收拾行囊再說。」龍鳳姑婆咬咬朱唇，道：「也只好如此了。潔兒，快去收拾吧，那兩方大光明聖印與傳國玉璽最是要緊。」說時向潔兒遞了個眼色。潔兒道：「潔兒省得。」隨即入內打理。

龍鳳姑婆趁這空檔，重為三保束髮，當下火銃聲與嘶喊聲益發接近。一個滿身血汙的女子突然推開門闖入，摔在地上，三保定睛一瞧，那女子正是玉兒。龍鳳姑婆失聲驚呼，趕緊前去查看她的傷勢，三保先去關上門，插上木閂，再到她倆身旁。玉兒拄著劍掙扎坐起，喘息道：「龍鳳姑婆快走，賊兵既多，爪子又硬，冰、清二位姊姊兀自拚死抵擋，但縱使有重重機關相助，料想阻擋不了多久，要玉兒先來稟報。」龍鳳姑婆珠淚雨下，道：「玉兒、冰兒、清兒，我的好姊妹們，我連累了妳們，不如今日咱們一起死吧，黃泉路上相扶持，來世再續姊妹情。」

這時潔兒負著包袱出來，見到此情此景，哭喊著來攙扶玉兒。玉兒卻推開她倆，急促道：「玉兒受傷過重，已活不成了，留在這裡抵擋他們一陣子，妳們趕緊走吧。」她轉向三保道：「小子，本姑娘方才試你的武功，身手算是不錯，但還沒練到家，可保護不了龍鳳姑婆。本姑娘這裡有副袖裡針，針上淬有劇毒，見血封喉，殺人無形，危急時可以救命，你拿去用吧，卻只可發射一次，務必珍重使用。」三保從她左前臂上解下袖裡針，套進自己的前臂，不禁回想起死不了與戴天仇來。玉兒喘著氣，斷斷續續約略解釋用法。

原本趴伏著的雪兒倏地站起身來，拱起背脊，對著門外目露凶光。須臾，從庵外傳進一個低沉渾厚、悅耳動聽的聲音：「將這裡團團圍住，務必活捉龍鳳姑婆，並取得那兩塊大光明印，不得有誤！」「是，蔣大人。」數十條漢子齊聲答應，聲震屋瓦，顯然功夫都甚了得，隨即靴聲橐橐，有不少人分往兩側包抄而去，還有幾個躍上屋頂。

三保料想明教與戴天仇的死敵蔣瓛就在外頭，恨不得奔出去跟他拚個你死我活，但當務之急是保護龍鳳姑婆，況且自己武功遠遠不及他，而他還有數十名武功高強的錦衣衛隨侍在旁，與他硬拚，無異羊入虎口，自尋死路，然而此刻受到重重包圍，如何逃脫得了呢？三保兀自尋思，潔兒扯了扯他的衣袖，朝裡頭噘了噘小嘴。三保會意，用手勢招喚雪兒，雪兒迅速奔到他的腳邊。龍鳳姑婆對玉兒割捨不下，三保挽住她的一隻玉臂，潔兒挽住另外一隻，將她架往裡頭去。三人一豹才進入密室，便聽得廳門遭大力劈開的巨響，緊接著是長劍匡噹的落地聲，蔣瓛逼問龍鳳姑婆何在，玉兒厲聲咒罵，忽然沒了聲息。三人知道她已慘遭蔣瓛的毒手，不禁又垂下淚來，扳動機括，關上密室之門，幾個錦衣衛追趕過來，已是不及。

密室裡有條暗道，通到數十丈外的竹林，三保領著雪兒先出暗道，見四下無人，向二姝招手。潔兒望著龍鳳姑婆，龍鳳姑婆一咬銀牙，黯然點頭。潔兒待龍鳳姑婆走出暗道後，點燃一束引信，一簇紅點瞬間化作十數條火線，滋滋作響，快速竄向竹篁庵去。三保覷了覷那庵，果是典雅精緻，好一個清幽所在，自己來去多回，今兒首度一窺其真面目，竟然也是最後一次，感嘆未已，聽得潔兒低呼：「快跑！」他趕緊橫抱起龍鳳姑婆，發足疾奔，潔兒與雪兒緊隨在後。

身後突然傳來一連串驚天巨響，地面劇烈震動，團團熱氣夾雜著木石沙塵猛然襲擊他們，將他們推倒在地，三保頎長結實的身軀壓伏在龍鳳姑婆的身上，為她抵擋飛木走石。這串連環爆炸，表明了明教這座總壇業已陷落，教眾今後又要重過失去根基的日子，谷中或逃脫、或受俘、或奮戰、或奄奄一息的明教徒，一聽到這串爆炸聲，再望見竹林黑煙高竄，心裡俱都發酸，止不住淚如泉湧，心裡默默唱誦：「光明清淨破黑暗，大力智慧蕩妖氛，無上至真護明教，摩尼光佛祐世人。」然而黑暗籠罩，妖氛正熾，明教式微，世人多難，如何才是個了局？

待爆炸停止，三人站起身來，潔兒狠狠打了三保一耳光。三保原可輕易避開，心念忽動，硬生生承受這一掌，也未運功抵擋，臉上浮現出五條紅色指痕。龍鳳姑婆驚呼：「潔兒，妳這是做甚麼？」潔兒道：「馬和無禮，褻瀆我教龍鳳姑婆，該罰！」龍鳳姑婆道：「他可是出於好意啊！」潔兒道：「潔兒知道，是以輕罰，不然得將他凌遲處死。」秋水雙瞳中頗有怨懟之意。三保臉上熱辣辣，轉頭避開潔兒的幽怨目光，道：「走吧！」領頭去尋彭元超帶他走過的祕道。

谷中到處可見明教徒的屍身，著實令人怵目驚心，三人雖然平常與教眾少有接觸，總是物傷其類，分外悲痛，一邊尋路，一邊閃躲錦衣衛與明兵，俱噤聲不語。三保將雪兒調教得極好，雪兒對他亦步亦趨，唯命是從，一路行來，不曾嘶吼半聲。三人一豹將近捨身崖，三保暗叫聲慘，崖上竟有數十名明兵把守，而且多了幾具繩梯，從崖邊大樹與巨石垂降而下，他這才知曉他們是從這條祕道進來的，因此得以避開層層守衛及暗哨，當時彭元超在大研城外的山徑上舉火，果然敗露行跡，但總歸是自己出於一時激憤，行刺阿甲阿得，才導致官兵追捕並發現這條祕道，因此自己可算是罪魁禍首。三保自知闖下彌天大禍，頓覺愧惶無地，身子如墮冰窖，不由自主地發起寒顫，全身脫力，茫然不知所措，幾欲昏厥。

潔兒忽然握了握龍鳳姑婆的玉手，然後深情地凝視著三保，嘴唇動了動，並未發出聲來，看口型似乎是「來生再見」，將隨身包袱塞進他的懷裡，緊接著從林間現身，往崖邊走去。就這麼一望，三保霎時明白，潔兒對自己實已情根深種，她平時的調侃促狹，皆在掩飾那份勢必無所著落的情愫，不由得惘然、悵然、戚戚然，痴痴看著她漸行漸遠的窈窕背影。

龍鳳姑婆看在眼裡，不知怎的，心裡竟泛出一股濃濃酸意，隨即暗罵自己卑劣，自己是明教聖姑，應永守貞潔，況且潔兒此刻捨命相救，自己沒來由吃甚麼飛醋呢？龍鳳姑婆畢竟是個年輕女性，聖女生涯原是夢，姑婆居處本無郎，平時所見，不外乎表面對她恭謹唯諾、實際皮裡陽秋的糟老頭子，而三保較她年少，且已淨身，故不曾對他稍加提防，豈知日久生情，竟與潔兒一般，一顆芳心早已緊緊繫在他的身上了，卻直到此時此刻，藉由潔兒對他的深情一望，她方才憬悟。

把守的官兵乍見一個年輕貌美女子大剌剌現身，有些兒吃驚，領頭的總旗喝道：「兀那婆娘，給老子站住，快快報上名號來，否則有妳好受的。」潔兒道：「本姑娘明教龍鳳姑婆是也，兀那軍漢，不必自報名號，本姑娘根本沒把你們放在眼裡，快快帶本姑娘去見蔣瓛那個忘恩負義的狗雜碎。」潔兒估量方才那串連環爆炸，應已將蔣瓛炸得粉身碎骨，料定這隊明兵尚不明就裡，如此即可引開他們，好讓龍鳳姑婆與三保脫身。

那總旗怒道：「放肆！就算妳當真是魔教的龍鳳姑婆，也萬萬不可如此辱罵錦衣衛的蔣大人！」只要是吃皇糧的都心知肚明，當今錦衣衛指揮使毛驤不過尸位素餐，真正管事的乃是指揮同知蔣瓛。這總旗看潔兒皮膚白皙，模樣標緻，氣質出眾，迥非一般鄉野村婦可比，原就有三分相信她正是傳聞中綺年玉貌的明教龍鳳姑婆，加上她口氣極大，直斥頗受皇上倚重的蔣大人，於是更加相信幾分。潔兒道：「少囉唆，快帶本姑娘去見蔣瓛那廝。」

那總旗清清喉嚨，高聲傳下號令：「錢得利、孫得成、李得功、周得升，你們四個領著一半的小嘍囉，隨大哥我押解要犯去見蔣大人，吳得官、鄭得發、王得財你們三個，管束好其餘的小嘍囉，替大哥我把守好洞口，一有甚麼風吹草動，便發訊號求援，不然大哥我肯定砍掉你們的瓢把子，搬到竹竿上去吹冷風。」敢情這幾個小旗都是以「得」為名。原來這總旗本是個貧苦農民，元末大亂，年紀輕輕的他為謀求生計，不得已落草為寇，居然打熬出一身武藝，以及殺人不眨眼的膽量，後來天下一統，覺得當土匪不是條正經出路，便與幾個結拜兄弟投身軍旅，自名為趙得勝，其餘幾個也跟著改姓更名。他有膽有勇卻無謀，更缺乏逢迎拍馬的手段，十多年下來，只混到總旗的職位，提攜幾個兄弟當上小旗，今日被派來把守此處，本以為又沾不到任何好處，正在興嘆，不意天大的功勞自撞上來。

潔兒冷笑幾聲，趙得勝聽得有些發毛，粗聲粗氣問道：「妳笑個啥勁兒？」潔兒道：「本姑娘可是龍鳳姑婆，明教誓死護衛的最要緊人物，就憑你們二、三十個膿包，也想穩穩當當、順順利利地押解本姑娘去見蔣瓛那廝？恐怕走不出半里路，你們幾個的腦袋瓜子，或者用江湖黑話說的瓢把子，就先搬了家。」趙得勝覺得她說得不無道理，便要整隊官兵護駕。錢得利比較機靈，告誡道：「老大，莫中了小丫頭的調虎離山之計。」潔兒心裡一驚，臉上鎮定如常，道：「抓了本姑娘，可是大功一件，縱使跑了幾個明教徒，也是功極大而過極小，況且整個明教總壇都快被你們殺得精光，還跑得了多少？」

錢得利又道：「老大，這其中恐怕有詐，龍鳳姑婆怎會自行送上門來，天底下哪有這等便宜事，要知道，看似便宜的，往往代價最高。」潔兒道：「誠如本姑娘方才所言，明教總壇的教眾快被你們殺得精光了，本姑娘投靠無門，生活無依，因此想跟蔣瓛那廝談個好條件，你們若不信，本姑娘找別人去，你們沾不到一絲半點兒的好處，到時候可別後悔。」說完轉身便走。趙得勝想想不錯，怎可錯過這個天大的「勝利成功、升官發財」的良機，急急領著眾嘍囉跟上。錢得利無奈，也隨行在後，以免錯失了好處，幾十名官兵登時走得一個不剩。

龍鳳姑婆一天之內盡失相依為命、情同姊妹的四個侍女，心裡的悲慟，著實難以言喻，但她此刻深深感受到的卻非悲慟，而是空洞與無奈——臟腑被挖空、血液遭吸乾那般的空洞，必須在這個五濁惡世忍辱偷生的無奈。對於她來說，死亡是種難以企及的恩寵，活著反倒是個不得不盡的義務，她深恨自己是明教的龍鳳姑婆，地位看似神聖尊貴，其實只是個行屍走肉，或者該說是被蘇天贊等人操控的傀儡，如今操控她的絲線盡斷，她反而渾然不知所措，傻愣愣地跟著三保走出樹林，趨近捨身崖邊，看著下面繚繞縹緲的雲霧，傾注而下的水瀑，頓時興起縱身一躍的衝動。

「哈哈哈，蔣大人料事如神，這隊膿包官兵果真靠不住，被一個小姑娘三言兩語就騙得擅離崗位，還是咱們錦衣衛辦事妥當，不是嗎，無赦兄？」三保一來涉世不深，思慮欠周，再者驟逢巨變，心神恍惚，沒料到蔣瓛會在此處設有暗樁，急忙回頭一瞧，赫然見到兩個身型高大、著金黃飛魚服的漢子，都三十多歲年紀，筋肉虯結，太陽穴隆起，顯然內、外家功夫都已練到相當程度，自己恐怕連一個都對付不了，再一細看，認出這兩人也在當年圍攻死不了石洞的錦衣衛之中。說話的那位瞥了瞥同伴，看他兩眼直盯著三保，遂道：「這小子生得可真俊美精壯，就給無赦兄享用，俏丫頭不如歸小弟吧！」名為無赦的錦衣衛陰森森說道：「那隻豹子呢？」「等咱哥倆風流快活之後，一起分來吃吧！」二人不懷好意，趨向三保與龍鳳姑婆。

三保心念電轉，大叫：「雪兒，上！」雪兒張牙舞爪撲往那兩名錦衣衛，三保抱起龍鳳姑婆躍下捨身崖，雖然隨即落腳在凸出於崖壁的巨石上，但他的心卻不停下沉，直直墜入萬丈深淵的最底層，鑽入幽冥的絕地裡。這幾年他與雪兒朝夕相處，雪兒是他唯一的玩伴，僅有的摯友，所有悲苦牢騷的傾吐對象，若非為了保全龍鳳姑婆，更為了刺殺朱元璋，說甚麼他都會與雪兒同進退，共存亡。他自知這麼一躍，與雪兒便是生離死別了。

三保抱著龍鳳姑婆隱入水簾洞內，才將她放下，一條高大人影便已落在水幕之外，三保不等對方站定，舉起手，射出玉兒給他的袖裡針，只聽得來人悶哼一聲，倒伏在地，一動也不動。緊接著另一條人影也落下，叫道：「壽生兄，秦兄弟，你怎麼了？」邊說邊將同伴的身軀扶起，擋在自己與洞口之間，敢情是畏懼洞內再有歹毒暗器射出，卻不知三保已無毒針可發。那錦衣衛喊道：「魔教終歸是魔教，老子沙無赦看你們兩個年紀輕輕，還生得人模人樣，哪知竟是包藏禍心，陰狠無比，用上如此歹毒的暗器。你們快給老子滾出來，老子賞你們一個好死，否則待會兒落到老子手裡，肯定讓你們飽嚐錦衣衛的手段。」他根本不在乎同伴死活，只盤算著要如何整治這對少年男女，想著想著，嘴角不禁露出得意獰笑。

三保拔出血海深仇劍，悄悄將身子貼在洞口邊的石壁上，左手食指朝龍鳳姑婆指了指，又指往洞內深處，示意要她獨自先逃。龍鳳姑婆搖搖頭，鄭重豎起二指，指往洞內，意思是「要走兩人一起走」。這時一條人影竄入，三保無暇細想，手中利刃直刺，一擊得手，短劍直沒至柄，豈知持劍的右手腕宛如被鐵箍牢牢鉗住一般，動彈不得。三保抬起左手要擊向敵人，那人掌上催勁，三保痛澈心肺，額頭上黃豆大的汗珠涔涔而出，無法施招。原來沙無赦擔心二人悄悄遁去，行險將同伴秦壽生的屍體拋入，引敵人動手，自己趁機入內制伏對方，三保果然中計。沙無赦陰惻惻道：「好小子，應變雖差，功力倒還不弱，身子骨也頗精壯，正好可以試試老子所創的『大明錦衣衛八十一式酷刑』，看你能熬上幾式，迄今尚無人能在沙某手中撐過七式。哈哈哈……」

他笑得詭異至極，令人不寒而慄，笑聲未歇，一團黑黝黝的物事忽從洞內深處飛出，籠罩在他頭上，不住盤旋飛舞。沙無赦大吃一驚，急忙放開三保，舉掌發勁擊向那團物事，那團物事倏地散開，旋又聚攏。那是一群蝙蝠，不知怎的，僅圍攻沙無赦，對三保與龍鳳姑婆秋毫無犯，而且攻守有度，如同按照陣法演練的一般，加上洞中昏暗，蝙蝠通體烏黑，視之不清，頓時將武功高強的堂堂大明錦衣衛，給鬧了個手忙腳亂。一隻蝙蝠趁隙咬了沙無赦後頸一口，他不覺得疼痛，但神志愈來愈昏亂，心臟愈跳愈急促，直至幾欲爆裂，血液似要沸騰，而那群要命的蝙蝠仍然緊纏不已。沙無赦終於忍耐不住，厲聲高喊，雙手狂舞，急奔出洞，跌落深谷，慘呼聲不絕如縷，終於教轟隆隆的瀑布聲掩蓋住，他精心鑽研出的「大明錦衣衛八十一式酷刑」，隨著他這一躍，從此長埋於萬丈深淵之下。

那群蝙蝠解決了沙無赦之後，齊齊鼓翼，往洞內深處飛去。三保隱約見到一條人影，脫口叫喚：「爺爺……」隨覺自己或許是思念戴天仇過深，這會兒落難，便想著他是否會前來搭救，然而他應該早已毒發身亡了，否則這些年來為何不與自己相見，此時又為何不現身。龍鳳姑婆問道：「你見到戴法王了嗎？」三保搖頭道：「不，我甚麼都沒看見。」他心繫雪兒，從秦壽生的屍體拔出短劍，在其衣服上抹拭乾淨，以去除袖裡針的毒液，交給龍鳳姑婆，道：「姊姊待在這裡，我上去看看。」他正要出洞，忽然聽見趙得勝的聲音：「咦，這裡怎麼有隻死豹子呢？錢得利，你快去幫大哥我瞧瞧。」如此簡短一句，竟教三保整個心如同被撕裂了一般，他再也忍耐不住，淚水奪眶而出。龍鳳姑婆一手搭在他肩上，附在他耳邊低語：「走罷！」三保垂著淚，與龍鳳姑婆走往黑暗的祕道深處。

祕道本就難行，二人不知是否有伏兵，處處提防，行走得更加緩慢。龍鳳姑婆不懂武功，不知如何調息運氣，呼吸不暢，加上驟逢劇變，強抑悲痛，終究撐持不住，嚶一聲，昏厥在地。三保連忙查看，發現她氣若游絲，脈搏極其微弱，若不趕緊救治，縱使保住性命，恐怕也會落了個痴呆的下場，於是放下彭元超等人先前留在祕道內的火把，一手將她攬在懷裡，俯下身去，以嘴接嘴，度氣予她，另一手的掌心按在她胸口的膻中穴上，將內力緩緩輸進。

龍鳳姑婆承其氣息與內力，悠悠醒轉，驚覺自己與他四脣相接，胸口一團暖和，頓時羞得無地自容，但捨不得將他推開。三保一口氣甚悠長，堪堪吐完，正想吸氣再次度給龍鳳姑婆，赫然發現她一雙美目半開半闔，顯然已經醒轉，忙不迭地縮回頭臉與手掌，扶龍鳳姑婆坐起，退後一步跪下，誠惶誠恐道：「三保罪該萬死，褻瀆了姊姊，實非得已。」

龍鳳姑婆低聲道：「我知道，不怪你。」她渴望三保貼近過來，但他直如一根木頭杵著不動，是以有些兒著惱，問道：「此祕道連我都不知，你怎會知曉？」這疑問直接刺中三保的要害，他深嘆口氣，接著擇要說了，連自己去天香樓與行刺阿甲阿得之事也不再隱瞞。龍鳳姑婆聽得又惱又恨，不發一語，站起身來，往前走去，才走幾步，一個踉蹌，三保急去扶住，卻教她用力推開。三保無奈，只得拾起火把，緊隨其後，為她照路。二人一前一後，又走了許久，龍鳳姑婆正在氣頭上，而且方才蒙受三保灌注內力，勉強支撐得住。三保手中火把忽然亮了起來，他感受到涼風微微流動，料想祕道盡頭就在前方，熄了火把，伸手拉住龍鳳姑婆的手臂，她使勁甩了開去。

三保低聲道：「祕道口已近，外頭恐有明兵把守。」龍鳳姑婆橫了心，不理警告，逕自前行。這時後方隱隱傳來人聲，三保知道追兵已近，搶在頭裡，一躍出洞，見到地上橫七豎八，倒臥了二十來個明兵，不及查看死因，一待龍鳳姑婆出洞，伸手點了她的穴道，橫抱起她癱軟的嬌軀，歉然道：「賊兵已經追來，是以有所冒犯，事出無奈，懇望姊姊見諒。」說完便發足奔往烏魯雪山深處。

三保內力不弱，輕功尤佳，但山路崎嶇，又須刻意隱匿行蹤，以避免敵人追索，一手懷抱著龍鳳姑婆，另一手攀藤附葛，提氣縱躍，不消多時，便已感到體力不濟，卻不肯稍事歇息，苦苦撐持著，而他內心悲痛萬分，愧悔無盡，不敢低頭看龍鳳姑婆。龍鳳姑婆在他懷中，心裡五味雜陳，思緒紛亂。明教今日遭此大厄，自己痛失最最親近的四位好姊妹，三保說甚麼也難辭其咎，然而自己是個不懂武功、不通世事的弱女子，更是大明朝廷頭號欽犯，若不依靠他，今後將如何存活下去呢？自己死不足惜，不過號令百萬教眾的聖印與諸多祕密將隨己而逝，如此一來，明教更加無法對抗朱元璋，也就全然興復無望了。啊，方才與他四脣相接，此時身子受他緊抱，而他對自己似乎全無情意，儘顧著趕路，連一眼也不瞧自己。唉，自己必須永保貞潔，他也不是個完整的男人……這種種一切，怎教人如此為難，而心為之碎呢？

三保一方面慌不擇路，另一方面也當真不知何去何從，奔馳縱躍了好一陣子，明月當頭，淒風入衣，忽見前方有大片亮光，原來在不知不覺中又來到大研城外，心裡盤算著，倘若進城，豈非自投羅網？若不進城，龍鳳姑婆勢須露宿荒郊野外，現為仲秋，風寒露重，自身倒還無妨，纖纖弱質的她，如何禁受得住呢？正躊躇間，龍鳳姑婆冷冷說道：「前面遮莫是大研城，難道你要去見小小姑娘不成？」三保聞言，靈光乍現，回道：「這不失是條路子，咱倆且去借住一宿。」

龍鳳姑婆怒道：「我乃明教龍鳳姑婆，聖潔清淨，你絕不可帶我去如此汙穢下流之處。」三保一來點穴功夫尚不精深，二來不敢出手過重，以免阻滯龍鳳姑婆的氣血運行而致傷身，是以她被點穴道已然自解，伸手打了三保一耳光。三保再度點了她的穴道，這次連啞穴也點，教她喊叫不出。他因過於疲累，不想多言，亦知多言了無益處，只在內心裡說道：「咱們已經走投無路了，這恐怕是眼前唯一的去處，務請姊姊恕罪……算了，妳不諒解也不打緊，我總要迴護妳周全才是。」他接連失去父母姊妹、戴爺爺、潔兒姊姊、雪兒，在他內心深處，已將龍鳳姑婆視為最親近要緊之人，縱使捨己性命，也不能讓她受到損傷。

阿甲阿得遭刺後，即命官府派出大批人馬四處捉拿刺客，錦衣衛一發現通往明教總壇的祕道，立刻要他罷手，以免打草驚蛇。阿甲阿得雖是當地的土霸王，也須聽命於官職不高、權力卻大如天的錦衣衛，畢竟他們可以上達天聽，直接面聖，所以捉拿刺客之事不了了之。阿甲阿得為防再有刺客闖入，號令大批兵丁把木府圍得水洩不通，大研城的防衛反倒空虛。三保趁著朦朧夜色進城，未遇任何攔阻，長趨直至天香樓下，一抬頭，竟與小小四目相接。小小自從三保與彭元超推窗離去後，數月來避不接客，不時在房內倚窗而望，這時當真盼得伊人復來，只不過他還懷抱著一名女子。

三保奮起餘力上躍，掙扎進入小小的房中，把龍鳳姑婆安放在她的繡床上，再也撐持不住，癱坐在椅子上。小小雖然滿腹狐疑，卻連一句話也沒問，急忙點燃紅蠟，倒了杯茶水給三保，關懷之情溢於言表。三保略略搖頭，望向床上的龍鳳姑婆。小小會意，走去扶起龍鳳姑婆，要餵她喝下。龍鳳姑婆雖然飢渴交迫，卻緊抿著嘴，神情既氣憤，又滿懷鄙夷。

小小待要勸她，這時鴇兒在門外喊道：「小小，小小，妳開開門呀，讓娘進去說幾句話。」小小回道：「娘，孩兒身子不舒服，已經睡下，有甚麼事，等明兒再說吧！」鴇兒道：「妳這孩子也真夠任性的，娘一向都順著妳的性子，這次也不例外，連著幾個月都沒讓妳接客，照這樣子下去，娘跟天香樓幾十口都得喝西北風去。假使真要這樣子的話，那也就罷了，誰叫娘天生命苦呢！但今夜與平時不同，這位客人妳倘若還不接，娘肯定見不到明早的日出，連西北風都沒得喝。」

一個粗豪的聲音響起：「這些日子我來過多次，卻連小小姑娘一面也見不著，早已按捺不住了。我看這樣子吧，我現在右手握著一把尖刀，左手提著一袋銀子，小小姑娘且選擇一樣。」其口音濁重，顯非本地人，更非漢族。鴇兒尷尬笑了兩聲，道：「我說霍桑大爺啊，您有話好說嘛，讓我再勸勸小小。」她嗚嗚泣道：「小小，小小，妳是自己親耳聽見的，並非娘存心嚇唬妳。娘跟妳磕頭好了，求求妳這位活菩薩發發慈悲，給娘一條生路，娘這輩子還沒過上甚麼好日子，倘若這時便死，說甚麼也不能瞑目。」緊接著咚咚聲大作，她似乎當真磕起頭來。

小小甚覺為難，道：「娘，您別這樣，孩兒答應您就是了，不過先讓孩兒梳妝打扮一番，稍待一會兒，即下樓去侍候霍桑大爺。」霍桑道：「不敢勞煩小小姑娘下樓，在下就在門外恭候。」小小道：「那怎麼敢當呢？還是請霍桑大爺先到樓下喝幾杯酒消消氣，賤妾隨後下去。」霍桑道：「在下既然已經上樓來了，沒見到小小姑娘，絕不離開。」小小無奈，只得回道：「那便有勞霍桑大爺稍候。」邊說邊打開衣櫃。三保勉力站起，抱起龍鳳姑婆，藏身進衣櫃裡。小小關上衣櫃門，理理雲鬢，整整衣衫，這才去打開房門，卻見鴇兒額頭光潔，毫無碰撞痕跡，她身邊立了條壯碩黝黑的藏族大漢，應該就是霍桑。

霍桑滿臉盡是風霜之色，但雙目炯炯有神，渾身散發出無窮精力，瞧不出他多大年紀。小小一露臉，他「啊」了聲，兩眼倏亮，牢牢鎖在她的冰雪麗容上。鴇兒雙手合十，道：「謝天謝地，謝天謝地，這下子可好，霍桑大爺，您滿意了吧！」霍桑回過神來，將刀子插進靴筒裡，把整袋沉甸甸的銀子遞給鴇兒，打發她下樓，然後朝小小打恭作揖，道：「霍桑是個粗人，驚擾了姑娘，委實愧惶無地，然而若非出此下策，今夜肯定見姑娘不著，而在下啟程在即，此去雪域高原，數月方歸，旅程漫漫，無以排遣幽懷，還望姑娘恕罪則個。」他談吐舉止突然變得溫文有禮，彷彿有文人雅士的陰魂上身，當真令人詫異。

小小道：「賤妾貌陋，無才無藝，承蒙霍桑大爺錯愛，賤妾才該深感惶恐。」霍桑道：「哪裡的話！小小姑娘色藝雙全，號為天香絕豔，乃雲南第一名妓，其實應該說是天下第一美人才對。在下走馬二十年，遊歷大小城鎮上百，宿過老少娼妓成千，未曾見過能稍稍媲美小小姑娘者，當真是『生不用封萬戶侯，但願醉臥天香樓』。哈哈哈……」小小低眉垂目，沒瞧見他說這話時臉上微微抽搐了下，她心有罣礙，也未聽出他豪放的笑聲中隱含悲涼，回道：「霍桑大爺謬讚，賤妾如何敢當？」霍桑道：「小小姑娘若不敢當，世上還有誰當得起呢？」他目光移向空處，恍惚出神，小小則想著衣櫃裡那位絕代佳人，兩人默然不語，直至鴇兒跟大寶送酒菜上樓。

鴇兒道：「我說小小啊，妳愈來愈不像話了，怎麼讓霍桑大爺在門口罰站呢？還不快請霍桑大爺進去坐下！」霍桑道：「無妨，無妨，但能再見小小姑娘一面，已屬三生有幸。」鴇兒剛才在樓下秤過袋內銀兩分量，估過成色，此時心花怒放，親熱無比地攙著霍桑入內，那股巴結勁兒，只差沒直接拉他上床顛鸞倒鳳一番。小小跟著進房，不由自主地瞥了瞥衣櫃一眼。霍桑久歷江湖，瞧在眼裡，卻不動聲色，待鴇兒跟大寶一走，大反方才的溫文有禮，上前一把將小小抱起至衣櫃前放下，將她的衣衫扯了個稀爛，雙手如鐵箍般緊抱住她的嬌軀，從她後方侵犯了她。小小吃疼，掙脫不了，忍不住發出呻吟聲。

霍桑殊無歡愉之感，唯有洩憤之快。小小羞愧難當，恨不得自己立刻死去。三保從衣櫃縫細看見小小痛楚不堪的表情，既憐惜她，且惱怒霍桑，但自己全身脫力，竟無可奈何，況且絕不能讓龍鳳姑婆涉險，看著看著，居然覺得霍桑才是真正的男子漢，對於自宮一事，突然閃過一絲悔意。龍鳳姑婆也貼著縫隙覷瞧，不免又羞又驚，急忙緊閉雙眼，但衣櫃外的景象已然深烙心底，益發緊捱著三保，身子漸漸發起熱來。不知過了多久，霍桑悶哼一聲，上半身前拱，全身一陣痙攣，舒了口長氣，半晌才直立起身子，雙手鬆開小小。小小癱軟在地，拉過殘存衣衫遮掩住自己赤裸的身軀，欲哭卻無淚，一雙迷離美目，直瞅著被風兒吹得一開一闔的窗牖，滿心希望，今夜那扇窗未曾開啟，那個人未曾踰窗而入，或者自己未曾出生於人世……

霍桑穿好褲子，束好腰帶，突然從靴筒裡抽出尖刀，猛然打開衣櫃門，四人俱都大吃一驚。霍桑本以為小小不願接客，卻暗自偷漢，大感憤恨難平，此時衣櫃內的確藏著一個英俊少年，但還有一名年輕女子，其美貌較諸小小，竟未遑多讓，而且渾身散發出撲鼻清香，是以也大吃一驚，再打量那少年的面貌，酷似一位舊識，不由得發出「咦」的一聲。三保摸著血海深仇劍，驀然憶起數年前在四方客棧裡，曾與一名馬幫大漢擦身而過，那大漢當時也咦了一聲，聲音一模一樣，面目依稀相似，敢情正是霍桑。

霍桑問道：「這位公子可是姓馬，且為回民？」三保吃了一驚，回道：「正是。」霍桑續問：「那麼馬懷聖公與公子怎麼稱呼？」三保：「那是先父。」霍桑臉色倏變，顫聲道：「懷聖公已然謝世？」三保黯然點頭。霍桑道：「這怎麼會呢？他體魄強健，猶勝於我，竟然英年早逝！那是多久以前的事了？」三保道：「他於六年前為奸人所害，明兵所殺。」霍桑嘆道：「唉，『富家常被貪婪的權貴所敗，賢者常遭嫉妒的惡人所毀。』懷聖公義氣過人，是世間少有的奇男子，偉丈夫，自為奸人所難容，只不過不假天年，著實令人憾恨。」三保道：「您認識先父？晚輩怎不曾聽先父提起過呢？」霍桑道：「令尊於我有活命之恩，以他英風爽烈的個性，自然不會張揚。」三保聽霍桑一再盛讚父親，頓感熱血沸騰，原本摸著血海深仇劍的手，自然而然鬆開，垂了下去。

霍桑乍見恩人之子，竟是如此尷尬非常的景象，收起尖刀，請三保與龍鳳姑婆步出衣櫃，道：「在下過於孟浪，險些錯殺恩人之子而犯下彌天大錯，然而馬公子怎麼會跟一位年輕貌美姑娘，藏身在小小姑娘的衣櫃裡呢？」龍鳳姑婆啞穴已自鬆解，附在三保耳邊低聲道：「逢人且說三分話，未可全拋一片心。」三保朝她點了點頭，轉向霍桑道：「晚輩家破人亡後無處可去，幸承這位姊姊一家收留，今日卻連累她遭逢巨禍，偌大家業盡付流水，家丁慘遭屠戮，本身復受奸人追殺。晚輩因走投無路，先前與小小姑娘曾有一面之雅，知她深情重義，故來投靠，才剛進房不久，前輩便已來到。」

霍桑情知此話不盡不實，也不追問，道：「原來如此。我霍桑快意恩仇，令尊救過我一命，我銜之十年，無以為報，今日恩人之子落難，上天垂憐，教我遇見，而這位姑娘於恩人之子有恩，等於也是我的恩人，不如二位隨我走馬，遠赴吐蕃[14]，霍桑誓死維護二位周全。」三保向龍鳳姑婆問道：「姊姊，如此可好？」龍鳳姑婆一時拿不定主意，不由得望向小小。小小這時已換穿好衣裳，坐在一張「喜上眉梢」椅子上若有所思，忽然看到龍鳳姑婆似在徵詢自己的意見，面罩寒霜，冷冷說道：「生死由命，榮辱自取。」龍鳳姑婆討了個沒趣，回問三保道：「那麼你以為呢？」三保道：「是啊，小小姑娘說得有理，生死由命，禍福就交給至仁至慈的真主安排吧！」

龍鳳姑婆道：「你打何啞謎，究竟去或不去？」三保苦笑道：「咱倆已走投無路了，得遇霍桑叔叔，或許正是出自真主的安排，不如去吧，將來的事，將來再作打算。」龍鳳姑婆想了

14 西藏一代雄主松贊干布所創建的吐蕃王朝，早在西元八七七年即已分崩離析，但宋、明朝仍多以吐蕃稱呼西藏，或也稱之為烏斯藏。

想，道：「目前似乎也只能如此了。」心裡暗忖：「我是明教的聖姑，你跟我提回教的真主做啥？」霍桑喜道：「那太好了，終於可以了卻我一樁心事，今後死而無憾，當真是佛菩薩保祐。二位權且在此安歇，我先去打點打點。」他臨行前向小小一揖至地，道：「方才多有得罪，日後霍桑自會登門賠禮。」他想小小只不過是個妓女，日後多賞賜給她一些金珠寶貝就是了，哪裡曉得小小貌似嬌柔若水，卻是性烈如火，她在心上人面前遭受奇恥大辱，又見他身邊之人端莊典雅，美麗非凡，應是出身名門，跟他更是生死與共，情分與身分遠非自己所能企及，頓覺萬念俱灰，再想到三保與其爺爺讓自己免遭一人所汙，自己後來竟失身受辱於上百人，早知如此，又何必當初呢？

那夜，小小以纖纖玉手觸及三保的空空下身，原本吃驚至極，其後細細想來，覺得如此更是佳妙。她身陷天香樓，名揚全雲南，寵愛羞辱不都肇因於那是非之根嗎？她是以鄙恨極了男人的陽物，而一表非俗的他竟是淨了身，且質樸誠懇，絲毫不嫌棄鄙薄她，又似乎能夠領會她的琴韻心聲，再加上年紀輕輕便練就飛簷走壁的好本領，或許可以攜她出此樊籠，二人從此寄情山水，漁樵耕讀為生，永結性靈之交。女人一旦莫名所以愛上一個人，會把那人不堪的缺陷視為獨特的長處，並編織出美麗的幻夢，然而小小數月來的痴心妄想，經此一夜便全然破滅了。

霍桑來去如風，在小小愁思百結之際，領來大批馬幫兄弟，將天香樓裡的鴇兒、姑娘、龜公、樂師、小廝、廚娘、保鑣、嫖客盡皆驅離一空，只留下小小房中之人。這隊馬幫剽悍非常，眾人哪敢違抗，只得忍氣吞聲，聽命離去。鴇兒心疼到手的生意飛了，敢怒而不敢言，徘徊不行。霍桑扔給她一件上等皮裘，道：「這皮裘價值千金，天香樓就算十天半個月不開張，賣掉後也儘夠幾十口的開銷了。」鴇兒摸摸皮裘，看看成色，知他絕非誇言，眉開眼笑，千恩萬謝離去。霍桑朝她背影吐了口唾沫，上樓進房，遞給三保兩套衣衫，道：「請二位換過衣物，將臉孔塗黑，好假扮成馬幫成員。」又鄭重交代龍鳳姑婆道：「姑娘一路上須得裝聾作啞，萬萬不可讓其他人知道妳是個年輕貌美女子，否則即便是我，也未必約束得住豺狼虎豹一般的兄弟們。」龍鳳姑婆原本不願意抹黑臉孔，一聽霍桑如此說，立即改變心意。

二人整束停當，待要走出房門，三保心知此去前途未卜，生死難料，與小小更是相見無期，而兩次承蒙她相救，卻為她帶來災殃，殊感歉疚，想說些甚麼，竟無語凝噎，既傷與小小生離，復悲和雪兒、潔兒死別。小小深情款款地望著三保，先挽起他的一隻大手，再挽起龍鳳姑婆的一隻小手，將小手放於大手中，含淚微笑，銀牙暗咬，狠下心腸，轉過頭去不再看三保，走至窗邊佇立。她靜待三保的身影在樓下出現，目送他的背影遠颺。三保在馬背上屢屢回望小小，然而情景與當年如出一轍，胯下之馬奔馳甚疾，他才眨幾下眼皮子，已不復見佳人倩影。

小小頹然坐倒，回想自己淒楚的一生，滿斟杯酒，仰頭一飲而盡，取出綠綺琴撥弄七弦，幽幽低唱起白族民歌〈青姑娘〉：

你想金樹開金花，你想銀樹銀果香，除非喝乾長流水，白費你心腸。
水底月亮怎能撈，壁上人影畫不成，萬丈鐵鍊纏住我，難鎖我的心。
屋脊兩頭釘鐵釘，點點苦情釘在心，要我一生當牛馬，除非日西升。

她反覆喝著酒，唱著歌，撫著琴，直至紅燭淚盡，室內陡暗，乍見窗前冷月，地上寒光，益感悲切難忍。她手中所撫的這把綠綺琴，本為漢梁王慨贈給司馬相如，相如用以彈奏一曲〈鳳求凰〉，撩動卓文君的芳心，兩人因而私奔，傳為千古豔談。此琴後來輾轉流落到元梁王手中，元梁王兵敗自刎後，為一明將獲得，用來換取小小的初夜。該琴琴身黝黑，上頭有幾道綠色線條，仿如絲蘿托附於喬木一般，正代表小小的心願，三保的出現，讓她滿心以為此願可酬，竟終究成空。縱非空，又如何，相如文君後來不也恩寡情薄、翻成怨偶嗎？

小小柔腸寸斷，琴音漸趨撩亂，終不成曲調，霍然站起，捧起這把千年古琴，往地上寒光處猛力一砸，接著在一輪明月的映照下懸梁自盡，待鴇兒發現時，已然魂歸離恨天。多年後，三保成為名揚海內外、功業震古今的不世出大英雄，心念舊恩，重返此地，尋訪佳人，卻只在蔓草荒煙間，覓得獨向黃昏的一方青塚，空對土裡豔骨嗟嘆不已。

第九回 走馬

月明星淡，風起塵揚，三保與龍鳳姑婆混跡於馬幫之中，百人千乘，催馬上路，達達蹄響，架架喊聲，震撼原本靜謐恬適的夜空，弄得滿城雞飛犬叫。這支馬幫行事一向倏來乍去，飄忽不定，大研居民早習以為常，自不以為意，大多數翻個身繼續安睡，一些年輕夫妻既然醒了，安撫過被吵醒的娃兒後，也就上下交疊一起，隨著馬蹄節奏而擺動打浪，還沒生娃兒的，做得更加理直氣壯。但在這節骨眼兒上，負責追捕明教餘黨的錦衣衛，可絲毫不敢掉以輕心，得知就在這支馬幫大鬧天香樓後，名妓小小旋即自盡身亡，覺得事有蹊蹺，立刻飛鴿傳書，吩咐前頭的守軍攔截盤查。正當旭日東昇之際，一千明軍與百餘馬幫在烏魯雪山的山徑上狹路相逢。

此番進剿明教總壇的軍隊，悉數調集自遙遠的沿海省分，而且為了防範走漏風聲，乃是以征討蒙古殘部與不服王化的苗人為出師理由。明教潛伏在朝廷與軍隊的耳目，早已遭錦衣衛鏟除殆盡，散落於民間的明教徒雖然依舊為數不少，但各地明教會彼此不通聲息，免得給朝廷一網打盡，更何況除了隸屬於明教總壇的教眾外，普天之下清楚明教總壇所在者寥寥無幾，餘人即使看到明軍大舉調動，不致疑心為針對明教總壇。蘇天贊既然掌握不到明軍的真實動向，正應了三保「坐以待斃」的譏嘲。

烏魯雪山上的這隊明軍來自福建，數月前才參與擒殺明教智慧金剛彭玉琳的戰役，立下些許功勞，統帶的千戶鄭武雄便不可一世起來，自以為謀略武藝冠絕古今，即便是大明開國大將徐達、常遇春再世，恐怕也要甘拜下風，因徐、常皆出身明教，且在教內的職司不高，而明教的金剛法王是自己的手下敗將，如此算來，自己可要比徐、常二將高出何止一籌，豈知萬里加急、兼程趕路到達雲南後，竟沒能領頭攻打明教總壇，反而被派駐在這荒山野嶺上，不禁大嘆錦衣衛指揮同知蔣瓛是個妨功害能的繡花枕頭，光長了漂亮臉孔、偉岸身材，卻毫無知人之明，不懂得善用人才，此時正好拿眼前這群土包子開刀，好一吐連日積怨。鄭武雄以為馬幫不過是烏合之眾，載運貨物的腳伕，哪會有甚麼通天本領，渾不把他們放在眼裡。

這支隊伍卻跟其他數百支穿梭於川、滇、藏之間的馬幫大不相同。一般馬幫多用騾、驢、犛牛載貨，牲口穿紅戴綠，身上繫有銅鈴，遠遠就能聽見叮叮噹噹的聲響，然而行動遲緩，在普洱購集茶葉，經大理、大研、德欽、鹽井，沿途採買食鹽、糧食、雜貨等等，接著進入西藏，走馬來回一趟，快則四、五個月，慢則大半年，成員多屬同一家族，人數也不多。這支龐大隊伍則是所謂的「逗湊幫」，成員之間率無血緣關係，而且悉用健馬，行動如風，來回一趟僅需兩、三個月，各個馬腳子（趕馬人）武藝精熟，生性剽悍，又有數十隻巨型藏獒相隨，別說山賊了，當年連蒙古鐵騎對他們也不免忌憚三分，遇上了甚至會禮讓他們先行。他們除了載運茶葉、糧食、鹽巴、絲綢、毛皮外，也會承接貴重物品的護送工作，因此與其說他們是撥有運無的馬幫，毋寧視他們為勇猛迅捷的鏢隊。

霍桑能夠擔任這支強悍馬隊的鍋頭（領導），自有其過人之處，一眼即看出擋道的明軍來者不善，也已經想好對策，先行悄悄傳令下去，準備隨時動手，然而畢竟是做買賣討生活的，能不得罪官兵最好，表面上不動聲色，策馬徐行，距明軍十來丈外舉起手，止住隊伍，人無語，馬未嘶，犬不吠，唯聞馬兒張鼻噴氣，以及狗兒吐舌喘息。鄭武雄道：「喂，你們這麼一大夥人是幹啥的？帶頭的，你背負著這麼一大把弓是要嚇唬誰？」霍桑朗聲道：「稟告這位將爺，我等全都是馬腳子，正要運送些茶鹽雜貨去吐蕃，所載貨物雖不值幾個錢，但到底關係到一家老小的生計，擔心遭遇盜匪，路途又十分遙遠艱辛，因此結伴同行，好有個照應，並帶著武器，一方面可以壯壯膽，另方面沿途打獵充飢，省下些許糧秣，多換幾個子兒，如此而已，小的所言，句句屬實，懇請將爺高抬貴手，惠予放行。」

鄭武雄道：「本將奉命在此盤查過往商旅路人，任憑你說得頭頭是道，天花亂墜，你們還是得拋下武器，下馬備查，快快照辦，不得有違。」霍桑道：「這位將爺十分面生，敢問是否才派駐烏魯雪山未久？」鄭武雄道：「是便如何？不是又如何？」霍桑道：「久居此處的將爺官差便知，我們這些馬腳子看似粗魯，其實都是安分守己的良民，不敢造次，也還略懂禮數。」他轉頭喊道：「次仁，把東西送上來。」一條大漢獨自驅趕十二匹馱滿貨物的高頭大馬，從隊中魚貫出列，緩緩走上前來，在狹窄的山徑上，悉毫沒碰著其餘人馬狗兒的任一根毛髮，更未擦著任一件所馱物事，不說別的，光是這等駕馭本領，便已是天下少有的了，但在這支馬隊裡卻屬稀鬆平常，幾乎個個都辦得到。

鄭武雄不知好歹，喊道：「且慢！爾等意欲行賄，非奸即盜，大概是因為隊中窩藏朝廷欽犯，才會做賊心虛吧！」霍桑哂道：「將爺未免太過抬舉我們了，我們這些低三下四的馬腳子，顧肚皮還來不及，哪有包天膽量窩藏欽犯，所獻之物也只是普洱茶、米線之類的雲南土產，再就是幾袋青稞酒，以讓各位軍爺嚐嚐味、解解渴，根本值不了幾個子兒，著實不成敬意。」鄭武雄看他神色從容，說得一派輕鬆，本有幾分信了，忽然瞥見他身後一個少年正拿著手巾拭汗，其面目黝黑，一如他人，但手腕皮膚白皙異常，而且身量細小，跟隊中其他人的魁梧粗壯顯然不同，於是指著那少年，下令道：「兀那漢子，下馬出隊來。」那少年正是龍鳳姑婆喬扮的，混在馬隊中，教鄭武雄看出破綻。

霍桑道：「將爺，請借一步說話。」說完驅馬前行。鄭武雄舉起兩刃三尖四竅八環刀，手腕用力一抖，弄得嗆嗆啷啷，以壯威勢，嗔目喝道：「站住！莫再靠近，有話在那裡講便是了，否則吃我一刀。」霍桑回望龍鳳姑婆，遞了個眼色給她，再轉向鄭武雄道：「不瞞將爺，這個少年其實是小的家裡的婆娘，小的因旅途寂寞，長夜漫漫，無以排遣，才要她喬裝打扮跟著前來，非是甚麼奸細，更非朝廷欽犯。」鄭武雄策馬往前幾步站定，眯起眼睛打量龍鳳姑婆，看她面色雖黑，但眉目如畫，秀鼻櫻口，無疑是個美人，淫邪念頭不禁油然而生，原本嚴峻的面容立時緩和，嘻嘻笑道：「原來如此。本將從閩南一路來到此一荒山野嶺，比你更為寂寞難耐，不知你可否暫且割愛，讓這位美人兒跟隨本將一段時日，待返程時領回，大隊人馬就此放行，這十幾匹馬背上的貨物，本將一介不取，另還賞賜你幾百兩銀子，如此安排，豈非兩全其美？」他打算玩膩了後，把這美人兒轉給部屬洩慾，每人收取數兩銀子，如此一來，還能倒賺一大筆，可謂利潤極為豐厚的無本生意。

霍桑仰頭哈哈大笑三聲，狀甚輕蔑，鄭武雄大感惱怒，正要厲聲痛斥，怒罵之言竟被次仁所發的一柄飛刀，給硬生生卡在咽喉裡，永遠說不出口。霍桑三聲大笑正是動手的暗號，可憐鄭武雄還來不及施展他那自認天下無敵的絕世武藝，便已魂斷烏魯雪山的山徑上了，同時無數刀、鏢、箭、石，如漫天飛雨般從馬幫中射出，齊往明兵身上招呼，一千官兵頓時死傷枕藉。山徑狹窄，不利眾人一擁而上，霍桑和次仁領著二十來個兄弟，抽刀拍馬衝進明兵陣中，殺人如切瓜，數十隻凶猛無比的巨獒加入助陣，明軍戰馬哪曾見過這種惡獸，若非嚇得全身發軟，任人宰割，便是落荒而逃，跌跌撞撞，摔落崖下，不到一頓飯工夫，一千明軍已然死亡殆盡。

突然有個馬腳子用藏語大喊，手指向遠處，一直守護著龍鳳姑婆的三保，不明白他說些甚麼，順其手勢望去，見有一個軍官縱馬沒命價奔逃，估量已追趕不及了，只能任由他去。霍桑也不下馬，唯雙腳夾緊馬腹，好整以暇地取下背負於身後的巨弓，斜斜朝空中射出一箭，那箭咻咻作響，愈飛愈高，力盡後落了下來，正當那個逃竄軍官的身影就要隱沒在山背之前，恰好插入其後頸。那軍官中箭落馬，仍緊拉著韁繩不放，胯下駿馬失去平衡，一蹄踏空，跌落山谷，發出長而尖銳的悲嘶。愛馬如命的馬幫幫眾齊聲驚呼，大感惋惜，但也只是一閃而逝，隨即下馬，逐一檢視明兵，見有氣息尚存者，便往其咽喉補上一刀，在搜刮財物後，把屍身全都拋下深谷，座騎則悉數收歸進馬隊中。

三保雖生具父親一系的勇武天性，然而自幼秉承母親民胞物與的教誨，既震驚於馬幫之悍勇與霍桑之神箭，又悲愴於眼前殺戮之慘烈，深感若能殺朱元璋一人而活千萬人性命，才是件頂天立地的義行，忽然腦中電光石火般閃過一個意念——方才有明兵大喊了幾句話，自己縱使聽不懂其所操方言，但隱隱覺得跟明教神功祕笈似乎大有牽連，只是一時弄不明白其間關係究竟為何，正自尋思，霍桑朝他與龍鳳姑婆道：「讓二位受驚了。」三保回道：「叔叔仗義相救，在下與龍……唔，韓姊姊同感大德。」

霍桑熟視龍鳳姑婆，道：「原來姑娘姓韓，倘能賜告芳名，在下更是幸也何如。」他瀟灑倜儻，不拘世俗禮節，剛剛經歷一場惡戰，此刻居然詢問起龍鳳姑婆的閨名。龍鳳姑婆蹙眉道：「賤名恐汙清聽，不足掛齒，小女子多謝解圍，只是連累貴幫殺官造反，往後生意便難做了。」霍桑也皺起眉頭，道：「官府欺凌，日盛一日，比蒙古治下還要糟糕，反正我們遲早得跟官府翻臉，這倒還無妨，只是姑娘身分已然暴露，我擔心管不住自家兄弟們。」龍鳳姑婆聽他這麼說，不由得把衣領豎起，環顧四週。三保道：「姊姊莫慌，三保誓死迴護姊姊的清白。」龍鳳姑婆沒說甚麼，卻捱著三保更緊了。

這時一陣勁風吹來，將龍鳳姑婆拭汗的手巾吹落到霍桑身邊地上，她叫道：「哎呀，我的手巾。」霍桑下馬拾起手巾，撢去塵土，遞還給她。龍鳳姑婆道了聲謝，伸手去取，霍桑卻不放開，哂道：「我們趕馬人討的是無比凶險的生活，是以出門在外有諸多忌諱，譬如我們管這物事的漢語叫手幅子，不叫手巾，以免受驚，方才韓姑娘已飽受驚嚇了，路上可不要再碰上啥意外才好。」龍鳳姑婆赧顏道：「受教了。」霍桑這才鬆手。

一行無語，到了晌午時分，馬隊停步，略事休息，餵馬吃草料，眾人開梢（吃飯）。龍鳳姑婆吃不慣糌粑、酥油茶，霍桑親自為她煮了碗香氣四溢的米線，道：「韓姑娘，嚐嚐這『蓮花』米線，看看是否合妳味口。」龍鳳姑婆奇道：「在這高山上竟生有蓮花，還拿來煮米線？」接過米線，仔細端詳，沒瞧見花瓣。霍桑莞爾一笑，道：「碗與晚諧音，我們馬幫忌諱晚到，通常把碗說成形狀相似的蓮花。」龍鳳姑婆道：「小女子孤陋寡聞，又學了個乖。」低頭吃著米線，不再說話。

大夥兒吃完隨即上路，沒多耽擱，馬不停蹄，直至將暮時分，離了山徑，在林間找到窩子開亮（宿營），先安頓好牲口與貨物，這才埋鍋造飯，還烤起全羊來。料理妥當後，霍桑按照常規，面對去路坐定，本該為眾馬腳子分配食物，這是馬幫頭子的主要工作之一，正也是他們被稱為鍋頭的原因。霍桑一向是為所有兄弟分配好食物後才進食，而且一路上睡得最晚，起得最早，有禍自己先擔，有福兄弟們先享，是以頗得愛戴，隊中不少好手早就可以自立門戶了，卻還是死心塌地跟著他。今晚霍桑一反常態，煮了碗米線，割了一大碗上好部位的羊肉，把刀子交給次仁，自個兒一手捧著羊肉，另一手端著米線，施施然走往龍鳳姑婆與三保的黑犛牛帳，幕天席地的馬腳子們見狀，皆面面相覷。次仁嘴角下撇，冷哼了聲，他平素十分欽敬霍桑，這回看霍桑從天香樓夾帶一個女子上路，不但為她大殺官兵，還一路上對她繞前跟後，噓寒問暖，渾沒一丁點兒男子氣概，委實看不過眼，是以大感不忿。

霍桑低喚：「韓姑娘、馬公子，我給你們送吃的來了。」守在帳外的三保早已起身相迎，龍鳳姑婆在帳內道：「有勞霍大哥了，唯天色已暗，小女子未便出帳拜謝。」她不知霍桑是名，他並非姓霍。霍桑不以為意，將羊肉與米線遞給三保，道：「二位請慢用，若還需要些甚麼，請不吝告知，我立時為二位張羅。」龍鳳姑婆道：「多謝霍大哥，儘夠了。」三保也道：「謝謝叔叔。」霍桑執意要龍鳳姑婆稱自己為大哥，卻生受三保叔叔的稱呼，此中自有深意。

霍桑這回沒見到龍鳳姑婆的絕世芳容，只聞其香，未免有些悵惘，道：「那我先告退了。」嗅了幾嗅，依依不捨地離去，嘆了口氣，走回那群臭氣熏天的馬腳子中，從次仁手上接過刀子，割起羊肉來，逐一傳遞給尚未分到的兄弟。眾人談興正濃，你一言，我一語，說的是今晨大獲全勝之事，並譏嘲明軍不堪一擊，漢人懦弱可欺，次仁甚至提議，博德族[15]應當揮師東進，占領中土，那裡多的是白花花的銀子和嬌滴滴的姑娘，餘人七嘴八舌隨聲附和。

霍桑起初默不作聲，聽了一陣子後，插口道：「咱們博德族的俗話說得好，『鐵要趁熱打，敵要趁虛攻』。今晨的那支明軍之所以不堪一擊，除了統帥無能、過於輕敵之外，再就是長途遠來，疲憊不堪，又難耐高山之苦，更不明山區作戰之理，咱們趁虛突襲，才一舉得手，大家切莫因此而看輕漢人。漢人看似文弱，但能將蒙古鐵騎驅趕回荒涼大漠，應不是出於僥倖，總該有些本領才對，連原本是大元皇帝帝師的博德法王喃加巴藏卜，也在十數年前歸順大明，接受大明皇帝策封為熾盛佛寶國師，我想也是事出有因吧！」

次仁道：「大哥何以長他漢蠻子志氣，滅咱博德族威風呢？我雖然沒讀過甚麼書，但也聽說過，咱博德族在吐蕃王朝時期，屢屢擊敗唐軍，贊普（藏王）赤松德贊更曾出兵攻占唐朝京師長安，逼得唐皇出逃，若非咱博德族受不了當地秋老虎的燠熱，以及唐皇乞得回紇大軍助陣，漢蠻子可絲毫奈何不了咱博德雄師啊！依我之見，現在的明軍恐怕比當時的唐軍還要不堪，況且咱們已經殺官造反了，不如就此反到底，回去號召一支軍隊，由大哥擔任元帥，幾個兄弟充當副將，在疆場上討得功名富貴，比長年在荒山野嶺趕馬強勝百倍，縱使戰死沙場，也落了個痛

---

15 藏人自稱為博德（Bod），據說源自佛陀（Buddha）一詞。

快。」其餘馬腳子聞言，紛紛大聲叫好起來。

霍桑道：「當年大唐威服四鄰，唐皇受尊稱為『天可汗』，料想不是浪得虛名才對。大唐與吐蕃你來我往，結結實實打過幾仗，雙方互有勝負，唐軍絕非不堪一擊。大唐若非給安史之亂弄得元氣大傷，加上藩鎮擁兵自重，不遵朝廷調度，唐都長安怎會如此輕易便被吐蕃軍攻占呢？老祖宗說過：『大山難被狂風捲走，大海難被熱火燒乾。』現今大明的土地那麼廣，人民那麼多[16]，就好似看不到盡頭的大山大海一般，咱們再如何悍勇，武力再怎麼強盛，要征服大明，當真談何容易！況且行軍打仗可不比趕馬，萬萬不能因為幾個人的一時衝動，而致兩國交戰，不但千萬百姓要受苦受難，而且馬兒也都會被徵召去充當戰馬，到時候咱馬幫連馬都沒得趕了。我年輕時老師教過我一首唐詩，那詩是怎麼說來著？……唔，『澤國江山入戰圖，生民何計樂樵蘇。憑君莫話封侯事，一將功成萬骨枯』，說的正是這個道理。」

次仁道：「大哥，兄弟們都窮怕了，窮到狗急跳牆，不說別的，光是為了成全大哥親近小小姑娘的心願，兄弟們連著幾回冒死闖入山寨搶山賊，沒想到連山賊也窮得慌，好容易才湊了幾百兩銀子。現在可好，小小姑娘讓大哥迎來，遂了大哥的心願，但是最大、最富的一股山賊也給咱們嚇跑了，往後咱們再上哪兒搶銀子去呢？」他們竟然去盜匪窩裡行搶，真是藝高人膽大。

16 以洪武二十六年為例，當時大明人口逾六千萬人。

霍桑指著遠處的黑犛牛帳啞然失笑道：「我說兄弟啊，你誤會了，在那裡頭的不是天香樓的小小姑娘，而是韓姑娘。」次仁奇道：「咱們大張旗鼓地從天香樓將她迎出，她怎麼不是大哥夢寐以求的小小姑娘呢？倘若不是，那她又是何人？」霍桑道：「這事說來話長，反正她絕不是天香樓的小小姑娘。」次仁嘻嘻笑道：「難道大哥移情別戀，一見著美若天仙的韓姑娘便愛上了，捨了小小姑娘不要？」霍桑正色道：「你別瞎說，我與韓姑娘一無瓜葛，只不過要護送她跟她身旁的小夥子去博德避避風頭罷了，你們可千萬不許胡來。」次仁隨口應允。

霍桑因方才一席話而有所感觸，站起身來，背轉過去，舉頭向月，走出幾步，嘆道：「唉，長相思，在長安。絡緯秋啼金井欄，微霜淒淒簟色寒。孤燈不明思欲絕，卷帷望月空長嘆。美人如花隔雲端，上有青冥之高天，下有淥水之波瀾。天長地遠魂飛苦，夢魂不到關山難。長相思，摧心肝。」他吟起唐詩，聊表悵惘之情，心中所思，並非龍鳳姑婆，也不是小小，而是另有其人。次仁是個粗豪漢子，哪在乎霍桑所吟之詩，一聽龍鳳姑婆不是大哥的女人，接連幾口青稞酒下肚，心頭、下腹頓時火熱了起來，管不得霍桑「千萬不許胡來」的禁令，臉上倒是不動聲色，忽然瞥見龍鳳姑婆出帳往密林深處走去，隨即站起身，託言：「我喝了不少酒，尿脬子脹滿了，得去宣洩宣洩。」

龍鳳姑婆倒真是憋了一整天，趁夜幕低垂，而且眾馬腳子聚在一起圍火開梢，便要三保陪她去林間解手。三保背對著她，眼觀四面，耳聽八方，突然聞得輕微腳步聲與呼吸聲，低呼：

「是誰？」龍鳳姑婆聽見，立即完事起身，快步躲至三保身後。次仁知道行跡已然敗露，不再躡手躡腳，大大方方從樹後現身，道：「你是天香樓的小廝吧！快讓到一旁涼快去，等本大爺跟韓姑娘快活之後，自然少不了你的賞賜。」龍鳳姑婆生平從未受過如此侮辱，氣得幾欲暈厥，冷冷吐出三個字：「殺了他。」

次仁仍不改嘻皮笑臉，道：「喲，韓姑娘犯不著如此吧！妳即便美若天仙，充其量不過是個婊子罷了，怎麼一離開天香樓，就假裝三貞九烈了起來。妳跟這個臭小子成天形影不離，還共處一帳，要說沒有苟且之事，任誰也不相信，不如也讓次仁大爺過過癮，我才不枉為妳殺官造反啊！」龍鳳姑婆還來不及反應，三保已趨前摑了次仁兩個耳括子，隨即倒退回原地，他還有賴馬幫幫忙脫困，無意當真傷人，只用上兩成勁力，饒是如此，次仁被這兩巴掌打得眼冒金星，從嘴裡吐出一灘血，還有兩顆牙躺在血中。次仁勃然大怒，蠻性發作，顧不得眼前少年是霍桑的貴賓，而且認定他只是天香樓的小廝、龜公之流，殺不足惜，於是從袖裡激射出一把飛刀，直取其咽喉。

三保早料到次仁會出此狠招，摸出血海深仇劍，藉著枝葉間透入的稀微星月之輝，撥開飛刀，不意耳聞咻咻勁風，眼見點點寒芒，多把飛刀接續破空而至。他要避開，絲毫不難，但龍鳳姑婆立於身後，恐誤傷了她，於是手臂連連揮動，將飛刀一一磕飛。這連環飛刀乃次仁苦練多年的絕技，幾番大破山賊，今朝痛殺明兵，都賴以立下奇功，豈知竟遭眼前少年輕而易舉地擊落，不禁心下一凜，情知這少年絕非等閒之輩，驚問：「妓院小廝、龜公絕無如此身手，你究竟是何人？」

「這位馬公子是我救命恩人之子。」霍桑恰好趕到，替三保回答了次仁的問話。他走近看見地上的多把飛刀，黑暗中雙目精光暴射，厲聲問道：「次仁，這是怎麼一回事？你為何要對馬公子痛下殺手？」次仁道：「大哥，我……我來樹林裡撒尿，無意間撞見他們兩位，馬公子可能誤以為我有歹意，不由分說便狠狠打了我兩巴掌，連牙都打掉了，我一時氣不過，想出手教訓他一番，其實無意殺他。」霍桑冷冷問道：「是嗎？」

三保接口道：「是啊，小姪與次仁叔叔僅是誤會一場。」轉向次仁拱手作揖，道：「在下方才多有得罪，還請見諒。」龍鳳姑婆念頭轉了幾轉，這口氣雖萬難嚥得下去，但也覺得目前不該跟馬幫撕破臉，不急著拆穿次仁的謊言。霍桑道：「倘若當真只是誤會一場，那倒無妨，但動上了手便是不該，待會兒你們兩個各罰三蓮花酒，這事就此揭過，日後誰也不許再提起。」馬幫成員打架，事屬稀鬆平常，只要無人受重傷，沒誤甚麼事，不至於受到甚麼嚴厲懲處，大夥兒通常也無隔夜仇，次日起仍是好兄弟、好夥伴，畢竟走馬異常艱險，稍一不慎，即會落得屍骨無存的下場，得仰賴大夥兒齊心協力，和衷共濟。

龍鳳姑婆獨自回帳歇下，三保跟隨霍桑、次仁至火堆前。次仁取來一個海碗，自知理虧在先，又感謝三保為他遮掩，一言不發，自斟自飲了三大碗青稞烈酒。霍桑讚道：「好，痛快，不愧是咱們馬幫的好漢子！」次仁又滿斟一碗，遞給三保。三保是穆斯林，依戒不得飲酒，盯著海碗，不知如何是好。霍桑接過碗去，朗聲道：「各位兄弟，值此良夜，我來述說一段陳年往事，唔……算來那差不多已是十一年前的事了。當年的一個花月良宵，夜色靜好，正如今晚一般，我初掌馬幫鍋頭，很是意氣風發，不願在兄弟面前招搖，獨自一人找了間酒店，有酒無肴，直喝至阮囊盡空，連隨身刀子都典當在店內，心裡頭卻好生快活。」有人高聲道：「好樣的，這正是咱們馬幫本色。」其他人紛紛附和道：「是啊，是啊。」

霍桑報以一笑，又道：「我出了酒店，搖搖晃晃走著，忽見幾名元兵正在欺侮一個納西族姑娘，我出於義憤，二話不說，上前一拳打死一個正在作惡的元兵，打傷了其餘，自知闖下彌天大禍，欲待逃跑，無奈酒力正巧發作，兩眼發黑，雙腿癱軟，索性枕在那個死元兵的屍體上呼呼大睡，任誰也不理。」眾人聽到此處，都笑了起來，也驚訝於他的膽大妄為。幾個老成持重者心知肚明，若是霍桑當時落入元兵手裡，以他們慣有的行事風格，馬幫恐會遭受連累，不少人身家性命難保，更多人從此不能趕馬。

霍桑續道：「我著實醉得厲害，忽然感受到一陣地動山搖，本以為是地牛翻身，不打算理睬，繼續大睡，但是地牛直翻個沒完沒了，我勉強睜開迷濛醉眼，赫然發現自己打橫在一條大漢的肩膀上，後頭有幾十個持刀的元兵苦苦追趕。那大漢肩負著我，腳下絲毫不慢，把元兵遠遠拋在身後，眼看就要脫困，豈料這時一隊騎兵加入追捕的行列。呵呵，人兩腳，馬四足，那大漢再如何身強體健，到底不是神仙，說甚麼也跑不贏馬去。他大可將我扔下不理，畢竟他與我素昧平生，犯不著把事情攬在自己身上，然而他竟對我不捨不棄，在騎兵隊即將趕上之際，扛著我躍入湍急的河中，載沉載浮地漂流了不知多遠。他在水裡一直翼護著我，既沒讓我淹死，更沒教我撞上礁石而粉身碎骨，最後還奮力把我拖上岸，他的神力固然驚人，其義勇更令我感佩。這時我的酒已全醒了，問他為何要救我，他說他原本要出手相救那個受辱的納西族姑娘，卻給我搶先一步，後來看我醉倒，屢喚我不醒，而元兵已至，於是將我負起奔逃。各位兄弟啊，這條大漢不是別人，正是這位馬公子的父親。」三保聽霍桑說起父親如此義勇行徑，大感振奮，不禁將脊梁骨挺得筆直筆直，卻不知其父下定決心前往天方朝聖，亦不無遠走他鄉以躲避元兵追緝之意。

霍桑話鋒一轉，嘆了口氣道：「然則馬英雄在六年前慘遭奸人所害、明兵所殺，天可憐見，讓我在陰錯陽差下巧遇其公子。這會兒馬公子原該自喝三蓮花酒，但是各位且說看看，我該不該代馬公子喝上一蓮花呢？」眾人齊呼：「該！」霍桑捧起海碗一口飲盡。次仁隨即將那海碗接去，滿斟上青稞酒，對三保說道：「馬公子，你老爺子竟是如此英雄了得，所謂虎父無犬子，難怪馬公子身手不凡，次仁有眼無珠，方才多所冒犯，這蓮花酒倒是要罰在我身上。」說完仰起脖子，喝得涓滴無剩。其餘馬腳子都站了起來，齊齊向三保敬酒，先乾為敬，端著空碗望著他。三保頗難為情，熱血上湧，顧不得清真戒律，自乾一碗。這是他生平首次飲酒，嗆得直咳，淚水長流，惹得馬腳子們大笑不已，彼此的情誼因而拉近不少。

眾人在耿耿星河下，直喝得酒酣耳熱，有個馬腳子一時興起，哼唱起趕馬調來。藏族、納西族、白族與其他西南各族的馬幫自有其趕馬調，歌詞曲韻大異其趣，然而不管是家族幫、逗湊幫、臨時結幫，或者是在路上萍水偶逢的，聽得他族的趕馬調多次後，也大抵能夠哼個幾句。這個馬腳子唱的是

歡樂不過趕馬人，苦累不過小馬幫。白天歡樂小日晒，夜裡受苦露青霜。
白日聽見金雞叫，夜晚聽見江水響。一天三餐鑼鍋飯，一夜三抱綠葉床。
三根茅草搪地氣，三片綠葉遮露水。三個石頭打個灶，就地挖個洗臉盆。
老天不負苦心人，趟趟生意做得成。大小騾子擺滿蒼，強似馱回金和銀。
大路寬寬走灰塵，人歡馬叫回家門。

這首極言馬幫的苦累艱辛，但其中亦有歡樂滋味，表達了他們的願想，其他馬腳子心有同感，也都跟著低吟。待唱罷此曲，另一個馬腳子引吭高唱

砍柴莫砍苦葛藤，有囡莫給趕馬人。
他三十晚上討媳婦，初一初二就出門。

你要出門莫討我，若要討我莫出門。
我討你差下一番帳，不走夷方帳不清。
……

這首道盡馬腳子為了生計，不得不暫別軟玉溫香的辛酸悲情，他們大多是青壯年漢子，長時期在外，確屬難為。三保不禁想起戴天仇曾吟詠過的杜甫〈新婚別〉：「兔絲附蓬麻，引蔓故不長。嫁女與征夫，不如棄路旁。結髮為夫妻，席不暖君床。暮婚晨告別，無乃太匆忙。……」其後眾馬腳子各顯神通，唱起多支趕馬調，當唱到「趕馬走夷方，先把老婆嫁」時，一個初入行、新婚未久的年輕馬腳子感觸良多，忍不住啜泣起來。霍桑喝道：「哭甚麼哭，沒出息，哭了不吉利，格薩爾王[17]要瞧你不起，不保祐你啦！」

他這話才說完，忽然傳來龍鳳姑婆的尖叫聲，眾人紛紛拋下酒碗，拎起武器，奔往她的營帳，只見一條人影躍上馬背，往回頭路疾馳而去，眾人不約而同發出各種暗器，都教那人輕輕巧巧閃過，反而有幾隻尾隨追擊的獒犬遭那人以暗器射傷，馬腳子們趕緊喚回其餘猛獒，再去救治傷犬。三保這輩子首度喝酒，此刻腦袋暈痛，胸臆脹滿，四肢乏力，腳步虛浮，功夫使不大出

17 格薩爾王是藏族傳說中的大英雄，而《格薩爾王傳》流傳千餘年，是全世界最長的史詩。

來，一瞧那人服色，知是錦衣衛，看來已經教他們盯上了，此去必定凶險萬分，但這會兒顧不了往後，趕緊掀開帳幕入內。龍鳳姑婆長髮委地，撲進他懷裡，顫聲道：「我久等你不來，輾轉反側，忽然聽見異聲，起身查看，發現有尖刀劃破帳帷，一時驚慌，是以高聲喊叫。」三保柔聲道：「是我不對，從此時此刻起，這一路上我必定不離開妳寸步。」霍桑在帳外道：「韓姑娘又受驚了，可還安好？」龍鳳姑婆道：「我沒事，多謝霍大哥關照。」霍桑道：「霍桑未能善盡保護韓姑娘之責，著實愧惶無地。」龍鳳姑婆道：「不礙事，只是敵人神出鬼沒，大夥兒得多加留心。」

這時不遠處有團焰火竄向夜空，炸了開來，霍桑知是方才遁去之人正發出訊號聚集同夥，遂傳下號令：「各位兄弟，今晚早些安歇，明日有險路要趕，有硬仗要打。」次仁問道：「大哥，是否要多派守衛？」霍桑道：「不用了，我料定敵人今晚會聚集擘畫，無暇前來偷營。」眾馬腳子散去，因親眼見到方才那人的武藝甚為了得，迥非今晨遭遇的明兵可比，皆心懷忐忑，難以睡得安穩，然而果如霍桑所料，對方並未再來夜襲。

龍鳳姑婆受到驚嚇，想要讓三保擁著入眠，不好意思明講，道：「三保，山間白日燠熱，夜裡卻嚴寒刺骨，你覺得冷嗎？」三保從沉醉中強打起精神，道：「不會，我有內功，自抵禦得了，姊姊冷嗎？」龍鳳姑婆輕「嗯」了聲，聊表回覆，見三保靠近身來，又是害羞，又是欣喜，卻聽得他說道：「那麼我教姊姊練一套入門的內功，好讓姊姊用以驅寒。」龍鳳姑婆大失所望，只得勉為其難答應，練了一會兒，也就懷著怨氣睡著。

次晨天未亮，馬幫幫眾即起身忙碌，馬餵足草料，人吃飽早飯，行囊整理妥當，貨物紮穩在馬背上，虔誠祭拜過山神。其後，霍桑端來兩碗色呈紅褐、奇香撲鼻的茶水，道：「今日打算騎馬快速攀高，好甩掉尾隨的敵人，但如此一來，易致體乏神虛，頭痛咳嗽，心搏加速。這茶泡過『蘇洛瑪寶』（即紅景天），一種神奇的高山藥草，喝了不但可以緩解症狀，還能輕身健體，提神醒腦。」三保與龍鳳姑婆謝了霍桑，接過茶水，入口甚覺苦澀，但還是喝得涓滴不剩。霍桑又鄭重叮嚀：「二位倘若感到不適，動作須放緩，否則心臟恐怕負荷不了而致猝死，可千萬大意不得。」這是霍桑昨夜苦思而得的計策，他知道這隊馬幫兄弟們再如何悍勇，把搶山賊、殺官兵當作家常便飯，當真遇上武林高手，還是唯有任人宰割的分兒，僅能借助高山，將敵人拖垮，只是不知馬、韓二人撐不撐得住。其實他二人久居雲南山間，對於高山的適應能力雖不及馬幫，但比起平地人，算是遠有過之。

霍桑儘撿險峻的山徑走，愈行愈高，冰雪益厚，嚴寒更甚，三保頗具內功根基，自不畏風寒，龍鳳姑婆卻已禁受不住。三保要她運功抵禦，龍鳳姑婆為昨夜他的不解風情而負氣不理，霍桑趁機大獻殷勤，不住對她噓寒問暖，還親手為她披上一件極輕極暖的藏羚絨衫。這衫珍稀之處在於誘捕幼羚，取其頸腋之絨毛後便即放歸，未傷一命，而需上千隻幼羚，才製得成這麼一件。三保觸景傷情，思念起雪兒與戴天仇來，況且錦衣衛緊躡在後，無意跟霍桑爭風吃醋，一直默然不語，面無表情，只尋隙告知霍桑有關錦衣衛之事。龍鳳姑婆假意與霍桑親近，偷瞧三保神色，見他無動於衷，更覺惱怒，刻意冷淡三保，一路上與霍桑言笑晏晏，將三保撇在身後。

霍桑的計策果真奏效，蹣行在後的數十名錦衣衛個個叫苦不迭，冰雪風霜倒還容易對付，然而氣息益發急促，神志逐漸昏瞶，甚至恍惚迷離，頭疼欲裂，這是生平未有之事，讓他們驚慌莫名，而且馬幫隊伍綿延數里，早就看不見最前頭發生的情況，倘若疑犯因此逃脫，當真有負皇恩，於是決定發動奇襲。這隊錦衣衛的頭兒示意手下取出手銃，點燃引信，各自瞄準一個馬腳子，原本幽靜的高山絕峰，爆發出連環震響，迴盪於群山萬壑之間。

領頭的霍桑聽到一連串爆裂聲，猛吃一驚，既沒回頭查看響聲來源，也未探視人馬損傷情形，反而停住馬，仰頭環顧群山之頂，突然厲聲大喊：「雪崩了，大夥兒快逃！」顧不得身旁的龍鳳姑婆，雙腿一夾，胯下駿馬急往前奔。緊接著山上悶雷之聲滾滾傳至，愈來愈響，幾至震耳欲聾，大片冰雪如同怒濤狂潮般飛湧而下，捲起巨大山石，當者披靡，無論強壯勇悍的馬腳子，抑或武藝精熟的錦衣衛，全給砸得支離破碎，健馬猛獒也未能倖免。

落在龍鳳姑婆後頭的三保飛身離鞍，上了她的馬背，橫抱起她的嬌軀，一臉堅毅道：「是死是活，我都與妳同在。」龍鳳姑婆聽他說此誓言，原本的驚駭一掃而空，只痴痴盯著他的臉龐，任憑他懷抱之外是如何的地動山搖，也了無所謂。三保運起輕功往前疾竄，但他的身法再迅捷，也比不上雪崩的速度快，二人終究遭雪掩埋，所幸皆未被硬物砸中，身軀完好無損。龍鳳姑婆在黑暗中仰臥於冰雪裡，三保的胸膛緊貼著她的胸脯，她身子冰冷，心頭卻是一片火熱。

「姊姊，您沒事吧？」三保急切問道，一開口，便滿嘴是雪，好容易才說完這幾個字。龍鳳姑婆甜膩膩答道：「嗯，我沒事，你還好吧？」三保用身軀為她擋住冰雪，她口鼻周遭尚留有些許空隙，說話倒是無礙。三保勉力道：「我還好。」暗自尋思要如何脫困，但不知埋得究竟有多深，不管如何，總要竭盡所能鑽出雪堆才是，然而只要稍微移動身子，上頭與周遭的積雪便立刻填補空隙。三保心頭雪亮，知道再繼續這樣下去，不消片刻，二人即會活活悶死。

值此生死交關之際，三保腦中閃過龍鳳姑婆冰肌玉膚上，令自己百思莫解的行氣運功圖，突然福至心靈，要龍鳳姑婆運功驅寒，自己則奮力脫除衣物，赤裸全身。龍鳳姑娘以為他打算在死前跟自己做一回夫妻，驀然想起小小姑娘衣櫃外的景象，不禁心醉神馳，身子發燙，自己壞了貞潔後竟是遭雪埋，而非受火焚，大違明教教規，真會氣炸蘇天贊等人，更覺稱心快意，一時管不著三保要如何辦到、蘇天贊是否尚在人世，而三保的身子也熱騰騰的，好似一具滿注熱水的人肉湯婆子，在雪堆裡緊抱著，好生舒服，不過隨即變得奇寒澈骨，她滿懷的綺思遐想也就煙消雲散，張開妙目，黑暗中甚麼也瞧不見。

三保先依常法運起內力，融化周遭之雪，再按照祕笈圖示逆行經脈，使融雪結冰，這等於把雪夯實，擠壓出一丁點兒空隙，因而多了些許空氣可供呼吸。龍鳳姑婆原本昏昏沉沉，神思縹緲，忽然如抱冰柱，又吸到一絲新鮮涼氣，登時驚醒過來，察覺三保的身子乍寒乍熱，憬悟到他正在運功，而非要跟自己如何如何，況且他早已淨身，想到此節，未免悵然若失，羞愧不已，老老實實按照三保所授之法調息吐納。三保初時進展極為緩慢，片刻後得心應手，在雪堆裡斜斜往上挖掘出一條雪隧。他每前進一寸，便要龍鳳姑婆挪移跟上，再緊抱住她，好用已身為她驅寒。龍鳳姑婆深感其「是死是活，我都與妳同在」之語絕非虛言，內心溫暖洋溢，氣息更是深沉舒緩。

他倆的身體曲線契合無間，彷彿原本是天地生成的一個整體，後來才一分為二，此刻緊緊纏抱，她正好壓貼著他幾處關鍵經穴，身子移動之際，又刺激到他另外的要緊經穴，二人的呼吸逐漸趨於一致，如此大大有助於他一順一逆地交互運行經脈，而收陰陽相濟之功。三保看上頭依稀透進天光，穿上褲子，一出雪堆，不但有再世為人之感，還覺得脫胎換骨，功力遠非先前可比。他把龍鳳姑婆從雪隧中拉出，還沒來得及穿回上身衣服，龍鳳姑婆嚶聲投進他的懷裡，二人緊緊相擁，並未察覺霍桑牽著馬，跪伏在不遠處，驚訝萬分地望著他倆。

霍桑站起，顫聲問道：「你們究竟是人是鬼，是妖是仙？」他倆一聽見人聲，倏然分開，龍鳳姑婆羞得玉顏通紅，粉頸低垂。三保神清氣爽，穿好衣服，頑皮地抱起她的嬌軀，躍至霍桑身前，將她放下，抓著霍桑雙臂，歡天喜地說道：「叔叔安然無恙，當真可喜可賀。」霍桑這時已知他是活人，而非鬼魅，用力甩開他的雙手，悲憤道：「可喜可賀？百餘名生死與共的兄弟，上千匹負重行遠的健馬，數十隻壯碩威猛的獒犬，還有價值千金的貨物，一眨眼間全都給冰雪吞噬一盡，從此長埋於雪山之上，怎能說是可喜可賀呢？」

這句話有如大鐵鎚般猛擊三保的胸膛，他的臉色瞬間變得慘白，頹然嘆道：「難道我真是不祥之人，凡愛我及助我者必遭不幸嗎？」霍桑冷哼一聲，回顧所來山徑上的皚皚白雪，默想掩埋其下多年來同甘共苦的馬幫夥伴，不禁淌落兩行男兒熱淚。龍鳳姑婆牽起三保的手，柔聲道：「三保，你切勿自責，你實非不祥之人，然則此為不靖之世，上有不正之君，下有不義之師，因而造就了無數不幸之民。」霍桑啞著嗓子道：「罷了！罷了！也許是佛菩薩有意試煉我，才教我遭此橫禍。我且遵照先前承諾，送你們去到吐蕃，大明朝廷雖在那兒設有行都指揮使司，目前還只是個空殼子，況且吐蕃各地頭領並非誠心歸順，只不過是要跟大明朝廷討些賞賜罷了，你們一旦到了那兒，便不怕大明朝廷的爪牙追緝，然後我將找間寺廟出家當喇嘛，了此殘生，與你們再無瓜葛。」

三保看他容顏憔悴，似乎瞬間老了二十歲，活像個飽經風霜的老漢，心下歉然，抱拳道：「叔叔盛情高義，三保銘感五內，來世必當銜環結草，以報厚恩。」霍桑擺了擺手，苦笑道：「那就免了吧！漢人有『冤冤相報何時了』的說法，我為了報恩，如今落得如此下場，看來恩恩相報也會沒完沒了。到了吐蕃，我將二位安頓好，咱們便兩不相欠，今生來世，莫再相見。」三保一時語塞，話接不下去，淒風蕭蕭，內功又精深一層的他，竟感到遍體生寒，而他的內心更是冰涼雪冷。霍桑轉對龍鳳姑婆道：「千匹良駒，僅餘一騎，韓姑娘請上馬吧，霍桑從今以後再也不是馬鍋頭，權且為妳充當一回馬前卒。」龍鳳姑婆心知山高路長，不敢逞強，在三保的攙扶下上了馬。霍桑領頭，龍鳳姑婆乘馬，三保牽韁，八足邁步前行，徒留百餘英魂於滇西北巍峨的群山間。

藏人篤信佛教，加上地處高寒荒瘠，生活千難萬難，是以對於生死之事，比其他民族要豁達許多。霍桑本身更是豪氣干雲，也明白走馬天涯，看似快活愜意，其實凶險無比，可謂命懸一線，朝不慮夕，他早已聽多見慣了生離死別，因此縱使內心深處悲慟萬分，沒再顯露出一絲半點來，很快便恢復談笑。

馬背上載有乾糧，霍桑與三保都擅長狩獵，二人要填飽肚子，暫時不成問題。三保的父親騎射精絕，但三保在母親的薰陶下不嗜殺生，而且他當時年幼力弱，根本拉不開父親的硬弓，父親也沒敢為他製作小弓箭，以免惹惱老婆大人，明教眾長老覺得用弓箭刺殺朱元璋，未免太過於明目張膽，三保也就從未沒學過箭術，這當下趁歇息時機向霍桑請教。霍桑毫不藏私，傾囊相授。三保頗具膂力，內功更已打下堅實基礎，不怎麼費勁便張開霍桑的巨弓，而他悟性極高，耳聰目明，不消片刻即已掌握射箭要領。霍桑將弓箭交給三保背負，要他伺機試試身手。

三人一馬重又啟程，走著走著，三保乍見排成一個人字形的雁陣翻山越嶺飛來，仰頭將弓弦扯得飽滿，一箭朝天射去。霍桑走在前頭想著心事，忽然聽得弓弦聲響，急忙回頭，厲聲驚呼：「不要！」但箭已離弦，顛倒閃電般筆直向天頂疾飛而上，兩隻大鳥先後落地。三保走近一瞧，卻不是雁，而是頭頸及尾羽呈墨黑色的白鶴，其頭頂心還有一塊殷紅血斑，問道：「叔叔，有何不妥嗎？這可是傳聞中的丹頂鶴？」

霍桑緊繃著臉，沒回答三保的詢問，走近查看被他射落的雙鶴，見到其中一隻的背上插了枝羽箭，箭頭透出前胸，另一隻的身上無箭，其前胸與後背都有傷口，想是三保所射之箭勁力甚強，貫穿一隻鶴的身軀後，又往上飛行了好一段距離，從半空掉落時不偏不倚，正中後頭湊過來的另一隻鶴，如此神力與絕技，霍桑不禁嘖嘖稱奇，自嘆弗如。他拎起雙鶴，這才說道：「這不是丹頂鶴，我們吐蕃人稱呼牠們為中中嘎布，意思是黑頸鶴。牠們從不吃莊稼，只吃害蟲，據說還是格薩爾王的牧馬官，曾幫遭大惡魔擄走的格薩爾王王妃傳遞訊息，因此我們吐蕃人尊奉黑頸鶴為神鳥，愛護禮敬都還來不及了，哪敢射殺牠們，否則會大大地不吉利！」言詞中頗有怨責之意。

龍鳳姑婆為三保緩頰道：「不知者無罪，霍大哥就別怪三保了，錯已犯下，如今要如何是好呢？不如咱們把雙鶴埋了，將此處命名為鶴丘，立碑為記。可惜咱們的文才都欠佳，不然也學學元好問，填首〈鶴丘詞〉。唔，千秋萬古，為留待騷人，狂歌痛飲，來訪鶴丘處。」她嘴裡這麼說，心中所想的，卻是元好問這千古名作的開頭幾句：「問世間，情是何物，直教生死相許。天南地北雙飛客，老翅幾回寒暑。」不由得幻想著來世與三保比翼雙飛，天南地北永相隨，縱然遭魯莽獵人同時射殺，也是甜蜜，胸臆充滿柔情，雙眼斜乜三保。不料霍桑竟道：「反正射都射了，埋了當真可惜，那就烤來吃吧，免得為了填飽肚皮而須另外多造殺業。」三人對三保誤殺藏族神鳥一事便一笑置之。

山映斜陽，白首染就一片金黃，山腰青鬱蒼茫，天上雲彩紅豔勝火，隨著日腳西移，風勢轉變，但見飛霞流光，幻化不定，景色煞是瑰麗奇絕，賞之不盡。三保與龍鳳姑婆死裡逃生，情投意合，愛苗滋長，縱然是窮山惡水，在他們此時的眼裡，也會認作人間仙境，更何況美景若斯，兩人沉浸其中，欺霍桑背向自己，不時四目交接，偶爾雙手互握，歡喜融融，盼望這條路途永無盡頭。霍桑卻在暗暗發愁：此行攜來的帳幕全都埋在冰雪下，又一直沒能找到適合棲身的洞穴，看來三人今夜非露宿奇寒澈骨的山野不可了。霍桑畢竟當了十多年的馬鍋頭，對此窘況全然束手無策，拉不下臉來，因此大為著惱，哪在乎甚麼山景，一逕往前大步趨行，直到月兒高掛天際，仍不停歇。

三保以為霍桑還在為失去馬幫兄弟及自己誤殺藏族神鳥之事賭氣，原本不敢吭聲，瞥見龍鳳姑婆咬牙苦撐的模樣，心下不忍，不得不硬起頭皮道：「叔叔，可否稍待？」正邊走邊逡尋適合開亮之處的霍桑止住步伐，回轉過身子來，粗聲粗氣道：「啥事？」三保道：「咱們今晨天未亮便起身，一路疾走，目下應已是二更時分，是否該歇宿了？」霍桑道：「我不累，難道你累了嗎？」三保還沒回答，馬兒長嘶了聲，口鼻噴出兩道白氣。霍桑怒道：「我又沒問你這隻馬東西，你多嘴做啥？」三保姓馬，霍桑這話聽似指桑罵槐，但他本無此意，話既出口，卻也沒打算解釋。

龍鳳姑婆道：「霍大哥，是該歇歇了。」霍桑長嘆口氣，這才說出自己為難之處。三保道：「叔叔先莫煩惱，且容小姪試試。」他堆聚雪塊，隔著衣物予以壓實，再用血海深仇劍切成平整方塊，運使內力融化表面，此時天寒地凍，無須逆運經脈，融雪即於瞬間結冰，化為冰磚，然後藉以砌成一間聊堪遮擋寒風的小小冰屋，足供三人坐臥其中。霍桑瞪大雙眼，連道：「妖法！妖法！你這使的必是妖法，我萬萬不敢受用。」無論三保如何解釋，他說甚麼也不願意進入冰屋。龍鳳姑婆脫下藏羚絨衫給他，他接下披上，與馬兒瑟縮在一塊大石之後度過寒夜，虧得他身子真夠強壯，並熟知禦寒之法，藏羚絨衫也的確保暖，換作常人，早已凍斃。

三人一馬，翻山越嶺，渡江過河，曉行夜宿。別看龍鳳姑婆一副嬌弱模樣，她打從還在娘胎裡起，便開始過著顛沛流離的生活，其實是外柔內剛，況且三保與霍桑一路上對她悉心照料，她沒吃太多苦頭，雖無錦衣玉食，倒也不曾當真挨餓受凍。明教徒本該茹素，然而數百年來飽受迫害，每每東躲西藏，有甚麼便吃甚麼，往往無法恪守戒律，許多教徒也就乾脆不吃素了。三人除了沿途採集菇菌、水果、野菜外，一到山間的聚落市集，儘可能多買些蔬果穀物，烹煮時把食材全放在一個鍋中料理，龍鳳姑婆頗能從權達變，餐餐都吃肉邊素，對此毫無怨言，更何況與心上人同鍋共食，甚覺有滋有味。

這一日，他們在盤旋迂曲的山徑上走了大半天，始終未見人煙，經過一片樹林時，竟連飛禽走獸也罕遇一隻半頭。三保正感奇怪，馬兒忽然焦躁不安起來，尖長耳朵轉向後方，急欲往前奔去，轠繩被三保緊緊扯住，長臉側向一邊，馬蹄不斷蹬踏，卻掙不脫束縛。霍桑過來先安撫住馬兒，再往來路走出十餘步，嗅了幾嗅，趦轉回來，臉色沉重，道：「咱們給綴上了。」三保驚問：「是錦衣衛嗎？」霍桑搖搖頭，沉聲道：「不是。」三保略放下心，卻聽霍桑續道：「這回盯上咱們的，可比錦衣衛來得可怕許多。」龍鳳姑婆已經下馬，問道：「這世上居然有人比錦衣衛還來得可怕許多，那會是誰？」

霍桑道：「不是人，是狼群，錦衣衛可不會把人給活撕生吞。」他沒見識過錦衣衛的殘酷手段，以為被狼群活撕生吞，已是天底下最悲慘可怖之事了。龍鳳姑婆又問：「有多少隻狼呢？」霍桑道：「還不知道哩！狼群一般不出十隻，合我與馬公子之力，這數量只能算是給咱們送來鮮肉與上等皮草，但若多達二十隻，甚至三、四十隻，咱們的去處勢必得改改了。」龍鳳姑婆奇道：「若不去吐蕃，那麼要改去哪兒？」霍桑苦笑道：「自然是狼肚子囉！狼甚少吃人，不過當真餓極了，也犯不著跟人客氣，更不懂得憐香惜玉。」

龍鳳姑婆嚇得花容失色，眼望來路，驚道：「既然如此，咱們何不快逃？」霍桑道：「狼性狡詐多疑，獵食前會先仔細觀察獵物與地勢，然後設下獵殺策略。」龍鳳姑婆道：「野獸竟會設下獵殺策略，難道牠們也有智慧嗎？」霍桑道：「萬物皆有靈性，可別小看牠們。」龍鳳姑婆兀自不信，又問：「那麼狼會設下甚麼獵殺策略？」霍桑答道：「其策略一般有二，通常會潛行至獵物近處，出其不意，暴起攻擊，其次是恐嚇獵物。後者正是這群狼對咱們所採行的，牠們在上風處，分明就是要讓咱們聞到牠們的氣味而心生恐懼。」這回換三保發問：「牠們為何要恐嚇獵物呢？難道不擔心獵物跑了嗎？」霍桑道：「非但不擔心，反而正中下懷，這又可再細分為三種情況。首先，狼群遇到碩大頑強的獵物並決定予以撲殺，會先設法累垮獵物，再以逸待勞，輪施襲擊，慢慢使之癱瘓，最後合起攻擊，如此即能避免搏鬥時本身受到重傷。其次，若獵物是一整群，狼群會先進行驅趕，從中篩選出體弱易殺者。」他似有深意地望了望龍鳳姑婆，她正是三人一馬中最體弱無力者。

龍鳳姑婆不免發起寒顫，三保握住她的纖手，柔聲道：「姊姊別怕，我絕不捨妳而去，咱們縱使逃不了，打不過，就讓惡狼吃了我，妳必定會平安無事的。」龍鳳姑婆甜甜一笑，心道：「傻子，你死了，我豈會獨活？」她的恐懼被柔情密意給沖淡許多。霍桑暗笑他倆天真無知，道：「前兩種情況也就罷了，獵物要是耐力十足，或者群起奮勇抵抗，還有機會逃出生天，第三種則最為險惡，也就是狼群兵分兩路，一路在前頭設下埋伏，另一路自後頭驅趕，來個甕中捉鱉，一個獵物也別想逃。因此一旦碰上狼群，千萬別驚慌失措，亂跑亂衝，那多半是死路一條。你愈鎮定，牠們反而愈不敢冒然進攻。」三保道：「獵物要是站定不動，來個相應不理，難道惡狼將就此罷手嗎？」霍桑道：「不，牠們會先派出一隻狼來試探對方的底細，就像現在這樣。」

三保與龍鳳姑婆原本聽得入神，聞得此言，不禁大吃一驚，急忙抬眼觀瞧，卻見一隻狼露齒迫近，還不知如何因應，霍桑已一箭射翻了那隻狼。他背負起巨弓，泰然自若道：「獵物只要夠凶猛，痛擊前來試探之狼，狼群自將知難而……」一連串此起彼落的狼嗥打斷他的言語，細辨起來，應有三十多隻狼，前後各約莫十來隻，而此處山徑一邊是萬丈懸崖，另一邊是參天峭壁，他們正進退維谷。霍桑臉色倏變，顫聲道：「牠們若是非置你於死地不可，那可得另當別論了。我想這群狼盯上咱們，並非為了獵食，而是想要復仇，咱們無論如何擺脫牠們不得。」三保奇道：「咱們是怎麼跟這群惡狼結下如此深仇大恨的？」霍桑道：「你們沒有，是我。」

他嘆了口長氣，續道：「數年前我領著馬幫來到這附近，意外發現一個狼窩，打殺了裡頭的狼崽子，以免牠們長成後為害人畜。其後我們便被狼群盯上，一路上屢遭襲擊，幸好人多勢眾，倒也沒啥重大損傷，只是一直提心吊膽，夜裡根本無法安睡，因此打從次年起，我每回走馬，總會攜帶獒犬隨行。獒的體型雖比狼有過之而無不及，但不管單打獨鬥，或群毆合戰，一般獒犬都不是狼的對手，只能倚多為勝，還得善加訓練，才不致落入狼的圈套，給一一咬死。我頭一回帶來的幾條獒犬，全在暗夜裡遭狼殺害，而且是受盡折磨。牠們淒厲至極的哀嚎聲，持續了一整夜，不曾間斷片刻，等到天明被我們發現時，沒有一隻已經斷氣，但也沒有一隻可以救得活。牠們全身上下難以計數的傷口不斷淌著血，望著我們的眼神淒楚而絕望，連呻吟的力氣也早已耗盡，只能默默地等著嚥下最後一口氣，那情景我到此時此刻都還記憶猶新。這幾年走馬，我總會帶上數十條受過嚴訓的巨型猛獒，卻再也沒見過狼蹤。狼群會時常更換獵場，我原本以為牠們在虐殺獒犬後已然遠去，沒想到，沒想到，沒想到……」他止住不說，但要說些甚麼，三保與龍鳳姑婆都十分清楚，皆不寒而慄。

三保道：「惡狼如此凶殘狡猾，咱們要怎麼辦才好呢？」霍桑道：「一般而言，狼群中只有頭狼及其伴侶可以生狼崽子，頭狼又極專情，除非伴侶死了，否則不會跟其他母狼生兒育女。這群狼裡，苦大仇深的只是頭狼及其伴侶，於今之計，咱們只能設法殺掉頭狼，趁狼群產生新頭狼而打得不可開交之際，逃得愈遠愈好，否則咱們即使逃得了一時，牠們也將追殺到底。狼十分奸狡，知道咱們既沒中計，又不好惹，方才兩邊已互通聲息，照理說牠們將利用本身比人好得多的夜視能力，在天黑後發動攻擊，現已將暮，咱們剩餘的時間很有限了。」

三保慨然道：「我去狙殺頭狼。」龍鳳姑婆急道：「不可以！你不是才說過絕不捨我而去嗎？」霍桑道：「妻子是我捅出來的，我去。」邁步要走，被三保拉住。三保道：「叔叔沒練過輕功，恐怕誤了時辰，而且縱使能夠殺死頭狼，也極難全身而退，即便狼群得逞後自行離去，我與韓姊姊也不知何去何從，多半是死路一條，因此應該還是我去。」他轉向龍鳳姑婆道：「我肯定會回到妳身邊的，是死是活，我都與妳同在，這絕非虛言。」龍鳳姑婆不再反對，美目蘊淚，撲進三保懷裡，嚶嚶哭泣了起來。

三保道：「天快黑了，咱們趕緊生個火圈來抵擋狼群，為我多掙得一時片刻。」他因霍桑的一席話，對狼大為改觀，不再稱牠們為惡狼了。他輕輕掙脫龍鳳姑婆的懷抱，與霍桑飛快撿拾不少枯枝，在人馬之外圍成一圈，圈內疊了幾堆，再將血海深仇劍交給龍鳳姑婆，不禁回憶起兩人在明教祕道裡的情景，更想起雪兒，忖道：「猛獸的凶殘，是對於獵物來說，但對於其子女、夥伴而言，牠們何嘗不是深情重義呢？豹如此，狼如此，那麼蒙古人與朱元璋是否也如此？世人一直誤解明教徒，我過去誤解狼，那麼蒙古人與朱元璋是否也受到誤解了呢？」

三保兀自尋思，霍桑解下弓箭遞給他，三保道：「叔叔請留著，好用來保護韓姊姊。」霍桑驚道：「你赤手空拳，要如何在狼群裡狙殺頭狼呢？」三保從箭囊裡取出三枝箭，道：「這樣儘夠了，我自有辦法。唔，有勞叔叔升火，弄出煙霧來，這邊的狼才不至於見到我的行蹤，通風報信給前方的狼。」說完跳到枯枝圈外，待煙霧迷漫，運起輕功，在山徑上奔馳一小段路，估量這邊的狼已瞧不見自己了，而且山勢略緩，於是手腳並用，攀藤附葛，身子拔高至山稜之下，轉向去路，藉樹木、巨石的掩護潛行，忽見臨近路徑邊的山麓上趴伏著十多隻大狼，似乎正在耐心等待天色全黑，另有兩隻小狼安靜不下來，彼此撲咬嬉戲。狼有觀察學習的能力，狼群出獵，偶爾會帶著小狼同行，好讓牠們長長見識。

三保心想，小狼既是頭狼疼惜鍾愛的骨肉，必定離頭狼不遠，逡尋了下，果然在臨近小狼處發現一頭體型碩大的灰狼。此地的成年公狼多半重八、九十斤，少有超過百斤者，這頭灰狼卻大得出奇，恐怕不下一百三、四十斤，應該就是頭狼了。牠身旁蜷伏著一隻小得多的狼，其毛色柔和光亮，或許正是頭狼的配偶。其餘十來隻狼則以這四隻狼為中心，散在兩側，顯得秩序謹嚴，對山徑隱含合圍之勢，右翼的數量多於左翼，位置也較高，想必是當獵物奔近時，左翼狼隻衝將出來，堵住山徑，與後頭追來之狼，合力將獵物驅趕上半山腰的埋伏圈裡，便於以逸待勞且占盡地利的頭狼及右翼狼隻進行狙殺，如此一來，除非獵物插翅，否則絕難逃脫。三保暗暗稱奇，幾乎就要發出讚嘆了。

他估了估風向，從下風處悄悄潛近，右手手指捏著一枝羽箭，滿注內力，正要往頭狼身上擲去，卻見兩隻小狼玩得興起，撞在頭狼身上，頭狼並不生氣，回頭舔了舔兩隻小狼，再用鼻吻將牠們輕輕推開。三保見到此情此景，驀然想起父親，不禁鼻酸，也知頭狼一死，小狼必遭新的頭狼咬死，手上之箭無論如何擲不出去。他心念忽動，將三枝箭都插在腰間，潛近了些，身子突然如箭離弦，激射而出，雙手各抓住一隻小狼的後頸皮毛，越過頭狼與其配偶，起腳踢開幾隻撲躍過來的狼，扭身閃過其餘，落在山徑上，一個轉折，發足往回頭路疾奔，狼群抄截不及，由頭狼帶領著在他身後拚命追趕。

奔行片刻，火圈在望，火焰竄起達五、六尺高，三保邊跑邊喊：「是我，我要跳進去了。」身子猛然拔高，輕飄飄落在火圈裡，其中原有的二人一馬俱安然無恙，只是被烈火炙得脣敝舌焦，快禁受不住了。龍鳳姑婆急問：「三保，你沒事吧？沒受傷吧？」霍桑則問：「殺死頭狼了嗎？」兩人異口同聲問道：「你手上是甚麼？」「這不是狼嗎？你怎麼把狼給帶進來了？」

三保還未回答，外頭傳來淒厲的狼嗥聲，隱約見到狼影幢幢。霍桑驚道：「你沒殺掉頭狼，反而引來狼群，這下子咱們肯定要葬身狼腹了。」三保道：「這倒未必！」話聲未了，碩大的黑影一閃，頭狼竟躍進火圈裡來。野生動物一般都怕火，這隻頭狼亦然，但牠護子心切，還聞到殺子仇人的味道，在火圈外踱了幾回，跳到一隻狼的背上，借力躍過熊熊烈火。馬兒怕狼也怕火，頓時大感焦躁，龍鳳姑婆盡力安撫住牠。霍桑又驚又喜，道：「來得好，你自投羅網，須怪我不得。」邊說邊彎弓搭箭，指向頭狼。頭狼背部拱起，毛髮直豎，嘴臉皺緊，尖牙畢露，喉間發出低沉吼聲，作勢前撲，金黃眼珠裡的怒火比火圈還來得猛烈。牠雖極欲撲向殺子宿仇，但兩隻小狼落在強大敵人的手裡，因此投鼠忌器，不敢造次。

三保急道：「請叔叔放下弓箭。」霍桑不敢置信，問道：「你說啥？」三保道：「快放下弓箭。」霍桑道：「你瘋了嗎？」三保道：「請叔叔相信我，快快放下弓箭。」霍桑看他如此堅持，不知弄甚麼玄虛，姑且將箭頭朝向地面。三保卻道：「叔叔，請把弓箭拋在地上。」他自己腰間的三枝箭，早已平躺在地了。霍桑哼了聲，道：「你最好明白自己在幹啥。」將弓箭拋在地上。頭狼見狀，攻擊態勢稍緩，但未盡去，在三保將兩隻小狼交給霍桑之際，再度緊張起來。

三保道：「叔叔，你慢慢蹲下去，將兩隻小狼輕輕放在地上。」霍桑依言照辦，頭狼現出急切模樣，伸舌舔了舔鼻端，不敢向前。三保道：「請叔叔放開小狼。」霍桑道：「你的確是瘋了。」嘆了口氣，道：「好吧，反正這兩隻小畜牲是你抓來的。」雙手鬆開，兩隻小狼撲往頭狼。父子歷險重逢，分外親熱，小狼躺在地上，坦露肚皮，頭狼將兩隻小傢伙舔了個遍。龍鳳姑婆看了頗覺窩心，露出微笑，也有些欣羨，不過三人一馬與三隻狼同在火圈裡，仍免不了心驚肉跳。

三保緩緩蹲下，抓起沙子，撒向一段燃燒中的枯枝，火勢受抑。頭狼見狀，咬著一隻小狼的後頸皮毛，將牠甩在自己背上，再叼起另隻小狼，趁機跳出火圈。霍桑趕緊補上幾截枯枝，火勢復盛。他滿頭汗水，用袖子抹了抹，一屁股坐在地上，悻悻然道：「這下子可好，狼群不但稍待一會兒便有人肉可吃，還烤得香噴噴哩！可惜鹽巴全埋在雪裡了，否則撒些在咱們身上，風味更佳。」他明知狼不嗜吃鹽烤人肉，如此說，頗有怨責三保之意，三保含笑不語。

龍鳳姑婆雖然驚恐萬分，但因心上人信守了生死與共的承諾，心裡反倒坦然，只想好好珍惜此生最後片刻，不顧霍桑在旁，將嬌軀深深埋入伊人懷裡，連遠處傳來的狼嗥聲，此時聽來，也如同仙樂般美妙。……等等，狼群不就在火圈外頭嗎，怎麼遠處也有狼呢？她抬起頭望著三保，他臉上的笑意更甚。

霍桑霍地站起，道：「難道狼群撤了嗎？唔，狼性狡詐，這恐怕是要賺咱們出去的詭計。二位別動，我先出去探看看，否則咱們就快被烤熟了。」他從馬鞍邊抽出一把長刀，也用沙子壓抑火勢，跳出火圈，忽然大叫了聲。三保一驚，輕推開龍鳳姑婆，急使輕功躍出，沒看到半點狼蹤，卻見霍桑的表情與站立的姿勢頗為古怪，問道：「叔叔怎麼了？撞見狼了嗎？」霍桑苦笑道：「我沒撞見狼，倒是踩著好大一坨狼屎，看來牠們想跟我一屎泯恩仇哩！」

明月高懸在天，三人仰頭對月哈哈大笑，馬亦引頸長嘯，跟遠處群狼之嗥，藉著群山，彼此應和，久久方歇。

第十回　雪域

三人別過狼群，又走了十來天，邏些（即今拉薩）已然不遠。霍桑因他們的衣服都已破損髒汙得不成樣子，於是尋得一處市集，花了點銀兩，買了三套服飾，三人分別換穿上。這段時日，三保與龍鳳姑婆晒得面目黝黑，再一打扮，倒有幾分像是藏民。霍桑道：「我們吐蕃人有句諺語是這麼說的：『人不熟，笑也認為藏敵意；地不熟，白天如同在夜裡。』你們在這裡人生地不熟，裝聾作啞便是了，省得招惹麻煩。」他倆全然不通藏語，跟聾啞人其實並無太大差別，自是應允，還編造了些手語，竟也蒙混進了城。

三人一進邏些，霍桑說要先去八廓街，朝拜無上殊勝的惹薩垂朗祖拉康寺[18]裡的覺臥

18 意思是「羊土神變經堂」，相傳是藏王松贊干部下召興建，以供奉尼泊爾赤尊公主伴嫁的釋迦牟尼八歲等身像，據說格魯派創始人宗喀巴，於一四〇九年（明永樂七年）在此舉辦傳昭大法會後，才改名為大昭寺。此外，松贊干布所興建的布達拉宮早已毀壞，要到清初才陸續重建，三保此時到拉薩，可沒布達拉宮可瞻仰。

佛[19]，並請寺內喇嘛為死去的兄弟們頌經，馬幫每回走馬至此，都會前去該寺祈福，順便在繁華熱鬧的八廓街上做些買賣。也算合該有事，三人還沒看到該寺的影子，幾個紅衣喇嘛便已盯上龍鳳姑婆，圍了過來。其中一個問道：「妳是誰家的姑娘啊？打哪兒來的呢？本佛爺怎沒見過呀？嘻嘻，妳的模樣可真美麗端莊，好似度母從神桌上走下來一般。」

龍鳳姑婆不解其意，霍桑代為回覆：「小的是個獵戶，這婆娘是小的才從多康地區娶來的媳婦兒，這少年是她的胞弟，二人都既聾且啞。」另一名胖大喇嘛道：「按照剛剛訂下的規矩，新嫁娘的初夜應由喇嘛享用，如此一來，才會夫妻感情和睦，舉家福澤綿長，子孫繁茂興旺。瞧這姑娘的身段模樣，應該還是處子之身，不如今夜就由我們師兄弟共同潤澤她，讓她法喜充滿，貴府闔家平安。」霍桑奇道：「這是甚麼時候訂的規矩，小的怎從未聽說過？」那胖大喇嘛不耐煩道：「不是才跟你說的嘛，是剛剛訂下的。」轉向龍鳳姑婆，賊笑道：「妳真香，給佛爺聞聞。」說完，把鼻子湊往龍鳳姑婆的頸項。

龍鳳姑婆雖不懂其言，但見這群喇嘛同一副急色模樣，大致明白是怎麼回事，沒等那胖大喇嘛的鼻子靠近頸邊，已退後一步，還厲聲喝斥。喇嘛們聽她開口說話，說的還是漢語，知道遭霍桑欺騙，不禁勃然大怒，罵道：「你這賊漢子，竟敢欺騙佛爺們，當真活得不耐煩了。」紛紛

19　「覺臥」意為「至尊」，覺臥佛指的是文成公主攜來拉薩的釋迦牟尼十二歲等身像，原本供俸在小昭寺內，約於來藏的七十年後，才與大昭寺的釋迦牟尼八歲等身像調換。

拔出戒刀，往他的頭臉胸腹四肢猛力劈去，打算把他大切十八塊餵狗吃。三保哪容得了他們肆意妄為，出手點了他們的穴道，讓他們既動彈不得，更呼喊不出。

圍觀群眾全看傻了，生平從未見過任何人膽敢稍稍拂逆天神一般的喇嘛，何況對他們動手，更離奇的是，幾個持刀喇嘛竟然對一個赤手空拳的少年毫無招架之力，彷彿中了妖法一般，儘瞪大眼睛，張大嘴巴，連半句話也說不出口。群眾以為，眼前這英挺少年興許是羅剎王變現的，恐將為藏地帶來重大禍殃，正如同五百多年前滅佛殺僧的贊普達瑪。達瑪雖是一代英主赤松德贊之子，其實是牛魔王託生的，弄得強極一時的吐蕃王朝傾覆，藏地從此大亂，長期陷於分裂局面，後來甚至得向元、明二朝稱臣，受其誥封。兩年前，扎巴堅贊平定帕竹政權內部動亂，看來或許能有一番作為，但他還無法統領全藏，而且僅僅是個第悉（攝政者），不是贊普。自達瑪之後，藏地並無共主，爭戰不休，民不聊生，榮光不再，藏人率歸咎於達瑪[20]，痛恨極了他，在他的名前加了個朗字，意思是牛，從此稱他為朗達瑪。

五百多年前因政教相爭而致生靈塗炭的舊恨，以及各個頭領爭相歸順元、明而使藏人遭受屈辱的新仇，圍觀群眾不分青紅皂白地遷怒於三保，紛紛向他吐舌拍掌，以表示驅逐邪靈，而眼

20 其實是非曲直極難論斷。達瑪之所以滅佛，涉及了佛、苯二教的衝突，以及佛教勢盛對於藏王統治的威脅。達瑪遭佛教僧人刺殺後，兩教各擁立達瑪之子相爭鬥，最終吐蕃王朝與藏傳佛教俱滅。其後佛教捲土重來，在藏地大盛，滅佛的達瑪自然被視為十惡不赦的牛魔王。

中似乎要噴出火來。霍桑見眾怒難犯，急道：「快走！」龍鳳姑婆上了馬，霍桑挽起韁繩快步離去，三保殿後。幾個藏民不知好歹，拾起石頭猛力擲向三保。三保聽到飛石破空之聲，回轉身子，將手一兜，全攏在袖裡，一顆也沒漏失。他無意傷人，但存心露一手，好震懾群眾，反手將袖中石頭甩出。他此時功力較遭遇雪崩前更深厚一層，幾顆石頭擊在一株古意盎然、枝條茂密的柳樹上，硬生生將柳樹震得斜斜傾倒。群眾高聲呼喊，倉皇走避，倒是無人受傷。這株柳樹乃唐朝文成公主嫁來西藏後親手栽植的，藏人稱之為公主柳，已壽高七百四十餘歲了，今日無端遭此橫禍，群眾心裡更加認定三保是羅剎王變現的，卻不敢再造次，任由他們三人離去。

霍桑待遠離八廓街後，跟三保說起那株柳樹的來歷。三保驚道：「這株柳樹竟是如此古老尊貴，今日卻教我打折了，這要如何是好？」他對於自己的孟浪深感懊悔。霍桑苦笑道：「誠如韓姑娘說過的，不知者無罪，反正你也不是頭一回犯下無心之過，然而我正要將二位託付給大唐公主的後人，經此一事，恐生波折，咱們只好走一步算一步了。」三保天資再高，武功再強，畢竟只是個少歷世事的懵懂少年，不知如何應付此一窘境，只得懷著忐忑心情，跟隨霍桑去謁見他所謂大唐公主的後人。

藏地位於高原之上，此時方入冬，城內秋葉早已落盡，環城之山皆染白頭，景象萬分蕭瑟，郊外卻有一處因鄰近溫泉，竟是景致如春，放眼而望，唯見林木蓊鬱，百花爭妍，小橋流水，綠瓦粉牆，不似高原雪域，倒像是中土庭園。牆內隱隱傳來孩童們的吟哦聲，唸誦的是唐朝大詩人李白的〈憶秦娥〉：

簫聲咽，秦娥夢斷秦樓月。
秦樓月，年年柳色，灞陵傷別。
樂遊原上清秋節，咸陽古道音塵絕。
音塵絕，西風殘照，漢家陵闕。

童音稚嫩，詞意淒婉，大是突兀，三保聽了心頭猛然一震，因其所操語言，與千戶鄭武雄部屬所操的近似，而跟明教神功祕笈，似乎有著某種莫可名狀的牽連。

龍鳳姑婆下馬，三人佇立牆外，聽著孩童們吟詩，不忍打擾，馬兒也默默低頭吃草。終於，大門吱吱呀呀開啟，十幾個藏童嘻嘻哈哈奔出，一個清脆響亮的女聲高喊了幾句藏語，三保全然不解，料想是在叮嚀孩子們路上多留神，少嬉戲，早些兒返家。霍桑忽然低喚：「央金。」關閉中的大門重又敞開，一個容顏俏麗、體態婀娜的少女，從門內探頭出來張望，一見到霍桑，立即喜逐顏開，蹦跳而出，跟霍桑手拉著手，狀甚親熱，彼此嘈嘈切切，交談了好些話。二人話過別後情懷，敘完重逢欣喜，霍桑轉用漢語道：「央金，這兩位是我的貴客，千萬怠慢不得。」

央金以手指梳攏著一大根油亮辮子，拿一雙骨碌碌的明亮黑眸打量眼前男女，小巧的鼻尖微微翹起，櫻桃小嘴略略嘟著，兩頰隱現淺淺梨渦，模樣著實俏麗可愛，神情竟與潔兒差相彷彿，只不過膚色深了些，卻更顯健美。三保未等央金開口，上前畢恭畢敬行了一個大禮，道：「馬和參見公主殿下，初來貴寶地，因迫於無奈，且出於無知，是以打折了公主先人親植的柳樹，祈請恕罪。」那少女先是一怔，隨即噗哧而笑，霍桑忍俊不住，仰天大笑，連馬兒也唏嚦嚦長嘶了幾聲，三保滿頭霧水，龍鳳姑婆冷眼旁觀。

「大唐、吐蕃兩個王朝都傾覆數百年了，此時此地哪還會有甚麼公主殿下！」一個平和的聲音傳來，語音中似含無限感慨。三保循聲望去，見到門邊佇立著一個中年美婦，不禁一凜。那美婦風姿綽約，長相體態，毫不遜於天下任何一位女子，雍容肅穆，連明教聖姑龍鳳姑婆也要自愧弗如，但最令三保驚訝的是，其清麗冷豔、欲拒還迎的神態，與天香樓的小小姑娘竟有幾分肖似。三保剛因央金而聯想到潔兒，當下又因中年美婦而憶起小小，心裡難免起了一陣又一陣的揪痛。

霍桑結巴道：「梅……梅朵老師，霍……霍桑來拜見您了。」女孩子家心思細，龍鳳姑婆一瞧霍桑的神態，即明白他對此一中年美婦深懷愛慕，也理解他為何非一親小小芳澤不可。梅朵道：「才大半年沒見，你看起來憔悴許多，可是遇見甚麼心煩事？」霍桑面容一皺，哭了出來，抽抽噎噎述說自己的馬幫兄弟全都葬身於一場雪崩之中，卻隻言未提，那場雪崩起因於大明錦衣衛為了追捕三保與龍鳳姑婆。他這麼一條壯碩大漢，居然哭得跟個小男孩似地，梅朵伸出纖手，理理他的亂髮，自己也淌下珠淚，柔聲道：「哭吧！碰到這麼悲慘的事，任誰也禁受不住，咱師徒倆今兒索性相對大哭一場。」央金也淚流滿面，三人相擁而泣。

霍桑樂則大笑，悲則痛哭，的確是性情中人。三保內心深處對此欣羨不已，他自從遇上戴天仇後，鮮少能夠如此，即使戴天仇已失蹤五年多了。他望著梅朵，驀然驚覺，其實自有記憶起，母親即屢屢教導他須得舉止合度，不可太過，喜樂悲愁皆然，如此方符合中庸之道，加上他身量較同齡少年高大得多，鄰居長輩時常笑稱他是個小大人，還要自家子弟多學學他，他當時往往自鳴得意哩！

半晌過後，梅朵意識到還有旁人在，以錦帕拭淚，道：「霍桑，你還沒引介二位遠來之客。」霍桑以衣袖抹去涕泗，道：「是，霍桑有失禮數，辜負老師教誨。」他頓了頓，續道：「十一年前我初任馬幫鍋頭時，在大醉後闖下殺身之禍，幸為一義士所救，此事一直縈繞我心，未曾或忘。」梅朵點點頭道：「沒錯，我是知道這件事的。」霍桑又道：「這位馬公子，正是那位義士懷聖公的兒子，然則於六年前，懷聖公遭奸人陷害，舉家遭戮，馬公子幸為高人所救，交託給韓府養育，還練就一身武藝。不久前，韓府仇家將韓府上下燒殺殆盡，馬公子奮力救出韓府大小姐，二人流落大研城，適巧教我遇見，我於是護送他二人至此處暫避仇家追殺。」他在梅朵面前一派斯文，與平素的粗豪大異其趣。

梅朵深嘆口氣道：「二位年紀輕輕，竟如此多災多難，也當真難為你們了。你們遠道而來，風塵僕僕，若不嫌棄寒舍敝陋，權且入內稍事梳洗安歇。」龍鳳姑婆襝衽道：「多謝收容之恩。」三保也作揖稱謝。央金難得遇見年齡相仿的訪客，且是這麼一對漂亮脫俗的人物，笑嘻嘻引領他倆入內。霍桑熟門熟路，不待招呼，逕自先安頓好馬兒，再幫忙砍柴，將門窗屋瓦的破損處修補一新。梅朵指示廚娘烹煮晚膳，她興致甚高，親手做了幾道菜餚，料無珍稀，味皆佳美。

三保與龍鳳姑婆一洗多日塵勞，頓覺通體舒泰，神清氣爽。二人聯袂出到大廳，梅朵一見，讚道：「男的雄俊，女的嬌美，當真是天造地設的一對璧人。」龍鳳姑婆抿嘴微笑。梅朵察覺到她倩兮巧笑中帶著幾許淒楚，以為她因家遭變故而兀自心傷，走過去握著她的纖纖柔荑，道：「好姑娘，要是妳不嫌棄的話，就稱呼我為梅朵姨媽吧，日後在此地若有任何事情解決不了，或者受到甚麼委屈，梅朵姨媽肯定會幫妳出頭。」龍鳳姑婆未出娘胎便沒了父親，四歲時失去母親，如今才又感受到慈母的溫煦和藹，忍不住「哇」一聲，哭倒在梅朵懷中。梅朵摟著她，輕撫其背，柔聲道：「我明白，我明白，妳受盡苦楚，梅朵姨媽明白。」龍鳳姑婆既悲自己坎坷身世，且哀冰清玉潔四位姊妹，又慟明教遭受大難，更覺前途茫茫，最難堪的是與三保之間終無著落，竟一發不可收拾，哭了好一陣子，才收淚抬起頭來。

梅朵用衣袖為她抹拭珠淚，問道：「好姑娘，能告訴梅朵姨媽妳的名字嗎？」龍鳳姑婆略略遲疑，道：「我名叫待雪，梅朵姨媽喚我雪兒好了。」她母親因丈夫小明王韓林兒沉船而亡，含冤待雪，在明教諸長老力勸下，暫不跟朱元璋撕破臉，但心有未甘，將新生女兒取名為待雪。朱元璋豈會不知此名意有所指，一旦坐穩皇位，即派大內高手追殺她母女倆，她母親捨身護女，其後蘇天贊等人帶著韓待雪東躲西藏，最終躲進滇西北的高山間，韓待雪也就繼任為新一代的龍鳳姑婆。說來諷刺，蒙元有意剷除明教，明教極欲推翻蒙元，等到明教被叛徒朱元璋逼得走投無路時，居然是託蒙元殘部的庇蔭，才得以苟延殘喘好些年，一旦元梁王勢力被滅，明教總壇便慘遭叛徒毒手。

龍鳳姑婆講述自己名字時，霍桑正好進來聽見，嚷道：「我拚了老命，也沒能得知韓姑娘的閨名，梅朵老師才三言兩語，就哄得韓姑娘心甘情願招了，當真不公平。」三保忖道：「這麼多年來，我也直到今日才知曉韓姊姊的閨名，何況是你！事有湊巧，韓姊姊居然也叫雪兒，我為了這個雪兒，捨了那個雪兒，或許冥冥之中自有定數，而我無論如何，再不能捨棄這個雪兒，方不負那個雪兒。」他想起雪豹，悲從中來，只是外表不顯。

梅朵笑道：「去去去，快去幫忙端飯菜，別儘在這兒搗亂。對了，該怎麼稱呼馬公子才好？叫馬公子未免太見外了。」她前半段是對霍桑說的，後半段則是對三保而發。霍桑身為馬幫鍋頭，走馬在外時須張羅馬腳子們的吃食，平常則是個自了漢，因此毫無「君子遠庖廚」的觀念，還真往廚房走去，邊走邊道：「韓姑娘喚馬公子三保，保衛的保，而非寶貝的寶，梅朵老師不妨也叫他三保吧！」梅朵道：「雪兒、三保，唔，名字都挺好的。」卻沒說到底好在哪裡。三保還惦記著打折公主柳一事，舊話重提。梅朵道：「我的確是大唐公主的後人，那株柳樹也的確是大唐公主親植，然而植柳的公主卻非我一脈相承的先祖。」三保道：「敢問其詳。」他甚愛聽故事，只差沒像幼時般拉著梅朵之手求懇。梅朵道：「此事說來話長，咱們先用過晚膳，再慢慢道來。」

原來唐朝總計有十九位和親公主，嫁來西藏的，有太宗時期的文成與中宗一朝的金城二位，二位公主皆選自宗室之女，並非大唐皇帝的親生骨肉。植柳的是文成公主，其名千百年來頗受西藏民眾讚頌，更為當世華人熟知，金城公主則一直默默無聞，然而其對西藏的重要性，實不亞於文成公主。金城公主所生的赤松德贊[21]，乃吐蕃一代英主，在他治下，吐蕃國力達於最鼎盛，但與大唐關係破裂，甚至曾趁安史之亂，出兵攻占唐都長安，金城公主的處景也就甚為艱危，所幸兩國復歸和好，數百年來金城公主的子嗣頗受藏人禮遇，他們也念念不忘母系出身中土，戮力傳承華夏文化及唐時官話，一些富裕藏人的子弟跟從學習，梅朵為金城公主後人，霍桑即梅朵的學生，這也說明了粗豪的他為何會吟誦唐詩。

霍桑出身於邏些的殷實之家，身為獨子的他在十七歲時，跟父親的小妾亂倫成孕。他已不能人道的父親獲悉後打定主意：若小妾生男，則將通姦二人殺死而留下男嬰；若生女，則殺死母女，但須留下兒子性命以延續香火。小妾懷胎十月，生下一女，旋即慘遭家僕以亂棒打死，霍桑搶救出女嬰，交給梅朵收容，然後加入馬幫遠走他鄉，數年後得悉父親酗酒度日，不務生產，終

[21] 有學者質疑赤松德贊是否為金城公主所生，此外，文成與金城到底嫁了誰，也有數種說法。

至敗盡家產，並於酒後墜河身亡，這才返回邏些。梅朵未曾婚嫁，沒有子嗣，這些年一心一意將霍桑的女兒央金扶養長大，日常生計除了由學生束脩及針黹活計支應外，霍桑也不時帶來米穀雜貨，因此生活還算過得去。

晚膳豐盛美味，賓主投契相得，餐後談及前塵舊事，未免沾惹幾許感傷。霍桑已決定，過了今夜便出家當喇嘛，好渡化橫死的馬幫兄弟、央金生母，以及跟自己恩怨情仇交纏得難解難分的父親，霍然站起身來，朝三保道：「馬公子，我霍桑今日算是報了令尊十一年前的救命之恩，了卻一樁心事，而今而後，將盡此形壽，奉獻佛法，若心生退轉，必遭護法神擊破頭顱。山高水長，相見無因，你好自為之。」他轉對韓待雪道：「韓姑娘，勞煩妳好好照顧馬公子。我雖然粗魯，但看得出來，你們兩個彼此情深愛重，卻又彆彆扭扭，既然遭遇上了，真得放膽去愛，才不枉此生。我不後悔跟先父的小妾有過一段情緣，雖是終究弄得家破人亡的孽緣，但若非如此，這世上怎會有仙女一般的央金呢？我又怎會加入馬幫而獲馬公子之父解救呢？又怎會為了報恩而與二位結伴同行呢？二位又怎會來到此處呢？我又怎會遭遇劫難而決心出家呢？或許這一切全出自佛菩薩的巧妙安排。」他一路上見馬、韓二人發乎情，止乎禮，並不知他倆不得不然，是以有此一勸。

霍桑接著撲倒在梅朵面前，行五體投地最敬禮，梅朵也不謙讓，噙著淚，生受他的頂禮。霍桑拜完站起，鄭重道：「我最最敬愛的梅朵老師，您的恩情，我實在無法以一般言語來表達感謝，只能發下誓言：倘若霍桑有幸能與密勒日巴尊者一般，修行一世即了脫成佛，那麼頭一個要渡化的，必定是梅朵老師您，假使霍桑終歸只是個肉骨凡胎，那麼下輩子為您做牛做馬，當您僕從，絕無怨言。」

梅朵知他心意已決，自己對他再如何不捨，也絕計無可挽回，垂泣道：「你多帶些糌粑在路上吃吧！」霍桑含笑道：「當年我要離去加入馬幫時，您也說了同樣的話。謝謝，我會的。」二人相互凝視半晌，隱埋在內心深處多年的一些話，終因師徒身分而說不出口。霍桑沒能遵照自己對韓待雪「放膽去愛」的勸告，黯然轉對央金道：「俗話說得好，『君主即使淵博，也要取法於人；良駒雖然善走，也要加以鞭策。』妳得好好跟隨梅朵老師學習，不能有絲毫鬆懈，知道嗎？」央金垂淚點頭。霍桑將她帶到一旁，父女間自有一番體己話要說。

「繩子再長，也捆不住流水；情意再深，也留不了行人。」霍桑臨行前，梅朵備妥一大袋糌粑，還塞給他一顆家傳寶石，以讓他供養上師，再為他披上自己親織、繡有吉祥圖案的哈達，繼而啟朱脣，發皓齒，幽幽低唱：「哈達不需很長，只求潔白質良；朋友不需很多，只求忠誠待我……」至此哽咽，再也唱不下去。霍桑含淚收下贈物，默然不語，毅然轉身，連馬也不騎，在冷冽的晨曦中，懷藏寶石，背負糌粑與行囊，徒步邁向聖城邏些。

其後數月，韓待雪跟著梅朵學習針黹手藝，她蕙質蘭心，眼界不凡，雖是初學乍練，卻已顯得匠心獨運，且把中土的山水、建築、人物、花鳥等等，一一融入織繡中，更別具風味，由央金拿到市集上兜售，每每不一會兒便銷售一罄。三保則從事狩獵及莊稼活兒，彷彿回到滇池畔的兒時生活，既覺溫馨，又難免傷感。他頗具語言天分，沒多久已可以說些簡易藏語，還抽空跟梅朵學習唐朝官話，逐漸能夠解讀原如天書一般的明教神功祕笈，當真是喜出望外，然而若非明教總壇陷落，他不得不避難藏地，怎會有此機緣呢？年紀輕輕的他，已備感人生竟是禍福相倚而悲欣交集了。

話說該祕笈源自唐朝中葉，由一位兼通安息語及當時中土官話的摩尼師所撰。他名為令徽，本是皇宮裡一個職司低微的小宦侍，正也是頗受唐肅宗寵信的大宦官魚朝恩的眾多養子之一。魚令徽聰明絕頂，天性好武，一干大內高手與眾武將，為了拍權傾一時的魚朝恩馬屁，爭相把看家本領傳授給他這個最年幼也最得寵的養子。肅宗在位六年而崩，嫡長子繼位，是為代宗。代宗不堪忍受魚朝恩的濫權跋扈，密令宰相元載發難，誅殺魚朝恩及其黨羽。魚令徽武藝精熟，赤手空拳殺出宮廷外，從此流落江湖，不時與追蹤而至的大內高手搏殺，又經常和狹路相逢的民間武人爭鬥，武功益發精強，但畢竟好漢架不住人多，況且總不能日日夜夜不斷地打打殺殺，見摩尼教倚仗回紇勢力而大為昌盛，因容貌清秀如婦人好女，於是假扮女子，潛回長安，投身大雲光明寺，仗著天資不凡，不消數年，晉身為摩尼師，精研安息語及摩尼教上乘武功。

他將當時宮廷、軍隊、民間與摩尼教之各家武學治於一爐，融會貫通，別開蹊徑，功力通玄，臻於化境，創出一套絕世神功，因本身是個閹人，故定下「欲練神功必先自宮」的殘酷規矩，再以安息語注唐音來撰寫祕笈，且是刺在摩尼教聖姑的肌膚上，如此一來，保護聖姑亦即保護祕笈，而且縱使異教徒獲取祕笈，也萬難解讀。後來唐武宗一方面受到道士慫恿，另方面因為佛教勢力委實過大，已嚴重影響到國家稅收與徭役，而且教內藏汙納垢，弊端叢生，於是下令拆毀佛寺，逼迫僧侶還俗，史稱「會昌法難」，摩尼教非但受到牽連，更遭嚴禁。當時年已九旬的魚令徽為了掩護聖姑逃脫，力戰數十位大內高手至油盡燈枯而死，眾多女摩尼師一同遇害，其後五百多年來，尚無任何人願意自宮以習練此一神功，以安息文注唐音之祕也早已失傳，三保因機緣巧合，終於破解了隱藏在該祕笈之後的絕世機密。

韶光流轉，轉眼冬盡春至，春去夏來，三保與韓待雪有梅朵、央金為伴，生活安適，其樂融融，頗生樂不思蜀之感，不過二人依舊心繫刺殺朱元璋、匡復明教的重責大任，相約只待三保能夠全然讀懂祕笈，練成神功，便即動身，重返中土。不過三保即使解讀出愈來愈多的祕笈文字，內功進境卻極其有限，還不及埋身雪下時誤打誤撞所得，不明何故，只得以解讀出的仍屬寥寥來安慰自己。

薩噶達瓦節[22]當日，學生們都過節去了，才交未時，三保正跟著梅朵學習唐朝官話，韓待

22 藏人相信，釋迦牟尼降生、成道、圓寂都在四月十五，故在此日舉行各種儀式，做為紀念，相沿成一特定節日，名為薩噶達瓦。

雪與央金專注於刺繡，拍門聲忽然響起。以往這時分從未有人登門造訪，而且拍門甚急甚烈，四人滿腹狐疑。央金起身應門，門一開，乍見十來個喇嘛立於門外，其中幾個手裡還提著戒刀，滿臉殺氣騰騰。央金嚇得急忙入內稟告梅朵，梅朵要三保、韓待雪別輕舉妄動，獨自外出查看究竟是怎麼回事。

梅朵走至門口，雙手合十，對喇嘛們頌道：「扎西德勒（吉祥如意）！」眾喇嘛知她身分非凡，俱都回禮，不過手裡還擎著刀，有點兒先禮後兵的意味在。梅朵道：「承蒙諸位尊者屈駕，敝處蓬蔽生輝，幸也何如，且待小女子供養諸位尊者，敬獻三寶。」一個三十來歲的矮胖喇嘛粗聲粗氣道：「不用勞煩，我們是來尋人的。」梅朵道：「敝處並無閒雜人等，各位來此尋人，定是找錯地方了。」那矮胖喇嘛道：「數月前有兩男一女無緣無故打傷貧僧幾個師弟，還折文成公主親植的柳樹，隨後逃逸無蹤。敝寺派人追查數月，一無所獲，直至日前，有信眾供奉敝寺一面新近織成的錦繡，貧僧見其風格，料想應是出於漢女之手，而師弟們供稱當時肇事的女子即為漢人，於是問明那信眾錦繡來源，偕師弟至市集跟蹤販售錦繡的女子至貴府，曾親見行凶的少年出沒，他們必是窩藏在貴府無疑，望請將凶手交由敝寺處置。」

梅朵心知無可抵賴，朗聲道：「據我所知，該事端起因於令師弟公然強搶民女，你不嚴懲令師弟，反倒上門來興師問罪，當真豈有此理！」那矮胖喇嘛道：「是非曲直且待他們至敝寺說個清楚。」梅朵道：「誰不知道，任何人即便再有理，一旦踏入貴寺，定然無法全身而退。平常我對此事只睜隻眼、閉隻眼，任由你們胡作非為，然而他們既已投靠於我，我豈可置他們於不顧！」那矮胖喇嘛豎起濃眉，厲聲道：「敢情妳是拒不交人？」梅朵道：「是又怎樣？」那矮胖喇嘛道：「令祖上有功於博德，歷代執政者均嚴禁侵擾貴府，以表敬意及嘉惠其後人，貧僧無意違抗，但只要出了這扇門，貧僧可就不敢擔保你們的安危了。」

三保在屋內，雖不全然瞭解他們的對話，大致可猜著六、七成，聽見喇嘛語氣不善，深怕梅朵吃虧，翩然現身，韓待雪與央金也跟隨而出。吃過三保虧的幾個喇嘛一見仇人，分外眼紅，立刻大呼小叫起來，因忌憚他的「妖法」，不敢造次，只揮舞戒刀，一味裝腔作勢，遲不出手。三保手負身後，沒瞧他們一眼。那矮胖喇嘛見師弟們如此膿包，有意賣弄本事，右手五指成爪，抓向三保的左手腕。三保也不避讓，讓他抓住，左手掌隨即往外一圈，反扣住對方右手脈門，潛運內力，那矮胖喇嘛吃痛，喊得殺豬也似。一對中年孿生瘦高喇嘛互望一眼，心意相通，同時出掌分襲三保左右。三保將矮胖喇嘛左拉右帶，孿生喇嘛的掌力都擊在同門師弟身上，矮胖喇嘛痛得涕泗長流，大呼：「師兄注意，小心，別打到我，哎喲！」那對孿生喇嘛又急又怒，猛催勁道，拳打腳踢，連連出招，把矮胖喇嘛直打得一佛出世，二佛生天，已然喊叫不出，他們卻連三保一點兒衣角也沒沾上。

孿生喇嘛一雙長臉拉不下來，再度互望一眼，各自抽出一把戒刀。三保不願讓矮胖喇嘛枉送性命，把他拉到身後，正待接招，豈知孿生喇嘛繞過三保，揮刀砍向矮胖喇嘛，既欲解日前捷足先占美女之舊恨，也想報今日盡掃哥倆顏面之新仇。三保待要撲身去救，勢必顧此失彼，情急之下，踢出兩隻鞋子，鞋尖都戳中孿生喇嘛屁股外側的環跳穴，兩人撲倒在地，倒像在膜拜那矮胖喇嘛。先前帶頭要強搶韓待雪的胖大喇嘛高喊：「妖法，妖法，我就說這小子會妖法，你們現在總該相信了吧。」

「閉嘴，全都退下，別在這裡丟人現眼。你們平常不用功，連碰上真正的武學高手也分辨不了，還妄言甚麼妖法。」一個戴著一長串眉心骨念珠的瘦削老喇嘛突然開口，走上前來。三保見那老喇嘛頭頂心深凹，太陽穴高鼓，雙眉上頭各有一根骨頭隆起，上通髮際，彷彿長角，相貌甚是奇偉。眾喇嘛恭謹道：「是，師父。」紛紛退到大老遠，一方面深怕高手過招，自己難免遭受波及，再者倘若師父不敵對手，站得遠些，好方便開溜。老喇嘛見徒兒們非但本事不濟，還全不仗義，重重嘆口氣，覷了覷韓待雪，瞧了瞧央金，瞥了瞥梅朵，然後仔細打量三保，輕輕點頭，臉上湧現濃濃笑意。

這老喇嘛是無上瑜伽密的修行者，亦即把自己視為明王，象徵禪定與慈悲，以女子做為明妃，代表智慧，透過男女交合來修練一門極上乘的內功，藉樂空雙運以達到定慧一體，悲智和合。可惜他本身修為雖高，不肖弟子們卻全然曲解雙修之法，只一味縱慾，純務房中之術，不但定慧半分也無，悲智完全不具，武學更是稀鬆平常，還經常仗著喇嘛的身分作威作福。老喇嘛看眼前少年年紀雖輕，功力已是不弱，而根骨極佳，百年難遇，更加難能可貴的是，這少年正值血氣方剛之齡，與三個美貌非常的女子朝夕相處達數月之久，竟能潔身自好，瞧那三女的身段體態，應當都還保有處子之身，其中的漢族年輕女子，跟這少年尤其是對天造地設的絕配，可說是「明王明妃一相逢，便勝卻人間無數」，看來自己的無上功法已找到適合的傳人，只要予以悉心調教，不出三十年，這少年的功力或許就可和現在的自己並駕齊驅了，長此以往，終能達到震古鑠今、空前絕後的境界。老喇嘛想到此節，露出數十年來難得一見的笑容，眯起眼睛直盯著三保觀瞧。

三保看他一臉和煦，似無惡意，穿回鞋子，上前一揖到地，用初學未久、仍顯生硬的藏語說道：「晚輩無知，屢次冒犯令弟子，情非得已，乞請上師恕罪。」那老喇嘛道：「不打緊，不打緊，只要你願意拜我為師，我便將他們全都逐出門牆，一個不留，就算你要我殺了他們，我也即刻照辦。」三保以為自己聽錯了，望向梅朵，梅朵譯成漢語，三保再無懷疑，急道：「萬萬使不得！萬萬使不得！」不由得望向站在遠處的幾個喇嘛們，覺得他們雖然可惡之至，但總不能因為自己而斷送性命。

那老喇嘛道：「別理會我那些不成材的弟子，你即刻拜我為師，跟著我好好修練個二、三十年，便應當能夠如同我一般，打遍天下無敵手。」三保大致聽懂其意，還在尋思如何用藏語回答，央金已然邊拍手邊唱道：「老喇嘛，愛誇口，弟子個個本事高，最會腳底抹滑油。老喇嘛，不知羞，風來瘦骨幾崩離，卻誇天下無敵手。」喇嘛在藏地權勢甚大，央金如此予以奚落，算是膽大包天，梅朵不斥責她無禮，反而默不作聲，暗自叫好。

老喇嘛自重身分，不跟央金一般見識，道：「小姑娘別瞎說，妳要是想跟這位小兄弟雙修，我倒是可以安排，只不過妳身邊的年輕姑娘跟他才是絕配，我勸妳還是另尋明王吧，以免自誤誤人。」他這話乃出於至誠，並非存心調侃，卻惹得央金羞紅俏臉，垂下粉頸，眼泛春水，偷偷瞥向三保。三保不知何謂雙修，是以表情如故，央金一時弄不明白他的心意，忖道：「他為何對老喇嘛的這番話無動於衷呢？莫非他的心裡當真只有韓姊姊一個？是的，一定是的，連初次見面的老喇嘛都看出來了。」她生性開朗，不生醋意，更了無芥蒂，但少女芳心還是給撩撥觸動了，先前只要跟三保說上幾句話，便感到難以言喻的快活，此時愈看他，愈覺得他可親可喜，少女情懷一敞開，四肢百骸，五臟六腑，都滿注愛意。

梅朵甚嫌惡雙修密法，寒著臉道：「佛門宗派多不勝數，修行各有其法，其間並無高下之分，亦無是非之別，只是吾等皆傳承自中土顯教，戒除殺盜淫行，於雙修之法敬謝不敏。」老喇嘛不理會其言，拿一雙小眼珠打量著她，發浩嘆道：「可惜之至！可惜之至！妳要是早些跟我雙修，成就已然非同小可，如今才開始的話，已嫌太老，會吃不消的。」梅朵怒道：「我敬你是個年長的修行者，是以處處忍讓，卻也容不得你一再出言無狀。」老喇嘛心地質樸，想到甚麼便說甚麼，不意惹得眼前中年美婦怫然不悅，「呃」了一聲，道：「妳倘若不嫌自己老，非要跟我雙修不可的話，那也由著妳，到時候休怪我沒事先提醒妳。」梅朵氣炸心肺，喝道：「放肆！」

三保看雙方已然說僵，朗聲道：「承蒙上師謬愛，有意收晚輩為徒，實乃晚輩託天之幸……」老喇嘛插嘴道：「你能明白這個道理，確具慧根，趕緊拜師吧！」三保一怔，有些哭笑不得，續道：「然而誠如梅朵姨媽所言，宗門有別，教法相異，晚輩自有師承，萬萬不敢另投他師，上師請回吧，晚輩無論如何，是不會拜您為師的。」老喇嘛大失所望，惱羞成怒，「嘿嘿」兩聲，道：「這可由不得你。」話還沒說完，右手五指成爪，往三保左手腕抓去，手法與矮胖喇嘛所使如出一轍，但迅疾無倫，威猛無比，剛中蘊柔，陽中藏陰，其間實有天壤之別。

三保瞧出厲害，不敢托大，側身避過這一抓，右手一招「地崩山摧」，掌拍老喇嘛的右手臂。老喇嘛讚道：「來得好！」有意試探其功力深淺，倏然化爪為掌，使上三成勁力，要跟三保對掌。三保立感萬鈞巨力如狂風暴雨般迎面強襲而來，幾欲窒息，要閃避已然不及，左掌用滿內勁，疊在右掌之後，硬生生承受老喇嘛這剛猛無儔的一掌。只聽得啪一聲脆響，三保連退七步，堪堪穩住身形，只覺氣血翻騰，五臟六腑彷彿移了位似地，甚是難受，急忙調息運氣。

老喇嘛被三保的掌力震得上身微微晃動，不禁又驚又喜，自練成「大歡喜功」以來這二十多年間，從未有人接得住自己輕輕一掌，何況竟能迫使自己幾乎移步，對眼前少年更覺心癢難搔，非將生平所學盡數傳授給他不可，打定主意，不等三保調完氣息，欺身上前，用上八成內勁，拍向他的胸口。三保一口氣喘不過來，只道自己就要死在老喇嘛掌下，困獸猶鬥，畢集全力於掌心勞宮穴，雙掌齊齊拍出。老喇嘛無意傷他，僅是誘他出掌，讓其門戶洞開，隨即側身伸指，點中他脅下穴道，屈膝將他癱軟的身軀負在右肩上，再躍至韓待雪身前，也點了她的穴道，將其嬌軀負在左肩上，足不點地似地飛奔而去。幾個弟子見師父輕易得手，得意揚揚、大搖大擺地跟著打道回寺，留下驚慌失措的梅朵與央金。

老喇嘛將三保與龍鳳姑背負進一間石室，放置在一張石床上，搜出三保貼身所藏的血海深仇劍，笑嘻嘻說了幾句話後，關上厚重石門離去。三保不解其意，無從回答，閉目凝神，潛運內力，欲衝開被點中的穴道。老喇嘛武功深不可測，點穴手法倒是平平無奇，而且他未下重手，不消一頓飯工夫，三保已覺經脈暢通，再無阻滯，翻身坐起，查看臥於身旁的韓待雪，卻見她慌忙閉上水汪汪的美目，芙蓉秀臉與粉頸、雙耳皆紅通通一片，表情古怪至極，不禁憂心忡忡問道：「姊姊，妳怎麼了？」幫她解了穴道，再把其脈搏，但覺脈象急促紊亂，心下一驚，以為她禁受不住老喇嘛的點穴，欲待再次詢問，韓待雪仍舊緊閉雙目，道：「我沒事，你看……你看牆上。」聲音極輕極細，說話時玉顏紅暈更甚，簡直就要滴出血來。

三保抬眼環視周遭，一見之下，一顆心撲突突狂跳，熱血上湧至腦，雙眼發黑，幾欲暈厥。他初進石室時，瞥見牆上繪滿佛像，不以為意，此時細看，竟是一幅幅男女交歡圖，比在阿甲阿得的臥房外與小小姑娘的衣櫃裡所見景象，遠更匪夷所思。以他這樣的武學高手，也覺得其中一些姿態迥非尋常，超乎想像，而畫中男性皆青面獠牙，醜惡無比，女子則都千嬌百媚，豔麗無端，在燭火映照下，甚是奇詭。

這時石門從中開啟尺許寬、半尺來高的孔洞，露出一張年輕黝黑的面容，嘟囔一句藏語，遞進一只托盤，盤中承的是幾碗飯菜與兩杯清水。三保回過神來，下床接過托盤，室內除了一張石床外，別無桌椅，地上倒是有幾個蒲團，於是將托盤放置地上，拉過兩個蒲團，趺坐其一之上，喚道：「姊姊，吃飯了。這老喇嘛一心一意想收我為徒，差人送來的飯菜還算豐盛，儘夠我倆飽餐一頓。」韓待雪語帶慵懶道：「我不餓，想再躺會兒，你自個兒先吃吧！」三保道：「我也不怎麼餓，等姊姊一起用膳。」韓待雪嬌聲道：「那好，你過來陪陪人家嘛！」三保聽她語氣有異，回道：「時候差不多了，我得禮拜真主。」韓待雪佯嗔道：「你依附我明教這麼些年，卻一直信奉外道之神，以前我不想管，此刻我可不依。你就別拜了，快上床來躺在人家身邊嘛！」

她乃明教聖姑，平素嫻雅端莊，光輝聖潔，凜然不可侵犯，此時斜憑石床，盡顯婀娜體態，朱唇輕顫，微露粉紅丁香，當真是柔媚無限，嬌豔至極。三保怪道：「姊姊怎麼了？妳還好吧？」韓待雪眯起妙目，發囈語般連道：「好熱，好熱。」邊說邊敞開前襟，拉扯抹胸，微露出雪白滑膩的酥胸。三保心念一動，起身走近一枝紅燭嗅了嗅，聞到一股蕩人心魄的氣味，與天香樓鴇兒的錦帕所發散的差相彷彿，知道蠟燭中攙了迷人心志的藥物，自己內力不差，還是個閹人，未受影響，韓待雪卻禁受不住，趕緊揮掌將燭火盡數打熄，室內頓時幽暗一片。韓待雪道：「三保，你在做甚麼？……啊，難道你害臊？呵呵，弄得這麼暗，你不就看不清楚人家身上的刺青了嗎？」

三保能於黑暗中辨識物體輪廓，走過去坐在床沿，扶起她軟綿綿、火燙燙的嬌軀，一掌抵在她後心靈臺穴上，緩緩傳入內力，以助她恢復神智。韓待雪突然伸手勾纏住他的頸項，「嚶」一聲，身子投入他的懷抱之中。三保待要將她推開，卻又不忍，反倒回抱住她。須臾，他感受到韓待雪柔若無骨的胴體益發火熱，瀰漫出一股濃烈幽香，還起了微微震顫。他空望牆上烏漆一片的壁畫，心想這檔子事，迥非自己所能，頓覺慚惶無地，嘆道：「唉，妳是聖潔之軀，我是殘穢之體，無論如何，妳我今生今世，終究無緣結合做夫妻。」

此話說得雖輕，卻有如青天霹靂，讓韓待雪登時清醒過來。她咬咬銀牙，幽幽說道：「天無絕人之路，你我之間，終究能夠找出一條路子走的。」不禁暗怪當初三保為何要識破那顆端午雞蛋裡的玄機，轉念一想，倘非如此，二人如今怎會同處一室而相互依偎呢？唉，老天爺真愛尋人開心！三保道：「我能伴在妳的身邊，喚妳一聲姊姊，已覺不枉此生了，其餘再不敢奢望。」韓待雪道：「你若不棄，我即不離，情願與你同囚此室，終老一生。」三保道：「朱賊未除，妳我大仇未報，焉能廝守於此！況且老喇嘛一旦知道我根本無法傳承他的功法，恐怕立刻將我殺了，豈會囚禁我倆一生一世？」韓待雪悽悽惶惶道：「造化當真弄人，願不復生為亂世兒女，免受無邊無際之苦。」兩人不再言語，飯也沒吃，各懷心事，相擁而臥，直至天明。

次晨，石門敞開，老喇嘛帶著一個通譯進來，見馬、韓二人相擁在床，誤以為鸞鳳雙諧，魚水兩歡，不由得大感欣喜，嘰哩咕嚕說了一長串，甚麼三脈、七輪、明點、拙火、甘露、灌頂、大手印等等，不一而足，恨不得把今生所學，一股腦兒都灌注給三保。那通譯譯得十分辛苦，屢屢停頓詢問老喇嘛，三保饒是天資過人，也只能領略零星片段，卻明白老喇嘛所敘皆為行功運氣法則，雖與明教眾高手所授、神功祕笈所載大不相同，倒也能收相互印證之效，只是須在交合之前、中、後行功，這點三保委實無法照辦，不由得大感氣餒。他為練明教神功，不惜揮劍自宮，換得了一部難以解讀的有字天書，眼前這位武功奇高的老喇嘛要對他傾囊相授，他卻根本無從練起，說到造化弄人，當真莫此為甚。

老喇嘛見他神色古怪，以為他因一時領悟不了而感到困惑，於是鄭重叮嚀他，先善加體會交歡時氣血如何運行，脈象怎樣變化，並試著收攝奔恣冶蕩的情慾，以絕大毅力與所授功法堅守勿洩，可千萬別一味耽於淫樂，然後領著通譯離去。三保憤恨難平，一掌擊在牆上所繪大威德金剛尺餘長陽具的根部，震得石屑迸散，灰塵撲簌簌落下，怒道：「老喇嘛愛打誑語，淫慾邪行豈是練功之法？」忽聽得一個若有似無、似遠猶近的男子聲音，以不甚純正的華語唸誦：

淫慾即是道，恚痴亦如是，如此三事中，無量諸佛道。
若有人分別，淫怒痴及道，是人去佛遠，譬如天與地。
道及淫怒痴，是一法平等，若人聞怖畏，去佛道甚遠。
淫法不生滅，不能令心惱，若人計吾我，淫將入惡道。

見有無法異，是不離有無，若知有無等，超勝成佛道。

三保循聲辨位，知是發自鄰室，與自己隔著方才發勁所擊之牆，心中反覆咀嚼著此偈之意，待那人誦完片刻後，才回神恭謹道：「小子未知隔牆有人，侵擾大師清修，慚惶不勝，祈請大師見諒。」他料想那人應是個僧侶，只不知為何也被囚禁在此。那人輕笑道：「貧僧只是個尋常至極的修行人，算不上甚麼大師。」三保又道：「在下賤姓馬，單名和，雲南晉寧人氏，敢問尊者如何稱呼？」那人說道：「稱呼多屬無謂，貧僧乃青海宗喀人氏，施主毋如稱呼貧僧為宗喀巴[23]吧！」三保道：「宗喀巴尊者怎會遭囚於此？迄今已有多久了？」宗喀巴道：「貧僧去年依從錯欽薄寺住持戒寶律師受比丘戒後，即來此閉關，以專心一意完成一本論著，並非遭囚。」

三保心頭一熱，問道：「宗喀巴尊者並未遭囚，那麼是否可以隨意來去？」宗喀巴修為甚高，已然明心見性，對世事洞如觀火，自然深知三保此話含意，答道：「你我原本相隔雲山萬里，如今一牆為鄰，想來其中必有不可思、不可議的殊勝緣法……」三保苦笑道：「甚麼殊勝緣法，其實是喇嘛作惡所致。」接著將自己遭擒來此的緣由大致說了。宗喀巴道：「竟有此事！貧僧潛心佛學，閉關寫作，不知佛門敗壞若斯，有朝一日，或將大力興革，此時還望馬施主隨遇而

23 意為「宗喀之人」。宗喀巴是藏傳佛教格魯派（黄教）的創始宗師，戮力著作，並從事宗教改革，影響深遠，其弟子根敦朱巴與克珠傑分別被後世尊為一世達賴及一世班禪，不過此時克珠傑年歲尚稚，而根敦朱巴還未出世。

安，待機緣圓熟，貧僧當會助你一臂之力。」他溫煦的話語中，自有一股懾服人心的力量。

三保聽宗喀巴這麼說，知道勉強不得，況且他不過寥寥數語，已讓三保大為傾倒，盼能多向他請益，也就不急著逃離，心裡寧定下來，又問：「尊者方才所誦之偈頗具深意，可是您親作？」宗喀巴道：「非也，非也，那是天竺高僧龍樹菩薩所作，貧僧因馬施主似乎有所執迷，故誦來讓馬施主解惑。淫慾非惡，我執才是，凡所有相，皆是虛妄，我本俱足，何假外求，施主宿有慧根，亦深具佛緣，若能了悟是理，勘破迷障，日後定然成就非凡，必將光大佛門。」

三保心想自己是清真門徒，立志匡復明教已屬大大撈過界了，怎還會有心思多管佛門閒事，但依然敬謝宗喀巴的美意，這時小沙彌送來早膳，便不再與宗喀巴交談，走去接過，放在地上，將昨日托盤遞還給小沙彌，然後盤膝坐在一個蒲團上。韓待雪見他若有所思，不忍打擾他，二人席地而坐，默默相對而食。堪堪用完早膳，三保想起昨日韓待雪微露的酥胸似乎藏有玄機，探身到她耳邊，低聲道：「敢請姊姊褪去衣衫。」韓待雪情知他要閱覽刺在自己肌膚上的祕笈，別無他意，饒是如此，還是羞得滿面通紅，依言盡除羅衫，直至一絲不掛，俯臥床上。石室在離地丈許高處開有通氣窗口，此時外頭天光大亮，室中透進一抹光線，儘夠三保看清楚刺青。他以往唯恐褻瀆聖潔高貴的韓待雪，根本不敢看她的正面裸體，經宗喀巴開示後，不再拘泥，將她的身軀扳轉過來。韓待雪羞到極點，心裡起了異樣感覺。

三保乍見之下，慨嘆自滇來藏，沿途絕峰險壑，飛瀑急湍，雄奇有餘，明媚則遠遠不及眼前風光。更令人驚奇的是，韓待雪頸下胸上所刺圖形，皆為雙人相擁合抱，與牆上彩繪類似，只是男子換成非男非女，韓待雪低頭瞧不見，因圖形甚細小，攬鏡自照也看不清。三保隨即收攝心神，只注意圖文內容，發現入門功法都在正面，這才恍然大悟，失聲喊道：「哎呀！原來是練錯次第了，難怪這幾個月的進展甚微。」他與韓待雪同埋在雪下時誤打誤撞，恰恰練了雙人合抱圖中的一式，卻不知由於自己不解風情，前一夜在黑犛牛帳裡傳給韓待雪內功，以助她驅寒，雪堆下兩人同時運功，收到奇效，否則已然悶死。三保目前只譯出約莫兩成的祕笈文字，對於正面圖文多半不解，不時抬頭愣愣觀瞧牆上壁畫，苦苦思索老喇嘛所傳功法，覺得與明教護教神功之間或有相通之處，只是一時還弄不明白，卻也不那麼嫌惡歡喜佛畫像了，但畢竟禮教自幼深植於心，萬難接受「淫慾即是道」的說法。

次晨老喇嘛偕通譯進來，三保迫不及待提出一連串問題，老喇嘛驚訝得幾乎合不攏口，因三保所問，若非切中大歡喜功要旨，便是自己從未思索過的艱深問題，能回答的，自是知無不言，言無不盡，回答不出的，便說還要回去好好想想。老喇嘛離去後，三保苦思一陣子，隨即練起功來，韓待雪不敢打擾他。從此三保每日晨起，先請宗喀巴開示佛法，用過早膳後，再向老喇嘛討教武學，獲益匪淺，怕韓待雪無聊氣悶，傳授予她更精深的內功心法，二人相對同練，雖是被囚，時間倒還不難打發，只是三保仍囿於成見，且自慚體殘，不敢對韓待雪提起雙人合抱圖示，遑論習練。時光匆匆，三保已過「百日築基」的階段，自覺功力更上層樓。這段時日每當老喇嘛走進，韓待雪高臥床上，面向裡壁，以褥覆體，老喇嘛不怎麼關注她，所以沒瞧出她仍然保持著處子之身。

這一日早晨，老喇嘛獨自走進石室，他與三保之間早就無需通譯，彼此亦能溝通無礙，通譯不懂上乘武學，往往不明白他們的對話，反倒成為累贅。老喇嘛劈頭就道：「你站好，可留神了。」三保知道老喇嘛要考校自己的內功進境，打起十足精神，暗運九成勁力。老喇嘛待三保站定，使出三成內勁朝他出掌，三保接了下來，未退後半步。老喇嘛擔心他只是逞強，緩緩加重掌力，饒是如此，猶如怒海狂濤，一波緊接一波，三保卻似高山巨崖，任憑後浪猛勝前浪，兀自卓然不動。

老喇嘛收勁撤掌，驚喜交加道：「你這娃兒當真邪門至極，才短短百餘日，竟然已有如此進展，常人縱窮三年五載之功，也未必能夠。」他頓了頓又道：「唔，我能傳授給你的，差不多都已傳授了，只剩下無上至樂圓妙法，一般根器的得先苦練三十年，上等根器的則需十五年，才得授此法。你根器非凡，乃我生平僅見，而且已具備相當的武學底子，因此我打算立即傳授予你。好孩子，要知道修行是點滴的工夫，練武亦然，你學成之後，仍得勤加習練，切莫荒疏怠惰，我年紀大了，無法一直在你身邊對你耳提面命。」三保知他此言出於肺腑，感激道：「上師諄諄教誨，三保永誌在心。」幾乎脫口而出願意拜他為師。

老喇嘛欣然道：「好，明兒便是中秋，趁中天月滿，在子時陰氣達於鼎盛之際，我便傳你大歡喜功最高一層的無上至樂圓妙法。屆時你要連續與十二位妖嬈美豔的明妃交合，直至次日午時陽氣最熾之際，而最後一位明妃，即是石床上你的老相好。倘若你自始至終，都能夠按照大歡喜功的要旨收攝心神，固守元陽，盡採其陰，化為玄功，那麼便算功德圓滿，萬一把持不住，一洩如注，那就功虧一簣，得再好好苦練，等待來年中秋再試。嘿嘿，想當年我可是連試五個中秋才過關的，那已是前無古人，迄無來者，明晚就看你本身的造化與禪定功力了。好孩子，即使你未曾拜我為師，但是大歡喜功終究找著傳人，我對先師總算可以交代了。漢人有個孔夫子說過：『朝聞道，夕死可也。』我這是『夕傳道，朝死可也。』哈哈哈……」他大笑離去，猶不忘關上石門。

三保頹然坐倒，眼望空處，一臉沮喪。韓待雪聽不懂老喇嘛所言，看三保如此神色，憂心忡忡問道：「老喇嘛到底說了些甚麼，教你如此苦惱？」三保擇要說了。韓待雪急道：「這麼一來，他不就知道你根本無法……無法……」三保一時激憤，顧不得隔牆有耳，咬牙切齒道：「是啊，他要是知道畢生最引以為傲的大歡喜功，尋尋覓覓苦得而來的傳人，居然是個根本無法人道的閹人，會是何等失望憤怒，應該可想而知，至於他將怎麼處置咱們，則全然難以逆料。」韓待雪道：「那要怎麼辦呢？你現在打得過他嗎？」三保搖搖頭道：「我與老喇嘛的功力依舊天差地遠。」二人一籌莫展。

宗喀巴在鄰室輕喚：「馬施主，請附耳於牆，貧僧有一事相告。」三保依言將耳朵緊貼牆上。宗喀巴道：「上回施主出掌擊牆，貧僧聽出這堵牆最脆弱部位，在施主當時所擊之處左側兩寸、上方一尺，施主按掌於該處，瞬間吐勁，當能破牆，再從貧僧陋室離去。此時四周並無守衛，事不宜遲，請照做吧！」三保道：「破牆之聲恐怕驚動寺中僧人，於尊者不利。」宗喀巴道：「施主儘管擊牆，貧僧自有解決之道。」三保將信將疑，一掌按於宗喀巴指示之處，正巧是大威德金剛繪像的陽具頂端，畢集全身勁力於一束，瞬間從掌心勞宮穴發出，但覺石牆那端有股極強的吸力，還來不及細想，赫然發現牆上現出一洞，洞那頭站著一位年三十許、面容清臞的紅衣黃帽喇嘛。那喇嘛以單掌吸住巨大石塊，不令落地發出聲響，這等神功當真匪夷所思。

宗喀巴哂道：「貧僧曾言將助施主一臂之力，如今看來，貧僧當時所言非虛吧！」三保偕韓待雪穿過石洞，待要向宗喀巴行禮，宗喀巴道：「事態緊迫，二位切莫多禮。請施主出掌擊昏貧僧，脫下貧僧冠服，穿戴上後離去。」三保慌道：「這可萬萬使不得。」宗喀巴道：「若非如此，貧僧恐怕得要放下手上著作，跟隨二位逃亡去，或者勢須擒下二位，交給住持，無論是哪一種，皆非你我所願。」三保道：「在下受尊者如此厚恩，今生何以為報？」宗喀巴道：「是施主先施恩予貧僧的，貧僧正在報恩。」三保奇道：「這怎麼會呢？過去百餘日，不都是在下聆聽尊者的教誨嗎？」宗喀巴道：「施主初來時，曾喊說『原來是練錯次第了，難怪這幾個月的進展甚微』，貧僧深受此言觸動，拙著頗有進展。」宗喀巴受到三保無心之言啟發，後來果然有《菩提道次第廣論》、《密宗道次第廣論》等重要著作傳世。

三保道：「原來如此，那麼在下有僭了。」宗喀巴道：「在馬施主動手前，貧僧且贈一偈云：『世間所有諸衰敗，彼之根本為無明；佛說若見緣起義，即能斷除無明痴。』馬施主智慧已具，然而因緣未足，要通曉此偈，尚待磨難。」說完，頷首示意。三保出掌擊昏了宗喀巴，脫除他的僧衣穿上，偕韓待雪離寺。當時喇嘛公然攜美女而行，事屬稀鬆平常，二人未受阻攔，逕出邏些。

途中三保道：「我還記得去梅朵姨媽住處的路徑，一離吐蕃，相見無期，咱們行前先去拜別她與央金吧，也好安她們的心。」韓待雪想起遭擒之前央金覷視三保的眼神，心裡發酸，不好明說，道：「我也思念她們得緊，然而前去探視，或將為她們引來禍殃，倒還不如不去。」三保黯然道：「這倒是，然而天地如此遼闊，今後我倆該何去何從呢？」韓待雪仰起頭，望著將圓之月，慨然道：「我教總壇陷落就要滿一年，此仇不報非君子，咱們不如逕去應天[24]刺殺朱元璋吧！」三保想到如此大事終於要付諸實行，激動得身子直發顫，附和道：「好，咱們便去刺殺朱元璋。」

[24] 即現今的南京，元朝時稱為集慶，朱元璋於一三五六年占領此城後，改名應天，建立明朝時定都於此，一四二一年明成祖朱棣遷都後更名為南京。

第十一回　江城

地處四川東南的宜賓，建於西漢高後六年，古名戎州，迄大明洪武年間，已歷一千五百多個年頭了，自古即號為「西南半壁古戎州，萬里長江第一城」，這是因為金沙江與岷江匯聚於此後，滔滔東流始稱長江，且由此通航較大型船舶，可直達浦口入海。宜賓還是個遠近馳名的酒都，五步一酒肆，十步一作坊，走在街上，每聞酒香撲鼻，中人欲醉，不過三保與韓待雪因宗教緣故，皆戒飲酒，何況阮囊羞澀，連要飽餐一頓都無著落，自無品酌佳釀的閒情逸致。

二人離開邏些，未經原路返回雲南，而是越嶺入蜀，途中尋了處人家，將藏民服飾掉換成漢人衣冠，自我安慰這行徑是以物易物，不算偷竊，以稍減愧疚，然後徒步至宜賓。三保年紀輕，食量大，此時腹飢如焚，苦笑道：「咱倆身無分文，這兩個多月來跋山涉水，沿途打獵捕魚，採集野蔬野果，倒也不曾當真餓著，豈知來到人煙湊集的城鎮，似乎一草一木、一禽一獸都有了主人，完全碰不得。彭法王曾說一文錢逼死英雄漢，我本不信，如今看來，還真有幾分道理，不如咱們再出城覓食去吧！」他這一日因採捕食材，已三番兩次險些挨揍，又不願憑恃武功強搶，甚感無奈。

韓待雪道：「這裡距離應天尚有四千里之遙，再者誠如李白詩云，『蜀道之難，難於上青天』，咱倆雖不畏路程險阻，總不能一路步行前往，況且往後的人煙只會愈來愈稠密，無錢益發寸步難行。」三保也明白這情況，黯然道：「那要如何是好呢？」韓待雪銀牙暗咬，道：「我貼身藏有二方大光明聖印與一塊傳國玉璽，二印合璧後，可號令天下百萬明教教眾，最是要緊，無論如何，不能失落。玉璽雖然珍貴，實屬無用之物，留在身畔，徒惹傷悲，不如拿去典當，換些銀兩花用，還能僱條船直下應天，途中吃飽睡好，養足力氣，好刺殺朱賊，然而璽上文字得先磨去，以免惹禍上身。」說完，掏出貼身所藏玉璽，遲疑了下，還是遞給三保。

三保接過，觸手只覺溫潤異常，見璽身上方雕有蟠龍翔鳳，鐫刻精細，設色妍麗，妙到毫巔，一對龍鳳栩栩如生，直欲飛離底座，騰空昇天。他不懂玉石，卻也明白此璽價值連城，翻來觀瞧，璽底鐫有「大宋龍鳳受命於天」八個篆字，不禁抬眼望向韓待雪。韓待雪解釋道：「我先祖父山童公起義時，號為明王，託稱是宋徽宗第八世孫，以『驅逐胡虜、匡復宋室』為號召，旋即兵敗遇難，先父小明王繼任為明教教主，隨後稱帝，以宋為國號，建元龍鳳，有教徒呈獻漢朝的玉辟邪，刻為這塊傳國玉璽，後來朱元璋拾我先祖父牙慧，改以『驅逐胡虜、恢復中華』為號召。」

三保曾聽過戴天仇講述明教歷史，也知道此任龍鳳姑婆姓韓，卻不知她居然是韓林兒之女，想起梅朵，嘻嘻笑道：「這麼說來，姊姊不但是明教的龍鳳姑婆，還是韓宋朝的公主囉！」韓待雪聽他語氣輕佻，俏臉立沉，憤慨道：「先父早逝，韓宋已亡，大仇未報，莫再提甚麼公主不公主的，徒亂人心罷了！」三保正顏告罪道：「三保知錯，以後再不敢胡言。」心裡卻想：「韓姊姊與梅朵姨媽都有著公主的威儀氣派，也都不許旁人說她們是公主，當真有意思。」他驀然憶起戴天仇的非君言論，忖道：「弄出個皇帝來，究竟有甚麼好的，你爭我奪，害人不淺，而天意難知，何時才能民智大開，一國之主乃受命於民呢？」

二人皆疲累不堪，飢渴交迫，想快快換得銀子，好飽餐一頓，再找間客棧歇息，尋了個四下無人處，三保撿選一塊還算合適的石頭，運起內力，將璽上文字磨滅盡淨，每磨一下，韓待雪的心便揪痛一回，畢竟這是先父的遺物，韓宋朝僅存的印記。其後兩人挑了間位於僻靜街弄的質庫[25]，由三保獨自入內典當。

朝奉高坐於櫃檯後方，正低著頭算賬，眼皮子略抬，瞥見來人下襬汙穢，鞋子破爛，懶得仰起頭來，有一搭沒一搭招呼著：「客倌，可要典當東西？小號恕不收鍋碗瓢盆、牲口農具之類的玩意兒。」此話似乎打從鼻孔出來，他一整副死樣活氣，當真教人惱火。三保將玉璽置於櫃檯上，朗聲道：「本公子要典當的是這個玩意兒，並非鍋碗瓢盆，更不是牲口農具。」朝奉帶理不

[25] 質庫即明朝中葉以後所稱的當鋪，亦稱質舍、質肆、解鋪、解典鋪、解庫等等。

理地瞟了瞟，膀垂著的眼皮子倏然大大張開，泛黃的眼珠子暴射出燦燦精光，油亮的鼻頭沁出細細汗珠，肥短的脖子正中部位起伏了下，發出咕嚕一聲，雙手在衣襟上使勁來回抹了幾抹，略略發顫，鄭重捧起玉璽，放在鼻尖前仔細觀瞧，幾乎就要嘖嘖稱奇了，隨即強行按捺住，放下玉璽，清清喉嚨，故作鄙夷貌，尖聲尖氣道：「瑕玉一塊，成色不純，底面破損，念在雕工尚可，典銀五十兩，月息三分，為期一年，憑票贖回，認票不認人，逾期未贖，任憑發落，蟲蛀霉爛，各安天命。」這是質庫的規矩，不管貨色如何，總要挑些毛病，儘撿難聽的話說，好壓壓價。

當時正七品縣老爺的年俸不過區區四十餘兩，五十兩對於一般鄉巴佬而言，可說是生平難得一見的巨款，他以為眼前少年會高興得手舞足蹈，豈知對方冷笑一聲，伸手取回玉璽，掉頭便往外走。朝奉心急，喊道：「客倌莫走，價格好商量，你開個價吧。」三保停步，轉過身來，伸出一根手指。朝奉佯怒罵道：「你發失心瘋了，竟敢開價一百兩，不如去搶還來得妥當。」三保搖了搖頭，不發一語，仍豎著一根手指，朝奉這會兒當真吃了一驚，結巴道：「你是說要當……要當一……一千兩？」三保緩緩點頭。朝奉嚥了好大一口唾沫，顫聲道：「讓我再瞧上一瞧，看值不值得這個價。」

三保將玉璽遞給他，他捧在手心裡來回把玩，看了又看，摸了又摸，但覺愛不釋手，卻說甚麼也捨不得一千兩白花花的銀子，貪念陡生，肥臉一坍，喝道：「你這一窮二白的外地小子，怎配擁有此一寶物，料想定是偷盜得來的賊贓。大爺我生性慈悲，姑念你年紀輕輕，相貌堂堂，不忍心斷送你的大好前程，贓物暫由我留置，擇日送交官府，以求完璧歸趙。你快快去吧，否則我立即解押你去見官，見了官，不由分說，幾十個殺威棒打將下來，恐怕當場便把你給打死了。」才說完，起身捧著玉璽逕往裡走。櫃檯高逾三保肩膀，其上豎有一根根兒臂粗細的木條，朝奉以為三保拿自己全然沒轍，正暗自得意，哪裡料想得到，這衣衫襤褸、面目黧黑的小子竟然高高躍起，以右掌為刀，一口氣劈斷五、六根木條，左掌在櫃檯上一撐，偌大身軀便從斷木中竄了進來，待要呼救，已被對方點中幾處穴道，頓時全身僵固，張口無言，猶然死命緊握住那塊玉璽。

三保費了好大勁兒才扳開朝奉的手指，暗怪這腦滿腸肥的老頭子哪來這麼大的力氣，取回玉璽，揣在懷裡，因方才朝奉諷刺他不如去搶，索性一不做、二不休，幹起翻箱倒櫃的勾當，搜括數百兩銀子，脫下朝奉的外衣，將銀兩包裹於內，又瞥見抽屜裡尚有一大疊一尺長、六寸寬的淡青色桑皮紙，每張上頭都書有「大明通行寶鈔」字樣，並繪著十吊銅錢，註明「一貫」，知是錢鈔，也悉數揣在懷裡，另有不少刻著「洪武通寶」字樣的錢幣，心念忽動，怒目瞪視朝奉，惡狠狠道：「本大爺人稱『玉龍三太歲』是也，橫行川滇一帶，專幹殺人越貨的勾當，你若膽敢報官，這枚銅錢便是你的榜樣。」拈起一枚錢幣，指上用力，捏得彎曲，塞進朝奉的嘴裡，然後抓了一大把錢幣，背著包裹奪門而出。可憐的朝奉，平時只有他訛詐人，哪曾吃過一絲半點兒虧，眼睜睜看著到手的寶物及愛逾性命的銀子、錢鈔飄然遠颺，心中痛楚難當，淚水鼻涕齊迸了出來，即便喪考失妣，甚或國破家滅，也斷不至於讓他如此痛心疾首。

三保大起膽子行搶，雖然惴慄不安，竟隱隱感覺到一絲舒暢快意，非因獲得不義之財，而是嚴懲了為富不仁的朝奉，不免想起戴天仇來——若換成是他，那朝奉肯定已被吸乾了血，自己總算仁慈，饒了朝奉的性命，他聊以此念來自我安慰，稍解罪惡之感，一顆心卻還是猛擂戰鼓，狂跳不已。韓待雪見他神色有異，身上多了個沉甸甸的包袱，遞還給她玉璽，待要相詢，三保道：「先莫問，咱們快些離開。」拉著她急奔而去。

兩人走到臨近東門的鼓樓街上，匆匆添購幾套衣衫鞋襪，買了蕎餅、桐葉粑粑、沙仁糕等吃食，向店家問明前往埠頭的路徑，才走一小段，忽然聽到一口雲南鄉音，不禁好奇心大盛，手牽著手走了過去，見是一間名為長發升的酒肆，發話的是個年約四旬的漢子，正指揮幾個夥計從糧車上搬運糧穀入內，看樣子店後頭應是釀酒的作坊。

三保向那漢子施禮，道：「在下姓馬，雲南晉寧人氏，聽這位爺的口音，應該是老鄉了。」所謂「老鄉見老鄉，兩眼淚汪汪」，那漢子高興得兩眼發紅，喜道：「正是，正是。我家老爺姓尹，幾年前他調到晉寧任通判，而我姓陳，耳東陳，是他在當地找的管家。去年我家老爺改調宜賓，覺得我還算牢靠，也無家累，便攜我過來。」他壓低聲音道：「我家老爺由於俸祿微薄，不敷開銷，於是開了這間酒肆，兼營釀酒，藉以貼補用度，順便跟上司、同僚、仕紳套交情，還提挈我當上掌櫃。」三保哂道：「原來如此，咱們還真是有緣千里來相會哩！」

陳掌櫃見三保一表非俗，身強體壯，他身旁女子更有如天仙一般，體香還濃過酒香，兩人卻是衣衫襤褸，風塵僕僕，有意收留他們，男的勞作，女的侑酒，於是問道：「小哥怎會離鄉背井，來到這裡呢？」三保嘆道：「唉，一言難盡。」陳掌櫃道：「要不先到小店裡坐坐，既然是老鄉，我招待二位喝幾杯自家釀的酒，不成敬意。」三保正要推辭，幾個官差經過，赫然瞥見一對貌似外地來的少年男女，竟然在光天化日之下、通街大衢之上，手牽著手，肩並著肩，著實不成體統，而那小娘子美得出奇，生平僅見，想藉故興事，好討些便宜，喝道：「喂，那對男女，姓啥叫啥？哪裡來的？幹甚麼的？」

三保作賊心虛，誤以為搶劫質庫東窗事發，官差前來逮人，情急之下，顧不得老鄉情誼，雙手各抓起一隻裝滿糧穀的麻袋，使勁朝官差擲去，一連丟擲十幾袋，每袋都不下百斤重，去勢十分猛惡，若給砸實了，不死也得重殘。官差們個個嚇得面無人色，呆若木雞，所幸三保無意傷人，用上了巧勁，麻袋皆在半途碎裂開來，袋中穀物飛散，打在身上雖然好生疼痛，倒也不至於受甚麼傷，等官差們回過神來，三保與韓待雪已不知去向。陳掌櫃連忙跟他們打恭作揖，頻賠不是，要招待他們喝酒壓驚。官差們欺軟怕硬，知道這店的背景，不敢太計較，何況白饒了幾杯酒，而那少年手段了得，更是招惹不起，只嘟囔幾句，便進店裡去了。

夥計詢問陳掌櫃滿地穀物要如何處理。陳掌櫃見大米、糯米、小麥、黍、紅糧等等都混雜一起，若要一粒粒分開，未免太費事，倘要丟棄，又著實心疼，當真欲哭無淚，便道：「都鏟起來，篩掉沙土，一同蒸熟了來釀看看。」夥計驚道：「這樣恐怕不大好吧！」以往釀酒多用單一穀物，頂多同時用上兩三種，從未有人一口氣摻和了這麼多種，而地上這五穀，原本是要分別製作五種酒的。陳掌櫃給老鄉擺了一道，正有氣沒地方發，怒道：「不然呢？難道你要負責把各種糧穀分開嗎？」那夥計頻頻揮手，連聲道：「不不不……」陳掌櫃道：「那就是了，別再囉嗦，快幹活去吧！」誰也料想不到，三保這麼一鬧，再經陳掌櫃一動念，名酒五糧液於焉發明，迄今已飄香六百餘年。

再說三保見後無追兵，在路上簡述了質庫裡發生的事。韓待雪聽得目瞪口呆，一時間不知如何反應，半晌後才道：「方才你若留下玉璽，便不算行搶。」三保一愣，道：「原該如此，但事已至此，追悔莫及。」忖道：「唉，心安理得與痛快暢意往往難以兩全，我畢竟年輕，貪著一時之快，鑄此大錯，確實不該。」兀自思索間，已到埠頭，但見江面寬闊，不盡流水滾滾逝去，岸邊櫛比鱗次並排著數十艘船隻，聽得艄公們此起彼落地高聲攬客。三保在嘈雜的川音裡辨識出一個獨特口音，拉著韓待雪快步過去，假裝不會武功，毛手毛腳躍上船，一個踉蹌，險些摔下船去，艄公眼明手快，扶了他一把，顯現出身懷武藝。三保留上了心，道：「多謝船老大相幫，不然我得落水了。唔，我與家姊要去應天依親，請即開船吧！」這艄公頭戴青箬笠，身裹綠簑衣，年約三十，國字臉兒，生得十分魁偉，道：「應天離此將近萬里，包船去那裡，可所費不貲哦！」他故意誇稱距離，好抬抬價。

三保問道：「那得費多少銀兩？」艄公道：「碰上我，算二位交了好運，聽你的口音，應該也係外地人，咱們同在異鄉為異客，總要彼此關照關照。這樣子吧，我買一送一，包吃包住，總共只收二位三十兩銀子。」他這是漫天喊價，三保並未就地還錢，問道：「收大明通行寶鈔嗎？」他從未見過此鈔，不知合不合用。艄公面露難色，勉強點了點頭，壓低聲音道：「收係收，不過朝廷印發得太過浮濫，還不許兌換銀子，一貫寶鈔現今在市面上只值半兩，而非制定的一貫，醜話得先講在前頭，免得到時候怪我訛詐你。」明朝大量使用銅來鑄造火銃，加上部分銅幣流到日本等國[26]，成為其交易媒介，中土的銅錢反倒不足，連銀子也稀缺，於是效法元朝發行紙鈔，但管控失當，寶鈔貶值，這艄公所言，確屬實情。

這時韓待雪扯扯三保的衣袖，低聲道：「你看。」三保回頭見到幾名官差正在逐一盤查船家，遂道：「就這麼講定了，快快開船吧！」這艄公來自外地，船隻排在末尾，官差一時還來不了，氣定神閒道：「待半數訂金入袋，船兒自開。」三保點了三十張寶鈔給他，他揣入懷中，笑逐顏開道：「船要駛了，二位客倌請坐穩。」這才啟錨解纜。

這些官差其實是來跟船家收取規費的，見有船隻駛離，趕緊快步追來，喝令停船，艄公置之不理，兀自搖櫓離岸。此時船隻距離岸邊尚不遠，官差們哪能縱容有船家不繳規費，否則恐怕

26 據說早在南宋時期，中國流入日本的銅錢已達二億貫，一貫的重量乃變動不居，若以三公斤計，二億貫相當於六億公斤，南宋因此鬧了錢荒。

其他人有樣學樣，於是拔出刀來縱躍上船，比捉拿匪徒遠更踴躍爭先。三保正要出手，卻見艄公掏出那三十張寶鈔揚了揚，揉成一團，用力往岸上擲去。官差們見狀，慌不迭地躍上岸，去追已被風兒吹得四處飄散的寶鈔。其中一個官差較慢跳船，跌落水裡，同僚無人理睬他，他手上的大刀甚沉重，不肯棄刀，費盡力氣才掙扎上岸，全身水淋淋地大口喘著氣，眼睜睜看著同僚們為了爭搶寶鈔而大打出手，甚至持刀相向，無人在乎那艘離岸遠去的舢舨子船。

舟輕水急，不一會兒便駛出數里，韓待雪吃了些剛買的東西後進艙更衣。艄公眯起眼睛看著三保，揚揚兩道濃眉，舉起一手，食、拇指來回摩擦了幾下，三保會意，數了三十張寶鈔給他。艄公接過，呵呵笑道：「貪財喔！」揣入懷中，道：「我瞧二位並非真係親姊弟吧！」三保學他把「是」說成了「係」，回道：「我們若非親姊弟，不然係甚麼？」艄公道：「我瞧二位的長相雖都十分標緻，卻容貌不似，口音有別，怎麼看，都不像一母所生、一父所養的親姊弟，反倒像對私奔的情哥哥、情妹妹，如何，我猜得沒錯吧？」

這時韓待雪換好衣衫出艙來，聞得艄公的這番話，與三保四目交接，不禁臉泛紅暈，眼中柔情無限。三保心中一蕩，索性順水推舟，道：「船老大猜得一點兒也沒錯，我本是個出身卑微的回民，在這位漢族大小姐家裡幫傭，承蒙大小姐青眼有加，彼此情愫滋生，終至難捨難分，之死靡它，然而畢竟身分懸殊，種族相異，要明媒正娶，今生肯定無望了，是以相約私奔，遠走天涯，只盼廝守終身，還請船老大為我倆遮掩遮掩，以成全一段良緣，否則我倆若被硬生生拆散，只得一同跳江自盡了。」三保這番話不盡不實，韓待雪聽到「要明媒正娶，今生肯定無望了」這句，心中愁苦，忍不住蛾眉輕蹙，美目濕潤，待聽到「只得一同跳江自盡了」，珠淚滾滾而下，著實教人生憐。

艄公滿口應允道：「一定，一定。」三保反問：「聽船老大的口音，似乎係閩南人，怎會萬里迢迢來到蜀地當起船家呢？」艄公一怔，道：「小哥年紀輕輕，卻見多識廣，連遠在萬里之外的閩南口音都聽得出來，在下當真佩服之至。」他接著嘆了老大一口氣，續道：「不瞞二位說，我本係泉州一間鏢局的鏢頭，數年前走鏢來四川，遇上盜匪，因學藝不精，寡不敵眾，遭劫掠一空，還身負重傷，既無顏返鄉，也擔負不起失鏢之責，反正我上無父母，下無妻小，僅有一兒，他平素看我不起，我索性在四川落腳。我自幼生長於河海之鄉，划船搖櫓的營生倒還在行，並且好酒貪杯，養好傷後便來酒都宜賓，仗著頗有幾斤力氣，加上克勤克儉，除了酒資外，別無多餘花費，攢了些許資本，三年前買下這艘麻秧子船，看看再過兩年可否也討房媳婦兒，萬一有哪家千金大小姐瞎了眼看上我，反正這船係自己的，要私奔的話，可比你們容易許多。」被艄公這樣子取笑，連三保也臉紅了。

船行無事，三保跟隨艄公學習保留不少唐音的閩南方言，頗得要領，心想要讀通祕笈文字，應是指日可待，不枉當初揮劍自宮。閩南方言甚艱澀難學，尤其許多字詞的發音或聲調不固定，會隨情境轉變，而且融入不少當地土語，與唐音不盡相同，然而內功心法用到的主要詞彙就那麼些，三保多已熟知，一旦拼湊出一個詞句，便不難揣摩出原文，但因深怕洩漏明教神功之祕，不敢直接詢問艄公，只能拐彎抹角或等待瞎貓碰上死耗子，如此一來，未免極費工夫，反正閩南方言既古雅又俚俗，十分有趣，艄公熟知掌故，且愛說笑，三保學得興味盎然，倒也並非全是為了解譯祕笈。他除了專心一意學習閩南方言及練功之外，也不時幫忙掌舵操帆，因生長於滇池南畔，孩提時偶隨父親泛舟捕魚，對於這碼子事並非全然陌生，加上天資聰穎，善於使勁用力，很快便得心應手。艄公樂得有他相助，卻完全沒打算折扣船資。

韓待雪一上船即發現船上有尊女神像甚為眼熟，待與艄公混熟了些後才向他問起。艄公道：「那可係普受東南沿海民眾極為尊崇的媽祖婆，我身為福建泉州人，自然也深信不疑，既然要吃行船飯，忍痛花費三兩銀子，請人雕了一尊媽祖婆神像供奉在船上，以求行船平安，到現在我還心痛不已哩！然而幸虧媽祖婆保祐，迄今沒出過甚麼重大事故。」韓待雪另有別的計較，此時還不便說破。[27]

次日才交巳時，艄公道：「前頭即係重慶城，我得靠岸進城採買。二位若有雅興，不妨也

27 有學者指稱，媽祖信仰的流傳興盛，頗得力於明教徒的大力傳播。一說媽祖本為胡賈之女，寄養於林氏家中，名為默娘非因她是啞吧，而是初來中土，不通華語，故常保緘默。或許她本是摩尼教波斯總壇聖女，摩尼教在波斯覆滅，教中長老假扮商賈，護送她渡海來華，而中土摩尼教亦受官府查緝，不得不改頭換面，依附於佛、道，另外杜撰了一些故事，以求在中土落地生根。「媽祖」音近「慕闍」，即古波斯語之「摩尼師」，或為一證。然而亦有學者駁斥此說，認為媽祖與明教無關，而且媽祖在大陸被稱為「娘媽」，「慕闍」之說純屬穿鑿附會。

去溜達溜達，省得一直悶在船上，可會悶出病來。明早才開船，二位無須急著趕回，若今晚要在城裡過夜，那就悉聽尊便了。」三保畢竟是少年心性，且本性活潑，喜歡熱鬧，央求韓待雪。她不忍拂逆，自也頗願跟心上人到處走走，遂含笑點頭答應。

重慶城三面臨江，一面依山，闢建有十七道城門，九開八閉，氣勢非凡，規模遠邁大研與邏些，三保未曾見過如此大城，不禁嘆為觀止。三人結伴，由太平門進城，見甕城門上書有「擁衛蜀東」四個大字。隨即來到鼓樓前，艄公先向三保與韓待雪鄭重叮嚀了幾句，再告以城內名勝，推薦一些道地吃食，然後自行離去辦事。

韓待雪道：「重慶城始建於先秦，由秦國名相張儀督導修築，三國時期蜀國大都護李嚴重建之。到了南宋，進士彭大雅再予以強固，自此奠定規制，以迄於今。可惜彭大雅遭奸人構陷，宋理宗將他貶為庶人，然而重慶城還是抵禦住蒙古鐵騎的猛攻強襲，長達四十年之久。」三保嘆道：「有為有守之人，每每遭受奸人構陷，此似為千古不易之理，連霍桑叔叔也說過，『富家常被貪婪的權貴所敗，賢者常遭嫉妒的惡人所毀』，看來舉世皆然。」他因彭大雅而發嘆，想到的卻是父親。

韓待雪不明白三保的心事，更未回應他的感慨，環顧周遭，見鄰近無人，低聲道：「元末我教教徒明玉珍，奉當時義軍領袖徐壽輝之命揮軍川蜀，據地為王，後來在此城稱帝，國號大夏，他病死後，其子明昇繼位。明氏父子將重慶城整治得倒還像個樣，但終究敵不過朱明偽朝大軍，領軍來攻的，正是廖永忠、傅友德等奸賊。雖然大夏戰敗，明昇遭流放至朝鮮，然而明教勢力已在此地根深柢固了。」其實明昇繼位時年僅十歲，由母親彭太后攝政，諸將爭權，自相殘殺，韓待雪為教友隱匿了這段不甚光彩的過往。

三保道：「那麼咱們或許可以試著跟此地的明教首領接頭，多少有些照應。」韓待雪道：「朱元璋出身我教，竊占皇位，以大明為國號，混淆視聽，許多教徒變節求榮，投靠於他，另有一些尚在潛伏觀望，如今已敵我難分了。這正也是為何，先前我們一直隱匿在群山之間，不號召全天下教眾與朱元璋一決雌雄，而只能密謀舉事，卻屢遭挫敗。於今之計，只有殺了朱元璋，明教才有望興復。」三保心道：「倘若真是如此，姊姊又何以宣稱，憑藉二方大光明聖印，即可號召百萬明教教眾呢？」這疑問不好出口，口道：「原來如此！戴爺爺曾講述過明教歷朝歷代的抗暴史，真可說是愈挫愈奮，益禁益旺，豈知禍起蕭牆，養出朱元璋這奸賊來，竟致陷於窮途末路，千錯萬錯，都是朱元璋的錯，咱們確該儘早殺掉他。」

二人黯然，不過到底是年輕人，旋即被城內的繁華景象與眾多新鮮事物給吸引住，自負腿力強健，更不願受到拘束，因此沒遵照艄公的叮嚀僱轎乘坐，反倒一路上比肩齊步，喁喁私談，走馬看花，遊覽名勝，由於身懷鉅資，便隨意買些零食、小點解饞，還購置新衣換穿上，當真好生快意，乃生平未有之樂，與初入宜賓時的困窘，委實判若雲泥，隱隱覺得錢真好用。他倆逛了好一陣子，雖然不餓，但見紅日垂西，於是按照艄公的指引，找到一間飯館，打算嚐嚐重慶道地吃食。那是間麻辣火鍋店，他倆久居雲南，對於辣還能應付，至於麻，可就有些招架不住，吃了幾口招牌麻辣鍋後，麻得唇舌腫脹，連話都說不清楚，便停箸不食，大喝茶水，另點了幾道較不麻辣的菜色，皆非純正渝菜，兩人都不精於飲饌之道，不以為意，相對而食，直吃得津津有味。店小二瞧在眼裡，大不以為然，只不好表露。

忽然靴聲橐橐，金服閃閃，二十多個錦衣衛湧進店來，團團圍住三保與韓待雪，個個一手握住刀劍之柄，另一手握鞘，作拔出之勢，橫眉豎目逼視二人。店小二瞧這陣仗，忖道：「他倆不過是糟蹋些糧食罷了，犯得著如此嗎？」卻連大氣也不敢稍透一個，遑論出言指責。這群錦衣衛帶頭的是個百戶，洪聲道：「大明錦衣衛奉旨捉拿朝廷欽犯，領有駕帖，閒雜人等快快離去，刀劍不長眼，倘受波及，恕不負責，還要問你妨礙公務之罪。」這些年錦衣衛惡名昭著，尋常人視之如瘟神，避之唯恐不及，店內其他食客原都驚慌失措，連咀嚼吞嚥也忘了，一待那百戶下令，如蒙大赦，嘴裡含著食物，飯錢也沒付，趕緊扶老攜幼，奪門而出，沒命價奔逃，這輩子從未跑這麼快過，還深恨自己少長了兩條腿哩！店小二聽說是來捉拿欽犯，連滾帶爬躲進廚房裡，頓時對這對年輕俊美男女刮目相看，欽敬之心油然而生。

三保身負從宜賓質庫搶來的銀兩，以為是這物事惹禍，自責不已。其實錦衣衛早知潔兒並非龍鳳姑婆，而且大光明聖印仍然下落不明，因此嚴加查緝疑似龍鳳姑婆的所有女子，他們耳目眾多，三保與韓待雪進城不久便遭盯上。重慶可不比雲南大研、西藏邏些，禮教早已深入人心，而朱元璋對民間的管控又極其嚴苛瑣碎，例如關於服飾的材質、式樣、尺寸、裝飾等等，即曾頒布諸多規範，以「辨貴賤，明等威」，像是「衣服並不得用金繡、錦綺、紵絲、綾、羅，止用綢、絹、素紗；首飾釧鐲，不得用金玉珠翠，止用銀；靴不得裁製花樣、金線裝飾。違者罪之。」一像韓待雪這樣的年輕貌美女子，極少會公然拋頭露面，更不至於竟日價在城內徒步閒逛，其外貌與行徑本就引人側目，而她與情郎出遊，不免愛俏，方才花費大把銀子，買了乏人問津的雪白羅衣換穿上，鞋面則有金線繡花，已大大違禁，且是茹素，更惹人生疑，早有密探回報予錦衣衛。

三保吃過幾回錦衣衛的虧，深知其手段狠辣，也明白跟他們強辯全然無濟於事，更何況韓待雪的確是大明朝廷頭號欽犯，而自己劫過財、殺過人，殺的還是明兵及錦衣衛，也著實不容分辯。他天資再高，畢竟閱歷短淺，一時無計，效法起艄公寶鈔退敵之舉，解開包袱，將其中的銀兩接連往店外扔擲，想引發錦衣衛搶奪，自己與韓待雪趁機從後門溜走。店外路人乍見飛來橫財，撲過來爭拾，一探頭瞧見店裡的錦衣衛，直嚇得哭爹喊娘，趕緊扔棄好容易才搶到手的意外之財，火燒屁股般落荒而逃。眾錦衣衛不為銀兩所動，只面面相覷，摸不透這少年到底在弄甚麼玄虛，若要行賄，也不是這般做法。

三保見此計不售，看到眾錦衣衛的愣怔模樣，心念電轉，將剩餘的銀子接連射向環伺的敵人，一眨眼便打倒幾個。這些銀子多為五兩或十兩一錠，反正是不義之財，三保拿來當暗器使，隨便一出手，足夠平常人家整年的花用，當真是貴氣逼人。其餘錦衣衛快速後躍，各自拔出刀劍應戰，三保投擲暗器的手段並不特別高明，再打他們不著。那百戶喊道：「點子的狗爪子甚硬，併肩子上，公的格殺勿論，母的務須活捉。」三保身後一個錦衣衛悄悄取出手銃，指向他的後心，韓待雪瞥見，急喊：「小心背後！」說時遲，那時快，只聽得砰一聲，三保抱著韓待雪側身避開，鐵丸劃破他的衣衫，射進另一名錦衣衛的腹部。那中彈的錦衣衛痛得俯身嘶喊：「你這龜兒子不打敵人，射你老子幹啥？」百戶下令：「店內狹窄逼仄，咱們人多，別再施放手銃、暗器，以免誤傷自己人或那雌雛兒。」

錦衣衛們揮舞兵器，寸寸進逼，三保貼身所藏的血海深仇劍，在邏些給老喇嘛收繳了去，此時單憑一雙肉掌應敵，頃刻間又打倒三名身手較弱的對手。剩餘十多個錦衣衛忌憚三保的渾厚掌力，且擔心傷及韓待雪，將傷者拖到一旁，不敢再冒進，一時間奈何他不得，演變成對峙局面，在他周圍忽左忽右打轉，企圖擾亂他，以伺機進襲。一名總旗靈機一動，向身旁兩個校尉遞眼色、打手勢，二校尉會意，齊齊朝三保攻去。那總旗使出地躺身法，後發先至，蹲著身子，一手揮刀劈向三保，另一隻手趁隙環抱住韓待雪的纖腰後縱至牆邊。三保不顧自身安危，暴喝一聲，飛躍過迫近的兩個校尉，十指箕張，兩腳一著地，一記「地崩山摧」，雙掌猛拍在那總旗身上，竟將他連人帶刀給深深嵌入磚牆裡，儼然成為一幅栩栩如生的人形浮雕，唯其頭顱碎裂，腦漿迸濺，斷骨突出，鮮血四溢，模樣不怎麼悅目就是了。

三保驚訝於自己內力之強，殊不知明教護教神功的妙處之一，即是練功不拘形式，舉凡行住坐臥，皆有相對應的高深練功法門，依法勤練，進展要比一般功法快上許多。三保破解部分恰恰是入門的行走練功法，他自西藏步行至四川，一路上越險峰，攀絕壁，渡激湍，走荒徑，迂曲盤旋，道阻且長，走了不下五千里，還不時要背負韓待雪，辛苦至極，功力因此更加深一層。此外，一般內功著重於蓄養丹田及打通任、督二脈，而包含任、督在內的奇經八脈，具有調節溢蓄丹田與十二正經脈的作用，三保的任、督二脈早被戴天仇打通，如今起於雙足的陰蹻脈與陽蹻脈亦通，他又先已在老喇嘛的調教下，打通密宗功法的左、右脈，內力已然非同小可，此刻情急拚命，更是潛能盡發，換作平時，絕無法發出如此巨力。

那百戶內力遜於三保，不過臨敵經驗甚豐，且頗富急智，乍見三保竭盡全力搶救韓待雪，後心露出好大一個破綻，所處位置又極為不利，連忙矮身鑽進一張桌子底下，奮力將桌子拍向三保，身子跟著前竄，估量三保所站立之處，悄無聲息刺出一劍，劍到中途，臂腕潛運內力，劍身呈弧形繞過桌子，續往前刺。三保奪回韓待雪，往她身上迅速瞄了一眼，見她毫髮無傷，心下略寬，忽聽得背後風響，急急回身，赫然見到杯壺盤碗筷，酒飯茶湯菜，一張四方桌，快速飛過來，無暇細想，左手使出柔勁，將韓待雪輕推向左側角落，同時右手揮袖，拂去桌上雜物，再縮回雙手，欲出掌震開木桌，渾沒料到隱藏於桌後神出鬼沒的一劍，而他背靠著牆，右側是根柱子，待得驚覺，已避無可避，就這麼著了道，左脅中劍，不假思索，依舊發掌劈碎桌子，木片木條倒飛回去，勢頭淩厲無比。偷襲得逞的百戶趕緊鬆手，滾了開去，金黃飛魚服沾滿飯菜茶酒，耳後夾了根筷子，站起身時，胯間居然掉下一塊泉水雞，一隻香辣蟹腳不偏不倚，勾在他的兩片屁股正中，模樣委實狼狽不堪，渾身上下卻是毫髮無損。

三保拔出脅下長劍，登時鮮血泉湧，浸透半邊衣衫。眾錦衣衛見他受創，精神大振，那百戶拾起一把劍，率領部下圍攻過來。三保長劍在手，手腕一抖，劍刃嗡嗡鳴響，「星垂平野」、「曉星漸沉」、「曲盡星稀」、「北斗七星」、「星月掩映」、「繁星宿關」、「劍動星文」、「雁拂金河」、「相邈雲漢」、「動如參商」……，蘇天贊所傳的「流星劍法」，一招招揮灑而出，劍身迅捷輕靈，使得快時，宛如滿天流星雨落，又好似一空煙花炸散，煞是美觀。

這套劍法三保練得極為精熟，此刻使來卻備感拖泥帶水，點點流星花雨都落了空，沒沾到任何錦衣衛身上一絲半點。他先後改使彭玉琳與李普治所授劍招，其一幻化奇詭，另一大開大闔，均極精妙，但施展不開的情況依舊。他以為自己受創，氣息阻滯，內力難以運使，身法不夠靈動，才會感到縛手縛腳，不一會兒，身上接連開了幾個口子，鮮血直冒，兀自奮戰不懈，神智逐漸陷於昏瞶，隱約看到亡父馬懷聖捧著自己血淋淋的腦袋，站在廚房口，滿臉期盼神色，似乎在說：「三保啊，爹爹想得你好苦，你趕緊來陰曹地府一家團聚吧，爹爹還有很多新奇故事要說給你聽呢！」三保大慟，奮起餘勇，搶攻一陣，逼退敵眾，雙膝撲通著地，默想道：「爹、娘，孩兒這就來了。」他回頭瞥見韓待雪持劍橫在自己的粉頸上淒切笑著，內心驚道：「不，孩兒尚有重責大任，還不能死，請恕孩兒不肖。」馬懷聖道：「那好，爹爹幫你。」才說完，將自己的頭顱用力扔擲過來，鮮血一路飛灑。

韓待雪佇立在角落觀戰，知道三保已然死多活少，僅憑恃一股意志在做困獸之鬥，而自己插翅難飛，如此一來，反覺坦然，趁亂拾起一把利劍，一雙美目痴痴望著三保，心裡打定主意，只要三保一遇難，便即自刎，能與情郎齊赴黃泉，也算不虛此生，至於身上的祕笈、聖印，以及未報的血海深仇與明教的興覆存亡，已全然顧不上了，眼看三保跪倒在地，那百戶手中長劍高高舉起，即將往三保的頸項斬落，不禁淒然一笑，提起劍架於咽喉前，正要使勁抹去。

就在這千鈞一髮之際，不知打哪兒飛來一個物事，勢頭甚勁，直朝那百戶而去，那百戶悚然一驚，急忙迴劍將之擊落。那物事竟是個尋常鍋子，裡頭殷紅如血的麻辣湯汁迸濺，身旁圓睜著眼、正要欣賞劍落頭墜的幾個錦衣衛給噴到，痛得哇哇大叫。緊接著又飛來一鍋，大夥兒紛紛走避，但這飛天麻辣鍋似乎源源不絕，一鍋鍋接連而出，本是豺狼虎豹一般的錦衣衛，全成了落湯雞，個個若非被燙得渾身紅腫冒泡，便是眼鼻口舌中了暗算，目不能開，口不得閉，涕泗長流，灼痛難忍，幾欲發狂，其中幾個情急之下狂舞兵刃，砍傷了同伴，哀嚎怒罵之聲此起彼落，店內大亂，食物香味混雜著血腥味，景況既凶險萬分，又滑稽異常。

那百戶一眼閉著，另一眼眯著，瞥見湯鍋是從廚房裡飛出，提氣縱身過去，才落地，踩著湯汁，腳下一滑，急使出千斤墜穩住身子，沒滑倒在地，方暗自得意應變功夫了得，豈料一整鍋滾燙燙、熱騰騰、油膩膩、香噴噴的麻辣鍋，連湯帶料兜頭罩下。他起先定住不動，隨即拋下長劍，雙手將鍋子摘掉，拋在地上，用衣袖拚命在臉上抹拭，嘴裡不住大呼小叫，一會兒之後開始手舞足蹈，幾近瘋癲。突然一大鍋熱油潑灑在他身上，他發出淒厲慘叫，撲倒在地，抽搐幾下，再無動靜。這百戶平常好用油炸酷刑來整治犯人，此刻遭到現世報。

三保的頭臉也沾染到些許麻辣湯汁，他受到刺激，恢復神智，緊閉雙目，不敢張開，而他甚乖覺，蹲伏下身子，避開亂劍狂刀，沿著牆邊摸索，拚著一口氣，往韓待雪躲藏處尋去，忽然一個熟悉的聲音在耳畔低喚：「馬公子，請隨我來。」三保感覺到有隻手掌伸了過來，知道是友非敵，任憑那隻手攙扶著自己的臂膀，急問道：「韓姊姊呢？」那聲音回道：「她安然無恙，請馬公子放心。」出到外頭，三保勉強微微張開眼簾，看到韓待雪站在一頂轎子旁，心下一寬，再也支撐不住，眼前一黑，偉岸身軀就此癱軟。

第十二回　劍法

三保被抬上轎，韓待雪隨即跟入。轎伕們不待吩咐便起了轎，他們腳力遒勁，奔行如風，又熟知當地，三拐兩轉，隱沒於窄巷暗弄之中，偌大重慶城何止千屋萬戶，誰知要到哪裡去尋覓其蹤跡呢？然而轎子竟是出了城，藉夜幕遮掩，進入長江邊一座毫不起眼的佛寺裡。轎子一停，韓待雪出轎，見艄公驅散眾轎伕，右手食、拇指箍成一圈，中指橫過該圈，成一「日」字，左手伸著食、尾指，以表「月」字，左右合在一起看，不正是個「明」字嗎？此乃明教徒的暗號。

韓待雪心裡原就有譜，不覺得意外，以暗號自表身分。艄公跪下，恭謹道：「龍鳳姑婆萬福，光明清淨。屬下鄭莫睬救援來遲，讓您老人家受驚，罪該萬死。」韓待雪道：「不知者無罪，你起來吧。目下最要緊之事，莫過於救治馬兄弟。」鄭莫睬道：「屬下遵命。」他不一會兒便找來此寺的方丈和幾名和尚，他們全都是明教徒佯裝喬扮的。方丈先以切口、手勢和韓待雪相互表明身分，韓待雪取出大光明聖印，方丈在教內的職司不高，無從辨別真偽，反正料想普天之下，無人膽敢冒充頭號欽犯，而且切口、手勢真確無誤，他也就相信眼前美貌非常的妙齡女子，即是明教地位尊崇的龍鳳姑婆。

其中一位和尚頗通醫術，在這過程中查看了三保傷勢，並給予急救，待眾人跟韓待雪敘禮過後，道：「這位壯士傷口雖多，幸好皆未傷及要害，敷過金創藥、包紮之後，料來性命無礙，只因失血極多，須靜養一段時日。」韓待雪道：「今日大鬧重慶城，殺了好些個錦衣衛，官府必定大肆搜捕，這要如何是好？」方丈道：「屬下將命兩名教友假扮二位遠走他鄉，以吸引追緝，再者此處官府中安插有咱們的眼線，一旦有任何風吹草動，自會前來通風報信。」

韓待雪這才放下心，詢問鄭莫睬何以知曉要去火鍋店營救他們。鄭莫睬答稱：「屬下本在採買糧食用品，忽見錦衣衛集結出動，知道將有要事發生，便尾隨其後，轎子轎伕則係火鍋店老闆準備的，他也係我教中人。」韓待雪又問：「那幾鍋麻辣湯是你丟擲的嗎？可丟得又狠又準，算是別出心裁的獨門暗器。」她嫣然一笑，如春花初綻，嬌豔無那。鄭莫睬敬她若神，不敢直視她，垂目回道：「屬下並無如此深厚功力與應變急智，否則當年也不至於失鏢而流落他鄉了。」韓待雪奇道：「那會是誰呢？難道是店老闆或小二哥？他們竟是如此深藏不露！」鄭莫睬道：「我明教有百萬教眾，儘多武功高強而又淡泊名利之士，這倒不足為奇。」韓待雪記起逃離明教總壇時遭錦衣衛擒獲，適巧有群蝙蝠飛來搭救，那群蝙蝠怎麼看也不像是武功高強、淡泊名利的明教徒眾。

她旋即問起明教總壇情況，方丈嘆道：「劫數！劫數！據僥倖逃出來的教友陳述，總壇陷落當日，妙風旗全軍覆沒，掌旗使李文戰死，蘇日使與眾多教友為錦衣衛所擒，他們多半寧死不屈，受盡酷刑後慘遭殺害示眾。另外……另外……」他看韓待雪已淚如泉湧，下面的話便說不出口。韓待雪垂淚道：「但說無妨，本座必須知道詳情。」方丈遲疑不語，鄭莫睬道：「另外在陝西舉事的大力金剛李法王兵敗殉教[28]，淨氣、妙明、妙水、妙火四旗教友死傷不計其數，清淨金剛趙法王趕往馳援，途中遇伏身亡，我教元氣大傷，恐怕數年內難以再次起義，讓朱元璋那奸賊得以安坐龍椅一段時日。錦衣衛還大肆張揚說活捉了您老人家，並將那位疑似您老人家的女子給剝光衣服，遊街示眾，任由市井無賴糟蹋至死，許多教友見狀，按捺不住，想要營救，都給錦衣衛……」

韓待雪聽到這兒，再也禁受不住，暈厥過去。眾人知道她是悲憤過度，料想無礙，更因她尊貴神聖，不敢碰觸她的身子，也就不急著救醒。方丈白了鄭莫睬一眼，頗有怨責之意。鄭莫睬辯解道：「這麼大的事，瞞得了一時，難道瞞得了一世嗎？這一年多來，教眾憤慨絕望，離心離德，咱們既然得知龍鳳姑婆依然健在，大光明聖印也還在她老人家身上，咱們應將這大好消息廣布周知才對，好振奮人心。」方丈等人皆默然不語，心想事情哪有這麼簡單，只盼別惹上殺身之禍，就已十足承蒙摩尼光佛保祐了，豈敢把災殃往自己身上攬。過了半晌，韓待雪悠悠醒轉，兀

28 據野史記載，李普治死於洪武三十年的一場舉事中，本書提早讓他魂歸光明淨土。

自垂泣，屏退眾人。

三保體質強健，內力深厚，雖失血甚多，昏迷一夜，次晨也就甦醒。一直守在他床邊的韓待雪，約略告知他受傷昏迷後的經過，以及趕來營救的艄公鄭莫睬也是明教徒，卻隻字未提明教的慘況與潔兒、蘇天贊、李普治、趙明等人的遭遇，以免影響他的靜養。三保坐起，發現身上衣衫簇然一新，急忙查看內裡，所幸貼身褻褲沒有更換，或許淨身之事未曾洩漏，略略寬懷，心念忽動，直往身上掏摸。韓待雪指著桌上一面折疊起的旗幟，道：「你應該是在找這個吧！」三保道：「正是。」下床走到桌邊，攤開血跡斑斑的旗幟，只見中間斗大一個傅字，被利刃劃破了好幾道。韓待雪跟了過去，奇道：「這是傅友德的帥旗，你怎會如此珍藏呢？」

三保咬牙切齒道：「傅友德不但領軍來襲重慶，滅了明教徒所建的大夏國，他還率兵攻打雲南，害得我家破人亡，除了朱元璋與舉報的納西人阿甲阿得之外，他便是我的第三號死仇，另有藍玉、沐英等將領也都是幫凶，我立誓要殺死他們，以報血海深仇，這面旗幟時時刻刻提醒著我，敦促著我。」韓待雪素知三保的遭遇，驀然想起明教所遭大難，潔兒、蘇天贊等人的慘死，不禁頹然坐倒在桌旁一張圓凳上，幽幽說道：「報了仇又如何呢？難道死去的親友教眾可以重生？天下從此太平？黎民百姓可以安居樂業？不公不義自此根除？光明普照人寰而黑暗永不再來？」三保一愣，不知如何回答。正好這時方丈前來迎請韓待雪過去議事，韓待雪滿懷心事，沒再跟三保說話，即隨方丈離開。

三保從未思考過韓待雪提出的問題，自從家人慘死後，正是報仇雪恨的念頭支撐他繼續活下去，若不復仇而苟且偷生於世，那麼餘生到底有何意義呢？他思緒起伏，幾種念頭往復交戰，忽然瞥見宗喀巴的僧衣，這些日子他一直穿在外衣下，此時被吊掛起來，雖也是破損累累，但已縫補好了，料想是自己昏迷時韓待雪所為。剎那間，三保覺得前番遠赴雪域高原，留下戴天仇爺爺的血海深仇劍，攜回宗喀巴尊者的僧衣，恐怕皆是出自真主的安排，藉以教導自己，除了報仇雪恨之外，生存於世或許別有意義，既在邏些喇嘛寺鄰室高僧的勸喻裡，也在長伴身側、如母如姊的佳人身上，過去這些年，自己純為恚恨而苟活，而今而後，更該因情義而惜命。

他決意將宗喀巴的僧衣與傅字錦旗都埋了，去到後院，尋了把鏟子，挖坑時牽動傷口，疼痛非常，咬牙硬撐住，剛完事，見鄭莫睬緩步走來，步伐頗怪異。三保覺得好笑，以為他是痔瘡發作，不好意思詢問，正顏道：「昨日承蒙前輩相救，大恩大德，晚輩銘感五內，來日銜環結草，必當回報。」說完便要拜倒。鄭莫睬急忙扶住他，道：「這可折煞我了，萬萬使不得。馬公子並非明教徒，卻捨身護衛我教龍鳳姑婆，因此該稱謝的應該係我，以及天下所有的明教徒。還有，你可別再稱呼我為前輩，怪彆扭的，叫我船老大不但順耳多了，我還可以順理成章收你十五兩的船資尾款。」

鄭莫睬的一聲馬公子，讓三保想起在火鍋店裡招呼自己出店的正是此君，然而在那之前，自己與韓待雪皆未向他透露過姓名，不明白他從何得知。轉念一想，自己在明教總壇待了數年，雖罕與人交往，見過自己的可也不少，所以鄭莫睬從其他明教徒那兒得悉自己姓名，自然不足為奇，遂寬了心，道：「恭敬不如從命，只不過在下的銀子在力戰錦衣衛時，都已當成暗器擲出，只剩貼身收藏的寶鈔，恐怕也都挨了刀子，不知船老大是否肯收？」鄭莫睬笑道：「肯收，肯收，不過寶鈔若有破損，得視情況再折個價。哈哈。」三保也陪著乾笑幾聲。

鄭莫睬忽然斂容道：「馬公子，玩笑話暫且說到這，鄭某接下來要斗膽說句不怎麼中聽的話，請千萬別見怪。」三保道：「船老大有話，請直說無妨。」鄭莫睬道：「唔，鄭某雖然武功低微，但也看得出馬公子內功深湛，所使的幾套劍法也算精妙絕倫，卻與內功路子全然不搭，正好比一個極善於奔跑的人，穿著一雙不合腳的上等鞋子，非但十成本事發揮不出三成，反而可能在疾奔時踉蹌摔倒，殊為可惜。」他所言固然切中弊病，卻僅為其一。當初明教諸長老傳授三保劍法時都留了幾手，以防萬一他反叛，還能制得住他，是以他所學的幾套劍法多少有些破綻，一旦遭遇武學高強之士，或受眾好手圍攻，便會縛手綁腳，施展不開，這點鄭莫睬並不知情，三保隱有所覺，但天性純良，不願朝這方向深想。

三保道：「船老大所言正中三保下懷，在下與錦衣衛搏鬥時，確有如此感覺，只不知該如何是好。」他解讀出的明教神功祕笈皆屬內功心法，並無任何可用來克敵致勝的武藝，遑論劍法。鄭莫睬道：「辦法係有，不過說起來容易，做起來卻難如登天。」三保道：「倘若真有辦法，再難也要盡力做到。」鄭莫睬道：「好，有志氣！正所謂『天下無難事，只怕有心人』。唔，馬公子的內功特異，舉世恐怕並無現成劍法可相匹配，還不如自創為宜。」

三保一怔，道：「這可當真難為在下了，三保資質愚魯，何德何能可以自創劍法呢？以蘇日使、四位金剛法王等前輩的聰明才智與廣博見識，才有如此能耐吧！」鄭莫睬道：「馬公子切莫妄自菲薄，你聰明絕頂，為鄭某生平僅見，你若能了悟劍術要義，掌握自身內功特性，再擷取各家之長，化為己有，要創出稱霸武林的劍法，並非全無可能。」三保先點點頭，再搖搖頭，道：「船老大的指點，句句都是至理銘言，卻無一項容易達成。」鄭莫睬指著江面道：「方才你說：『倘若真有辦法，再難也要盡力做到。』言猶在耳，怎就馬上盡付東流了呢？」他哼了聲，放下手，續道：「可惜啊可惜！枉費鄭某大費周章，為你尋得一把最適合習練劍法的上等好劍，到頭來全只係白費心機。」說完，從長袍內取出好大一把劍扔在地上，氣沖沖轉身快步離去。原來他方才身懷巨劍，走過來時的步伐才會如此怪異彆扭。

三保喚他不理，俯身拾起巨劍，沉甸甸地似有六、七十斤重，劍柄端有個偌大圓環，柄鞘皆毫無紋飾，甚是樸拙。他抽出劍一看，不禁啞然失笑，忖道：「此劍的劍身既厚且鈍，又闊又長，偏偏握柄長度與常劍相仿，僅能單手持握，但重成這樣，怎適合使用？況且我學藝未精，如何能夠自創劍法呢？」正要將巨劍插還劍鞘，他大漠民族頑強執拗的天性突然冒出頭來，轉念一想：「天下任何劍法不都是人創的嗎？他人能，我馬和為何不能？」然後一一演練起學過的幾套劍法，若非覺得劍招凝滯，便是感到氣息不暢，說要人劍合一，真乃天方夜譚。

他記起蘇天贊傳授劍訣和劍招時，再三叮嚀務必牢記謹守，因已歷經許多代高手的千錘百鍊，得到無數人的鮮血驗證，若差之毫釐，恐謬之千里。智慧金剛彭玉琳的教法則全然相左，指出使劍之技，無外乎點、削、劈、攔、撩、捧、刺、斬、崩、壓、絞、截、帶、托、穿、架、掃、抹、推、掛、提、挑、挫、攬、逼、勾等式，各家劍法的差別，僅在於運勁、身法、套路、虛實變化而已，並無高下之分，強弱之異純在於使劍之人的功力與悟性，以及是否與該劍法相契合。

三保俯看埋藏宗喀巴僧衣處，抬頭眺望蒼蒼雲山，泱泱江河，心想：「宗喀巴尊者幾個月的諄諄開示，無非要我放下成見，破除執著。群山高聳巍峨，乃堆疊了許多沙石，方如此鬱鬱蒼蒼；大江源遠流長，是匯聚了無數細流，才這般浩浩蕩蕩。登高必自卑，行遠必自邇，這把劍重大非常，以我此時的功力，絕無可能使出輕靈繁複的劍招，不如返璞歸真，從最粗淺簡易的招式練起，又何必強分哪門哪派的哪套劍法呢？」

他提著巨劍，原地踏步，愈踏愈快，內勁流轉周身，過了約莫一炷香光景，自覺返照空明，對劍招了無罣礙，止步凝神而立，腕、肘、臂、頸、肩、胸、背、腰、胯、腿無一不鬆，復又虛靈頂勁，涵胸拔背，沉肩墜肘，氣沉丹田，真氣鼓盪，力由脊發，意在劍先，一股內勁起自丹田，經腹、胸、肩、臂、肘、腕、掌、指，流貫劍身而達於劍尖，執劍之手自然而然往前送出，厚重鈍劍竟然刺穿身前一棵柳樹的樹幹，如利刃插入嫩豆腐般輕易。

「三保，你這輩子是跟柳樹結上仇，還是怎的？」語聲如風響玉珂，十分悅耳動聽，當然是發自韓待雪。三保過於專注，渾然未覺她早已佇立身後，回轉身去衝她尷尬一笑，問道：「姊姊來多久了？」韓待雪道：「好一陣子了。你從近午時分便開始練劍，我不想打擾你，不過這時候日已將暮，該用晚膳了，而且我若沒攔著你，這座林園恐怕要給你鏟平。」三保赧然道：「姊姊取笑了。唔，我不知已如此之晚，莫讓姊姊為了等我而餓肚子才好。」韓待雪道：「我餓肚子倒還無妨，只掛心你重傷未癒，竟還拚命練劍。」三保道：「我沒事，所敷傷藥甚具靈效，包紮也極妥當，只是讓姊姊掛心，殊感歉疚。」韓待雪道：「別說了，你先盥洗一番，禮拜完便來一同吃飯。」

次日天剛亮，三保即起身練劍，以沛然真氣駕馭巨劍，幾個最基本的式子都使得凌厲非常，劍氣縱橫，但不敢再拿柳樹試招。過了一個多時辰，鄭莫睬走來瞧見，不禁嘖嘖稱奇道：「我說馬公子，莫非你吃了啥靈丹妙藥，不過才一日夜的工夫，便讓你脫胎換骨，儼然成為第一流的劍客。」三保道：「船老大過獎了，在下的劍術還粗淺得很哩！其實貴教幾位長老，早已將劍法精義傳授給在下，在下資質駑鈍，一直無法領會，直到昨日承蒙船老大指點，方才豁然開朗，有了些許進展。」鄭莫睬聽他把功勞歸於自己，有些陶然欲醉，嘴裡卻道：「哪裡的話，我哪有本事指點你。不過話說回來，有啥我可幫忙的，儘管說，千萬別客氣。」他「啥」字的發音近似於「夏」，三保粗通閩南方言，聽得沒「夏」問題。

又過數日，三保一如日前晨起練劍，鄭莫睬再度於一個多時辰後走來觀看，這回卻是雙手環抱胸前，臉色鐵青。三保續練一陣子，收了式子，覺得神完氣足，身輕體舒，瞥見鄭莫睬神色不善，問道：「船老大，怎麼了？是否在下今日練得不甚妥當？」鄭莫睬道：「何止不甚妥當，簡直胡練一氣！你難道以為自己在練延年益壽的養生功嗎？還係敵人會給你充裕時間先行調息吐納一番，然後直挺挺站立不動，等著讓你在他們身上刺出透明窟窿？馬公子，你使劍係要跟人性命相搏，還要用以刺殺朱元璋，你到底明不明白？」三保道：「數日前你不是說……」

鄭莫睬打斷他的話道：「我知道自己說過啥，你就當我那天純屬放屁。」三保不禁怒氣勃發，倒持巨劍，將劍柄遞給他，道：「那麼在下到底該如何練，還請賜教。」鄭莫睬道：「我怎知道，要自創劍法的係你，又不係我。」手負身後，悻悻然離去。三保看著他的背影，忖道：「這位船老大喜怒無常，顛三倒四，跟戴爺爺倒有幾分相似，不過細想起來，他說得一點兒也沒錯。我這樣子使劍，威力固然不小，但對手會趨避回擊，我如此便要克敵制勝，不啻緣木求魚。唉，我目前使的都還只是最粗淺的把式，根本稱不上劍招，遑論劍法。使劍不難，但劍是死的，人是活的，要以死物刺中活人，才是真正為難之處。」

他緩緩平刺出一劍，竭盡心力思索對手可能怎麼反應，自己要設計甚麼厲害的後著，其間變化著實無窮無盡，愈想愈是昏亂焦躁。這時一陣風吹來，捲得柳條兒搖曳款擺，三保放眼望去，似乎四面八方盡是趨避進擊的錦衣衛，一時迷了心智，用巨劍胡亂揮斬，砍折了不少花草樹木，真氣在體內肆行流竄。忽然一劍斫在一座假山上，火星迸濺，假山崩裂，而勁力回震，將巨劍震缺一個口子。三保受巨力激盪，喉頭腥甜，嘔出一大口鮮血，頓時感到天旋地轉，雙眼發黑，竟爾暈厥。他這一昏迷，足足歷經七晝夜，比失血過多遠遠更久。韓待雪衣不解帶地照料他，以櫻口餵灌他湯水藥物，吊住其性命。三保連連夢見明兵舉刀要砍殺自己，戴天仇出手相救，殺死眾明兵，他繼而在林間與史滿剛等人惡鬥，一直到自己在火鍋店內獨戰一群錦衣衛，招招式式皆歷歷在目，腦海中電光石火般閃過一個念頭，不由得睜開雙眼，坐起身來。

韓待雪正虔心默禱，誦至「一切病者大醫王，一切暗者大光輝」時，忽見三保坐起，先是嚇了一跳，隨即喜道：「三保，你終於醒了，真是謝天謝地，感謝摩尼光佛保祐。」三保看她蓬頭垢面，玉容清減，美目裡滿是血絲，眼圈隱呈黑色，顯是竭盡心力照料自己，不禁大為感動，伸出手理理她的雲鬢。韓待雪極度憂心後驟鬆一口氣，按捺不住，撲進他的懷裡，抽抽噎噎哭了起來。三保身上創傷仍感刺痛，但不忍推開她，反而柔聲安慰道：「乖，別哭了，我的好雪兒。」

韓待雪心頭驟震，抬起頭來注視著他，玉顏上淚痕未乾，猶似白荷凝露，甜甜問道：「你……你剛剛叫人家甚麼？」他在此之前只滿足於喚她姊姊，這時如此稱呼，表示他已全然接受她的情意，不再心存顧忌而有所反覆。三保道：「我叫妳雪兒，會不會過於唐突？」他想到曾與自己相依為命、幾乎形影不離的雪豹，這段時日，換成韓待雪與自己相依為命，幾乎形影不離。韓待雪輕搖螓首，抿嘴笑道：「不，人家心裡很喜歡，只不過……只不過……」她止住不語，又將頭深埋進三保懷中。三保一手摟著她，另一隻手撫摸著她的秀髮，輕輕說道：「我知道，我知道，只能私底下這麼叫，是吧？」懷中發出「嗯」的一聲，算是回答。

半晌後，韓待雪抬起頭，道：「你昏迷了七晝夜，肚子一定餓壞了，雪兒去找沙彌弄些素齋來給你吃。」三保道：「不礙事，我倒想下床練劍，昏迷中似乎有所領悟，須趕緊印證，以免遺忘。」韓待雪板起芙蓉俏臉，嗔道：「雪兒不許三保現在練劍，此時此刻，無論甚麼天大的事，也沒有你把身子養好要緊。前幾天你重傷未癒，元氣未復，聽從鄭莫睬的餿主意自創劍法，弄得嘔血昏迷，可知道人家心裡有多難過、多著急？」她眼眶蘊淚，泫然欲泣，三保大為憐惜，再次將她摟進懷中，溫言道：「好好好，我先不急著練劍，過幾天再說。」韓待雪跟他耳鬢廝磨了一陣子，雖有百般不情願，還是毅然離開他溫暖的懷抱，去使喚沙彌備來飲食，盯著看他吃完，這才稱心滿意地回房安歇。她連續七晝夜頭未沾枕，實已疲憊不堪。

三保起身活動筋骨，調神理氣，運轉數周天，察覺內力並無減損，差堪自慰，繼而回想昏睡中所悟劍道：對手無論武功高低，何門何派，舉手投足總要依循一定理路，自己倘能料敵機先，便已勝了一半，然而這有賴豐富的臨敵經驗，及對武學的透徹瞭解，並非向壁虛構可成，更重要的是，要讓對手的閃避進招步步落入自己的掌控中，而這需要深厚雄渾的內力，迅捷靈動的身法，精粹相續的劍招，正所謂「示之以虛，開之以利，後之以發，先之以至」。先前自己一味想藉由巨劍來施展內力，毫無身法可言，亦全未考慮招式之間如何接續，以掌控戰局，所以鄭莫睬的批評著實切中弊害，看來他應該是個深藏不露的絕頂高手，往後可多多向他請益。三保心頭一熱，看窗外天色已然大亮，匆匆禮拜過真主，便提著巨劍去尋鄭莫睬。

這座寺院規模不大，僧侶不多，此時居然連一個也沒撞見，倒也非屬尋常。三保步往前殿探看，堪堪走近，便聽得方丈的聲音道：「這位道兄，本寺純務清修，並非少林別院，不時興舞刀掄劍，全寺僧俗弟子與掛褡的香客悉數在此，無人可與道兄切磋劍法，道兄還是請回吧。」一個低沉的聲音道：「數日前貧道行船江上，遠遠望見貴寶寺後院有人練劍，招式不如何了了，勁力似乎不小，很有些意思，貧道一辦完事，即來貴寶寺討教。那人的身形與列中諸人全然不同，大家僅是切磋，點到為止，順便交個朋友，如此而已，懇請方丈成全，請他出來。」

方丈兀自推託，三保一時好奇，探頭張望，看那道士年約二十七、八，嗓音出奇低沉，若不看本人而光聽聲音，恐怕會以為是個耳順之翁哩！那人身著青色道袍，背負一柄長劍，臉上盡是孤傲神色，對方丈所言甚不耐煩，眼光游移，瞥向內殿，正好與三保四目相接，又看見三保手上提著一柄劍，喜出望外道：「這不就是了嗎？請少俠趕緊出來賜教，貧道望你如大旱之望雲霓。」這道士當真是個劍痴。原來他還在襁褓中，即遭未婚產子的生母遺棄在一間道觀前，獲道士收養，幼時屢受同門譏嘲欺侮，僅能在劍術爭競中出口惡氣，遂鄙視道法，發憤練劍，愈練愈精，遠邁同儕，博得了尊重與慰藉，竟至深深沉迷，不能自拔，一見到劍客，非要跟對方過招爭勝不可，否則寢食難安。

此時眾人目光都望向內殿，三保靦腆現身。鄭莫睬混在人群中，見三保昏迷多日後方才甦醒，就有煞星上門搦戰，急忙出列，道：「道長您誤會了，這小伙子乃係舍姪，只因厭惡讀書，而且眼高手低，不情願老老實實做莊稼活兒，家兄無可奈何，要他跟著我出外學做生意，仗著生得牛高馬大，很有幾斤力氣，提著好大一把劍，好嚇唬路上的毛賊，其實根本不懂得甚麼劍法。」方丈也道：「是啊，這位小兄弟哪裡會甚麼劍法，只一味胡劈瞎砍，寺內後院的花草樹木在劫難逃，都讓他砍得不成樣子了，比遭狂風掃過還要淒慘百倍。」他雖在幫腔，話中的怨責之意卻屬真情流露。

道士笑道：「那麼過過招也好。貧道看這位小兄弟生得虎背狼腰，身高膀闊，手長腳長，而且氣宇軒昂，步履沉穩中帶著幾分輕盈，剛柔兼具，實在是練劍的絕佳人才，不如投入貧道門下，當個開門弟子吧！」鄭莫睬道：「道長美意，鄭某代舍姪心領，卻難以向家兄交代，得先回去稟明後再做打算。」那道士唰地抽出背後長劍，道：「不管如何，今兒在此一定要有人陪貧道過幾招才成。」那把劍冷光瑩然，寒氣森森，一看即知是把極為難得的寶劍。

三保有意看鄭莫睬展現武藝，學起閩南腔，道：「叔叔，不如您使出咱們鄭家的家傳劍法，讓這位道長指點一二。」鄭莫睬暗罵：「臭小子，我好心好意說你係我的姪子，你便馬上陷害為叔，我家哪有啥勞什子家傳劍法，這不係存心尋我開心嗎？」那道士衝鄭莫睬道：「原來鄭施主出身武林世家，方才失敬了，望請海涵。貧道青城山昭慶觀孤松子，欲領教貴府家傳劍法，請報上尊號並賜招吧！」只聞咕咚之聲，鄭莫睬雙膝同時著地，雙手連揮，急道：「這可萬萬使不得呀！我只會一些三腳貓功夫，哪裡擋得了高手的一招一式，這絕非虛言，請道長饒了我吧！」此時已近臘月，天候清冷，他竟汗出如漿，顯非惺惺作態，況且學武之人最是好強，多半寧死不屈，不會未戰便先跪地求饒。三保固然大吃一驚，孤松子亦覺受到戲弄，惱怒不堪，叫道：「廢話少說，且吃道爺一劍！」長劍倏地刺向鄭莫睬胸膛，打算開個小口子聊以洩恨，並無意取他性命，豈知劍尖離他胸口尚有寸許，一股大力忽從劍身上傳來，手中寶劍幾乎把握不住，急忙收劍後縱，這一劍便沒刺中鄭莫睬。

孤松子定睛一瞧，見那長身少年持劍挺立於鄭莫睬身旁，再一細看，他手中之劍長闊厚鈍，乃生平僅見，不禁一凜，記起師父傳授劍法時曾說，劍走輕靈，劍招通常虛多實少，有些甚至到了九虛一實，因此青鋒之長罕逾三尺，重不過數斤，但若遇上持巨劍者，對方倘非力大無窮的莽漢，便是內功深厚的高手，後者至少得歷經三十寒暑的日夜苦練，一招一式都是硬功夫，絕無取巧，而眼前少年縱使打從一出娘胎便開始練起，火候功力也還差得遠哩，其巨劍還砍缺了一個口子，真正高手不至於如此，因此他應該如其「叔父」所稱，僅是力氣大罷了，況且方丈也說他不懂劍法，只一味胡劈瞎砍。

正因三保的年歲與巨劍的缺口，孤松子認定三保不過是個莽漢，遂起輕敵之心，加上胡扯瞎纏了好一陣子，他更有意在眾人面前賣弄本事，索性將左手用腰帶縛住，蔑笑道：「好，道爺單手陪你玩玩，我若用上雙手便算輸。你出招吧，輸了可得拜在我的門下，讓道爺調教調教，別枉費你的良材美質。」三保不去思索劍招，反而專注於對手的一舉一動，看了好一會兒，孤松子大不耐煩，叫道：「快快動手。」三保毛手毛腳地舉劍平刺孤松子的右肩，孤松子輕揮寶劍架開，喝道：「再來。」三保再一劍刺向他的右膝，孤松子又輕而易舉地格開，笑道：「道爺讓你三招，三招一過，道爺便……」

三保不待他說完，唰唰唰，迅捷無倫地接連刺出三劍，分擊孤松子的右肩、右膝與右腰，孤松子揮劍去擋，竟然全都落空，心下駭然，往左竄去，哪知對手滴溜溜一轉，巨劍竟神出鬼沒地從左邊削來，自己身子正好湊了過去，巨劍雖鈍，倘若挨實了，不死也得受重傷，連忙矮身一滾，狼狽不堪地避開，沖天髮髻卻遭斬落，烏絲飄散，雙腳一踏實，正要起身回擊，巨劍已攻至面前，手中長劍無論如何迴轉不過來擋架，而且若再後退，便算一敗塗地，情急之下，頭部後仰，左臂潛運內力，繃斷腰帶，出掌震偏巨劍。旁觀眾人盡皆大喊：「你用雙手，已經輸了，快快罷手！」

孤松子臉上掛不住，冷哼一聲，劍上用足勁力，直刺而前，要把三保斃於劍下，以保全顏面，劍身輕易透入三保體內，不禁發出獰笑，但笑容隨即僵住，因看到三保也報以微笑，低頭一瞧，自己的寶劍竟被他夾在腋下。孤松子急欲抽劍，卻紋風不動，另一掌用上十成內勁拍向三保，三保不慌不忙跟他對上一掌，只聽得啪一聲脆響，原本就不以內力見長的孤松子，仿如一截枯枝般倒飛出殿，摔落石階，半晌才勉力爬起，咳了兩聲，嘔出一大口鮮血，以袖拭唇，喘息道：「敢問足下大名，三年後孤松子再上門討教。」三保將巨劍插回劍鞘，繼而上前把寶劍遞還給孤松子，自忖：「我深負重責大任，有所遠圖，哪容得你糾纏不清。」一瞥「叔父」鄭莫睬，朗聲道：「在下鄭和，今日承蒙道長賜教，受益良多。青山不改，綠水常流，咱們就此別過。」心想天底下並無「鄭和」這號人物，將來你要到哪裡去尋覓呢？

鄭莫睬待孤松子走遠，奇道：「馬公子，你還當真邪門得緊，昏迷數日，才一醒來，劍法便精進如斯，難不成夢中得到高人傳授？」其實三保的劍法較諸孤松子尚有不及，只不過對手過於輕敵，加上善用輕功與內勁之長，才將孤松子打得灰頭土臉。他深明內中情由，道：「在下劍法尚粗疏得緊，方才勝得僥倖之至。」

方丈不等鄭莫睬接話，鐵青著臉道：「馬公子練成高強精妙的劍法，固然可喜可賀，然而錦衣衛與官府查緝甚密，今日一戰，難保風聲不會走漏，老衲原想款待馬公子在敝寺過年，不過敝寺目下已非安居之所，馬公子還是儘速上路吧。」三保愕然，道：「在下一時強出頭，致使貴寶寺恐受株連，殊感歉疚。」方丈心想：「你這小子還算有自知之明，一到重慶，麻辣火鍋店這麼好的暗樁便露了餡，可不要連自己這個老巢也被抄了！」原來三保「掃把星」的名頭早已不脛而走，方丈有所聽聞，而且龍鳳姑婆這幾日不避嫌疑地照料他，方丈雖知二人之間並無苟且情事，但認為對於她的名節大大不妥，倘若傳揚出去，恐怕惹出天大事端，於是趁龍鳳姑婆不在場，急欲驅趕走三保。

三保看他臉色不善，猜得出他的心意，道：「在下待龍鳳……」方丈急忙咳了聲，三保「姑婆」二字止住不說，改口道：「在下待同行之友醒轉後，便即告辭。」方丈道：「莫怪老衲不通人情，馬公子多待一刻，敝寺便多擔一分凶險，請馬公子速速離去吧！令友乃敝寺貴客，敝寺上下自會竭盡全力保護她周全。」鄭莫睬沒想到方丈竟然翻臉不認人，一時間不知道該說些甚麼，況且自己人微言輕，就算說了，只怕根本起不了作用。三保對他輕聲道：「船老大，多謝救命之恩，以及連日來的關照與指點，韓姊姊往後要承你費心照料了。」鄭莫睬緊握住他的一隻手，點頭道：「這個自然，不消吩咐。唉，說實話，我還真希望能有個如你一般武功高強、深情重義、人品端方的好姪……嗯，好兄弟哩！」說到後來，已然哽咽。

三保望向殿後，哪裡有韓待雪的曼妙身影，毅然抽手轉身，提著巨劍黯然出寺，再不回顧。

（下集待續）

釀冒險68　PG2869

不全劍（壹）：少年鄭和

作　　者　傅　羽
責任編輯　石書豪
圖文排版　蔡忠翰
封面設計　吳咏潔

出版策劃　釀出版
製作發行　秀威資訊科技股份有限公司
114 台北市內湖區瑞光路76巷65號1樓
電話：+886-2-2796-3638　傳真：+886-2-2796-1377
服務信箱：service@showwe.com.tw
http://www.showwe.com.tw
郵政劃撥　19563868　戶名：秀威資訊科技股份有限公司
展售門市　國家書店【松江門市】
104 台北市中山區松江路209號1樓
電話：+886-2-2518-0207　傳真：+886-2-2518-0778
網路訂購　秀威網路書店：https://store.showwe.tw
國家網路書店：https://www.govbooks.com.tw
法律顧問　毛國樑　律師
總 經 銷　聯合發行股份有限公司
231新北市新店區寶橋路235巷6弄6號4F
電話：+886-2-2917-8022　傳真：+886-2-2915-6275

出版日期　2023年3月　BOD一版
定　　價　420元

讀者回函卡

Printed in Taiwan

國家圖書館出版品預行編目

不全劍. 壹, 少年鄭和 / 傅羽著. -- 一版. --
臺北市 : 釀出版, 2023.03
面； 公分. -- (釀冒險 ; 68)
BOD版
ISBN 978-986-445-779-3(平裝)

863.57 112000242